KARIN SEEMAYER

Die Sehnsucht der Albatrosse

atb aufbau taschenbuch

KARIN SEEMAYER wurde 1959 in Reutlingen geboren, lebte von 1960 bis 1993 in Frankfurt und seitdem in Eppstein im Taunus. Mit Anfang zwanzig packte sie das Fernweh. Sie machte eine Ausbildung zur Reiseverkehrskauffrau und war die nächsten Jahre beruflich und privat viel unterwegs. Viele ihrer Romanideen sind auf diesen Reisen entstanden. Die Umsetzung der Ideen musste jedoch warten, bis ihre drei Kinder erwachsen waren.

Im Aufbau Taschenbuch sind ebenfalls ihre Romane »Die Tochter der Toskana«, »Das Gutshaus in der Toskana« und »Das Geheimnis des Nordsterns« lieferbar.

Als die Operndiva Sarah nach einem Schiffbruch 1904 auf einem Robbenfänger vor der japanischen Küste landet, muss sie sich in einer Männergemeinschaft zurechtfinden, in der völlig andere Werte und Moralvorstellungen herrschen als in ihrer bürgerlichen Welt. Zwei Männer spielen eine besondere Rolle für Sarah: der charismatische Kapitän John Brandon, von dem sie trotz seiner Rücksichtslosigkeit fasziniert ist, und der Matrose Peer Svensson, der sich in sie verliebt. Auf der Fahrt durch das stürmische Eismeer lernt sie, Sicherheit in sich selbst zu finden, anstatt diese wie bisher in äußeren Umständen zu suchen. Doch als die Robbenjagd erfolglos bleibt, kommt es zu einer blutigen Auseinandersetzung. Plötzlich steht Sarah zwischen den Fronten des Kapitäns und der Mannschaft – zwischen John und Peer …

Der Albatros hat nur einen Partner, sein Leben lang.
Mit diesem fliegt er nicht über die Meere, er fliegt allein.
Doch alle zwei Jahre trifft sich das Paar.
Immer am gleichen Ort, zur gleichen Zeit.

PROLOG

San Francisco, Januar 1904

»Du willst also tatsächlich diese unmögliche Reise machen?«

»Aber natürlich.« Sarah strich sich ein paar widerspenstige Locken aus dem Gesicht und schenkte Kaffee nach. Das war also der Grund für den überraschenden Besuch ihrer Mutter. Sie wollte ihr noch einmal ins Gewissen reden.

»Und was ist mit deiner Tochter? Du kannst sie doch nicht einfach allein lassen.« Elizabeths Stimme bebte vor Empörung.

»Mutter, bitte. Anne ist achtzehn Jahre alt, und sie ist nicht allein. Sie wird bei Tante Mary wohnen, solange ich nicht da bin. Eigentlich müsste dir das recht sein.«

Immerhin entsprach das Familienleben ihrer jüngeren Schwester sehr viel mehr den Vorstellungen ihrer Mutter als ihr eigenes.

Elizabeth zupfte an einer Haarsträhne, die sich aus ihrer Frisur gelöst hatte. »Warum nimmst du sie nicht mit?«

Sarah seufzte leise und tauschte einen Blick mit ihrer Tochter. Um Annes Mundwinkel zuckte es, als müsse sie ein Lachen unterdrücken. »Ich kann jetzt nicht fort, Großmutter, ich bin im letzten Schuljahr.«

Unwillig schüttelte Elizabeth den Kopf. »Trotzdem. Es gehört sich einfach nicht. Noch nicht einmal dein Dienstmädchen nimmst du mit. Was sollen denn die Leute sagen, wenn herauskommt, dass du allein reist?«

»Lass sie reden«, entgegnete Sarah ungehalten. Es war

typisch für ihre Mutter, dass sie vor allem daran interessiert war, was die Leute sagten. Der Schein musste gewahrt bleiben. So war es schon immer gewesen. Sie hatte nicht einmal danach gefragt, warum sie fortwollte. Wahrscheinlich hielt sie diese Reise nur für eine weitere exzentrische Laune ihrer ungeratenen Tochter.

»Aber Kind! Du musst doch an deinen Ruf denken.«

Sarah stellte ihre Tasse so heftig ab, dass der Kaffee überschwappte. »Ich bin kein Kind mehr. Hör bitte auf, mich wie einen störrischen Backfisch zu behandeln. Ich werde fahren, egal was die Leute denken. Ich brauche Ruhe.«

»Damit du dich anschließend wieder halb entblößt auf irgendwelchen Bühnen herumtreiben kannst!«

Anne wandte sich ab und prustete in ihre vorgehaltene Hand, Sarah dagegen fand es überhaupt nicht komisch. »Ich zeige mich nicht ›halb entblößt‹! Die Grand Opera ist schließlich kein Varieté!«

»Schrei mich bitte nicht an! Bei deinem letzten Auftritt hast du eine Prostituierte gespielt, und dein Kleid war sehr tief ausgeschnitten.«

»*Vai a farti benedire!*«, entfuhr es Sarah. »Das war die Violetta aus La Traviata, Himmel noch mal! Das ist eine Traumrolle.«

Und vielleicht meine letzte.

Unwillkürlich glitt ihr Blick zu der Zeitung, die auf einem Beistelltisch lag. Der *San Francisco Call* kündigte auf der ersten Seite an, in der Rubrik »With The Players And The Music Folk« das Geheimnis um den überraschenden Rückzug der gefeierten Opernsängerin Emilia Rossi von der Bühne zu enthüllen.

Emilia Rossi alias Sarah Tanner.

Der Autor des Artikels erging sich in wilden Mutmaßungen. Von einer unglücklichen Liebe war die Rede und von der

Rivalität zwischen den beiden Diven des Grand Opera House. Nichts davon entsprach der Wahrheit, und trotzdem, oder gerade deswegen, hatte dieser Text sie darin bestärkt, San Francisco eine Zeitlang den Rücken zu kehren. Sie floh. Vor den Nachstellungen der Reporter, vor dem Drängen des Direktors der Grand Opera, vor den bohrenden Fragen ihrer Kollegen.

Vielleicht floh sie auch vor sich selbst.

»Ich verstehe dich nicht.« Elizabeth seufzte. »Warum ist dir diese Singerei nur so wichtig? Du hast es doch gar nicht nötig, dich auf die Bühne zu stellen.«

Sarah schloss die Augen. Für einen Moment zog ihr Leben an ihr vorbei, wie es ohne Musik aussehen würde. Angefüllt mit Handarbeiten, Kaffeekränzchen, Wohltätigkeitsveranstaltungen und Lesezirkeln. Ein Leben, wie ihre Mutter es führte. Sie dagegen wollte mehr. Seit sie denken konnte, war sie auf der Suche nach ›mehr‹ gewesen. In der Musik hatte sie etwas davon gefunden. Wenn sie sang, vergaß sie alles um sie herum, vergaß sie sich selbst. Sie legte ihre Seele in ihre Stimme und fühlte sich lebendig. Und frei.

»Du hörst mir gar nicht zu.«

Der pikierte Tonfall ihrer Mutter riss sie aus ihren Gedanken.

»Verzeihung, was hast du gesagt?«

»Ich habe kürzlich Mr. Henderson getroffen. Er hat sich ausführlich nach dir erkundigt.«

Sarah suchte in ihrer Erinnerung nach einem Bild zu dem Namen. Ihr Gedächtnis war hervorragend, was Musik anging. Sie erkannte jede Melodie wieder, die sie einmal gehört hatte. Dagegen konnte sie sich Gesichter nur schwer merken. »Wer ist Mr. Henderson?«

»Aber Sarah! Der Bruder meiner Freundin Ruth.«

»Ach herrje!« Jetzt hatte sie ein Bild. Ein korpulenter älterer Herr, dessen auffallendstes Merkmal ein riesiger gezwirbelter Schnurrbart war. Reich war er, eine gute Partie, wie ihre Mutter sagte.

»Er würde dir gerne seine Aufwartung machen«, erklärte Elizabeth.

»Nein!« Sarah schüttelte so heftig den Kopf, dass die Locken um ihr Gesicht flogen. Seit dem Tod ihres Mannes vor zehn Jahren wehrte sie sich erfolgreich gegen die Versuche ihrer Mutter, sie wieder unter die Haube zu bringen. »Auf keinen Fall.«

»Was hast du gegen ihn?«

»Nichts, abgesehen davon, dass du mich mit ihm verkuppeln willst.«

»Aber warum willst du denn nicht wieder heiraten? Du bist doch noch ganz ansehnlich.«

Anne lachte laut auf. »Ganz ansehnlich ist gut, Großmutter. Die Männer stehen Schlange vor ihrer Garderobe.«

»Im Theater!« Elizabeth schürzte abschätzig die Lippen. »Und? Hat sie schon von irgendeinem dieser Herren einen Heiratsantrag bekommen?«

Sarahs Geduld war nun endgültig erschöpft. »Hör zu, Mutter: Ich werde nicht wieder heiraten. Weder einen ›dieser Herren‹ noch Mr. Henderson. Mein Leben gefällt mir sehr gut, so wie es ist.«

»Dir mag es gefallen«, versetzte Elizabeth. »Aber was ist mit Anne? Du solltest zumindest Rücksicht auf deine Tochter nehmen. Immerhin wird es für sie auch langsam Zeit, sich nach einem Ehemann umzusehen. Und so wie du dich benimmst ...«

»Halte Anne da raus!« Sarahs Stimme wurde schrill und kippte. Sie atmete tief durch. Schreien war Gift für ihre Stimmbänder. Ruhiger fuhr sie fort: »Meine Tochter wird nicht mit achtzehn Jahren an eine sogenannte gute Partie verschachert.«

Nicht so wie ich.

1. KAPITEL

Am Hafen ließ Peer seine beiden Begleiter vorangehen und schlug den Kragen hoch. Der Wind fühlte sich hier noch kälter an als in der Stadt. Seit gestern regnete es, jetzt mischten sich erste Schneeflocken unter die Tropfen. Er sah sich um. Mindestens dreißig Schiffe lagen hier. Wahre Schmuckstücke neben Seelenverkäufern, die aussahen, als würden sie beim ersten Sturm auseinanderbrechen. Das also war die Robbenfängerflotte von Victoria.

Alex drehte sich zu ihm um. »Was für ein Mistwetter«, brummte er. »Ich muss verrückt gewesen sein, mich hierauf einzulassen. Wir hätten uns ein Schiff in Richtung Südsee suchen sollen.«

»Aber auf einem Robbenfänger verdienst du mehr als auf einem Schiff, das Tropenholz transportiert«, gab Emil, ihr Führer, zurück.

»Hoffentlich.« Zweifel klang aus Alex' Stimme.

Peer lächelte. »Wenn er das sagt, kannst du es glauben.«

Peer kannte Emil schon seit seiner Kindheit, sie kamen aus demselben Dorf in Westschweden. Alles, was er über Navigation wusste, hatte Emil ihm beigebracht.

Endlich blieb Emil stehen und deutete auf ein Schiff. »Da ist sie. Das ist die Victory.«

Peer hielt die Luft an. Vor ihm lag der schönste Schoner, den er je gesehen hatte, und er hatte mit seinen fast vierunddreißig Jahren einige gesehen. Die Victory war ein Toppsegelschoner, schlank und schnittig, mit niedrigen Deckaufbauten, ganz auf Schnelligkeit gebaut.

Langsam schritt er die Mauer entlang, ließ den Blick über das Schiff gleiten. Wie schnell sie wohl war?

»Peer, du starrst sie an, als wäre sie eine Frau. Lass uns zurückgehen, den verdammten Vertrag unterzeichnen und etwas trinken.«

Er ignorierte Alex' Murren und wandte sich an Emil. »Wer hat sie gebaut, Matthew Turner?«

Emil nickte. »Ja, sie kommt aus Turners Werft. Ich wusste, sie wird dir gefallen.«

»Sie ist großartig.« Sein Entschluss stand fest, er würde auf diesem Schiff anheuern. Er wollte sie unter Segeln sehen, am Ruder stehen und fühlen, wie sie sich in den Wind legte. Mit Emil würde es eine großartige Fahrt werden. Und danach würde er endlich genug Geld haben, um sich seinen langgehegten Traum zu erfüllen, eine Navigationsschule zu besuchen und selbst Steuermann zu werden. Irgendwann würde er ein Schiff wie dieses navigieren.

»Zu welchem Heuerbaas müssen wir?«

»Kein Heuerbaas. Ihr macht den Kontrakt direkt mit Kapitän Brandon.«

Peer runzelte die Stirn. So etwas war ungewöhnlich.

»Er ist der Eigner der Victory«, erklärte Emil. »Er muss keiner Reederei gegenüber Rechenschaft ablegen. Warum soll er diesen Haien Vermittlungsgebühr bezahlen?«

Da war etwas dran. Unter den Heuerbaasen gab es oft genug Halunken, die nur darauf aus waren, die Seeleute um ihren Vorschuss zu betrügen.

»Wie ist der Alte so?«

»Brandon? Er ist ein harter Hund, aber gerecht. Wenn ihr eure Arbeit gut macht, gibt es keine Probleme. Mit Drückebergern ist er allerdings nicht zimperlich.«

Diese Beschreibung passte wohl auf die meisten Kapitäne, mit denen Peer gefahren war. »Kommst du mit ihm klar?«

Emil hob die Schultern. »Ich fahre jetzt zum dritten Mal mit ihm und weiß fast nichts über ihn. Er redet nicht viel. Aber er ist ein großartiger Seemann, und wenn jemand weiß, wo man die Robben findet, dann er. Seine Jäger gehören zu den Besten. Mit ihm könnt ihr gutes Geld verdienen. Also?«

Peer sah Alex an. »Was meinst du?«

Alex lachte. »Ich kann dich wohl kaum von deiner neuen Flamme trennen. Also lass uns diesen Kapitän Brandon suchen und unterschreiben. Und danach möchte ich in diesem Pub, das wir auf dem Weg hierher gesehen haben, was trinken.«

»Gute Idee«, stimmte Emil zu. »Dort finden wir auch Brandon. Es wird bald dunkel. Lasst uns die Details im Warmen besprechen.«

Er führte sie zu Drake's Pub, einer der Kneipen am Hafen. Sie schien bei den Seeleuten sehr beliebt zu sein, fast alle Tische waren besetzt. Als Peer die beiden ausgesprochen hübschen Frauen hinter dem Tresen entdeckte, wusste er auch, warum.

Alex strahlte bei ihrem Anblick. Zielstrebig steuerte er auf die Bar zu, doch Emil hielt ihn auf und wies auf einen der Tische. »Dort sitzt Brandon. Ihr solltet erst mit ihm reden.«

Peer sah hinüber. Der Mann, der aufstand und auf sie zukam, war noch größer als er selbst, dabei überragte er schon die meisten Männer. Aber es war nicht seine Größe, die ihn beeindruckte, es war seine Haltung, seine Ausstrahlung. Peer erkannte einen Anführer, wenn er ihn sah. Für einen Schiffseigner erschien er recht jung, Peer schätzte ihn auf Ende dreißig.

Brandon nickte Emil zu. »Wen bringen Sie mir da, Mr. Nordström?«

»Mr. Svensson, einen Freund von mir, und Mr. Fuller aus

Australien. Mit diesen beiden wäre unsere Mannschaft komplett.«

»Setzt euch.« Der Kapitän wies auf einen freien Tisch. »Wart ihr schon mal auf Robbenjagd?«

Alex verneinte.

»Ich habe in Schweden Robben gejagt«, sagte Peer.

»Hmm.« Brandon strich sich übers Kinn und musterte ihn. »Kannst du ein Fangboot steuern?«

»Ja.«

»Der Junge kann alles steuern, was ein Ruder und ein Segel hat«, schaltete Emil sich ein.

Brandon hob die Brauen. »Und er redet nicht viel. Nun gut. Ihr seid hiermit angeheuert.«

Die Formalitäten waren schnell erledigt. Die Victory sollte in zwei Tagen auslaufen zur Jagd vor der japanischen Küste. Etwa sechs Monate würde die Fahrt dauern. Die Bezahlung war gut, und Brandon stellte eine Gewinnbeteiligung in Aussicht, sollte die Jagd erfolgreich sein.

Nachdem sie ihre Unterschrift geleistet hatten, kehrte Brandon zurück an seinen Tisch.

»Und, was hältst du von ihm?«, wandte sich Emil an Peer.

»Er weiß, was er tut. Ich glaube, man kann gut mit ihm arbeiten.« Peer wies mit dem Kinn auf die Männer, die bei Brandon saßen. »Wer sind die?«

»Die Jäger«, antwortete Emil. »Die Victory führt fünf Fangboote. Für jedes Boot gibt es einen Jäger und zwei Matrosen. Einer steuert und einer pullt.« Er trank sein Bier aus, stand auf und fischte ein paar Münzen aus seiner Hosentasche. »Reicht gerade noch. Ich muss noch mal los, hab 'ne Verabredung.«

»Oho«, sagte Alex. »Wer ist die Glückliche?«

»Schön wär's. Ein Kerl ist's. Na ja, wird hoffentlich nicht so lange dauern. Ich wollte heute mal früh schlafen gehen.«

Am nächsten Morgen wurde Peer von einer lautstarken Diskussion vor der Tür des Schlafsaals geweckt. In seinem Kopf ging es zu wie in einem Steinbruch – die Stimmen lösten eine Schmerzlawine aus, die pochend und polternd gegen seine Schädeldecke krachte. Stöhnend richtete er sich auf. Zum Teufel, warum konnten die da draußen ihre Meinungsverschiedenheiten nicht woanders lösen? Er beugte sich über den Rand seines Stockbettes, um nach Alex zu sehen, der unter ihm schlief, richtete sich jedoch schnell wieder auf, als der Raum sich um ihn zu drehen schien. Ganz offensichtlich hatte er gestern zu viel getrunken. Er erinnerte sich noch, dass Alex mit einer der Bardamen geschäkert hatte und sie anschließend singend durch die Straßen zum Seemannsheim geschwankt waren. Wie er ins Bett gekommen war, wusste er nicht mehr.

Die Tür flog auf, und der Schlafbaas trat ein, gefolgt von Kapitän Brandon und einem Mann in der Uniform der Hafenpolizei.

Dankbar, dass er am Abend zuvor nicht mehr in der Lage gewesen war, sich auszuziehen, schwang sich Peer aus dem Bett.

»Hier sind die beiden Männer, die Mr. Nordström zuletzt gesprochen haben«, sagte Brandon.

Der Officer trat einen Schritt vor. »Ich muss Ihnen ein paar Fragen stellen. Folgen Sie mir bitte.« Er warf einen Blick auf Alex, der sich aus seiner Decke schälte. »Und Sie ebenfalls.«

Grummelnd setzte Alex sich auf. »Wassn passiert?«, nuschelte er und fuhr sich mit den Fingern durchs Haar.

Peer schüttelte den Kopf, was einen erneuten Schwindelanfall auslöste. Was meinte Brandon damit, sie seien die Letzten, die mit Emil gesprochen hätten?

Er blickte zu Brandon hinüber, doch dessen Gesicht verriet nichts.

Zusammen mit Alex folgte er den Männern in das Büro des Schlafbaas. Der reagierte ausgesprochen unwillig, als der Officer ihn aufforderte, den Raum zu verlassen. »Ich kann keinen Ärger brauchen.«

»Es will auch niemand Ärger machen«, antwortete der Polizist und zückte einen Stift. »Sie sind?«, wandte er sich an Peer.

»Peer Svensson.« Er verschränkte die Arme vor der Brust. »Worum geht es?«

»Das erfahren Sie gleich. Sie sind Skandinavier?«

»Schwede.«

»Ah ja. Und Sie?« Er drehte sich zu Alex.

»Alexander Fuller, Australier.«

»Also Brite. Kannten Sie Mr. Nordström schon länger?«

»Ich bin Australier!«, wiederholte Alex deutlich. »Nein, ich kannte ihn erst seit gestern.«

»So.« Der Officer kritzelte auf seinen Block. »Sie waren gestern Abend zusammen in Drake's Pub?«

Wieso sprach der Mann nur zu Alex? Allmählich verlor Peer die Geduld. »Was ist mit Emil?«

»Ich muss Ihnen leider mitteilen, dass wir Mr. Nordström heute Morgen tot aufgefunden haben. Wir gehen von einem Unfall aus.«

Peer starrte den Polizisten an. Emil war tot? Das konnte nicht sein. Und von was für einem Unfall sprach er? Verwirrt fuhr er sich mit der Hand übers Gesicht. Wenn doch bloß dieses Dröhnen in seinem Kopf aufhören wollte.

»Wie lange waren Sie gestern im Drake's, Mr. Svensson?«

»Ich weiß es nicht genau. Lange.«

»Wie ich es sagte«, sprach der Polizist jetzt Brandon an. »Ein Unfall. Er hat sich betrunken und ist ins Hafenbecken gefallen.«

»Moment«, fuhr Peer dazwischen. »Emil war nicht betrunken. Er hatte nur ein Bier und ist dann gegangen, weil er noch verabredet war.«

Der Blick, den der Officer ihm zuwarf, war mehr als zweifelnd. »Wissen Sie, mit wem?«

»Nein. Nur, dass er sich mit einem Mann treffen wollte.«

»Wahrscheinlich hat er dann mit dem noch ein paar Bierchen gekippt. Die Fangflotte läuft die nächsten Tage aus, am Hafen wimmelt es von besoffenen Seeleuten.« Sein Gesicht verriet deutlich seine Abneigung gegen die ›Abschiedsfeiern‹ der Robbenfänger.

»Das glaube ich nicht«, widersprach Peer. »Er wollte früh schlafen gehen, und er hatte kein Geld mehr.«

»Und was glauben Sie dann?«

Peer dachte nach. Emil fiel nicht einfach so ins Wasser, und außerdem konnte er schwimmen. »Vielleicht ist er überfallen worden?«

Der Officer schüttelte den Kopf. »Sie haben selbst gesagt, er hatte kein Geld bei sich. Warum sollte jemand einen Fremden umbringen, wenn nicht für Geld? Wer hätte einen Vorteil von Mr. Nordströms Tod?«

»Vielleicht hatte er Feinde?«, warf Alex ein.

»Das müssten Sie doch wissen?«, wandte sich der Polizist an Brandon.

»Ich glaube nicht, dass er Feinde hatte. Bei der Mannschaft war er beliebt. Von seinem Privatleben weiß ich allerdings nichts.«

»Und auch nicht, mit wem er sich gestern treffen wollte?«

»Nein. Aber wie ich schon sagte, wir wollten ursprünglich morgen auslaufen. Ich wäre Ihnen sehr dankbar, wenn wir die Sache schnell zum Abschluss bringen könnten. Ich muss einen neuen Steuermann finden, und jeder Tag, den ich länger warten muss, kostet mich Geld.«

Verwundert sah Peer ihn an. Sein Gesicht zeigte keine Regung. Berührte ihn der Tod seines Steuermanns so wenig?

Zurück im Schlafraum, setzte Peer sich aufs Bett und vergrub das Gesicht in den Händen. Erst jetzt begriff er wirklich, was passiert war. Emil war tot. Einfach so. Nicht bei Kap Hoorn gesunken, nicht in einem Sturm über Bord gegangen, Dinge, mit denen jeder Seemann rechnen musste, sondern ertrunken, weil er von der Hafenmauer ins Wasser gefallen war.

»Es tut mir leid. Du mochtest ihn sehr, nicht wahr?«, sagte Alex leise.

»Er war mein Lehrer und mein Freund. Mit ihm als Steuermann habe ich meine erste große Fahrt gemacht, mit ihm bin ich das erste Mal um Kap Hoorn gesegelt.«

Jahrelang hatten sie auf denselben Schiffen angeheuert. Irgendwann hatten sich ihre Wege getrennt, bis vor ein paar Tagen. Und nun würde er nie wieder mit ihm segeln.

2. KAPITEL

Rosalies marmorweiße Wangen erröteten in tiefer Glut, ihre Lippen bebten. Sie wagte nicht, ihren Blick zu John zu heben. Das Feuer in seinen Augen würde sie versengen. So lange hatte sie auf ihn gewartet. Und nun hielt er sie fest in seinen starken Armen. Mit süßer Stimme hauchte sie ihr »Ja«.

Sarah schnaubte wenig damenhaft und schlug das Buch zu. Für heute war ihr Bedarf an glühenden Wangen, bebenden Lippen und starken Armen mehr als gedeckt. Unwillkürlich fragte sie sich, wie es um die Ehe ihrer Schwester bestellt war, dass sie mit Begeisterung solche Bücher las. Sie hatte geglaubt, dass Mary und ihr Mann glücklicher zusammenlebten, als es bei ihr und Arthur der Fall gewesen war. Nach außen waren sie die perfekte Familie. Er liebevoll und aufmerksam, sie seine charmante Ehefrau, mit zwei reizenden Kindern. Doch auch Marys Ehe war arrangiert, genauso wie ihre eigene. Kannte sie ein Paar, das sich wirklich liebte?

Sie richtete sich in ihrem Deckstuhl auf und ließ den Blick über das Meer gleiten. Die Sonne schien, doch der Wind war recht kalt. Trotzdem genoss sie es, hier zu sitzen, zu lesen oder einfach ihren Gedanken nachzuhängen.

Ihr ungebührliches Schnauben hatte die ältere Dame im Stuhl neben ihr aus dem Schlummer gerissen. Sie setzte sich auf und warf Sarah einen prüfenden Blick zu. »Ist alles in Ordnung, meine Liebe? Oder werden Sie jetzt auch noch seekrank?«

Sarah lachte. Seit die Kalani vor drei Tagen San Francisco in Richtung Hawaii verlassen hatte, war mehr als die Hälfte der Passagiere der ersten Klasse seekrank geworden. Waren am ersten Abend noch fast alle vollzählig zum Abendessen erschienen, wurden es danach mit jeder Mahlzeit weniger. Sarah und Mrs. Spencer, die jetzt neben ihr saß, gehörten zu den wenigen, die offensichtlich immun gegen das Schaukeln der Kalani waren. Mrs. Spencers Gatte dagegen lag in seiner Kabine und litt. Seine Pflege überließ sie dem Butler, sie zog die frische Luft an Deck vor, wie sie unverblümt erklärte, zumal Mr. Spencer ausgesprochen unleidlich sei, wenn er krank sei.

»Nein, seekrank bin ich nicht«, beantwortete sie Mrs. Spencers Frage. »Aber mir ist ein bisschen übel von zu viel bebenden Lippen bei den Damen und dem unglaublichen Edelmut von Lord John.« Sie deutete auf das Buch in ihrem Schoß.

Mrs. Spencer beugte sich hinüber, ihre Augen funkelten.

»Die verlorene Braut. Ein Liebesroman. Wo haben Sie so etwas her, aus der Bordbibliothek?«

»Meine Schwester hat es mir geschenkt. Sie liebt solche Romane.«

»Da lobe ich mir meine Lektüre. Von diesem Franzosen, Jules Verne. 20 000 Meilen unter dem Meer.« Sie hielt ihr Buch hoch. »Sehr spannend und ganz ohne Liebe.« Ein tiefes, fast grollendes Lachen kam aus ihrer Kehle. »Die romantischen Liebesgeschichten überlasse ich lieber unserem jungen Pärchen dort.«

Sarah folgte ihrem Blick. An der Reling standen Tom und Maggie Wright. Seit vier Monaten verheiratet, wie sie voll Stolz am ersten Abend verkündet hatten. Sie waren auf dem Weg nach Oahu, wo Tom seinem kinderlosen Onkel bei der Bewirtschaftung einer Ananasplantage helfen sollte, um sie später einmal zu übernehmen. Maggies Lebensplanung erschöpfte sich darin, viele Kinder zu bekommen.

Die beiden schienen sehr verliebt, und Sarah wünschte sich plötzlich, einen Blick in die Zukunft tun zu können und sie in zehn Jahren zu sehen. Würde Maggie ihren Gemahl immer noch so anhimmeln, wenn er verschwitzt, müde und gereizt von der Arbeit nach Hause kam? Und würde Tom noch eine ihrer Haarsträhnen um seinen Finger wickeln und ihr zärtlich über die Wange streichen, wie er es gerade eben tat, wenn ihre Figur nach mehreren Schwangerschaften ihre mädchenhafte Grazie verloren hatte? Sie wünschte es den beiden, aber sie zweifelte daran. Liebe, die ganz große Liebe, gab es in Romanen oder auf der Bühne. Im wirklichen Leben war sie eine Ausnahme.

Ihre Großeltern hatten sich geliebt. Ihre Großmutter hatte oft erzählt, wie sie damals in Italien den jungen Rebellen, der sich nach Napoleons Herrschaft dem Geheimbund »Junges Italien« angeschlossen hatte, aus dem Gefängnis befreit hatte.

Sie hatten fliehen müssen und waren aus diesem Grund nach Amerika gekommen. Mit nichts weiter als ein paar Dollar in der Tasche und einigen Weinstöcken im Gepäck, die ihm sein Bruder noch zugesteckt hatte. Sarah konnte die Geschichte nicht oft genug hören, auch wenn sie in ihrer Phantasie die Großmutter nicht mit der jungen, mutigen Frau übereinbringen konnte. In ihren Jungmädchenträumen war sie es selbst, die den Geliebten vor dem Zugriff der Häscher rettete.

Wahrscheinlich kam daher ihre Liebe zur Oper. Träume, die sie auf der Bühne lebte. Und was würde werden, wenn sie das nicht mehr konnte?

Einer der chinesischen Stewards unterbrach ihre Gedanken. »Wir servieren jetzt Tee und Gebäck im Blauen Salon«, verkündete er lautstark.

»Schon wieder essen.« Ächzend stemmte sich Mrs. Spencer aus ihrem Stuhl. »Aber was soll man auch sonst den ganzen Tag tun? Wenn das so weitergeht, passt mir meine Garderobe nicht mehr, bis wir in Hongkong sind.«

»Sie fahren bis Hongkong?« Sarah hatte sich ebenfalls erhoben.

»Ja. Mein Gatte tritt eine Stelle im Generalkonsulat dort an. Aber vorher machen wir ein paar Tage Ferien auf Hawaii. Begleiten Sie mich zum Tee?«

Warum nicht? Sie mochte Mrs. Spencer. Zwar hatte sie eine spitze Zunge und einen scharfen Blick für menschliche Schwächen, aber sie war nicht boshaft, und Sarah fand ihre Gesellschaft sehr viel unterhaltsamer als die des jungen Paares oder des amerikanischen Navy-Offiziers, der sich seit gestern um ihre Aufmerksamkeit bemühte.

»Ich hoffe doch sehr, dass wir bald besseres Wetter bekommen«, sagte Mrs. Spencer auf dem Weg zum Salon. »Normalerweise ist die Fahrt nach Hawaii ein Vergnügen, aber nicht, wenn es weiterhin so kalt und windig bleibt.«

Beim Abendessen erschienen die Passagiere der ersten Klasse wieder fast vollzählig im Speisesaal. Auch Mr. Spencer hatte seine Seekrankheit überwunden und begleitete seine Frau. Er erwies sich als äußerst charmanter, welterfahrener Mann und amüsanter Plauderer, ganz anders, als Sarah ihn sich vorgestellt hatte.

Zu ihrer Tischgesellschaft gehörte ein weiteres Paar, Mr. und Mrs. Denninger aus Los Angeles. Mrs. Denninger musterte Sarah eingehend, als sie einander vorgestellt wurden, und auch ihr kam die Frau vage bekannt vor. Vielleicht hatten sie sich auf einer der vielen Wohltätigkeitsveranstaltungen getroffen. Sie dachte nicht weiter darüber nach.

Mrs. Denninger riss sofort die Unterhaltung an sich, erzählte den neuesten Tratsch aus San Francisco und Los Angeles.

Sarah beteiligte sich nicht an dem Gespräch. Sie war auf diesem Schiff, um dem gesellschaftlichen Klatsch zu entkommen, stattdessen verfolgte er sie in Gestalt dieser Walküre. Hoffentlich ging sie nicht regelmäßig in die Oper.

Nachdem das Dessert gereicht worden war, beugte Mrs. Denninger sich zu Sarah hinüber. »Jetzt weiß ich, woher ich Sie kenne. Sie sind die Witwe von Arthur Tanner, dem Eisenbahnbaron.«

Sarah nickte. »Ja. Mein Mann war Mr. Arthur Tanner.« Worauf wollte sie hinaus?

»Stellen Sie sich vor, dann sind wir weitläufig miteinander verwandt«, erklärte Mrs. Denninger gewichtig. »Meine Tante war eine Cousine zweiten Grades der Mutter Ihres Mannes.«

»Ach ja, wie interessant.« Sarah lächelte unverbindlich. Ganz bestimmt würde sie nicht versuchen, diese Fäden zu entwirren.

»Oh ja, und stellen Sie sich vor, ich kenne das Familiengeheimnis der Tanners.« Triumphierend sah Mrs. Denninger in die Runde. »Wollen Sie es hören?«

Sarah schluckte heftig. Das hörte sich nicht nach einer Enthüllung über Emilia Rossi an. Auch wenn die Tanners es nicht gerne sahen, dass Arthurs Witwe als Opernsängerin auftrat, so war es doch kein Familiengeheimnis. Aber wenn es das nicht war, dann konnte sie nur etwas anderes meinen.

Die Luft in Sarahs Lungen schien zu Eis zu werden. Es konnte nicht sein. Es gab nur zwei Menschen, die davon wussten.

Lächeln. Sie musste lächeln und dafür sorgen, dass ihre Stimme nicht zitterte. »Familiengeheimnisse bei Tanners? Kaum zu glauben.«

»Ja, stellen Sie sich vor.« Mrs. Denninger griff nach ihrem Glas, nahm einen großen Schluck Champagner und genoss sichtlich die Situation. Alle am Tisch warteten auf ihre nächsten Worte.

»Die äußerst ehrwürdige Familie Tanner hat eine Schauspielerin in der Verwandtschaft.«

Sarah ertränkte das hysterische Kichern in ihrer Kehle mit einem Schluck Wein. Wenn es stimmte, war es tatsächlich ein kleiner Skandal. Aber es war nicht die Enthüllung, die sie befürchtet hatte. Erleichtert ließ sie sich zurücksinken.

»Eine Schauspielerin? So wie Sarah Bernhardt, mit vielen Liebhabern?«, fragte Maggie eifrig.

»So in etwa.« Mrs. Denninger senkte die Stimme. »Sie ist die Tochter seines Bruders. Er ist mit einer italienischen Gräfin von nicht ganz einwandfreier Herkunft durchgebrannt und wurde von der Familie verstoßen.«

Es konnte stimmen. Arthur hatte nie von einem Bruder gesprochen.

»Sie ist in England eine berühmte Bühnenschauspielerin. Illustre Verwandtschaft, nicht wahr, Mrs. Tanner?«

Sarah lächelte. »Allerdings. Und es ist mir tatsächlich völlig neu.«

Die Herren zogen sich in den Rauchsalon zurück, die Damen schlenderten noch eine Runde auf dem Promenadendeck.

Mrs. Spencer hakte sich bei Sarah ein und verlangsamte ihren Schritt. »Sie hatten Glück, dass Ihr Geheimnis nicht offengelegt wurde.«

»Wie bitte?«, fragte Sarah scharf. Warum wollten plötzlich alle irgendwelche Geheimnisse enthüllen?

Mrs. Spencer zwinkerte ihr zu. »Sie sind Emilia Rossi. Ich habe Sie vor einiger Zeit auf der Bühne gesehen, und ich vergesse nie ein Gesicht. Ihre Violetta hat mich zu Tränen gerührt. Weiß die ehrenwerte Familie Tanner davon?«

»Sie wissen es. Solange ich nur unter meinem Künstlernamen auftrete und den Namen der Familie nicht kompromittiere, dulden sie es, deshalb wäre ich sehr dankbar, wenn Sie mein Inkognito wahren könnten.«

»Selbstverständlich.« Sie machte eine kurze Pause. »Ist denn etwas dran an den Gerüchten, dass Sie wegen einer unglücklichen Liebe nicht mehr singen wollen?«

Sarah lachte laut auf. »Nein, wirklich nicht. Ich fahre nach Hawaii, um vor dem nächsten Auftritt ein wenig Ruhe zu haben.«

Es war die Antwort, die sie jedem gab, der nach dem Grund ihrer Reise fragte.

Mrs. Spencer nickte. »Jetzt, da ich Sie kenne, kann ich mir das auch nicht vorstellen.«

Später saß Sarah in ihrer Kabine, vor ihr lag das Libretto von Puccinis neuester Oper. Sie starrte auf den Text, ohne ihn zu lesen. Stattdessen dachte sie an ihr Gespräch mit Mrs. Spencer. Also machte die Geschichte von einer unglücklichen Liebe immer noch die Runde.

Sie schüttelte den Kopf. Liebe war zum letzten Mal vor

etwa zwanzig Jahren ein Problem für sie gewesen. Der Grund für ihre ›Flucht‹ nach Hawaii war ein anderer. Schreiknötchen nannte sich das Phänomen, das jeder Sänger fürchtete. Sie hatte es für eine vorübergehende Heiserkeit gehalten, bis zu ihrem Arztbesuch.

»Meine Liebe, Sie haben sich übernommen«, hatte der Arzt ihr erklärt. »Ihre Stimmbänder sind überreizt. Sie müssen sie schonen. Wenn Sie Ihre Stimme behalten wollen, dürfen Sie die nächsten Wochen nicht singen.« Er hatte ihr Hoffnung gemacht, dass die Knötchen auf ihren Stimmbändern sich nach ein paar Wochen Ruhe zurückbilden würden. Das war auch geschehen, jedoch glich ihre Stimme immer noch nicht wieder dem glasklaren Sopran, für den sie berühmt war. Bis jetzt wussten weder die Presse noch ihre Kollegen, warum sie ihre Lieblingsrolle, die Tosca, der zweiten Besetzung überlassen hatte. Wenn sie es herausfanden, konnte es das Ende ihrer Karriere bedeuten.

Es sei eine »Kopfsache«, hatte ihre Gesangslehrerin erklärt. Sie setze sich zu sehr unter Druck. Sie hatte Sarah dazu geraten, San Francisco für eine Weile zu verlassen, um zur Ruhe zu kommen.

3. KAPITEL

Auch die nächsten Tage blieb das Wetter unstet. Normalerweise wehte in diesen Breiten der Nordostpassat, der für gleichmäßige, warme Witterung sorgte, hatte der Erste Offizier erzählt, aber dieses Jahr blieb er aus. So etwas passierte wohl ab und zu.

Drei Tage bevor die Kalani Hawaii erreichen sollte, verdichteten sich frühmorgens die Wolken, und die Wellen wurden höher. Sarah musste sich auf dem Weg von ihrer Kabine zum Speisesaal am Geländer in den Gängen festhalten.

Nach dem Frühstück begaben sich fast alle Passagiere auf das Promenadendeck. Sarah warf einen Blick nach unten auf das Deck der dritten Klasse. An der Reling drängten sich die Menschen und warfen besorgte Blicke auf die dunkle Wolkenwand, die sich bedrohlich von Süden her dem Schiff näherte.

»Das sieht nicht gut aus.« Andrew Jordan, der Navy-Offizier, stand neben Sarah und blickte, die Augenbrauen zusammengezogen, hinaus aufs Meer. »Hoffentlich braut sich da kein Taifun zusammen.«

»Ein Taifun?«

»Ein tropischer Wirbelsturm. Aber es ist nicht die richtige Jahreszeit dafür.« Er schenkte ihr ein aufmunterndes Lächeln. »Machen Sie sich keine Sorgen, es wird wohl nur ein Unwetter sein. Außerdem ist die Kalani ein gutes Schiff und der Kapitän sehr erfahren.«

Irgendwie trugen seine Worte nicht zu ihrer Beruhigung bei. Ebenso wenig die Tatsache, dass sie ihn kurze Zeit später auf dem Brückendeck im Gespräch mit dem Kapitän und zwei Offizieren entdeckte. Der Kapitän verschwand im Brückenhaus, und kurz danach änderte das Schiff den Kurs. Statt direkt lief die Kalani jetzt schräg auf den Sturm zu, und außerdem wurde sie deutlich schneller. Aus den Schornsteinen drangen dicke Rauchwolken.

Trotz der Geschwindigkeit der Kalani rückte die Wolkenwand unaufhaltsam näher. Sarah fröstelte. Oberhalb der Wolken zeigte der Himmel ein unheimliches, schwefliges Gelb. Erste Windböen fegten über das Deck, zerrten an Sarahs Kleidern und an ihren Haaren, bliesen dem Herrn neben ihr den Hut vom Kopf.

Kurze Zeit später erschien der Erste Offizier und bat die Passagiere, sich nach unten in den Speisesaal zu begeben, dort sei es sicherer. Die meisten folgten seiner Aufforderung sofort, nur einige Männer blieben zurück.

Im Speisesaal setzte Sarah sich zu den Spencers und Andrew Jordan. Anscheinend war der Plan des Kapitäns, dem Sturm auszuweichen, nicht von Erfolg gekrönt. Durch die Fenster konnte sie sehen, wie die Wellen sich höher und höher türmten. Die Kalani schaukelte und schlingerte, das Heulen des Windes übertönte das Dröhnen der Maschinen.

Nach einer halben Stunde betrat einer der Offiziere den Speisesaal, sein Gesicht war blass und sein Ausdruck besorgt. »Meine Damen und Herren!« Er wartete, bis alle Aufmerksamkeit auf ihn gerichtet war. »Ich möchte Sie bitten, Ihre Rettungswesten anzulegen.«

Die Aufforderung löste Unruhe aus. Einige Leute sprangen auf und rannten zum Ausgang. Eine Frau packte den Offizier am Arm. »Sinken wir?«

Er schüttelte den Kopf. »Nein Ma'am, wir sinken nicht. Aber aus Sicherheitsgründen sollten Sie die Westen tragen.«

Sarah klammerte sich an der Tischkante fest, als eine gewaltige Welle die Kalani traf. Ein Vibrieren lief durch den Schiffsrumpf. Andrew Jordan kniff die Augen zusammen und schien angestrengt zu lauschen. Dann erhob er sich. »Kommen Sie.«

Ohne auf ihre Antwort zu warten, packte er Sarah am Arm und zog sie zum Ausgang, wo die Kabinenstewards Schwimmwesten austeilten. Misstrauisch betrachtete Sarah die Korkweste in Andrews Hand. Sie hatte von Leuten gehört, die in diesen Dingern ertranken, weil sie falsch konstruiert waren oder sich das Material mit Wasser vollsaugte. »Ich weiß nicht …«

Andrew zog ihr die Weste über den Kopf. »Da draußen können Sie sich ohne Weste nicht über Wasser halten.«

»Ich dachte, es besteht keine Gefahr.« Diese ganze Situation erschien ihr so unwirklich, so absurd, dass sie keine Angst hatte.

Andrew beugte sich vor. »Merken Sie, wie das Schiff rollt? Die Maschinen arbeiten nicht mehr. Wir sind manövrierunfähig.« Er machte eine Pause. »Das hält sie nicht lange aus, sie wird sinken.«

Sarah schluckte heftig. Bilder schwirrten in ihrem Kopf. Der Untergang der City of Rio vor drei Jahren. Das Schiff war in der Bucht von San Francisco auf ein Riff gelaufen und gesunken. Sie dachte an die Berichte von den Rettungsbooten, die beim Herablassen kenterten, von Menschen, die vom Sog des untergehenden Schiffes in den Tod gerissen wurden. Hundertachtunddreißig Menschen waren damals gestorben.

»Warum tun sie nichts?« Sie wies auf die Besatzungsmitglieder und den Ersten Offizier.

»Werden sie gleich, wahrscheinlich wollen sie eine Panik vermeiden.«

Wieder ging ein Ruck durch die Kalani.

Andrew schob sie vor sich her nach draußen. »Bleiben Sie hier, halten Sie sich fest, bis die Boote bereit sind. Ich schaue, wo ich helfen kann.«

Sarah sah ihm nach. Wie besonnen er war.

Maggie und Tom kamen nach draußen. Beide trugen bereits Westen.

»Glauben Sie, dass wir sinken?« Maggie klammerte sich krampfhaft an Toms Arm, in ihrer Stimme klang Angst.

Was hatte Andrew gesagt? Der Kapitän wollte eine Panik vermeiden.

»Ich glaube nicht«, antwortete Sarah mit aller Überzeugung, die sie aufbieten konnte.

»Woher wollen Sie das wissen?«, fauchte Mrs. Denninger, die mit den Verschnürungen ihrer Weste kämpfte.

Sarah zuckte die Schultern.

Zwei der Offiziere erschienen auf dem Promenadendeck. »Bitte gehen Sie zurück in den Speisesaal. Dort ist es sicherer.«

»Damit wir alle mit untergehen, wenn das Schiff sinkt?«, rief Maggie.

»Wir sinken nicht«, erklärte der Zweite Offizier ruhig. »Es ist ein wenig Wasser in den Maschinenraum eingedrungen, aber wir haben die Schotten geschlossen, und die Pumpen laufen.«

Sarah erinnerte sich an die Erklärung des Offiziers während einer Führung vor einigen Tagen. Die Kalani hatte wasserdichte Türen, die im Notfall geschlossen wurden und verhinderten, dass Wasser sich in den unteren Decks ausbreitete. Erleichtert atmete sie auf. Dann konnte doch eigentlich nichts mehr passieren. Sicher hatte Andrew sich mit seiner Vorhersage getäuscht. Vielleicht hatte er gar nicht an die Schotten gedacht.

Unschlüssig klammerte sie sich an das Geländer.

Es widerstrebte ihr, wieder nach unten zu gehen; außerdem hatte Andrew ihr gesagt, sie solle hier draußen bleiben, und er hatte dafür bestimmt seine Gründe.

Die Wellen waren inzwischen so hoch, dass sie über das untere Deck fluteten. Täuschte sie sich, oder hatte das Schiff leichte Schlagseite? Vielleicht machte es auch nur den Eindruck, weil sie auf der sturmabgewandten Seite stand.

Unter Umständen war es im Inneren doch sicherer.

Sie hangelte sich am Geländer entlang zur Tür, als ein heftiger Schlag die Kalani traf. Neben ihr wurden die Leute zu Boden geschleudert, rutschten über die nassen Planken. Aus dem Inneren des Schiffes drangen der Lärm von splitterndem Glas und Schreie. Gischt sprühte über das Promenadendeck, durchnässte Sarahs Kleider.

Schreckensbleich im Gesicht, drängten die Leute aus dem Speisesaal zurück aufs Deck. Mrs. Spencer blutete aus einer Wunde am Arm, war jedoch bemerkenswert gelassen. Sie zerrte Maggie hinter sich her, die hysterisch nach Tom schrie.

»Ich bin hier!« Tom half einer älteren Frau die Treppe hinauf.

Sarah sah sich um. Diesmal gab es keinen Zweifel, das Schiff lag tiefer als sonst. Sie kämpfte sich zu Mrs. Spencer. »Was ist passiert?«

»Eine Welle hat die Fenster zum Speisesaal eingeschlagen, er steht unter Wasser.«

Aus den Ausgängen quollen die Passagiere der dritten Klasse. Manche weinten, doch die meisten waren sehr gefasst. Allerdings trugen nicht alle eine Weste.

»Wo bekommen wir Rettungswesten?«, schrie ein Mann.

»Meine Damen und Herren, bitte bewahren Sie Ruhe«, rief einer der Offiziere durch ein Megaphon. »Die Rettungswesten befinden sich in Ihren Kabinen, aber Sie können auch am Aufgang zur Brücke welche bekommen.« Er wies auf zwei Stewards, die Westen aus einer Kiste zogen und verteilten.

Zu Sarahs Erleichterung bezogen mehrere Offiziere Position auf dem Deck und gaben Anweisung, die Rettungsboote klarzumachen.

»Darf ich Frauen und Kinder hierherbitten«, rief einer der Offiziere und löste damit einen Ansturm auf das erste Boot aus.

Frauen und Kinder zuerst. Niemals hätte sie erwartet, diesen Satz einmal zu hören. Immer noch hatte Sarah dieses unwirkliche Gefühl, fast als träume sie. Plötzlich war sie sehr froh, dass Anne sie nicht auf diese Reise begleitet hatte. Sie würde vor Angst um ihre Tochter sterben. Um sich selbst machte sie sich keine Gedanken. Ihr würde schon nichts passieren.

Die Matrosen halfen den Frauen ins Boot. Sarah blieb, wo sie war, und beobachtete das Treiben. Sie hatte keine Angst. Es gab genug Rettungsboote für alle, die Kalani war nur zu einem Drittel gebucht, und sie wollte erst sehen, wie das Abfieren des Bootes vor sich ging.

Mit ihr warteten Maggie und Tom, weil Maggie sich weigerte, ohne ihren Mann zu gehen. Und auch Mr. und Mrs. Spencer standen noch in ihrer Nähe und sprachen miteinander.

Als das Boot fast voll war, winkte der Offizier zwei Matrosen herbei, die ebenfalls einstiegen. Dann wurde es langsam hinuntergelassen. Als es auf dem Wasser aufsetzte, wurde es sofort von einer Welle erfasst und gegen die Bordwand gedrückt. Schreie erklangen. Die beiden Matrosen im Boot reagierten geistesgegenwärtig, hakten die Leinen los und schoben das Boot mit den Rudern von der Kalani fort.

Sarah atmete auf, anscheinend verstanden die Leute hier ihr Geschäft.

»Warum sind Sie noch hier?« Andrew war zurückgekommen und fasste sie entschlossen am Arm. »Sie steigen sofort ins nächste Boot.«

»Aber es gibt doch genug Boote«, wandte sie ein.

»Aber nicht genug Zeit«, gab er sehr ernst zurück.

Inzwischen wurde ein zweites Boot hinabgelassen. Das nächste war bereit, und jetzt durften auch Männer an Bord. Andrew half den Leuten beim Einsteigen.

Sarah stand bei den Wartenden, als jemand sie von hinten packte und herumriss. Ein Mann drückte sie gegen die Reling und zerrte an ihrer Rettungsweste. Einen Augenblick war sie wie gelähmt, dann griff sie nach seinen Händen und versuchte, sich loszumachen, doch er knurrte nur etwas Unverständliches und presste sie noch fester gegen die Reling. Sie schnappte nach Luft.

»Lassen Sie mich!« Ihre Stimme war ein schwächliches Keuchen. Der Mann machte sich grob an den Schnüren ihrer Weste zu schaffen, doch er zog die Knoten nur fester zu.

Verzweifelt bemühte sich Sarah, freizukommen. Bemerkte denn keiner von den anderen, was hier vorging? Endlich lockerte er seinen Griff, hielt sie nur noch mit einer Hand gepackt. Tief atmete sie ein.

Aber dann entdeckte sie das Messer in seiner anderen Hand.

Gellend rief sie um Hilfe, einmal, zweimal. Der Kerl würde sie umbringen, um an ihre Weste zu kommen. Er ließ nicht von ihr ab, sondern versuchte fluchend, die Schnüre aufzuschneiden. »Halt still!«

Sie musste lauter sein. Sie konnte lauter sein. Wenn sie sang, hörte man sie im letzten Winkel der Grand Opera. Sie füllte ihre Lungen mit so viel Luft wie möglich und schrie aus voller Kraft. Die ungewohnte Lautstärke ließ den Mann zurückfahren.

Und dann war Andrew da.

»Lass sie los!« Er schlug dem Mann die Faust ins Gesicht und zerrte ihn von Sarah fort. Heftig atmend klammerte sie sich an die Reling.

Als wäre der Zwischenfall ein Signal gewesen, war es vorbei mit der Disziplin an Bord. Die Menschen drängelten und schubsten und begannen, um die Plätze vor den Rettungsbooten zu kämpfen.

Sarah wich zurück. Weiter hinten gab es auch noch Boote, vielleicht war es dort besser.

Inzwischen hatte sich das Deck der Kalani deutlich geneigt.

Plötzlich hörte Sarah einen Knall, wie von einer gewaltigen Explosion.

Dann brach eine Sturzsee über sie herein. Ihre Hände wurden von der Reling gerissen. Sie wurde herumgewirbelt und nach unten gezogen. Eine Welle musste sie über Bord geschleudert haben und drückte sie unter Wasser.

Sie wusste nicht, wo oben und wo unten war. Die Luft wurde knapp. Wild schlug sie um sich. Immer noch hielt die Welle sie gefangen, zog sie tiefer. Ihre Lungen schmerzten.

Sie musste auftauchen, sie musste atmen. Sie riss die Augen auf, aber um sie herum war es dämmrig, sie konnte die Wasseroberfläche nicht erkennen. Rote Funken tanzten vor ihren Augen. Dann kam ihr die Erkenntnis in erschreckender Klarheit. Sie würde hier sterben.

Sie würde niemals mehr singen. Und sie würde ihre Tochter nicht mehr wiedersehen. Nicht erleben, wie Anne studierte, nicht wissen, ob sie sich verlieben, ob sie vielleicht Kinder haben würde.

Sie braucht mich doch noch, dachte sie. Und dann wurde alles schwarz.

4. KAPITEL

Leise vor sich hinfluchend holte Peer die Überreste des zerrissenen Außenklüvers ein. Die Gewalt des Sturmes war gebrochen, aber die Wogen gingen immer noch so hoch, dass es schwierig war, auf der Backspitze das Gleichgewicht zu halten. Immer wieder sprühte Gischt über den Bugspriet und durchnässte seine Kleider.

Es würde eine Heidenarbeit werden, das Segel zu flicken,

und er wusste jetzt schon, wem Andersen diese Arbeit aufs Auge drücken würde, nämlich ihm. Der neue Steuermann und er waren sich vom ersten Moment an nicht grün gewesen.

»Wir hatten Glück, Mr. Andersen«, sagte der Kapitän in diesem Augenblick. »Außer ein paar zerfetzten Segeln gibt es keine Schäden.«

Glück traf die Sache nicht ganz. Es war Kapitän Brandons Geschick als Seemann, welches die Victory gerettet hatte. Normalerweise gab es im Februar vor Hawaii nicht so starke Stürme, die Taifunsaison fing erst im Juni an. Doch dieser Sturm hatte einem Taifun in nichts nachgestanden. Zwei Tage lang hatte er getobt und den Schoner weit von seinem Kurs abgetrieben. Noch mehr Zeitverlust.

Diese Fahrt stand unter keinem guten Stern. Erst Emils Tod, dann dieser Sturm.

Ein Rippenstoß unterbrach seine Gedanken.

»Steh hier nicht so blöde rum, Svensson. Was ist los mit dem Segel?«

Andersen, der Wichtigtuer. Peer begriff immer noch nicht, wieso Brandon ausgerechnet ihn als Emils Nachfolger angeheuert hatte. Der Mann kannte sich vielleicht mit Navigation aus, aber von Segelschiffen verstand er nichts.

»Ich denke nicht, dass man es reparieren kann, Sir.«

»Du denkst? Überlass das Denken mal lieber denen, die es können. Natürlich kann man es flicken.«

Peer schluckte die Antwort, die ihm auf der Zunge lag, hinunter. In den vergangenen drei Wochen war er mehr als einmal mit Andersen aneinandergeraten. Es half nichts, der Mann war sein Vorgesetzter, und seinem Vorgesetzten widersprach man nicht ungestraft. »Jawohl, Sir.«

Anscheinend war sein Ton unterwürfig genug, denn Andersen nickte und ging nach achtern.

Peer spuckte aus. Wie er es hasste, vor diesem Kerl zu kriechen. Im Grunde bereute er es, auf der Victory angeheuert zu haben, jetzt, da Emil nicht mehr lebte. Er verstaute das zerfetzte Segel in einer Kiste und sah hinaus aufs Meer. Der Wind hatte sich gelegt, aber der Himmel war immer noch bewölkt, und es regnete.

Durch den Regenschleier entdeckte er einen dunklen Punkt auf den Wellen. Er wischte sich über die Augen. Nein, er musste sich täuschen, da war nichts.

Angestrengt kniff er die Augen zusammen und suchte das Meer ab.

Dort war es wieder. Irgendetwas trieb auf den Wogen.

»Boot, steuerbord voraus!«, rief Nielsen vom Mast.

Also hatte er doch richtig gesehen. Die Männer an Deck versammelten sich auf der Leeseite der Victory und starrten aufmerksam aufs Meer.

»Scheint ein Rettungsboot zu sein«, meldete Nielsen von oben.

»Das fehlte noch. Als ob wir nicht schon genug Zeit verloren hätten«, knurrte Brandon und gab Befehl zum Beidrehen.

»Da hatte wohl jemand weniger Glück als wir«, murmelte Alex neben ihm, mit Blick auf das Boot, das jetzt schnell näher kam. Dann stutzte er. »Ich glaub's nicht ...«

»Was glaubst du nicht?«, fragte Peer.

Alex schüttelte den Kopf, zwinkerte ein paarmal und starrte wieder auf das Boot. Schließlich fing er an zu lachen und verpasste Peer einen Rippenstoß. »Da ist 'ne Frau dabei!«

Tatsächlich, jetzt erkannte er es auch. Eine der Gestalten war deutlich kleiner und hatte langes, dunkles Haar.

Das Boot ging längsseits, die Leinen wurden festgemacht. Die Männer der Victory drängelten und schubsten, um einen Blick auf die Neuankömmlinge zu erhaschen.

»Mach doch mal Platz!«

»Ich will auch was sehen, geh woandershin!«

»Pass bloß auf!«

Das waren Reilly und Brady, der eine Ire und der andere Engländer. Sie gerieten ständig aneinander, und Peer hatte bereits mehr als einen Streit zwischen ihnen geschlichtet. Aber im Moment interessierte es ihn nicht, ob die beiden sich die Köpfe einschlugen.

Die beiden Männer im Boot hoben die Frau in die hinabgestreckten Arme des Kapitäns. Peer konnte von ihr nicht mehr erkennen als eine Flut dunkelbrauner Locken und ein bleiches Gesicht. Brandon stellte sie auf die Füße und half dann den beiden Männern an Bord.

Die Frau schwankte und griff nach den Wanten. Sie war sehr blass. Auch die beiden Männer wirkten erschöpft. Wie lange sie wohl schon in diesem Boot saßen?

Im ersten Moment waren die Matrosen vor ihr zurückgewichen, jetzt schoben sie sich wieder näher und tuschelten.

»Starr doch nicht so.«

»Starrst ja selbst.«

»Wie alt die wohl ist?«

»Die sieht aber lecker aus, hoffentlich behält er sie eine Weile hier.«

»Eine Frau an Bord bedeutet Unglück. Besser, er bringt sie so schnell wie möglich an Land.«

Peer grinste. Das war mal wieder typisch Hale. Abergläubisch waren alle Seeleute mehr oder weniger, er selbst war da keine Ausnahme, aber bei Hale nahm es schon fanatische Ausmaße an. Er sah in jeder Möwe einen Unglücksboten.

Inzwischen war das Boot an Bord gehievt worden. Brandon wies zwei Männer an, es festzulaschen. Dann zog er die Augenbrauen zusammen und sah zu der Frau hinüber.

»Svensson, bring sie in die freie Kabine neben Mr. Andersens.« Er machte eine Pause. »Und lass deine Finger von ihr!«

Die Männer feixten.

»Brauchst du Hilfe?«, rief Alex und erntete einen bösen Blick von Brandon.

Peer ignorierte das Gefrotzel seiner Kameraden und rief nach dem Schiffsjungen: »Willy, hol eine Kanne Wasser und eine Tasse und bring sie in die Backbordkabine.«

Dann trat er zu der Frau. Ihre Hände umklammerten die Wanten, ihr Kopf lehnte an den Leinen, und sie hielt die Augen geschlossen.

»Kommen Sie, ich bringe Sie in Ihre Kabine.«

Sie nickte, ließ die Wanten los und taumelte gegen ihn, als die Victory krängte.

»Entschuldigung«, murmelte sie.

Er stützte sie. Wie klein sie war, sie reichte ihm gerade bis zur Schulter.

Und nun? Es schien nicht so, als könne sie laufen, geschweige denn die Treppe hinunterklettern. Es war wohl am besten, wenn er sie trug. Vorsichtig nahm er sie auf die Arme.

»Du hast's gut!«, rief einer der Männer ihm nach.

Er trug sie den Niedergang hinunter in die Kabine und bettete sie in die Koje.

Willy stellte die Kanne und einen Becher auf den Tisch in der Ecke und starrte ihr dann neugierig ins Gesicht. »Wer sie wohl ist?«

Das fragte er sich auch. Ein Mädchen war sie nicht mehr, ihre Haut war glatt, doch in ihren Augenwinkeln zeigten sich kleine Fältchen, und um ihren Mund lag ein Zug, der auf Lebenserfahrung schließen ließ. Ihr Gesicht war schmal, mit ausgeprägten Wangenknochen und einem Kinn, das einen starken Willen verriet. Kein liebliches Gesicht, aber ihm gefiel, was er sah. Er mochte keine puppenhaften Frauen.

Sie blinzelte. Rasch schob er einen Arm unter ihre Schultern, half ihr, sich aufzusetzen und hielt ihr den Becher mit Wasser an die Lippen. Sie umklammerte ihn mit beiden Händen und trank in hastigen Zügen.

Er wartete einen Moment, dann zog er sachte den Becher weg. »Langsam trinken. Sonst kommt alles wieder raus.«

Sie nickte, schloss die Augen und ließ sich zurücksinken.

Einen Augenblick später verrieten ihm ihre regelmäßigen Atemzüge, dass sie eingeschlafen war. Ratlos sah er auf sie hinab. Ihre Kleider waren nass, konnte er sie einfach so liegen lassen? Am Ende wurde sie krank. Zumindest den Rock und die Bluse sollte er ihr ausziehen.

Er schickte Willy hinaus.

Zögernd streckte er die Hand aus und strich ihr das Haar aus der Stirn. Sie rührte sich nicht. Seine Hände zitterten ein wenig, als er ihre Bluse aufknöpfte. Darunter trug sie ein spitzenverziertes Unterhemd aus einem seidigen Stoff, das den Ansatz ihrer Brüste erkennen ließ. Sein Mund wurde trocken.

Sie schlief weiter, auch als er ihr die Schuhe und den Rock auszog.

Heiliger Klabautermann, hatte diese Frau Formen! Üppige Brüste, eine schlanke Taille, wohlgerundete Hüften.

Ihm wurde heiß. Schnell zog er die verschlissene Decke über sie. Danach hängte er ihre Kleider zum Trocknen über den Stuhl.

»Svensson, was treibst du da unten?« Andersen stand am Niedergang.

»Nichts«, rief er zurück. »Ich komme.«

Seine Kameraden bestürmten ihn mit Fragen, kaum dass er wieder an Deck war.

»Wie alt ist sie?«

»Ist sie verheiratet?«

»Spricht sie Englisch?«

»Hast du sie ausgezogen? Wie sieht sie aus?«

Er hob die Hände. »Ich weiß nichts. Sie schläft. Was sagen die beiden Männer?«

»Sie waren auf einem Schiff der Pacific Mail Steamship Company. San Francisco-Hawaii und weiter nach Yokohama. Sind in den Sturm gekommen. Der eine ist Heizer und der Gelbe Kabinensteward«, antwortete Alex.

Brandon nickte Peer zu. »Geht es der Lady gut?«

»Ich denke schon, sie ist nur sehr erschöpft.«

»Wisst ihr, wer sie ist oder wo sie herkommt?«, wandte sich der Kapitän an die beiden Männer.

Der Chinese trat vor. »Sie ist aus San Francisco. Mrs. Arthur Tanner. Sie reist allein. Mehr weiß ich nicht.«

Brandon wirkte überrascht. »Arthur Tanner?«, murmelte er. Dann schüttelte er den Kopf, als wolle er einen Gedanken verscheuchen. »Im Logis sind noch Kojen frei«, sagte er zu den beiden Männern. »Ruht euch aus. Ich entscheide später, was wir tun werden.«

5. KAPITEL

In ihrem Traum war sie wieder ein Kind. Sie lag in einer Wiege und wurde sanft geschaukelt. Sie hielt die Augen geschlossen und versuchte, den Traum festzuhalten, aber er entglitt ihr, blieb zurück, während sie erwachte.

Das leichte Wiegen wurde zu einem übelkeiterregenden Schlingern. Sarah zog sich die Decke über den Kopf, wollte zurück in die warme, tröstliche Dunkelheit sinken, aber es gelang ihr nicht. Widerwillig öffnete sie die Augen. In ihrem Kopf hämmerte es, als hätte sie zu viel Champagner getrunken, ihre Lippen waren trocken und rissig, und ihre Zunge fühlte sich geschwollen an.

Wo war sie? Zweifellos auf einem Schiff, aber nicht auf der Kalani, so viel stand fest. Ihr Bett dort war größer und weicher. Außerdem fehlte das ständige Brummen der Maschinen. Dafür knarrte und knarzte es hier bei jedem Rollen. Von draußen drangen Rufe an ihr Ohr, dazu das Rauschen des Windes.

Wind! Der Sturm, haushohe Wellen, die Maschinen waren ausgefallen. Und dann war überall um sie herum Wasser, und Gischt, die ihr den Atem nahm.

Ruckartig setzte sie sich auf, schnappte nach Luft.

Das Schiff hob und senkte sich gleichmäßig. Sie war in Sicherheit.

Was war geschehen? Langsam kehrte die Erinnerung zurück.

Einer der Brecher hatte sie über Bord gespült und unter Wasser gedrückt, bis sie das Bewusstsein verloren hatte. Dass sie noch lebte, verdankte sie den beiden Männern, die sie in eines der kleineren Boote gezogen hatten, mit denen normalerweise der Kapitän an Land gerudert wurde.

Was war aus ihnen geworden? Waren sie ebenfalls an Bord dieses Schiffes? Und was war mit den anderen geschehen? Mit Andrew, den Spencers und Maggie und Tom? Hatten sie es in eines der Rettungsboote geschafft?

Die Wogen waren so hoch gewesen, dass sie die anderen Boote aus den Augen verloren hatte. In den darauffolgenden Stunden war das Boot umhergetrieben, ein Spielzeug in der Gewalt der Wellen. Irgendwann hatte der Sturm nachgelassen, es war dunkel geworden.

Wie kam sie überhaupt hierher? Sie entsann sich nur

bruchstückhaft. Ein Segelschiff. Ein Mann, der sie über die Reling hob. Ihr war schwindelig geworden, und jemand hatte sie aufgefangen. Sie erinnerte sich an die kratzige Wolle seines Pullovers an ihrer Wange und an ein Gefühl von Sicherheit, als er sie die Treppe hinuntergetragen hatte. Er hatte ihr etwas zu trinken eingeflößt, und dann musste sie eingeschlafen sein.

Sie blickte sich um. Trübes Licht fiel durch ein schmutziges Oberlicht und erhellte eine kleine Kabine, von der Decke baumelte eine Öllampe. In einer Ecke befand sich ein kleiner Ofen, an der Wand daneben standen ein schmaler Schreibtisch und ein Stuhl.

Und auf dem Stuhl lagen ihr Rock und ihre Bluse!

Hastig schob sie die Decke von sich weg und sah an sich herab. Sie trug nur noch ihr Hemd.

Der Mann hatte sie ausgezogen!

Ihre Wangen brannten. Vor Scham, aber auch vor Zorn. Sie hielt sich nicht für prüde, im Gegenteil. Wenn es ihre Rolle erforderte, trat sie durchaus auch leichter bekleidet auf die Bühne, und auch in der Theatergarderobe waren die Türen nicht immer verschlossen, es mochte der eine oder andere Kollege schon mal einen Blick auf sie im Hemd erhascht haben. Aber das war immer noch etwas anderes, als halbnackt in fremder Umgebung aufzuwachen, entkleidet von einem wildfremden Mann.

Sie würde sich beim Kapitän über diese Behandlung beschweren.

Aber vielleicht war es ja der Kapitän selber gewesen, was dann?

Sie schluckte. In diesem Fall war es wohl das Beste, wenn sie den Vorfall überging, so tat, als erinnere sie sich an nichts.

Sie sah sich weiter um. Die Koje, in der sie geschlafen hatte, war nur eine einfache Holzpritsche, kurz und schmal, mit einer dünnen Matratze und einer fleckigen Decke, die sich grob und rau anfühlte. An den Wänden hingen Seile und Gerätschaften, die sie nicht kannte, daneben mehrere Regenjacken. Darunter standen schwere Seestiefel.

Hatte man sie etwa in einer Abstellkammer untergebracht? Was war das für ein seltsames Schiff? Womöglich befand sie sich auf einem dieser Fischkutter. Sie schauderte. Dann wäre sie allein auf einem Schiff voller Männer.

Und einer von ihnen hatte sie entkleidet.

Sie schloss die Augen und atmete ein paarmal tief ein und aus. Ruhe bewahren. Nicht daran denken.

Vorsichtig stand sie auf – und musste sich sofort wieder setzen. Der Raum schien sich um sie zu drehen. Sie beugte sich vor, legte den Kopf auf die Knie und wartete, bis der Schwindel vorbeiging.

Auf dem Schreibtisch entdeckte sie einen Krug mit Wasser und einen Becher. Schnell füllte sie den Becher und trank ihn in einem Zug leer. Ihr Magen rebellierte sofort. Würgend fiel sie auf die Knie und übergab sich in den Nachttopf, der neben der Koje stand. Als es vorbei war, richtete sie sich auf und strich sich das Haar aus der Stirn.

Sie solle langsam trinken, hatte der Mann gesagt. Sie schenkte sich erneut ein und trank in kleinen Schlucken, machte nach jedem Schluck eine Pause. Diesmal behielt sie die Flüssigkeit bei sich. Sie wartete eine Weile, dann trank sie einen zweiten Becher.

Danach war ihr etwas wohler, und sie kleidete sich an. Sie musste unbedingt mit dem Kapitän dieses Schiffes sprechen.

Einen Augenblick zögerte sie, die Hand bereits an der Türklinke. Was erwartete sie dort draußen?

Schließlich öffnete sie die Tür. Ihr Blick fiel in einen größeren Raum. Ein junger Mann war emsig dabei, einen großen Tisch zu scheuern. Er war so vertieft in seine Arbeit, dass er sie erst bemerkte, als sie ihm einen guten Morgen wünschte.

Er fuhr hoch und starrte sie an. Dann schluckte er, und eine tiefe Röte breitete sich über sein rundes, ein wenig einfältiges Gesicht aus. »G-G-Guten Tag, Ma'am.«

Er wirkte sehr jung, etwa so alt wie ihre Tochter. Achtzehn Jahre, vielleicht noch jünger. Sie lächelte ihm zu. »Wo finde ich den Kapitän?«

Er räusperte sich und schluckte erneut. »An Deck, Ma'am.« Er zeigte auf eine Treppe. »Da rauf.«

»Danke.«

Vorsichtig stieg sie die schmalen Stufen nach oben. Ein frischer Wind blies ihr ins Gesicht, als sie nach draußen trat. Neugierig sah sie sich um.

Es war ein Segelschiff. Kein besonders großes, ein Zweimaster. Ein Fischkutter schien es nicht zu sein, sie konnte keine Netze entdecken. Eigentlich sah es ganz hübsch aus, wie es so mit weißen Segeln dahinrauschte. Fast wie eine der Jachten ihrer Freunde. Aber eine Jacht war es nicht. Die Männer an Bord waren eindeutig Seeleute und keine Herrensegler. Einige machten sich an irgendwelchem Tauwerk zu schaffen, andere schrubbten das Deck. Ein paar Meter entfernt stand ein Mann an der Reling und beobachtete mit kritischem Blick die Segel.

Niemand beachtete sie.

Zögernd trat sie ein paar Schritte vor. Der Wind griff nach ihr, zerrte an ihren Haaren und blies lange Strähnen vor ihr Gesicht. Einen Fluch murmelnd drehte sie sich um und versuchte, ihr Haar notdürftig zu einem Knoten zu schlingen. Sie war gerade damit fertig, als sich jemand neben ihr räusperte.

»Ma'am, ich möchte Sie sehr bitten, Ihre Morgentoilette in Zukunft in Ihrer Kabine zu erledigen. Sie halten meine Männer von der Arbeit ab.«

Was sollte das heißen? Verwirrt sah sie sich um. Alle Männer an Deck hatten aufgehört zu arbeiten und starrten sie an.

Augenblicklich wurde ihr klar, warum.

Sie stand mit erhobenen Armen, der Wind drückte Bluse und Rock eng an ihren Körper, sodass sich ihre Rundungen nur allzu deutlich abzeichnen mussten.

Ihre Wangen wurden heiß, sie kreuzte die Arme vor der Brust. »Ja, also – tut mir leid.«

Ein spöttisches Lächeln erschien auf dem Gesicht des Mannes neben ihr. Er schien etwas sagen zu wollen, doch plötzlich schlingerte das Schiff, und er eilte zu dem Mann am Steuer und griff ins Rad. »Halt das Schiff auf Kurs, oder es setzt was!«, blaffte er ihn an und wandte sich dann an die Matrosen. »Los, an die Arbeit! Ihr habt genug gesehen!«

Zwar gehorchten die Männer seinem Befehl, aber sie warfen ihr verstohlene Blicke zu und tuschelten.

Sarah wünschte sich, im Boden zu versinken. Selten war ihr etwas so peinlich gewesen wie dieser Auftritt.

Der Mann, der sie angesprochen hatte, lehnte nicht weit von ihr an der Kajüte am Heck, in der sich auch ihre Kabine befand, und musterte sie unverfroren.

Ihr Unbehagen wuchs. »Meine Männer«, hatte er gesagt, also musste er der Kapitän dieses Schiffes sein. Warum begrüßte er sie nicht, wie sich das gehörte?

Schließlich ging sie zu ihm hinüber und sprach ihn an. »Sie sind der Kapitän?«

Er nickte. »John Brandon.«

»Sarah Tanner«, stellte sie sich vor und reichte ihm die Hand. »Ich muss Ihnen danken.« Sie lächelte ihn an. »Sie haben mir das Leben gerettet.«

Seine Antwort bestand aus einem Schulterzucken. Sarah wartete einen Moment, aber er schwieg.

»Wo bin ich hier?«, fragte sie endlich.

»Auf der Victory.«

Welch erschöpfende Auskunft. Zumindest wusste sie nun, wie das Schiff hieß. Sie nahm einen neuen Anlauf: »Ich war auf der Kalani unterwegs nach Hawaii. Sie ist …«

»… gesunken. Ich weiß. Die Männer, die mit Ihnen im Boot waren, haben es erzählt.«

»Mr. Ward und Mr. Kang, ja. Geht es ihnen gut?«

»Den Umständen entsprechend«, antwortete er. Ein seltsames Lächeln spielte um seinen Mund. »Ich bin sicher, sie werden sich bald eingewöhnen.«

»Eingewöhnen? Aber wieso?« Sie räusperte sich. »Ich meine, wir müssten doch bald in Hawaii sein?«

Die Kalani war, drei Tage bevor sie Hawaii erreichen sollte, in den Sturm geraten. Die Inseln mussten in der Nähe sein.

»Hawaii liegt leider nicht auf unserer Route.«

Sie öffnete den Mund und schloss ihn wieder. Es verschlug ihr buchstäblich die Sprache.

»Und wenn Sie uns woanders an Land bringen?«, fragte sie, nachdem sie sich wieder gefasst hatte.

Sein Lachen war ohne jede Heiterkeit. »Hier ist weit und breit kein Land in der Nähe.«

»Ja, aber – wohin fahren Sie denn?«

»Nach Japan.«

»Nach Japan?« Ihre Stimme kippte.

»Genauer gesagt, vor die japanische Küste und von da aus in Richtung Beringmeer. Sie richten sich besser auf einen längeren Aufenthalt an Bord ein.«

Damit zog er die Mütze, nickte ihr zu und wandte sich ab. Ließ sie stehen.

Fassungslos starrte sie ihm nach. Auf seinem Weg sprach er einen der Matrosen an und wies mit dem Kinn auf sie.

Der Mann drehte sich um, und Sarahs Herz rutschte ein Stückchen tiefer. Was für eine unheimliche Erscheinung er war. Er erinnerte sie an einen Bullterrier, als er breitbeinig und schwankend im Rollen des Schiffes auf sie zukam. Bei jeder Bewegung seiner muskelbepackten Arme schienen die Herzen, Anker, Schiffe und vollbusigen Mädchen darauf zum Leben zu erwachen. Die Tätowierungen zogen sich über seine Schultern und den Nacken bis hoch in das struppige, dunkelbraune Haar. Sie sah ihm ins Gesicht, und ihr Blick blieb an dem goldenen Ring hängen, den er im linken Ohr trug. Sämtliche Piratengeschichten, die sie je gelesen hatte, fielen ihr ein. Unwillkürlich schaute sie zur Mastspitze. Fast erwartete sie, dort eine schwarze Totenkopfflagge flattern zu sehen. Aber da war keine Fahne. Ihre Phantasie ging mit ihr durch.

Wieder betrachtete sie den tätowierten Matrosen. Der Kapitän hatte Japan erwähnt. Vielleicht waren es Opiumschmuggler?

»Guten Tag, Ma'am«, grüßte der Mann höflich und lächelte sie an. »Geht es Ihnen besser?«

»Ja, danke.« Ihre Stimme klang belegt. Sie räusperte sich.

Er schien ihr Unbehagen zu spüren, denn sein Lächeln wurde breiter. »Der Käpt'n hat gesagt, ich soll mich ein bisschen um Sie kümmern. Falls Sie Fragen haben.«

Fragen hatte sie allerdings. Jede Menge sogar.

»Was ist das eigentlich für ein Schiff? Was machen Sie?« Etwas bang wartete sie auf seine Antwort.

»Wir kommen aus Victoria auf Vancouver Island und sind unterwegs zum Robbenfang vor der japanischen Küste.«

Robbenjäger also. Sie hatte von ihnen gehört. Die USA hatten den Robbenfang auf See vor sieben Jahren verboten, aber von Kanada liefen noch jedes Jahr Schiffe aus. Erleichtert atmete sie auf. Sie befand sich also unter zivilisierten Menschen. Keine Piraten, keine Opiumschmuggler.

»Vielen Dank, Mr. ...?«

»Angus McDonald, aber hier werde ich nur Gus genannt.«

»Mr. McDonald – Gus«, verbesserte sie sich schnell, als er die Stirn runzelte. »Der Kapitän hat mir mitgeteilt, dass er zu seinem Bedauern keine Möglichkeit sieht, mich an Land zu bringen.«

»Tja«, entgegnete er bedächtig und kratzte sich ausgiebig am Kopf. »Dann müssen Sie wohl hier klarkommen.«

»Hier?!« Sie blickte in die verwegenen Gesichter der Seeleute an Deck. Aller Augen waren auf sie gerichtet; manche sahen scheu, andere neugierig drein, und einige glotzten sie unverhohlen an.

Gus deutete ihren Gesichtsausdruck richtig. Er machte eine Kopfbewegung in Richtung der gaffenden Matrosen. »Nur die Ruhe, Lady. Die sind halb so wild. Jetzt gibt es erst einmal etwas zu essen. Sie haben bestimmt Hunger.«

Essen! Sie hatte gar nicht gemerkt, wie hungrig sie war, bis Gus es ausgesprochen hatte. Jetzt knurrte ihr Magen so laut, dass sie fürchtete, er könne es hören.

»Wo gibt es denn Essen?«

Gus deutete auf die Tür, durch die sie an Deck gekommen war.

»In der Messe. Da essen der Käpt'n, der Steuermann und die Jäger.« Er wandte sich ab.

»Einen Moment noch, Mr. Mc… ähm, Gus!«

»Ma'am?«

»Haben Sie vielleicht noch andere Rettungsboote gesehen? Die Kalani ist langsam gesunken, es müssten einige Boote unterwegs gewesen sein.«

Mitleid zeigte sich in seinem Gesicht. »Leider nein. Ihres war das einzige. Hatten Sie Verwandte an Bord?«

Sarah biss sich auf die Unterlippe. »Nein, keine Verwandten.«

Eigentlich noch nicht mal Freunde, nach so kurzer Bekanntschaft. Aber das Herz tat ihr weh bei der Vorstellung, dass Maggie und Tom ihre Träume vielleicht nicht mehr verwirklichen könnten, dass die herzliche, unverblümte Susanna Spencer tot sein sollte oder Andrew, der für sie nur ein weiterer, lästiger Verehrer gewesen war – und der ihr das Leben gerettet hatte.

Lebten sie noch?

»Ihr Boot scheint ziemlich weit abgetrieben zu sein. Sie waren fast anderthalb Tage dort draußen. Die anderen hatten bestimmt mehr Glück und sind früher gefunden worden«, sagte Gus und schenkte ihr ein aufmunterndes Lächeln.

»Hoffentlich.«

6. KAPITEL

Sie verabschiedete sich von Gus und stieg die Treppe nach unten.

Als »Messe« entpuppte sich der Raum mit dem Tisch, den der Junge vorhin so eifrig gescheuert hatte. Jetzt saßen sieben Männer dicht gedrängt daran. Als Sarah eintrat, hoben sie die Köpfe und starrten sie neugierig an. Keiner sagte etwas.

Das mussten die Jäger sein, von denen Gus gesprochen hatte.

Sarah nickte ihnen zu. »Guten Tag, die Herren.«

Einige erwiderten ihren Gruß, die anderen gaben zumindest ein zustimmendes Gemurmel von sich.

Neben Brandon war ein Stuhl frei, aber der Raum war so klein, dass zwischen der Wand und den Stühlen kaum Platz war. Sie wartete einen Moment, doch keiner der Anwesenden kam auf die Idee, näher an den Tisch zu rücken oder gar aufzustehen. So musste sie sich schließlich seitlich an der

Wand entlangdrücken, um an den Männern vorbeizukommen.

Der Kapitän erhob sich allerdings und rückte ihr höflich den Stuhl zurecht. »Mrs. Tanner …«

»Danke.«

Sie setzte sich und sah sich um. Zwei Männer lächelten ihr zu und nickten, ein weiterer starrte sie an, und die anderen drei blickten auf ihre Teller und aßen weiter. Und wie sie aßen! Einen Arm auf den Tisch gelegt, hockten sie tief über ihre Schüsseln gebeugt und schaufelten sich geräuschvoll das Essen in den Mund.

Brandon hatte sich in seinem Stuhl zurückgelehnt und musterte sie. In seinem Blick lag etwas Lauerndes.

Der Mann, der ihr gegenübersaß, schob ihr wortlos einen großen Topf zu. Offensichtlich wurde erwartet, dass sie sich selbst bediente. Sie griff nach der Schöpfkelle und tat sich auf, dann kniff sie ungläubig die Augen zusammen. In ihrer Schüssel befand sich eine breiige Masse von undefinierbarer grau-grüner Farbe. Vorsichtig rührte sie um. Was war das?

Misstrauisch führte sie den Löffel zum Mund und ließ ihn wieder sinken, ohne probiert zu haben. Der Brei roch muffig und nach Fisch. »Was ist das?«

Der Kapitän lachte. »Na, Mr. Andersen«, sprach er den Mann neben sich an. »Was meinen Sie, was das ist?«

Mr. Andersen wischte sich mit dem Ärmel über den Mund. »Erbsensuppe«, antwortete er kauend und ohne den Kopf zu heben.

Angewidert starrte Sarah auf ihre Schüssel. »Erbsensuppe?« Noch niemals hatte sie eine Erbsensuppe von solcher Farbe, Konsistenz und Geruch vorgesetzt bekommen.

Erneut hob sie den Löffel, und diesmal probierte sie.

Der Geschmack war grauenhaft. Allein ihre Erziehung hinderte sie daran, das Zeug umgehend auszuspucken. Es schmeckte penetrant nach Fisch, nach altem Fisch. Wie konnten die Leute so etwas essen?

»Erbsensuppe mit Fisch?«

Brandon lächelte schmallippig. »Mit Stockfisch«, bestätigte er.

»Stockfisch ...?«, wiederholte Sarah. Ihre Großmutter hatte ab und zu davon geschwärmt, wenn sie von ihrer Kindheit erzählte. Aber sicher hatte sie nicht dieses Gericht gemeint. Schon vom Geruch drehte sich ihr der Magen um. Entschlossen legte sie den Löffel auf den Tisch. »Ich kann das nicht essen.«

Der Kapitän zuckte mit den Schultern. »Etwas anderes gibt es nicht. Sie werden bis zum Abend warten müssen.«

»Dann warte ich eben«, gab Sarah gereizt zurück.

»Aber wahrscheinlich«, fuhr Brandon fort und verzog dabei süffisant den Mund, »gibt es heute Abend wieder Erbsensuppe.«

Sie hob die Brauen. »Mit Fisch?«, fragte sie spitz.

»Mit Pökelfleisch. Ich weiß nur nicht, ob der Koch den Topf vorher spült ...«

Ungläubig sah sie erst ihn an und dann die anderen Männer. Die aßen ungerührt weiter, jedoch schien manch einer das Lachen zu unterdrücken.

Sie holte tief Luft. »Ich finde das nicht besonders amüsant.«

»Keiner erwartet von Ihnen, dass Sie sich amüsieren«, gab der Kapitän gleichmütig zurück.

Das reichte. Sie machte Anstalten, sich zu erheben, doch dann entdeckte sie einen Korb am Ende des Tisches. »Ist das Brot?«

»Schiffszwieback«, lautete die knappe Antwort. Auf einen Wink von Brandon reichte einer der Jäger den Korb an sie weiter.

»Klopfen Sie aber vorher die Maden heraus«, sagte er dazu.

Maden? Sicherlich hatte sie sich verhört. »Wie bitte?!«

»Die – Maden – herausklopfen«, wiederholte der Mann langsam und deutlich, als spräche er mit einem Kleinkind oder einer geistig Minderbemittelten. »So, sehen Sie.« Er klopfte einen Zwieback mehrmals kräftig auf die Tischplatte, und ein paar weiße Würmer fielen heraus.

»Noch besser ist es, wenn Sie ihn in Ihren Tee tauchen, dann ertrinken sie.« Eifrig beugte er sich vor. »Ich zeige es Ihnen.«

Er tunkte ein Stück Zwieback in seine Tasse, und nach kurzer Zeit schwammen die Maden an der Oberfläche.

»So, jetzt können Sie ihn essen«, erklärte er und hielt ihr den Zwieback hin.

Sarah schluckte krampfhaft, ihr wurde übel.

»Nein danke«, würgte sie heraus, stand auf und verließ fluchtartig den Raum, eine Hand fest auf den Mund gepresst.

Grölendes Gelächter folgte ihr.

An Deck stellte sie sich an die Reling, hielt ihr Gesicht in den Wind und atmete tief durch. Allmählich beruhigte sich ihr Magen wieder.

Kurze Zeit später erschien der Kapitän neben ihr. »Geht's wieder?«

Sie nickte stumm.

»Tja«, stellte Brandon trocken fest, »einen empfindlichen Magen können Sie sich hier nicht leisten.«

»Ich habe keinen empfindlichen Magen!«, fuhr sie ihn an.

Sie fühlte sich herausgefordert. Herausgefordert von dem spöttischen Leuchten in seinen hellen Augen und von seiner Attraktivität. Denn er war ein ausgesprochen gutaussehender Mann. Sein Gesicht wäre wohl in den einschlägigen romantischen Romanen, die ihre Schwester so gerne las, als »kühn« beschrieben worden. Tiefliegende Augen unter einer hohen Stirn, eine Nase, die mit ihrer leichten Biegung entfernt an den Schnabel eines Raubvogels erinnerte. Hohe Wangenknochen. Mit seinem braungebrannten Gesicht, den dunkelblonden Locken und dem Bart wirkte er wie ein Wikinger.

Irgendetwas an ihm, es mochte an seiner Haltung liegen oder an der Art, wie er sich bewegte, kam ihr bekannt vor. Aber das konnte nicht sein, in ihrem Bekanntenkreis gab es keine Seeleute, und dass er ein Matrose auf einer der Jachten ihrer Freunde gewesen war, schien völlig unvorstellbar. Wahrscheinlich erinnerte er sie nur an jemanden.

Mittlerweile waren auch die Jäger an Deck gekommen.

»He, Smut!«, brüllte einer von ihnen.

An der Reling unterbrach ein Mann sein Gespräch mit ein paar Matrosen und wandte sich um. »Was gibt's?«

»Der Lady schmeckt dein Essen nicht«, rief der Jäger, und die anderen brachen in wieherndes Gelächter aus.

»Dann soll sie ihr Essen selbst kochen oder sich zum Teufel scheren. Weiber an Bord machen nichts als Ärger«, gab der Koch zurück. Ohne Sarah auch nur eines Blickes zu würdigen, stolzierte er zu einem Aufbau in der Mitte des Schiffes, öffnete die Tür und verschwand im Inneren.

Grinsend wandte Brandon sich ab, aber Sarah war noch nicht bereit, sich mit ihrem Schicksal abzufinden. »Mr. Brandon, ich muss mit Ihnen reden.«

Langsam drehte er sich wieder zu ihr um. »So?«

Sie hob das Kinn. Dieses Mal würde er sie nicht einfach stehen lassen. »Sie können mich nicht hier festhalten. Es ist Ihre Pflicht, mich an Land zu bringen.«

Mehrere Köpfe wandten sich ihr zu, in allen Gesichtern stand gespannte Aufmerksamkeit.

»Hör sich das einer an«, murmelte jemand.

Sie erkannte ihn, es war Andersen, der beim Essen neben dem Kapitän gesessen hatte. Seine Lippen kräuselten sich zu einem höhnischen Lächeln, während sein Blick von ihr zu Brandon wanderte.

Seine Miene zeigte die gleiche Mischung von Neugierde und Spannung wie die der Matrosen. Als warteten sie auf etwas.

Das Gesicht unbewegt, lehnte Brandon sich gegen die Wanten. »Und wie stellen Sie sich das vor? Wohin soll ich Sie bringen?«

»Irgendwohin. Hauptsache, an Land. Wenn es ein Umweg ist, werde ich selbstverständlich für Verluste, die Sie haben, aufkommen.«

Er lachte kurz auf. »Wissen Sie überhaupt, wie viel Robbenfelle wert sind? Wenn wir eine gute Saison haben, machen wir ein Vermögen. Ich glaube nicht, dass Sie das bezahlen können.«

Sie glaubte es durchaus, aber vielleicht war es klüger, wenn sie sich nicht über ihre Vermögensverhältnisse ausließ. Wer mochte wissen, auf welche Ideen dieser Mann noch kam.

Er kniff die Augen zusammen und musterte sie kritisch.

Ihr wurde peinlich bewusst, dass sie mit ihrem zerrauften Haar und den zerknitterten Kleidern im Moment eher einer Vogelscheuche glich als einer Operndiva.

»Sie können mir glauben, dass ich ebenso wenig wie Sie davon begeistert bin, dass Sie hier sind«, erklärte er unumwunden. »Eine Frau an Bord, das bedeutet Unruhe und Streitereien. So etwas kann ich nicht gebrauchen, die Männer sollen ihre Arbeit tun.«

Wider besseres Wissen versetzten seine Worte ihr einen leichten Stich. Dass sie so schnell wie möglich hier wegwollte, war eine Sache, dass er sie loswerden wollte, eine andere. Sie war es gewöhnt, von Männern hofiert zu werden, und vor allem war sie Hilfsbereitschaft gewöhnt. Kein Mann, den sie kannte, hätte jemals so offen erklärt, dass sie ihm im Grunde lästig war. Nun gut. Er wollte sie los sein, und sie wollte fort. So gesehen waren sie sich einig. Sie hob das Kinn. »Und wie lange wird es dauern, bis Sie mich an Land bringen können?«

»Vier oder fünf Monate«, erklärte er. »So lange dauert die Fangsaison.«

Schockiert starrte sie ihn an. Fünf Monate auf diesem Schiff?

Ihr Blick fiel auf einen der Matrosen. Er stand breitbeinig an der Reling und machte sich an seiner Hose zu schaffen.

Ihre Ohren wurden heiß, er würde doch nicht ...

»Hey, Hughes!«, rief Brandon.

Der Mann zuckte zusammen. »Aye, Sir?«

»Such dir einen anderen Platz zum Pissen. Wir haben eine Dame an Bord.«

Selbst aus der Entfernung konnte Sarah erkennen, dass der Mann errötete, bevor er sich umdrehte und weiter zum Bug ging.

Ihr Gesicht glühte ebenfalls. War es etwa üblich, dass die Leute ihre Notdurft hier öffentlich verrichteten?

Brandon grinste, und die Matrosen, die den Vorfall mitbekommen hatten, lachten.

Verstohlen schaute sie dem Mann nach. Tatsächlich verschwand er nicht hinter irgendeiner Tür, sondern blieb weiter vorne stehen. Ein Aufbau entzog ihn ihrem Blick, nur seine Schultern und sein Kopf waren noch zu sehen.

Sie schluckte und wandte sich an Brandon. »Das kann nicht Ihr Ernst sein. Ich kann hier nicht bleiben, ich habe keine Kleider zum Wechseln, nichts zum Waschen, keine ...«

Er zog eine Augenbraue hoch, und Sarah verstummte. Etwas an diesem Mann verunsicherte sie.

»Ach«, erwiderte er lapidar, »da werden wir eine Lösung finden. Sie werden schon zurechtkommen.«

»Nein!« Sie schüttelte den Kopf. »Nein. Das glaube ich nicht. Es muss eine Möglichkeit geben, mich an Land zu bringen.« Sie war den Tränen nahe. Das konnte einfach nicht wahr sein. Es war ein Traum, und sicher würde sie bald aufwachen. In ihrer gemütlichen Kabine auf der Kalani.

Brandon strich sich über den Bart und sah sie nachdenklich an. »Kommen Sie mit«, sagte er schließlich. »Ich zeige es Ihnen.«

Sie folgte ihm die Treppe hinunter zu seiner Kabine.

Dort angekommen, griff er nach einer Seekarte und breitete sie auf dem Tisch aus.

»Wir befinden uns hier.« Er deutete auf einen Punkt auf der Karte. »Wir müssten jederzeit in den Nordostpassat kommen. Mit ihm segeln wir nach Süden, sehen Sie, so. Und biegen dann vor der asiatischen Küste nach Norden ab, in die Fanggebiete.«

Er fuhr mit dem Finger den Kurs auf der Karte nach und zeigte auf ein paar Punkte. »Das sind die Bonin-Inseln. Sie liegen etwa fünfhundert Seemeilen vor Japan. Wir laufen sie an, um unsere Vorräte aufzufüllen.« Ein zynisches Lächeln erschien auf seinem Gesicht. »Allerdings würde ich Ihnen davon abraten, dort an Land zu gehen. Es gibt keinen regelmäßigen Schiffsverkehr nach Japan, es kann also sein, dass Sie eine Zeitlang festsitzen.«

»Wann werden wir da sein?«

»In vier oder fünf Wochen.« Fünf Wochen, das klang schon besser als fünf Monate. Nur, was nützte es, wenn sie von dort nicht fortkam?

Sie beugte sich über die Karte. In der Nähe ihrer jetzigen Position waren Inseln eingezeichnet. Das musste Hawaii sein. Sie deutete darauf. »Vielleicht können Sie mich doch nach Hawaii bringen? So groß kann der Umweg nicht sein.«

»Mehrere Tage«, entgegnete Brandon, »je nachdem, wie der Wind steht. Alle Robbenfänger von Victoria sind unterwegs zu den Fanggebieten. Einen Abstecher von einer Woche oder mehr kann ich mir nicht leisten, dann kommen wir zu spät. Aber auf dem Rückweg legen wir in Yokohama an. Dort kann ich Sie absetzen.«

»In Yokohama!« Entsetzt suchte sie auf der Karte nach der japanischen Küste.

»Von Yokohama gehen regelmäßig Postdampfer nach San Francisco. Die brauchen nur vierzehn Tage. Und sie legen sogar in Hawaii an.« Er machte eine Pause und betrachtete sie neugierig. »Warum wollten Sie denn nach Hawaii?«

Sie zuckte die Schultern. Die gleiche Frage hatte ihre Mutter, hatten ihre Freunde ihr gestellt. Wie sollte sie es einem Fremden erklären? »Mich erholen, Urlaub machen. Ich weiß nicht.«

»Sie wissen es nicht?«

Sie wusste, was er dachte. Sein Ausdruck verriet es. Er hielt sie für eine gelangweilte, reiche Lady, die nichts Besseres zu tun hatte, als in der Weltgeschichte herumzureisen.

»Eigentlich ging es mir darum, aus San Francisco wegzukommen.«

Warum erzählte sie ihm das? Wieso rechtfertigte sie sich?

Zum ersten Mal war sein Lächeln ohne Spott. »Das ist Ihnen allerdings gelungen. Wovor sind Sie denn weggelaufen? Vor einer unglücklichen Liebe?«

Ihr Lachen war bitter. »Warum glauben Männer immer, dass Liebe das Wichtigste im Leben einer Frau ist?«

Er beugte sich vor, in seinem Blick schimmerte Interesse. »Was war es dann?«

»Vielleicht brauchte ich bloß eine Luftveränderung.«

»Ah ja.« Es war deutlich, dass er ihr nicht glaubte. »Und Mr. Tanner brauchte keine Luftveränderung?«

Nahm er etwa an, dass sie ihrem Mann weggelaufen war? Woher wusste er überhaupt, dass sie allein reiste? Die Männer der Kalani fielen ihr ein. Offensichtlich hatte er sich bei ihnen über sie erkundigt.

Unwillig zog sie die Brauen zusammen. »Ich bin Witwe, mein Mann ist vor zehn Jahren gestorben.«

»Ah! Und Sie haben nicht wieder geheiratet?«

Wie kam er dazu, ihr derartig private Fragen zu stellen?

»Ich wüsste nicht, was Sie das angeht.«

Er lachte nur, erhob sich und öffnete ihr die Tür.

*

Zurück an Deck, ging sie ganz nach vorne, trat an die Reling und starrte auf die schäumenden Wellen. Das Heben und Senken des Schiffes hatte etwas Beruhigendes.

Sie atmete tief ein. Noch vor zwei Wochen hatte sie sich nichts sehnlicher gewünscht, als für eine Weile zu verschwinden, unauffindbar zu sein. Dieser Wunsch war ihr erfüllt worden, wenn auch anders, als sie es gehofft hatte.

Sie spürte die Blicke der Matrosen in ihrem Rücken und dachte an den Mann, der sich an der Reling erleichtert hatte. Wie sollte sie es monatelang auf diesem Schiff aushalten, ohne Bad, vielleicht sogar ohne Toilette? Denn bisher hatte sie nichts dergleichen entdeckt.

Und vor allem, was sollte sie in diesen Monaten tun? An Deck wurde sie angegafft, und wer wusste, auf was für Gedanken diese Kerle noch kamen. Sich wochenlang in der winzigen Kabine einzuschließen, kam ebenfalls nicht in Frage. Wahrscheinlich gab es noch nicht einmal Bücher an Bord, mit denen sie sich die Zeit vertreiben konnte.

Sie seufzte. Zumindest waschen konnte sie sich, vielleicht ging es ihr dann besser.

Suchend sah sie sich um. Brandon war nirgends zu sehen, Gus ebenfalls nicht. Dafür entdeckte sie den Jungen, der mittags den Kajüttisch geschrubbt hatte, und sprach ihn an: »Können Sie mir bitte sagen, wo ich Wasser bekomme?«

»Was?« Er riss die Augen auf, als hätte sie ihm einen unanständigen Witz erzählt. »Wasser?« Sein Blick glitt aufs Meer hinaus. »Ähm ...«

»Ich meinte Wasser zum Waschen«, erklärte sie und lachte verlegen.

»Ach so. Fragen Sie in der Kombüse nach.« Er deutete auf die Tür, hinter der der mürrische Koch vorhin verschwunden war. Sie bedankte sich.

Auf ihr Klopfen reagierte niemand, also öffnete sie die Tür und stieg die drei Stufen hinunter. Unten angekommen, sah sie sich um. Auf einem Herd in der Ecke standen zwei große Töpfe, eine Pfanne und ein Blechkrug. Weiteres Kochgeschirr war in Regalen an den Wänden verstaut. Neben dem Herd befand sich der Spülstein und darin jede Menge dreckiges Geschirr.

Quer durch den Raum war ein Seil gespannt, auf dem schmutzige Lappen und Handtücher hingen. Es roch nach ranzigem Fett, altem Kohl und Fisch. Am Herd stand ein Mann, es war derjenige, der sich so verächtlich über »Frauen an Bord« geäußert hatte. Er hob den Kopf und runzelte die Stirn. »Was wollen Sie hier?«, blaffte er sie an.

Er schien recht groß zu sein, hielt sich jedoch leicht gebeugt. Sein dunkles Haar war zu einem Zopf im Nacken gebunden, um die Hüften trug er einen schmutzig grauen Lappen, der einmal eine Schürze gewesen sein mochte.

Sarah bemühte sich um ein freundliches Lächeln. »Ich bräuchte bitte etwas Wasser.«

»Wasser?«

Schon wieder diese Frage. Was war bloß so außergewöhnlich an ihrer Bitte? »Ja, Wasser.«

»Wozu?«

Sie hob den Blick zur Decke. »Um mich zu waschen«, erklärte sie unwillig.

»Waschen?«

Entweder man wusch sich auf diesem Schiff nicht, oder der Mann war begriffsstutzig. Wie sonst sollte sie sich diese Reaktion auf ihre Frage erklären?

»Richtig. Ich möchte mich waschen«, sagte sie langsam und deutlich.

Jetzt war er es, der die Augen verdrehte. »Hab's kapiert.«

Er nahm einen der Krüge von einem Haken, füllte ihn aus einem Fass, welches in der Ecke stand, und reichte ihn ihr wortlos.

Sarah warf einen Blick hinein und hob die Brauen, der Krug war nur halbvoll. »Ich brauche schon ein bisschen mehr.«

»Mehr gibt's nicht«, fuhr er sie an.

»Aber ...«

»Nix aber. Beschwer'n Se sich beim Käpt'n. Und jetzt raus!«

Sie setzte zu einer Antwort an, doch er ging drohend einen Schritt auf sie zu. »Raus aus meiner Kombüse!«

Normalerweise war sie nicht leicht einzuschüchtern, aber er funkelte sie so böse an, dass sie den Rückzug antrat.

Wieder an Deck, lehnte sie sich an die Wand der Kombüse und atmete tief durch. In allen Büchern, die sie gelesen hatte, war eine Frau allein unter Männern entweder mit Zuvorkommenheit behandelt worden, oder sie musste um ihre Unschuld fürchten. Waren die Schreiber dieser Geschichten jemals auf einem Schiff gewesen? Weder wurde sie besonders zuvorkommend behandelt, im Gegenteil, noch schien es, als müsse sie befürchten, in die nächste Ecke gezogen und geschändet zu werden.

Gus sah zwar aus wie ein Pirat, aber er war bisher sehr freundlich und hilfsbereit gewesen. Die Jäger hatten sie während dieser unsäglichen Mahlzeit kaum angesehen, und Brandon konnte sie offensichtlich nicht leiden. Wahrscheinlich hatte sie gar keinen Grund, sich zu fürchten.

Sie entdeckte Gus, der Pfeife rauchend auf einer Kiste hockte.

»Da sind Sie ja wieder«, begrüßte er sie augenzwinkernd. »Was wollten Sie denn in der Kombüse?«

Sarah seufzte. »Ich habe den Koch um Wasser gebeten, um mich ein wenig frisch zu machen.«

Seine Mundwinkel zuckten.

»Herrje! Was ist bloß so amüsant an der Tatsache, dass ich mich waschen will?«

»Daran nichts.« Jetzt grinste er. »Es ist nur … Sie reden so geschwollen. Kein Mensch spricht hier so.«

Allerdings nicht. Männer wie der Koch oder der Schiffsjunge schienen nicht einmal in der Lage zu sein, längere Sätze zu bilden.

»Hat er Ihnen denn Wasser gegeben?«

Sarah hielt den Krug hoch. »Ein wenig. Als ich nach mehr fragte, hat er mich hinausgeworfen.«

»Machen Sie sich nichts draus. Mullins ist kein schlechter Kerl. 'n bisschen mürrisch, und wenn ihn sein Rheuma plagt, sollte man ihm besser aus dem Weg gehen. Leider kann er nicht kochen.«

Die grauenhafte Erbsensuppe kam ihr in den Sinn. »Warum heuert jemand einen Schiffskoch an, der nicht kochen kann?«

Gus lachte. »Sie stellen vielleicht Fragen, Lady. Wenn Sie

'n Koch wären, also so 'n richtig guter, würden Sie dann auf so 'nem Kahn anheuern? Und Ihre Kochkünste an die da«, er wies mit dem Kinn auf die Matrosen, »verschwenden? Gute Köche, die gehen auf die großen Schiffe oder Vergnügungsdampfer. Auf Kähnen wie der Victory finden Sie keinen richtigen Koch. Mullins war Matrose, bis ihn das Rheuma packte und er zu steif geworden ist, um in die Takelage zu klettern.«

Das erklärte einiges. Vielleicht konnte Gus ihr auch bei einer Frage helfen, die sie seit ihrem Gespräch mit Brandon beschäftigte. Sie setzte ihr gewinnendstes Lächeln auf. »Darf ich Sie etwas fragen?«

»Klar«, war die Antwort. »Nur zu.«

»Ist Hawaii wirklich so ein großer Umweg? Auf der Karte sah es nicht so weit aus.«

»Hawaii?«, erwiderte er und kratzte sich den Bart. »Wieso?«

»Der Kapitän hat gesagt, es wäre ein Umweg, aber ich habe das Gefühl, das ist nicht der einzige Grund, weshalb er mich nicht hinbringt.«

Gus kniff die Augen zusammen und stand auf. »Kommen Sie, wir sehen mal, ob wir etwas zum Anziehen für Sie finden – und was Sie sonst noch so brauchen.«

Sarah folgte ihm. Offenbar wich Gus ihrer Frage aus, nur warum?

Er öffnete eine Luke, und sie stieg hinter ihm hinunter in den Laderaum. Unten angekommen, drehte er sich zu ihr um. »Der Alte sagte, es ist ein Umweg?«

Sie nickte stumm.

»Dann ist es wohl so.«

»Was soll das heißen? Entweder es ist ein Umweg, oder es ist keiner.«

Gus schüttelte den Kopf. »Wenn der Käpt'n sagt, Hawaii ist ein Umweg, dann ist es ein Umweg. Klar?«

»Aber …«, begann Sarah.

»Kein Aber. Sie haben keine Ahnung, wie es auf Schiffen zugeht, nicht wahr?«

Das erschien ihr inzwischen auch so. »Nein, ich glaube nicht.«

Er kratzte sich am Kopf. »Es gibt ein paar Regeln, die Sie beachten sollten, wenn Sie hier zurechtkommen wollen.«

»Wie meinen Sie das? Was für Regeln?«

»Die erste ist: Der Alte kommt direkt nach Gott. Was er sagt, ist Gesetz.«

»Wie bitte? Ich dachte, diese Zeiten seien vorbei? Wir leben immerhin in einer Demokratie.«

»Nicht auf See, Lady, nicht auf See«, erklärte Gus. »Hier wird gemacht, was der Käpt'n sagt.«

Das mochte sein, doch galt das auch für sie? Schließlich gehörte sie nicht zur Besatzung, sondern war Gast. »Und was hat das mit mir zu tun?«

Gus kratzte sich schon wieder.

Hatte der Mann etwa Läuse? Ihre Kopfhaut begann zu kribbeln. Sie unterdrückte den Impuls, sich ebenfalls zu kratzen.

»Das gilt für jeden an Bord, auch für Sie. Sie sollten ihm besser nicht widersprechen. Schon gar nicht vor den Leuten. Er ist sehr genau in diesen Dingen, wissen Sie. Wenn einer der Matrosen so mit ihm geredet hätte wie Sie vorhin, er hätte ihn verprügelt.«

Sarah starrte ihn an. Scherzte er? Es sah nicht so aus. Sein Gesicht war ernst, sogar ein wenig besorgt. Sie biss sich auf die Unterlippe. Ein Kapitän, der seine Leute schlug. Von solchen Geschichten hatte sie gelesen, aber sie hätte nicht geglaubt, dass so etwas noch vorkam. Gab es nicht sogar ein Gesetz dagegen?

»Das darf er doch gar nicht«, wandte sie ein.

Gus lachte kurz auf. »Wer soll ihn daran hindern? Seien Sie einfach ein bisschen vorsichtig.«

Nachdenklich nickte sie. »Danke für den Hinweis.«

Er betrachtete sie ausgesprochen wohlwollend. »Wie alt sind Sie, Lady?«

Lieber Himmel, welche Vertraulichkeiten er sich herausnahm. Etikette war offensichtlich ein Fremdwort für ihn. Aber sie mochte ihn. Außerdem gab es keinen Grund, ihr Alter geheim zu halten. »Ich bin siebenunddreißig.

»Alle Wetter, Sie haben sich aber gut gehalten!«

»Ich hatte Glück«, gab sie zurück.

»Sind Sie verheiratet, haben Sie Kinder?«, forschte er weiter.

Nun ging es doch ein wenig zu weit. Sie zog die Brauen zusammen. »Warum interessiert Sie das?«

»Nichts für ungut.« Er zwinkerte ihr zu. »Die Jungs werden mich nachher ausfragen. Eine Frau an Bord, das ist was Besonderes. Und ich will ihnen wenigstens ein bisschen was erzählen können.«

Sie konnte ihm nicht böse sein. »Ich war verheiratet, mein Mann ist gestorben. Und ich habe eine achtzehnjährige Tochter.«

»Hm.« Er kratzte sich den Bart. »Ich denke, es ist besser, wenn ich den Jungs erzähle, dass Ihr Mann zwei Meter groß ist und der Sheriff von Oakland.«

Ihr Lachen füllte den Raum. Gus lachte mit.

»Sie werden hier schon klarkommen. Jetzt suchen wir erst einmal ein paar Sachen für Sie zusammen, und anschließend zeige ich Ihnen das Schiff.«

Er öffnete eine Tür, hinter der sich alles Mögliche befand, was Matrosen brauchen konnten. Kleidung, Tabak, Schokolade, Rasierzeug, aber keinerlei Alkohol, fiel ihr auf. Sie fand einen Kamm und Seife, und es gab sogar einen Spiegel.

Gus sah ihr sichtlich amüsiert zu, wie sie zusammensuchte, was sie brauchte.

»Das gibt eine Überraschung«, war sein Kommentar.

Sarah ging zurück in ihre Kabine und verriegelte die Tür.

Irgendjemand hatte das Regenzeug und die Stiefel weggeräumt. Auf dem Tisch stand jetzt eine Waschschüssel aus Emaille und neben ihrer Koje ein Nachtgeschirr. Über der Stuhllehne hing ein sauberes Leinentuch.

Die Seife, die Gus ihr gegeben hatte, war steinhart und wollte nicht schäumen. Sie seufzte und wusch sich, so gut es eben ging.

In was für eine Situation war sie bloß geraten?

Ihr weniges Wissen über Schifffahrt und Seeleute stammte aus Romanen, und die Seefahrerromantik, die darin beschrieben wurde, hatte offensichtlich nichts mit der Wirklichkeit zu tun.

Robbenfänger. Irgendetwas hatte sie kürzlich über Robbenfänger gelesen oder gehört. Was nur? Schließlich fiel es ihr ein. Letztes Jahr hatte sie sich ein Automobil gekauft und dazu statt des üblichen Staubmantels für Damen eine wind- und wasserabweisende Jacke, wie die Männer sie trugen. Ihre Tochter hatte ihr daraufhin einen leidenschaftlichen Vortrag gehalten, dass für solch ein Kleidungsstück Robben getötet wurden, und in den nächsten Tagen einen Zeitungsartikel nach Hause gebracht, in dem über Robbenfänger berichtet wurde. Sie wurden als rücksichtslose Draufgänger dargestellt, als Halsabschneider, die Tod und Teufel nicht scheuten, um schnell reich zu werden.

Als Verwegenster unter ihnen galt Alex MacLean, ein Abenteurer, der auch nicht davor zurückschreckte, in den Schutzgebieten zu wildern. Aber er war nicht die einzige schillernde Figur unter den Robbenjägern. Allen gemeinsam war, dass sie sich am Rande der Legalität bewegten. Die Freibeuter der Moderne wurden sie in dem Artikel genannt.

Also waren sie im Grunde doch Piraten.

Nachdenklich flocht sie ihre widerspenstigen Locken zu einem Zopf, den sie mit einer Schnur zusammenband, und machte sich auf den Weg nach draußen.

Gus erwartete sie bereits. »Dann woll'n wir mal. Hier hinten, das ist das Achterdeck. Die Kajüte kennen Sie ja schon. Da drin sind Ihre Kabine, die vom Alten, die vom Steuermann und die Messe.«

»Wieso nennen Sie den Kapitän immer den Alten? So alt ist er doch gar nicht?«

»Ach, das ist einfach die schiffsübliche Bezeichnung für den Käpt'n. Nicht böse gemeint. Aber natürlich darf man ihn nicht so ansprechen. Dahinten auf der Poop«, er deutete auf das leicht erhöhte Deck, »ist das Ruder. Ihr Landratten sagt wahrscheinlich Steuerrad dazu.«

Landratte nannte er sie, wie charmant. Aber wahrscheinlich meinte er es gar nicht abwertend.

Am Ruder stand ein großer, blonder Matrose und nickte ihnen grüßend zu. Gus grüßte zurück, ging weiter nach vorne und zeigte auf einen weiteren Aufbau in der Mitte des Schiffes: »Das Zwischendeck. Dort schlafen die Jäger.«

Sarah wies auf die kleinen Boote, die neben der Reling mit dem Kiel nach oben vertäut waren. »Sind das Rettungsboote?«

Gus lachte. »Nein, das sind die Fangboote. Damit geht man auf Robbenjagd.«

»Damit rudern sie dann auf die Inseln?«

»Das Jagen auf den Inseln ist verboten, Ma'am. Wir jagen auf der offenen See.«

»Mit diesen kleinen Booten?« Sie mochte es nicht glauben. Die Boote waren nicht länger als sechs oder sieben Meter und wirkten zerbrechlich.

Gus nickte und ging weiter vor zum ersten Mast. »Hier vorne ist der Niedergang zum Logis. Hier leben die Matrosen.«

Es war kein Aufbau, wie die Unterkunft der Jäger oder die Kajüte am Heck, sondern nur ein niedriger Abgang. Die Tür stand offen, und sie konnte eine steile Treppe erkennen, die in einen dunklen Raum führte. Viel Platz konnten die Männer nicht haben.

Gus räusperte sich. »Haben Sie noch Fragen?«

»Wie groß ist die Victory?« Das Schiff erschien ihr sehr klein im Vergleich zur Kalani. Wie konnte man es wagen, damit den Pazifik zu überqueren?

»Etwas mehr als dreißig Meter lang, und circa sieben Meter breit. Wenn Sie mehr über die Victory wissen wollen, müssen Sie unseren Svensson fragen.« Er zeigte auf den Mann, der am Steuerrad stand. »Er liebt sie wie seine Mutter und weiß alles über sie.«

Nein, sie wollte nicht mehr wissen. Ein wenig schwirrte ihr der Kopf von all den Eindrücken. Sie trat an die Reling und griff nach einem Seil, das von dort nach oben führte.

»Noch etwas«, sagte Gus hinter ihr. »Festhalten ist wichtig, vor allem bei stürmischer See. ›Eine Hand für dich, eine fürs Schiff‹, heißt die Regel. Aber passen Sie auf, wo Sie hingreifen. Halten Sie Ihre Finger von den Blöcken fern.«

»Blöcke?«

»Das da.«

Er deutete auf eine große Rolle unterhalb ihrer Hand, durch die das Seil hindurchlief. Hastig zog sie die Hand zurück.

Gus lachte. »Der tut Ihnen nichts. Aber dieser hier.« Er zeigte auf eine andere Rolle, die auf den Deckplanken befestigt war. »Wenn Sie da reinfassen, sind Sie Ihre Finger los. Und passen Sie auf das Fall auf.« Er wies mit dem Kinn auf ein anderes Seil, das sorgfältig aufgerollt neben dem Block lag. »Nicht drauftreten.«

Da nicht hinfassen, dort nicht drauftreten, und vor allem dem Kapitän keine unzumutbaren Fragen stellen.

»Sonst noch etwas?«, fragte sie mit Nachdruck. Es war der Tonfall, mit dem sie aufdringliche Reporter oder unerwünschte Verehrer in die Schranken wies. Hier verfehlte er klar seine Wirkung.

»Ja«, entgegnete Gus ungerührt. »Achten Sie darauf, dass Sie den Männern bei Manövern nicht im Weg stehen. Und wenn Ihnen jemand befiehlt, unter Deck zu gehen, dann tun Sie das, und zwar gleich.«

»Wie bitte?« Das ging nun wirklich zu weit. Sie wurde hier gegen ihren Willen festgehalten und sollte sich jetzt noch sagen lassen, was sie zu tun und zu lassen hatte?

Gus seufzte leise. »Das ist eine Anweisung vom Käpt'n. Zu Ihrer eigenen Sicherheit. Manchmal bleibt keine Zeit für Erklärungen.«

Sarah sah zum Heck, wo Brandon mit einem der Jäger sprach. Machte er sich tatsächlich Gedanken um ihre Sicherheit? Bisher hatte sie nicht diesen Eindruck. Die Vorstellung schmeichelte ihr.

7. KAPITEL

Nun, wie war Ihr erster Tag auf der Victory?«, fragte Brandon in einem liebenswürdigen Tonfall, als sie beim Abendessen saßen, doch seine Augen blieben kalt.

Sarah legte den Löffel nieder und wischte sich die Finger an ihrem Rock ab. Es hatte tatsächlich wieder Erbsensuppe gegeben, dieses Mal mit Pökelfleisch, und der leicht fischige Geschmack ließ darauf schließen, dass der Koch den Topf nicht besonders gründlich gespült hatte.

»Ich glaube, er war nicht sehr gelungen«, entgegnete sie.

Seine Miene blieb unbewegt.

Sie wartete einen Moment, dann brach es aus ihr heraus: »Hören Sie, ich weiß nicht, wie Sie sich das vorstellen. Ich kann doch hier nicht monatelang nur herumsitzen.«

»Es tut mir unendlich leid, Madam, dass Sie ohne Ihre gewohnten Zerstreuungen auskommen müssen, aber zu meinem großen Bedauern kann ich Ihnen hier nicht so wichtige Dinge wie Wohltätigkeitsbälle oder Lesezirkel bieten. Leider gibt es auch keinen Fünfuhrtee oder ein Kapitänsdinner.« Er machte eine Pause und wies mit dem Kinn auf das Oberlicht. »Fragen Sie mal die Männer da draußen, ob ihnen langweilig ist.«

Ihre Wangen brannten vor Zorn. Was hatte sie getan, dass er sie mit einer derartigen Herablassung behandelte?

»Was soll das? Sie wissen genau, dass ich das nicht gemeint habe. Haben Sie etwas gegen mich oder gegen Frauen im Allgemeinen?«

»Ich habe etwas gegen Leute Ihrer Art.«

»Meiner Art?«

»Menschen, die mit dem goldenen Löffel im Mund geboren wurden und glauben, alle anderen wären nur da, um ihnen zu Diensten zu sein.«

»So bin ich nicht!«, zischte sie.

Er lehnte sich zurück und verschränkte die Arme vor der Brust. »Nicht? Wer hat mich heute Mittag aufgefordert, den Kurs zu wechseln und Hawaii anzulaufen oder einen anderen Umweg zu machen? Sie erwarten wie selbstverständlich, dass ich, dass diese Männer hier ihre Arbeit liegen lassen, um Ihre Wünsche zu erfüllen.«

Sarah fuhr von ihrem Stuhl hoch, doch dann presste sie die Lippen zusammen und ließ sich zurücksinken. Sie war natürlich davon ausgegangen, dass sie jedes Recht darauf hatte, an Land gebracht zu werden. Im Grunde glaubte sie das immer noch. Aber mit ihm zu streiten, würde ihr jetzt nicht helfen.

»Ich dachte eigentlich, wenn ich schon hierbleiben muss, könnte ich irgendetwas Nützliches tun.«

»Sie wollen helfen?«

»Ja.«

Brandon sah auf ihre Hände und zog die Augenbrauen hoch. »Sie könnten flicken und nähen«, sagte er dann. »Es gibt hier immer Kleidung zu reparieren. Die Männer wären Ihnen bestimmt dankbar.«

»Nähen? Ich?« Ein trockenes Lachen entfuhr ihr. Handarbeiten waren ihr verhasst. Sie hatte nie die Geduld und auch niemals den Ehrgeiz besessen, stundenlang an einem Stück Stoff herumzusticheln, sehr zum Bedauern ihrer Mutter und ihrer Handarbeitslehrerinnen.

»Wollten Sie nicht etwas tun?«

»Aber doch nicht nähen!«

Er verzog den Mund. »Für Stickarbeiten haben wir hier leider keine Verwendung.«

»Ich kann weder sticken noch nähen«, erklärte Sarah kurz und bündig. Mochte er doch von ihr denken, was er wollte.

Brandon räusperte sich übertrieben laut. »Was können Sie dann?«

Das war eine gute Frage. Auf was verstand sie sich, das hier nützlich war? Ihren Lebensunterhalt verdiente sie mit Singen. Und noch nicht mal das konnte sie zurzeit. Ihr Blick fiel auf ihren Teller. Obwohl sie hungrig war, hatte sie die Suppe kaum angerührt. Die Vorstellung, sich die nächsten fünf Monate so zu ernähren, jagte kalte Schauer über ihren Rücken, aber was sollte sie tun?

Sie solle sich ihr Essen selber kochen, hatte der mürrische Mullins gesagt.

Aber natürlich. Das war die Lösung.

Sie richtete sich auf. »Ich kann kochen.«

»Sie können kochen?« Die Skepsis in seiner Stimme war beleidigend.

»Meine Großmutter war Italienerin. Sie konnte kochen, und ich habe es von ihr gelernt. Wahrscheinlich kann ich es besser als Mr. Mullins.«

»Das glaub' ich glatt!«, platzte einer der Jäger heraus, und die anderen murmelten zustimmend.

Brandon strich sich über den Bart. »Warum nicht. Es gibt wahrscheinlich niemanden an Bord, der nicht dankbar für eine Abwechslung beim Essen wäre. Und allzu viel kaputt machen können Sie dabei auch nicht.«

Sarah unterdrückte den Impuls, ihm ihren Suppenlöffel ins Gesicht zu werfen. Dieser Mann war geradezu unglaublich arrogant.

»Es gibt ein Problem dabei. Mr. Mullins wird nicht einverstanden sein«, erklärte sie.

»Dann polier' ich ihm die Fresse«, erbot sich Jennings eilfertig und erntete den Beifall seiner Kameraden.

Brandon lachte. »Das wird nicht nötig sein. Ich rede mit ihm.«

Später saß sie in ihrer Kabine und versuchte sich das Haar durchzukämmen, aber die Locken waren vom Wind und Salzwasser spröde und zerzaust. Ungeduldig warf sie den Kamm auf eine Kiste. Eigentlich müsste sie ihre Haare waschen, doch Brandon hatte ihr zu verstehen gegeben, dass Wasser kostbar war. Zum Haarewaschen würde keines geopfert werden. Ihre Kopfhaut juckte. Sie erinnerte sich daran, wie oft Gus sich gekratzt hatte. Vielleicht hatte er wirklich Läuse.

Nachdenklich sah sie in den Spiegel. Etwa fünf Wochen würde es dauern, bis sie die Bonin-Inseln erreichten. Drei bis vier Monate würde die Jagd dauern. Wenn sie auf der Victory blieb, konnte sie zumindest sicher sein, dass sie spätestens in fünf Monaten in Yokohama war. Wie es auf den Bonin-Inseln aussah, wusste sie dagegen nicht. Unter Umständen säße sie dort wochen- oder gar monatelang fest.

Langsam ließ sie eine Haarsträhne durch die Finger gleiten. Sie war immer stolz auf ihr dichtes, dunkles Haar gewesen. Jetzt hing es verfilzt und strähnig um ihr Gesicht. Wie würde sie erst in fünf Monaten aussehen?

In ihrer Koje lagen die Sachen, die sie sich von Gus hatte geben lassen. Zwei Hosen, zwei gestreifte Hemden, wie sie die Matrosen als Unterhemden trugen, ein Herrenhemd und ein dicker Pullover.

Wenn sie hierbleiben musste, war es vielleicht eine gute Idee, möglichst wenig weibliche Reize zu zeigen. Männerkleidung war nur der erste Schritt.

Sie seufzte tief und griff zur Schere.

In der Nacht wälzte sie sich schlaflos herum. Die Koje war eng und die dünne Matratze so durchgelegen, dass es sich anfühlte, als läge sie auf blankem Holz. Das Rauschen des Windes in der Takelage, die Schritte der Wache an Deck, das Ächzen und Knarren des Schiffes und ihre eigenen Gedanken, all das ließ sie nicht zur Ruhe kommen.

Das Schlagen der Schiffsglocke drang an ihr Ohr. Sie zählte mit. Drei Doppelschläge und ein einzelner. Wie spät konnte es sein? Bestimmt lag sie schon einige Stunden wach.

Dieser seltsame Kapitän ging ihr nicht aus dem Sinn. Irgendetwas an ihm, an seiner zynischen Art, weckte eine Erinnerung. Dunkel, nicht greifbar. Wie ein Wort, das einem auf der Zunge lag und auf das man nicht kam.

Seufzend drehte sie sich auf die andere Seite. Wenn das so weiterging, würde sie morgen völlig erschöpft sein.

Wie die Matrosen sie am Morgen angestarrt hatten. Zum Glück besaß ihre Kabine einen Riegel, der auch stark genug zu sein schien, ungebetene Besucher abzuhalten. Trotzdem war ihr immer noch flau im Magen bei dem Gedanken, mehrere Monate als einzige Frau unter Männern zu leben. Wie viele es wohl waren? Gerne hätte sie sich mit Kang und Ward von der Kalani unterhalten. Bestimmt wussten sie inzwischen mehr über dieses Schiff und seine Mannschaft. Aber sie hatte sie den ganzen Tag nicht gesehen.

Wieder hörte sie die Schiffsglocke. Vier Doppelschläge. Sie mochte den Klang, er wirkte so beruhigend.

8. KAPITEL

Die Rufe der Matrosen weckten sie. Anscheinend hatte der Wind gedreht, und die Segel wurden umgelegt. Stöhnend setzte sie sich auf, sie fühlte sich wie gerädert. Heute war ihr erster Arbeitstag. Wie wohl der Koch auf ihre Anwesenheit in der Kombüse reagieren würde? Sicher nicht mit Begeisterung.

Sie wusch sich notdürftig mit dem restlichen Wasser vom Vortag. Dann zog sie sich an. Ein kragenloses hellbeiges Hemd und eine dunkelblaue Baumwollhose, die ihr bis zu den Knöcheln reichte. Das Hemd war zu groß, aber dafür zeichneten sich ihre Brüste nicht ab. Sie stopfte es in die Hose. Gus hatte ihr anstelle der Hosenträger, welche die Männer trugen, einen Gürtel gegeben und in weiser Voraussicht ein paar zusätzliche Löcher hineingestanzt.

Sie hatte als Mädchen öfter die Hosen ihres Bruders getragen, und auch zum Reiten trug sie Hosen, es war für sie nicht völlig ungewohnt. Auf jeden Fall war es bequem.

Ihr Kopf fühlte sich auffallend leicht an. Sie fuhr sich mit den Fingern durchs Haar, es fiel ihr nur noch bis an die Ohren. Den Spiegel, der auf der Kiste lag, rührte sie nicht an. Schließlich atmete sie tief durch und stieg an Deck.

Der Mann am Ruder sah in ihre Richtung und stutzte. Sein Unterkiefer klappte herunter. An der Reling standen zwei Matrosen, die mit Leinen hantierten. Der eine verpasste dem anderen einen Stoß in die Rippen und zeigte auf sie. Nach ein paar Minuten hatte sie die Aufmerksamkeit sämtlicher Männer an Deck erregt.

Brandon stand auf der Poop. Sie konnte sein amüsiertes Lächeln erkennen.

Guckt ihr nur. Sie hob das Kinn. Besser so, als fünf Monate lang die Kleider nicht wechseln. Und vielleicht Läuse haben.

Sie stieg die Stufen zur Kombüse hinab.

Mullins stand am Herd. »Das wird aber auch Zeit«, sagte er, ohne sie anzusehen. »Mach, dass du an die Arbeit kommst.«

Sarah schluckte. »Guten Morgen, Mr. Mullins«, antwortete sie höflich.

Sichtlich erschrocken fuhr er herum. »Ich dachte, Sie wär'n Willy.« Er stemmte die Hände in die Hüften und spuckte gezielt in eine Blechdose auf dem Boden.

Schaudernd wandte Sarah sich ab. Sie hasste Kautabak.

»Na gut«, sagte der Koch. »Hauptsache, Sie bringen mir nicht alles durcheinander. Am besten fangen Sie damit an.«

Er deutete auf die Spüle, in der sich das schmutzige Geschirr vom Frühstück stapelte.

Sarah holte tief Luft, sie musste hier wohl etwas klarstellen. Doch bevor sie etwas sagen konnte, betrat Brandon die Kombüse.

»Wie schon gesagt, Smutje«, erklärte er. »Mrs. Tanner will sich hier ein bisschen nützlich machen. Überlass ihr doch einfach mal das Abendessen. Wir werden ja sehen ...«

»Jawohl, Sir«, antwortete Mullins unwillig.

Sarah sah sich um. Die Kombüse starrte vor Dreck. Selbst die unbenutzten Töpfe und Pfannen in den Regalen waren schmutzig. Der Koch selbst sah aus, als könne er dringend ein Bad vertragen. Kein Wunder, dass das Essen muffig und nach ranzigem Fett schmeckte. Sie fuhr mit einem Finger über die Arbeitsplatte. Ruß, Fett und undefinierbare Essensreste bildeten eine schmierige Schicht.

»Hier muss erst mal geputzt werden!«

Mullins grunzte und murmelte etwas Unverständliches in seinen Bart.

Brandon hob amüsiert die Augenbrauen. »Na, dann tun Sie sich keinen Zwang an.«

»Ich?« Entrüstet sah sie ihn an. Sie konnte doch nicht die Küche scheuern wie eine Putzfrau.

»Wer sonst?«, gab Brandon zurück.

»Davon, dass ich putzen soll, war nicht die Rede.«

»Dann erklären Sie mir doch mal, Ma'am, was Sie mit Hilfe in der Kombüse meinten? Vielleicht habe ich etwas falsch verstanden.« Seine Stimme war seidenweich.

»Bestimmt sogar ...«, setzte sie an, doch dann sah sie das Funkeln in seinen Augen. Er machte sich über sie lustig.

»Ich hatte meine Hilfe beim Kochen angeboten«, beendete sie lahm ihren Satz.

»Richtig«, bestätigte Brandon. »Aber wenn Ihnen die Kombüse nicht sauber genug ist, müssen Sie schon selbst Hand anlegen. Oder dachten Sie, Ihnen steht hier Personal zur Verfügung?«

Sarah schluckte. Das musste sie sich nicht bieten lassen. Sollte der Koch doch sehen, wo er blieb. Dann gab es eben weiterhin muffige Suppe.

»Das wird wohl nix«, brummte Mullins.

Brandon beobachtete sie. Er schien nur darauf zu warten, dass sie klein beigab.

Nun gut. Sie würde es ihm schon zeigen.

Herausfordernd hob sie das Kinn, ging zum Herd und sah sich Töpfe und Pfannen genauer an. Eingebrannte Essensreste bedeckten den Boden der gusseisernen Pfanne, und in einem Topf entdeckte sie hellbraune Klumpen, sie sahen aus wie die Reste von Hafergrütze.

Sie stieß einen Seufzer aus und wandte sich an Brandon. »Ich brauche Wasser, viel Wasser!«

Er hob eine Braue und nickte ihr zu. Dann drehte er sich um und rief nach draußen: »Brady, hey, Brady!«

Ein dunkelhaariger Bursche von ungefähr neunzehn Jahren erschien in der Tür, sein Gesichtsausdruck war ausgesprochen verdrießlich. »Aye, Sir?«

»Du wirst Mrs. Tanner hier zur Hand gehen.« Ohne auf eine Antwort zu warten, winkte Brandon einem weiteren Matrosen. »Svensson!«

Der Mann drehte sich um, die Stirn gerunzelt.

Es war derjenige, der ihr am Tag zuvor am Ruder aufgefallen war. Er war ebenso groß und muskulös wie Brandon, doch seine Statur war gedrungener. Gegen Brandons lässige Eleganz wirkte er beinahe schwerfällig.

Verlegen, fast unbeholfen, als wisse er nicht so recht, wohin mit seiner Größe oder Kraft, betrat er die Kombüse.

»Du wirst hier ebenfalls mit anpacken«, wies Brandon ihn an. »Mrs. Tanner wird euch sagen, was ihr tun sollt.«

Er drehte sich zu Sarah um. »Da haben Sie Ihr Personal«, sagte er und verließ den Raum.

Die Brady und Svensson genannten Männer warfen einander einen vielsagenden Blick zu.

Sarah lächelte sie an, aber Brady starrte nur finster vor sich hin, und Svenssons Miene blieb skeptisch. Das fing nicht gut an!

»Es tut mir leid«, sagte sie. »Ich glaube, ich mache mich gerade sehr unbeliebt. Mr. Mullins fürchtet, dass ich seine Kombüse durcheinanderbringe, und Ihnen beiden habe ich offensichtlich zusätzliche Arbeit aufgehalst.«

Brady gab keine Antwort, er wirkte unverändert mürrisch, aber als sie den großen, blonden Mann ansah, erwiderte dieser ihr Lächeln.

»Ist schon in Ordnung.« Er sprach langsam, und sein Englisch hatte einen leichten skandinavischen Akzent. »Was haben Sie denn vor?«

»Ich möchte hier saubermachen.« Ihre Handbewegung schloss die gesamte Kombüse ein. »Dazu brauche ich heißes Wasser, viel heißes Wasser …«

»Sie brauchen nicht zu glauben, dass Sie Trinkwasser kriegen«, fuhr Mullins dazwischen.

»Aber …« Ratlos hob sie die Schultern. Wie sollte sie ohne Wasser putzen?

Mullins zog eine Grimasse.

Der Blonde ging zum Herd und holte einen der großen Töpfe. »Auf geht's, Brady, holen wir der Lady Wasser. Du nimmst den anderen.« Er deutete auf einen zweiten Topf.

Brady warf seinem Kameraden einen grimmigen Blick zu, den dieser mit einem Augenzwinkern und einem kameradschaftlichen Stoß gegen seinen Arm beantwortete.

Erleichtert atmete Sarah auf. »Danke, Mr. Svensson!«

Kurze Zeit später schleppten die beiden Männer die mit Meerwasser gefüllten Töpfe herein und stellten sie auf den Herd.

Sarah blickte sich um. Jetzt hatte sie Wasser, aber womit sollte sie putzen? Sie wusste noch nicht einmal, wonach sie fragen sollte. Den Koch anzusprechen, brachte sie nicht über sich. Außerdem machte er sich demonstrativ am Herd zu schaffen.

»Was suchen Sie denn?« Svensson stand neben ihr.

Sie sah zu ihm auf. Auf den zweiten Blick war er ein durchaus gutaussehender Mann. Sein Gesicht wirkte offen und gutmütig, sein Haar hatte die Farbe von reifem Weizen. Das Grün seiner Augen erinnerte sie an den Wald, an Farne und Moos.

»Ich weiß gar nicht …«, begann sie, dann brach sie ab. Sie konnte doch nicht eingestehen, dass sie keine Ahnung hatte, wo sie überhaupt anfangen sollte.

Er lächelte. Ein scheues, verlegenes, unglaublich charmantes Lächeln.

Sie fasste sich ein Herz. »Womit putzt man denn hier?«

»Seife und Soda. Ich zeige Ihnen, wo Sie alles finden.«

Mullins grummelte verdrießlich, enthielt sich aber eines Kommentars.

Ausgerüstet mit Soda, Seife, Schrubber und Wurzelbürste, sah sie sich kurz darauf erneut in der Kombüse um. Wo sollte sie anfangen?

Am besten wäre es wohl, wenn sie zunächst die Arbeitsplatte putzte, um Abstellfläche zu haben. Danach würde sie sich sämtliche zurzeit unbenutzten Töpfe und Pfannen vornehmen, und nach dem Mittagessen den Herd. Die Schränke könnte sie am nächsten Tag ausräumen und auswaschen, und der Boden käme zum Schluss dran.

Als sie mit ihren Überlegungen so weit gekommen war, bemerkte sie Brady und Svensson, die immer noch an der Tür standen. Sarah sah sie fragend an, und ihr Blick wurde genauso fragend erwidert.

»Ich denke, ich komme jetzt allein zurecht«, sagte sie.

Brady nickte, aber Svensson blickte zweifelnd drein. »Wenn Sie meinen …«

Sie zuckte die Schultern. »Ich fange erst mal an.«

Die beiden Matrosen verließen die Kombüse, und Sarah machte sich an die Arbeit.

Es war eine mühselige Angelegenheit, und sie verfluchte sich mehr als einmal, dass sie sich hatte dazu hinreißen lassen, nur weil sie vor Brandon nicht klein beigeben wollte.

Der Koch schenkte ihr keine Beachtung, sondern hackte vehement auf ein paar Zwiebeln ein. Sie wurde das Gefühl nicht los, dass er sich vorstellte, auf dem Hackbrett vor ihm liege sie.

Zum Mittagessen gab es Bohnen mit Speck, und es schmeckte nicht ganz so übel wie die Erbsen mit Fisch vom Vortag.

Nach einer kurzen Pause kehrte Sarah an ihre Arbeit zurück. Die beiden Töpfe waren leer, sie brauchte noch einmal Wasser. Mullins konnte sie nicht fragen, der hatte sich zurückgezogen, sie war allein.

Sie stieg an Deck und hielt Ausschau nach Svensson, aber er war nicht da. In ihrer Nähe stand Brady an der Reling, doch als sie seinen Blick suchte, wandte er sich ab und guckte geflissentlich in eine andere Richtung. Was sollte sie tun?

Wenn Brady ihr nicht helfen wollte, würde es auch nichts nützen, wenn sie ihn jetzt riefe. Sie hatte keine Möglichkeit, sich durchzusetzen, außer, sie schwärzte ihn beim Kapitän an. Aber dann konnte es passieren, dass Brandon sich wieder über sie lustig machte.

Gerade wollte sie sich wieder umdrehen und in die Kombüse zurückgehen, als einer der anderen Matrosen sie ansprach. »Kann ich helfen?«

Er hatte braunes Haar und einen braunen Bart, der aussah,

als würde sein Besitzer ständig an ihm herumzupfen. Sein Blick glitt über ihren Körper und blieb an ihren Brüsten kleben. Er leckte sich die Lippen. Sarah trat einen Schritt zurück, und er folgte ihr sofort.

»Sie sehen so aus, als könnten Sie 'nen Kerl brauchen, der Ihnen hilft.« Er zwinkerte ihr zu. Sein Grinsen entblößte tabakgebräunte Zähne.

Sie wich noch einen Schritt zurück und stand nun mit dem Rücken an der Wand der Kombüse.

Er folgte ihr erneut.

Nervös sah sie sich um. Brandon war nirgends zu sehen, und die anderen Männer rührten sich nicht. Der Kerl stützte sich mit einem Arm an die Wand, sein Gesicht jetzt dicht vor ihrem. Er roch nach Tabak und nach Schweiß.

»Nun?«

Ausweichen konnte sie ihm nicht, und Hilfe hatte sie anscheinend auch nicht zu erwarten. Sie straffte die Schultern.

Bevor sie jedoch etwas sagen konnte, tauchte plötzlich Svensson hinter dem Mann auf und legte ihm schwer die Hand auf die Schulter. »Lass gut sein, Reilly. Du weißt, was der Alte gesagt hat. Und außerdem hat er mich zum Küchendienst verdonnert.«

Reilly drehte sich um. Einen Augenblick lang bohrten sich die Blicke der beiden Männer ineinander, dann grummelte Reilly etwas Unverständliches in seinen Bart und ging.

Sarah atmete auf. »Danke.«

»Keine Ursache«, erwiderte Svensson. »Brauchen Sie noch etwas?«

»Ja, ich bräuchte noch einmal Wasser …« Sie stockte. »Was haben Sie da gerade gesagt? Brandon hat Sie dazu ›verdonnert‹, mir zu helfen?«

Offen erwiderte er ihren Blick. »Ich hatte kürzlich einen Zusammenstoß mit dem Steuermann«, erklärte er freimütig.

»Normalerweise heißt das dann Deck schrubben oder zusätzliche Wachen schieben. Nun hat der Kapitän mich und Brady dazu abgestellt, Ihnen zu helfen. Er hat wohl gehofft, Sie würden uns ordentlich schuften lassen.«

Sarahs Wangen wurden heiß. Eine Strafarbeit also. Das erklärte auch Bradys Verhalten. »Tut mir leid. Das wusste ich nicht.«

Jetzt lächelte er. Im Gegensatz zu Reilly hatte er sehr weiße Zähne, offensichtlich kaute er keinen Tabak. Überhaupt wirkte er, als lege er Wert auf Sauberkeit. Er roch nicht nach altem Schweiß, sein Bart war sorgfältig gestutzt, ebenso seine Haare.

»Es muss Ihnen nicht leidtun. Sie sind gar nicht so eine verwöhnte Göre, wie er behauptet hat, und bei Ihnen mitzuarbeiten, ist verdammt viel besser als Deckschrubben.«

Sie starrte ihn an. War das ein Versuch, mit ihr anzubändeln? Aber nein, er sah ihr offen ins Gesicht, ohne eine Spur von Koketterie.

»Sind Sie immer so direkt?«

»Ich sage, was ich denke.«

Sarah konnte ein Lächeln nicht unterdrücken. »In der Tat«, sagte sie und murmelte dann: »Eine verwöhnte Göre …«

Svenssons Gesicht lief leicht rosa an, aber er schwieg.

Er holte die beiden Töpfe, füllte sie mit Wasser und brachte sie zurück in die Kombüse.

Sarah brauchte über eine Stunde, bis sie den Herd von Fett, Ruß und eingebrannten Essensresten befreit hatte. Danach waren ihre Hände rot und schmerzten. Müde wischte sie sich den Schweiß aus der Stirn. Wie heiß es hier war. Vielleicht war sie aber auch nur die Arbeit nicht gewohnt. Jedenfalls hatte sie eine Pause verdient.

Der frische Wind an Deck war eine Wohltat nach der Hitze in der Kombüse.

»Sie halten sich wacker«, sagte Brandon.

Überrascht wandte sie sich zu ihm um. Sie hatte ihn nicht kommen hören, er schien sich nahezu geräuschlos zu bewegen.

»Ist das etwa ein Kompliment?«

»Ich denke schon. Wieso haben Sie sich die Haare abgeschnitten?«

Sarah zuckte die Schultern. »Die hygienischen Verhältnisse sind nicht so – hmm – so besonders«, begann sie vorsichtig. »Und ehrlich gesagt, ich dachte, es ist vielleicht besser, wenn ich Männerkleidung trage und kurze Haare. Sie verstehen ...«

Er musterte sie von oben bis unten, aber es war ein anderer Blick als der von Reilly. Sie fühlte sich nicht taxiert. »Wenn Sie sich verunstalten wollten, so ist Ihnen das nicht gelungen.«

Verblüfft sah sie ihn an. Dies schien nicht als Kompliment gemeint. Sein Ton war völlig neutral, er hatte eine sachliche Feststellung getroffen.

»Es war nicht unbedingt meine Absicht, mich zu verunstalten. Es waren eher ... praktische Erwägungen.«

Brandon lachte leise. »Etwas anderes hätte mich auch gewundert.«

Er nickte ihr zu und ging nach hinten.

Sarah blieb noch einen Augenblick an der Reling stehen und schaute ihm hinterher. Mit welch lässiger Eleganz er sich trotz seiner Größe bewegte. Er hatte etwas von der Geschmeidigkeit eines Panthers. Nach seinem arroganten Verhalten vom Tag zuvor war er eben richtig nett gewesen. Sie wurde nicht schlau aus ihm.

Unwillig schüttelte sie den Kopf. Sie sollte aufhören, sich über Brandon Gedanken zu machen, sie hatte wahrhaftig andere Sorgen.

Wenn Anne vom Untergang der Kalani erfuhr, würde sie glauben, ihre Mutter sei tot. Und es gab keinerlei Möglichkeit, ihrer Tochter eine Nachricht zukommen zu lassen. Sie konnte nur hoffen, dass Anne sich nicht zu einer Verzweiflungstat hinreißen ließ, wie zum Beispiel diesen Laffen Kester Delaney zu heiraten, der seit einiger Zeit um sie herumscharwenzelte. Wenn sie, Sarah, als tot galt, würden sich die Mitgiftjäger die Klinke in die Hand geben, denn ihre Tochter würde ein großes Vermögen erben. Allerdings war Anne noch nicht volljährig. Für die Dauer ihrer Reise hatte Sarah ihrer jüngeren Schwester die Verantwortung für ihre Tochter übertragen, und Mary würde gut auf sie aufpassen, bis sie wieder zu Hause war.

Sarah seufzte und strich sich eine Locke aus der Stirn. Brandon fand also nicht, dass die kurzen Haare sie entstellten. Nachdem sie am vorigen Abend bei ihrem Anblick im Spiegel in Tränen ausgebrochen war, war diese Feststellung durchaus tröstlich.

9. KAPITEL

Am Nachmittag, sie war endlich damit fertig, Töpfe und Pfannen zu scheuern, betrat der Junge, den sie am ersten Tag vor ihrer Kabine getroffen hatte, die Kombüse. Er stellte sich als Schiffsjunge Willy vor und begann Kartoffeln zu schälen.

Er schälte und schälte, bis Sarah ihn schließlich fragte, was mit den vielen Kartoffeln passieren sollte.

Verwundert blickte er auf. »Die sind fürs Abendessen.«

»Wie viele Leute sind denn an Bord?«

Willy legte sein Messer weg und zählte an den Fingern ab: »Ich, der Alte, der Steuermann, fünf Jäger, neun Matrosen, die beiden Männer von der Kalani, der Koch und Sie.«

Einundzwanzig Leute rechnete Sarah. Sie hatte noch nie ohne Hilfe für so viele Leute gekocht. Worauf hatte sie sich nur eingelassen? »Und was soll es heute Abend geben?«

Stumm deutete Willy auf die Kartoffeln.

»Sonst nichts?«

»Sie können sich ja was Besseres einfallen lassen«, schaltete sich Mullins ein, der gerade durch die Tür trat. »Und wie wär's, wenn Sie ihm mal helfen, oder schälen sich die Kartoffeln bei 'ner Lady von allein?«

Sarah warf ihm einen wütenden Blick zu, den er mit unbewegter Miene erwiderte.

Tatsächlich hatte er in gewisser Weise recht. Zwar hatten sich die Kartoffeln in der Küche ihrer Großmutter nicht von allein geschält, aber für solche gewöhnlichen Aufgaben wie Gemüseputzen und Kartoffelnschälen war die Küchenhilfe zuständig gewesen. Das würde sie Mullins allerdings nicht erzählen, zu lebhaft konnte sie sich seine Antwort vorstellen.

So setzte sie sich zu Willy an den Tisch. Mullins gab ihr ein kleines Messer, dessen Klinge vom vielen Schleifen schon ganz dünn war. Sarah griff aufs Geratewohl eine Kartoffel aus dem Haufen. Sie war schrumpelig und weich und roch unangenehm. Naserümpfend legte sie die Kartoffel auf die Seite und nahm eine andere.

Der Koch quittierte das mit einem Brummen. »Wenn Sie so anfangen, dann bleibt nicht viel übrig.«

»Und wenn ich faule Kartoffeln mitkoche, schmeckt das Essen nicht«, gab Sarah zurück. Ihr Blick bohrte sich in seinen.

Willy unterbrach seine Arbeit und verfolgte das stumme Duell.

Schließlich zuckte Mullins die Schultern und wandte sich ab.

Sarah begann vorsichtig zu schälen. Sie war viel langsamer als Willy. In der Zeit, die sie für eine Kartoffel brauchte, schaffte er drei. Außerdem fabrizierte sie jede Menge Abfall, weil sie nicht so dünn schälen konnte wie er. Fingerfertigkeit war noch nie ihre Stärke gewesen.

Irgendwann rutschte das Messer ab und fuhr in den Daumenballen ihrer linken Hand. Im ersten Moment spürte sie nichts, dann fuhr ein scharfer Schmerz durch ihren Daumen. Zischend zog sie die Luft zwischen die Zähne. Blut tropfte aus der Wunde auf die Kartoffeln.

»Heiliger Strohsack«, polterte Mullins. »Nehmen Sie Ihre Finger da weg. Sie bluten das ganze Essen voll.«

Dass sie sich verletzt hatte, schien ihn nicht zu interessieren. Sarah presste die rechte Hand auf die Wunde. »Haben Sie irgendwo Verbandszeug?«

Er warf ihr eines der Handtücher zu.

Mit Daumen und Zeigefinger nahm sie das Tuch auf und hielt es demonstrativ in die Höhe. Es war klamm und voller Flecken. »Das?«

»Verzeihung. Ist wohl nicht gut genug für 'ne Lady. Die Bordapotheke is' beim Käpt'n.«

»Danke«, erwiderte Sarah eisig und stand auf.

»Sind Sie sicher, dass Sie schon mal in 'ner Küche gearbeitet haben?«, rief Mullins ihr nach, als sie die Treppe hochstieg.

Sarah schluckte ihre Antwort herunter. Welcher Teufel hatte sie bloß geritten, als sie ihre Hilfe angeboten hatte?

Brandon stand am Heck und sprach mit Patrick Andersen, dem Steuermann.

»Was haben Sie denn gemacht?«, begrüßte er sie. Sie hielt immer noch die rechte Hand auf die linke gepresst, und das

Blut quoll unter ihren Fingern hervor. »Ich habe mich geschnitten.«

»Zeigen Sie mal.« Er griff nach ihrer Hand. »Ganz schön tief. Wie ist das passiert?«

Ihre Wangen brannten. Musste er das fragen? »Beim Kartoffelschälen.«

Andersen gab ein schnaubendes Prusten von sich und spuckte einen Strahl Kautabak auf die Planken. »Beim Kartoffelschälen?!«

Sie bedachte ihn mit ihrem kältesten Blick, aber er schien nicht beeindruckt, sondern kaute gelassen weiter auf seinem Pfriem.

»Na, immerhin ist sie nicht in Ohnmacht gefallen«, sagte Brandon lächelnd. »Das lässt hoffen.«

»Es freut mich außerordentlich, dass sich hier alle so großartig über mich amüsieren«, entgegnete Sarah erbost. »Aber eigentlich wollte ich die Wunde desinfizieren und verbinden.«

Ursprünglich hatte sie »desinfizieren und verbinden lassen« sagen wollen, aber das verbiss sie sich im letzten Moment. Es würde Brandon nur wieder Gelegenheit geben, ihr Snobismus vorzuwerfen.

»Kommen Sie mit«, forderte Brandon sie auf.

In seiner Kabine holte er Verbandszeug und Jod und bedeutete ihr, sich zu setzen. Dann ergriff er ihre Hand, und zum ersten Mal sah auch Sarah sich die Wunde genau an.

Der Schnitt war nicht groß, aber tief und blutete immer noch sehr stark. Ein leichtes Schwindelgefühl bemächtigte sich ihrer. Sie war dankbar, dass sie saß.

Brandon behandelte die Wunde mit Jod. Feuer breitete sich von dem Schnitt über ihren ganzen Arm aus. Sie biss die Zähne zusammen, aber schließlich konnte sie ein Stöhnen nicht mehr unterdrücken.

Der Kapitän warf einen kurzen Blick in ihr Gesicht, während er ihr die Hand verband. Als er fertig war, stand er auf und holte eine Flasche Whisky und ein Glas. »Möchten Sie?«

Einen Augenblick zögerte Sarah. Eine Dame trank nicht um diese Uhrzeit, und Schnaps schon gar nicht.

»Ja, gerne.«

Der Whisky rann ihr brennend durch die Kehle und hinterließ ein angenehm warmes Gefühl in ihrem Magen. Unwillkürlich seufzte sie leise.

Sein Lächeln hatte etwas Überraschendes. Es kam wie ein unerwarteter Gast und brachte seine Augen zum Leuchten.

Fasziniert sah sie ihn an. An wen erinnerte er sie nur? Er erwiderte ihren Blick so eindringlich, dass sie sich verlegen abwandte und in der Kabine umsah.

An einer Wand entdeckte sie ein großes Bücherregal. »Haben Sie die alle gelesen?« Sie fragte nur, um ihre Unsicherheit zu überspielen, doch kaum hatte sie zu Ende gesprochen, da schämte sie sich. Es war eine dumme Frage, und überheblich dazu.

»Nein, die stehen nur da, weil sie so schön aussehen«, gab er prompt zurück.

Sie trank ihr Glas aus und drehte es in den Händen. »Sie müssen mich für eine ziemliche Idiotin halten. Will kochen und schneidet sich gleich in die Hand.«

»Eigentlich nicht. Ich bin sicher, Mullins hat Ihnen das schärfste Messer gegeben, das er finden konnte. Da kann so etwas schon passieren. Wie oft haben Sie schon Kartoffeln geschält?«

»Ehrlich gesagt, noch nie«, gestand sie.

Abermals sah er sie mit diesem seltsam eindringlichem Blick an. Fast, als warte er auf etwas. Dann lachte er leise, und der Eindruck verflog. »Sie werden es lernen. Womit beschäftigen Sie sich denn so, wenn Sie nicht gerade schiffbrüchig sind?«

Was wollte er hören? Wusste er, womit die Damen ihrer Gesellschaftsschicht sich die Zeit vertrieben? Was hatte er am Tag zuvor gesagt? Wohltätigkeitsbälle und Lesezirkel.

»Ich bin Sängerin.«

Das verblüffte ihn, sie konnte es sehen. Seine Augenbrauen hoben sich, bis sie die dunkelblonden Locken berührten, die ihm in die Stirn fielen.

»Sängerin ...«, entgegnete er gedehnt und lehnte sich in seinem Stuhl zurück.

Sie fragte sich, was er wohl dachte. Stellte er sich eine Barsängerin in einer Hafenkneipe vor?

»Klassischer Gesang. Oper«, schob sie nach.

Er runzelte die Stirn. »Oper? Das ist das, wo nicht gesprochen wird, nicht wahr? Dicke Frauen, die hinter einem dünnen Bäumchen stehen und schreien: ›Er sieht mich nicht.‹«

»Manchmal«, erwiderte sie lachend. »Aber Sie haben recht, gesprochen wird tatsächlich nicht, nur gesungen.«

Sein Gesichtsausdruck verriet ihr, dass er nicht allzu viel davon hielt. »Und wie kommt man auf die Idee, so etwas zu machen?«

»Bei mir war es Zufall. Eigentlich wollte ich Ärztin werden ...« Sie zögerte. Schon wieder erzählte sie ihm Dinge, die ihn nichts angingen.

»Und warum sind Sie es nicht geworden?« Er war ganz ernst.

»Es gab ... widrige Umstände.«

»Widrige Umstände?«

»Lieber Himmel!«, rief sie aus. »Wie das so ist. Meine Eltern waren der Meinung, eine Frau heiratet sowieso und kriegt Kinder, da braucht sie keinen Beruf.«

»Das war der Grund? So leicht haben Sie aufgegeben?«

Entgeistert sah sie ihn an. Wie kam er darauf, dass sie leicht aufgegeben hatte? Sie dachte an ihre Verzweiflung, an die durchweinten Nächte, bevor sie eingewilligt hatte, Arthur zu heiraten. Aber das ging ihn nichts an.

»Was wissen Sie denn schon?«

»Na ja, vielleicht hat es sich ja gelohnt. Immerhin war Ihr Mann sehr reich, wenn er auch ein gutes Stück älter war als Sie.«

Um ein Haar wäre ihr das Glas aus der Hand gefallen.

Wieso wusste er das? Mit den Matrosen der Kalani hatte sie nicht über ihren Mann gesprochen. Sie sprach überhaupt nur selten über Arthur.

»Woher ...«, begann sie, aber er ließ sie nicht ausreden.

»Der Name Arthur Tanner ist in San Francisco ein Begriff, und ich glaube mich zu erinnern, dass ich mal einen Artikel im *Chronicle* über eine Traumhochzeit gelesen habe. Arthur Tanner und Sarah Ross. Das waren Sie, nicht wahr?«

Sein Gesichtsausdruck veränderte sich. Der Ernst und das Interesse verschwanden, dafür erschien wieder das spöttische Funkeln in seinen Augen.

»Hat es sich denn gelohnt? Einen Traum aufgeben und einen sechsundzwanzig Jahre älteren Kerl heiraten – für Geld?«

Sein Stimmungswechsel kam so plötzlich, dass es ihr die Sprache verschlug. Sie schloss die Augen.

»Oder war es gar eine Liebesheirat?« Seine Stimme passte nicht zu seinen höhnischen Worten. Sie klang angespannt, als läge ihm an ihrer Antwort.

Sie öffnete die Augen wieder und blickte ihn an. Nein, sie musste sich getäuscht haben. Er wirkte gelassen, fast gelangweilt, wie er dort saß und sie musterte, ein ironisches Lächeln auf den Lippen. Sicher machte er sich über sie lustig.

Es gab tatsächlich Situationen, in denen sie für die Erziehung, die sie genossen hatte, dankbar war. Man konnte sich dahinter verstecken.

So würdevoll wie möglich erhob sie sich. »Das, Mr. Brandon, ist kein Thema, welches ich mit Ihnen zu diskutieren wünsche«, erklärte sie und verließ die Kabine.

Sein Lachen folgte ihr.

An Deck fiel ihr Blick auf Andersen, der mit einem der Jäger – Christopher Owen, wenn sie sich recht erinnerte – sprach. Er grinste und entblößte braungefleckte Zähne. Mit dem Kinn wies er in ihre Richtung und sagte etwas, worauf Owen in wieherndes Gelächter ausbrach.

Wahrscheinlich würde heute Abend die gesamte Mannschaft über sie lachen.

Sie presste die Lippen zusammen, ignorierte die beiden und ging vor zum Bug, mit den Gedanken immer noch bei Brandons plötzlichem Stimmungswandel. Wenigstens ein paar Minuten wollte sie allein sein, um sich zu sammeln, bevor sie wieder in die stickige Kombüse zurückkehrte.

Allerdings war es gar nicht so einfach, einen Platz zu finden, an dem sie allein sein konnte, wie sie in zunehmender Gereiztheit feststellte. Vor der Back standen Svensson und ein zweiter Matrose über ein Segel gebeugt. Der andere Mann war ebenfalls blond, aber klein und drahtig. Er strahlte sie an und stellte sich als Jos Nielsen vor. Seine Stimme klang fröhlich, er wirkte wie ein Mensch, der mit sich und der Welt zufrieden war.

Svensson dagegen begrüßte sie nicht, sondern starrte auf ihre verbundene Hand. »Haben Sie sich verletzt?«

Wenn das so weiterging, würde sie hier tagelang für Unterhaltung sorgen. Gestern hatte ein simples Vorhaben, wie Sichwaschen, zur allgemeinen Erheiterung beigetragen, heute war es ihre Ungeschicklichkeit.

»Ja«, antwortete sie ungehalten. »Und wenn Sie Genaueres wissen wollen, warten Sie einfach ab. Mr. Andersen ist gerade dabei, die Geschichte zu verbreiten.«

Svensson warf einen flüchtigen Blick auf den Steuermann. »Andersens Geschwätz interessiert mich nicht«, erklärte er unverblümt.

Nielsen prustete leise. »Pass bloß auf, dass dich keiner hört.«

Schulterzuckend beugte Svensson sich wieder über das Segel. Es war zerrissen, und offensichtlich flickten die Männer es gerade. An der rechten Hand trugen sie etwas, das aussah wie ein Handschuh. Sie benutzten es, um die Nadeln durch den schweren Stoff zu stoßen.

Sarah atmete ein paarmal tief durch. Svensson war am Morgen sehr nett und hilfsbereit gewesen und hatte es nicht verdient, dass sie ihren Unmut an ihm ausließ.

»Ich wollte nicht unhöflich sein, Mr. Svensson. Es ist nur alles so neu und ungewohnt, und ständig fragt mich jemand aus.«

Svensson nahm ihre Entschuldigung mit einem Kopfnicken zur Kenntnis, aber Nielsen lachte sie an. »Daran werden Sie sich gewöhnen müssen, Ma'am. Es gibt nicht viel Abwechslung, bis wir in den Fanggebieten sind, und eine Frau an Bord ist was ganz Besonderes. Klar wollen wir alles über Sie wissen.«

Sie konnte nicht anders, sie lachte mit. Er hatte Charme. Aus seinen strahlend blauen Augen blitzte der Schalk. Bestimmt gab es viele Frauen, die ihn mochten.

»Wohin geht man hier, wenn man keine Fragen beantworten, sondern einfach nur allein sein möchte?« Sie legte ein Lächeln in ihre Stimme, um ihren Worten die Schärfe zu nehmen.

»Allein sein?« Nielsen legte den Kopf schief und zeigte auf die Takelage. »Da hoch.«

Sarah sah nach oben und schüttelte den Kopf. Das war nichts für sie.

»Es ist schön dort«, versicherte er ihr. »Wenn Sie möchten, helfe ich Ihnen hinauf.«

Kopfschüttelnd sah Svensson auf. »Jos, hör auf, Süßholz zu raspeln, und mach weiter. Der Alte guckt schon ganz böse.«

Sarah folgte seinem Blick. Tatsächlich stand Brandon mittschiffs und schaute, die Brauen zusammengezogen, in ihre Richtung.

Nielsen deutete scherzhaft eine Verbeugung an. »Sehr wohl.« Nach einem Augenzwinkern zu Sarah nahm er das Segel wieder auf.

Sie verabschiedete sich und kehrte zurück in die Kombüse.

»Eine feine Hilfe, die sich gleich am ersten Tag in die Hand schneidet«, spottete Mullins, als er sie erblickte. Doch er schien nicht mehr ganz so übellaunig zu sein wie am Morgen.

Sarah beschloss, die Gelegenheit zu nutzen. »Wäre es vielleicht möglich, dass ich mal sehe, was Sie so an Vorräten haben?«

Mullins verzog zunächst unwillig das Gesicht, doch dann nickte er. »Kommen Se mit, ich muss sowieso ins Lager.«

Dort angekommen, schaute Sarah sich aufmerksam um, während Mullins eine Seite Räucherspeck von einem Haken nahm.

Eigentlich war die Victory recht gut bestückt. In einem Regal lagerten Kondensmilchbüchsen und Dosenfleisch, in einem anderen mehrere Käselaibe. An einem Haken an der Wand hingen große Seiten Dörrfleisch, und nicht weit davon entdeckte sie den berüchtigten Stockfisch. Auf dem Boden standen Säcke mit getrockneten Erbsen und Bohnen, daneben eine große Kiste mit Kartoffeln, von denen viele schon keimten.

Warum nahmen die Leute keine Nudeln oder Reis mit? Das hielt sich viel länger als Kartoffeln.

Mullins hob die Schultern, als sie ihn darauf ansprach, und deutete in eine Ecke. »Der Koch, der vor zwei Jahren hier war, war 'n Italiener. Da drüben steht noch ein Kanister Öl, und Nudeln müssten auch noch da sein.«

Die Nudeln waren unbrauchbar, sie waren irgendwann feucht geworden, aber der Kanister enthielt Olivenöl, und er war noch verschlossen.

»Sie brauchen gar nicht zu glauben, dass die Männer so was essen«, brummte der Koch angesichts ihrer Begeisterung.

Sarah wusste um die Vorurteile der Amerikaner gegenüber Olivenöl. Ihre Mutter hatte es ebenfalls nicht gemocht, wenn ihre Großmutter es zum Kochen oder Braten verwendet hatte.

Allerdings hatte Antonella Rossi wenig auf die Meinung ihrer Schwiegertochter gegeben. Sie war nach dem Tod ihres Mannes zu der Familie ihres Sohnes gezogen und hatte die Regentschaft in der Küche übernommen. Und nicht nur in der Küche, dachte Sarah und schmunzelte bei der Erinnerung an ihre Nonna. Antonella hatte ihre italienische Herkunft nie verleugnet, im Gegenteil. Oft genug spottete sie darüber, dass ihr Sohn amerikanischer sein wollte als die Amerikaner. Antonellas Mann hatte den Grundstein für den Reichtum der Familie gelegt, indem er Land kaufte und Wein anbaute. Ihr Sohn Enrico, Sarahs Vater, hatte das kleine Weingut zum Erfolg geführt. Bei seiner Hochzeit mit der Tochter einer alteingesessenen kalifornischen Familie änderte Enrico Rossi seinen Namen in Henry Ross. Als Sarah zehn Jahre alt war, überließ er die Führung des Weinguts auf Drängen seiner Frau seinem jüngeren Bruder und kümmerte sich nur noch um den Verkauf. Er baute ein riesiges Haus in Nob Hill. Seine Frau Elizabeth herrschte über ein halbes Dutzend Bedienstete, kümmerte sich um die Kinder und gab Gesellschaften und Wohltätigkeitsbälle. Für Sarah war die riesige Küche des Hauses Zuflucht, wenn sie sich unverstanden fühlte. Und unverstanden fühlte sie sich oft. Ihre Eltern hatten weder ihr Interesse für Politik und Frauenrechte noch die Tatsache gebilligt, dass sie mehr vom Leben wollte, als zu heiraten und Kinder zu bekommen.

Sie riss sich aus ihren Gedanken und griff nach dem Kanister mit dem Öl. Aus einem Korb mit Zwiebeln suchte sie die besten aus.

Mullins protestierte. »Die sind doch noch gut!«

»Eben, deshalb nehme ich sie.«

»Erst einmal müssen die alten weg.« Er hielt ihr ein paar weiche Exemplare hin, von denen ein penetranter Geruch ausging.

Sarah schüttelte den Kopf. Was war das für eine Logik. »Ich nehme lieber die guten, solange sie noch gut sind.«

»Das kann ja heiter werden«, grummelte der Koch.

Zurück in der Kombüse, suchte sie einen sauberen Topf und gab eine große Portion Olivenöl hinein. Sie hackte die Zwiebeln, und Willy würfelte die Kartoffeln.

»Schade, dass wir keinen Knoblauch haben«, bemerkte sie bedauernd.

»Knoblauch! Das fehlte noch.« Mullins verzog angewidert das Gesicht.

Sarah schüttete die Zwiebeln und die erste Portion Kartoffeln in den Topf und ließ sie anbraten. Kräuter fehlten, aber trotzdem roch es sehr gut. Das Rühren in dem großen Topf war anstrengend, sie kämpfte mit dem großen Holzlöffel und der Masse an Kartoffeln.

Schließlich goss sie Wasser auf, gab Dörrfleisch dazu und schob den Topf auf eine Stelle, wo die Suppe nur leise vor sich hin köchelte. Sie wies Willy an, regelmäßig umzurühren. Nach zwei Stunden war eine wunderbar sämige Kartoffelsuppe fertig.

Sarah war stolz auf sich. Zwar waren ihre Hände rau und schmerzten vom Scheuern mit Salzwasser und Soda, und die Wunde in ihrer Hand pochte, aber trotzdem erfüllte sie eine tiefe Zufriedenheit. Sie hatte sich doch gut gehalten.

10. KAPITEL

Aus dem großen Topf stieg ein appetitlicher Duft nach Kartoffeln und Speck. Ein Jäger nach dem anderen füllte seinen Teller, und Sarah wartete gespannt darauf, was sie sagen würden. Brandon hatte, nicht ohne Sarkasmus, angekündigt, dass dies das erste Essen war, das die ›Lady‹ gekocht hatte.

»Riechen tut es schon mal gut«, erklärte Burton und nickte ihr zu.

»Und schmecken tut's noch besser«, nuschelte Abrams.

Zu ihrer Überraschung erfüllten die Komplimente der Männer sie mit Freude. Ob es den Matrosen im Logis ebenfalls schmeckte? Sie unterdrückte ein Lachen. Die Situation war völlig absurd. Hier saß sie, Emilia Rossi, Primadonna des San Francisco Opera House, Liebling der Presse, und erwartete bang das Urteil einiger ungewaschener Seeleute über ihre improvisierte Kartoffelsuppe.

Brandon stimmte seinen Männern zu. »Für ein Mädchen aus Nob Hill leisten Sie gute Arbeit.«

»Ich wohne nicht in Nob Hill«, erwiderte Sarah mechanisch.

Doch dann stutzte sie.

Sie war in Nob Hill aufgewachsen. Ihre Eltern hatten dort gewohnt und auch Arthur. Nach seinem Tod hatte sie das

Haus, in dem sie gelebt hatten, verkauft und war nach Pacific Heights gezogen.

Woher wusste ein kanadischer Robbenfänger, dass sie in Nob Hill aufgewachsen war?

Hörte man es an ihrer Aussprache? Wohl kaum. Ihre Stimme war zu geschult, um ihre Herkunft zu verraten. Vielleicht hatte er es einfach vermutet, weil sie reich und aus San Francisco war. Die meisten Menschen verbanden diese Dinge mit Nob Hill.

Nach dem Abendessen übernahmen Mullins und Willy den Abwasch. Sarah schlenderte vor zum Bug, um noch ein bisschen frische Luft zu schnappen, bevor sie sich in ihre muffige Kabine begab. Es war bereits dunkel, die ersten Sterne erschienen am Himmel. Am Horizont leuchtete etwas. Sie sah genauer hin. Die Sonne konnte es nicht sein, sie war schon vor einer halben Stunde untergegangen. Es war auch kein stetes Leuchten, sondern eher ein Flackern, wie von einem riesigen Feuer. Vielleicht eine jener seltsamen Wettererscheinungen, von denen immer wieder berichtet wurde.

Suchend sah sie sich um. In der Nähe des ersten Mastes schwatzten ein paar Männer, aber es war keiner darunter, den sie kannte. In ihrer Nähe wanderte Andersen auf und ab. Ihn würde sie bestimmt nicht fragen. Vielleicht konnte Gus ihr morgen erklären, was sie gesehen hatte.

Zurück in ihrer Kabine, wusch sie sich, vergewisserte sich, dass der Nachttopf an seinem Platz stand, und löschte das Licht.

Trotz ihrer Müdigkeit schlief sie nicht gut. Wirre Träume verfolgten sie. Sie war wieder in der Schule, und Mrs. Littlefield, ihre Handarbeitslehrerin, schimpfte mit ihr, weil ihre Stickerei so unordentlich war. »Du bist ein Mädchen aus Nob Hill, da muss man schön sticken können.« Mullins stand daneben und höhnte, sie könne doch noch nicht einmal Kartoffeln schälen. Ihr Geschichtslehrer prophezeite, dass sie mit ihren politischen Ansichten als Suffragette enden und niemals einen Mann bekommen werde. Sie hörte die strenge Stimme ihres Vaters, der erklärte, dass seine Tochter keinesfalls studieren, sondern heiraten werde, wie es sich für ein anständiges Mädchen gehöre. Und irgendwoher keifte eine Frauenstimme: »Was willst du denn mit einer aus Nob Hill?!«

Sie erwachte völlig zerschlagen. Licht fiel durch das winzige Fenster ihrer Kajüte, draußen hörte sie die Stimmen der Matrosen. Einen Augenblick lang spielte sie mit dem Gedanken, einfach liegen zu bleiben, aber dann dachte sie daran, was Brandon und vielleicht auch die anderen Männer sagen würden, wenn sie sich schon am zweiten Tag vor der Arbeit drückte. Diese Blöße mochte sie sich nicht geben.

Beim Frühstück glitt ihr Blick immer wieder hinüber zu Brandon. Der Mann war ihr ein Rätsel, und doch kamen ihr manche seiner Gesten seltsam vertraut vor.

Und dann dieser eigenartige Traum. Er beschäftigte sie immer noch, so lebendig war er gewesen. Ein Mädchen aus Nob Hill. Sie glaubte nicht, dass sie jemals so genannt worden war. Es war bestimmt nur eine Folge von Brandons Bemerkung am Abend zuvor.

Sie trank ihren Kaffee aus und stand auf. Es gab genug zu tun, für Träume war keine Zeit. Aber das unwirkliche Gefühl, etwas zum zweiten Mal zu erleben, blieb.

Auf dem Weg zur Kombüse traf sie Gus, und ihr fiel die seltsame Lichterscheinung vom Vorabend wieder ein.

»Weiß nicht«, antwortete er auf ihre Frage. »Ich hatte erst ab Mitternacht Wache, und da habe ich nichts gesehen. Vielleicht war's Wetterleuchten.«

Das war es bestimmt nicht gewesen. Wetterleuchten kannte sie.

Während der Vorbereitungen fürs Mittagessen – Pökelfleisch mit Kartoffeln sollte es geben – kamen Willy und ein junger, dunkelhaariger Matrose in die Kombüse und brachten das Frühstücksgeschirr aus dem Logis.

»Sie sind die Köchin dieser wunderbaren Kartoffelsuppe!« Der Mann strahlte sie an. »Freut mich, Sie kennenzulernen. Alex Fuller ist mein Name.«

Seine Aussprache war grauenhaft, Sarah hatte Mühe, ihn zu verstehen. Aber es war kein fremdländischer Akzent, sondern eher ein Slang, den er sprach.

»Ganz meinerseits. Sarah Tanner«, stellte sie sich vor. Wo mochte er herkommen? Er war braungebrannt und hatte dunkle Augen, aber er sah in keiner Weise exotisch aus.

»Wie Sie heißen, weiß hier jeder.« Er grinste.

Mullins brummte verdrießlich und ließ Wasser in die Spüle laufen. Fuller wandte sich zu ihm um. »Na, Mullins, alter Knasterer? Gutgelaunt, wie immer?«

»Mach dich nützlich oder verschwinde, Aussie«, gab der Koch zurück. »Zum Schwatzen hat hier keiner Zeit.«

»Aussie?« Sarah legte den Kopf schief.

Fuller zwinkerte ihr zu. »Ich bin Australier. Komme aus dem schönen Melbourne.«

»Ja, und 's wär' besser, wenn du dort geblieben wärst. Du bist doch nur hier, weil du 'n Schoner mit 'nem Schoner verwechselt hast.«

Sarah blickte ratlos von einem zum anderen. Wovon sprachen die beiden?

Fuller lachte. »In New South Wales ist ein Schoner ein großes Glas Bier.« Genießerisch verdrehte er die Augen. »Ein sehr großes Glas. Na ja, und die Victory ist auch ein Schoner. Manchmal isser ganz schön witzig, unser Koch.«

Willy verfolgte den Schlagabtausch der beiden Männer und machte große Augen.

Der Australier nahm sich ein Handtuch und begann abzutrocknen. »Hol mal das restliche Geschirr«, befahl er Willy.

»Aber ...«, begann Willy und deutete auf die Spüle.

»Das mach ich schon. Ich will noch ein bisschen mit der Lady schöntun.«

Willy wurde glühend rot, und Sarah musste ein Lachen unterdrücken. Eigentlich war Fullers Benehmen unmöglich. Erst zwinkerte er ihr zu, und jetzt erklärte er unumwunden, dass er mit ihr schäkern wollte. Aber bei aller Unverschämtheit war seine Offenheit auch wieder entwaffnend.

Sie erinnerte sich, ihn gestern Abend an Deck gesehen zu haben. Vielleicht wusste er ja, was dieses Licht zu bedeuten hatte. Sie fragte ihn.

»Das? Das war der Kilauea.«

»Der Vulkan? Auf Hawaii?« Sie hatte davon gelesen, als sie ihre Reise geplant hatte.

»Genau.«

»Aber ...« Sie stockte. Wenn der Vulkan in Sichtweite war, konnte Hawaii nicht so weit weg sein, wie Brandon behauptete.

»Alles in Ordnung, Ma'am?«, fragte Fuller.

Sie fuhr sich mit der Hand über das Gesicht und zwang sich zu einem Lächeln. »Ja, alles ist gut. Fahren Sie schon lange zur See?«, wechselte sie das Thema.

»Seit zwei Jahren. Ich war auf einem Schiff der englischen Handelsmarine. In Valparaíso habe ich Svensson kennengelernt und bin mit ihm hoch nach Victoria.«

»Und davor?«

»Ach, dieses und jenes. Opale geschürft in Lightning Ridge, Zuckerrohr geschnitten in Queensland, eine Scheißarbeit übrigens, oh, Verzeihung, und dann war ich als Schafscherer unterwegs. Irgendwann gab es Probleme mit der Tochter eines Squatters, also habe ich auf einem Walfänger angeheuert.«

Sarah lauschte gebannt seinem Redefluss, ihr Staunen wuchs. Er war bestimmt zehn Jahre jünger als sie und hatte schon so viel erlebt?

»Waren Sie schon mal in Australien?«, fragte er.

Sie schüttelte den Kopf. Eigentlich war sie nicht viel herumgekommen. Ihre Eltern hatten mit ihren Geschwistern eine Reise nach Europa gemacht, aber zu dieser Zeit war sie schon verheiratet gewesen, und Arthur hatte sich nie für fremde Länder begeistert. Sie war für einen Gastauftritt an der MET nach New York gereist, aber den Kontinent hatte sie niemals verlassen. Wieso hielt sie sich eigentlich für gebildeter als diese Männer, die so viel mehr von der Welt gesehen hatten?

»Sie kommen aus San Francisco, nicht wahr?«, unterbrach Fuller ihre Überlegungen.

»Ja, ich bin dort geboren und aufgewachsen.«

»Sehr schöne Stadt. Eigentlich wollten Svensson und ich von dort aus auf Robbenfang, wir wussten nicht, dass es inzwischen für Amerikaner verboten ist.«

»Hej, Alex.« Svensson steckte den Kopf zur Tür hinein. »Andersen sucht dich.«

»Mist! Adieu, Ma'am.« Fuller schnappte seine Mütze, deutete eine Verbeugung an und verschwand.

Sarah nahm das Handtuch und begann mechanisch, das Geschirr abzutrocknen.

Was hatte Gus vor zwei Tagen zu ihr gesagt? *Wenn der Kapitän sagt, Hawaii ist ein Umweg, dann ist es ein Umweg.* Sie wusste nicht mehr, was sie glauben sollte.

Kurz darauf kam Willy mit dem restlichen Geschirr aus

dem Logis und wurde von Mullins zum Spülen abkommandiert.

Etwas später steckte der Steuermann den Kopf zur Tür herein. »Willy, sobald du fertig bist, brauche ich dich an Deck!«, herrschte er den Jungen an.

»Ja, Sir.« Es klang eher ängstlich als respektvoll.

Willy hatte es nicht leicht, das war Sarah schon aufgefallen. Er war an Bord das Mädchen für alles. Neben der täglich anfallenden Arbeit auf dem Schiff und seinen Aufgaben in der Kombüse musste er die Kabinen des Kapitäns und des Steuermanns sauber halten und den Tisch in der Messe decken. Wenn er wirklich einmal nichts zu tun hatte, was höchst selten vorkam, fand einer der Matrosen sofort eine Betätigung für ihn.

Überhaupt war der Umgangston an Bord recht derb. Am Tag zuvor hatte sie mitbekommen, wie Brady und Reilly sich über Kang und Ward, die beiden Männer von der Kalani, lustig gemacht hatten. Schokoladenmatrosen und Rostklopfer hatte Brady sie genannt. Ihre Unerfahrenheit, was Segelschiffe anging, war kein Grund, auf sie Rücksicht zu nehmen, wie Sarah erwartet hätte, sondern Anlass für deftige Witze und unfreundliche Bemerkungen. An dem Chinesen schien der Spott der Matrosen abzuprallen, aber Ward ballte die Fäuste, wenn die Männer der Victory ihn verhöhnten.

Willy war mit seiner Arbeit fertig. Ohne großen Eifer stellte er die letzten Teller zum Abtrocknen bereit, dann sah er sich in der Kombüse um.

»Geh schon!«, knurrte Mullins. »Andersen lässt man nicht warten.«

Sarah verstaute das trockene Geschirr in den Schränken. Die Bohnen köchelten vor sich hin, es gab nichts weiter zu tun, und so stieg sie an Deck.

Die Sonne schien, nur ein paar Wölkchen standen am

Himmel, und der Wind wehte kaum stark genug, um die Segel zu füllen. Brandon würde das nicht gefallen. Er hatte sich am Abend zuvor schon beschwert, weil der Passat auf sich warten ließ.

Es roch nach Teer. Zwei Fangboote lagen kieloben an Deck. Vor einem hockte der Deutsche, Ernst Klausen, und bestrich es mit der schwarzen Flüssigkeit, am anderen arbeiteten Brady und Nielsen.

Sarah schlug einen Bogen um die Boote und ging nach vorne.

Das erhöhte Deck am Bug, die Back, war inzwischen ihr Lieblingsplatz. Hier war sie niemandem im Weg, und bei ruhiger See konnte sie sich dort hinsetzen, entweder auf den Horizont oder auf das schäumende Wasser der Kielspitze schauen und ihren Gedanken nachhängen.

Jetzt allerdings standen Andersen und Willy dort. Willy hatte den Kopf zwischen die Schultern gezogen, als wolle er sich so klein wie möglich machen, und Andersen wirkte äußerst ungehalten.

Zwei der Vorsegel waren gesetzt, mit dem dritten gab es offensichtlich Probleme.

»Hast du dieses verdammte Segel aufgetucht?«, fragte Andersen.

Der Junge nickte stumm.

»Kannst du nicht reden?«

»Doch, Sir.«

»Und was soll das sein? Ein Kreuzknoten?«

Willy duckte sich noch mehr. »Ich glaube schon, Sir.«

Der Steuermann holte aus und versetzte Willy einen Hieb ins Genick. Der Junge zuckte zusammen, und sein Gesicht lief rot an, aber er gab keinen Laut von sich.

»Du glaubst? Du machst jetzt diesen Wuhling auf, und das nächste Mal will ich einen Kreuzknoten sehen.«

Er ließ den Jungen stehen und ging nach achtern.

Willy starrte ratlos auf das Segel. »Was ist ein Wuhling?«

Einige Matrosen lachten.

»Jedenfalls kein Knoten.« Svensson war nach vorne gekommen. Zusammen mit Willy setzte er das Segel, danach holte er zwei Leinen und gab Willy eine davon. »Schau gut zu.«

Neugierig trat Sarah näher. Svensson sah auf und begegnete ihrem Blick. Ein verlegenes Lächeln huschte über sein Gesicht, bevor er sich wieder Willy zuwandte.

Schnell und geschickt schlug er den Knoten. Zu schnell für sie und auch für Willy, der hilflos die Leine in seinen Händen drehte, als Svensson ihn aufforderte, es selbst zu machen.

»Guck noch mal genau«, sagte Svensson und schlang den Knoten diesmal sehr langsam.

Fasziniert verfolgte Sarah die Bewegungen seiner Finger. Er hatte überraschend schöne Hände. Zwar waren sie schmutzig und schwielig und die Nägel größtenteils eingerissen, aber sie wirkten trotz ihrer Größe feinfühlig, und seine Geschicklichkeit verriet, dass sie es auch waren. Die Ärmel seines Hemdes waren hochgekrempelt und gaben den Blick auf das Spiel der Muskeln und Sehnen auf seinen Unterarmen frei, als er eine Schlinge legte und das eine Seilende durchzog.

Diesmal schaffte Willy den Knoten. Strahlend zeigte er Svensson sein Werk. Dann hielt er Sarah die Leine hin. »Wollen Sie es auch probieren?«

Peinlich berührt schüttelte sie den Kopf. Sie hatte gar nicht mehr darauf geachtet, wie er den Knoten geknüpft hatte, sondern nur auf seine Hände gestarrt. Hoffentlich hatte er es nicht bemerkt.

»Ich bin sehr ungeschickt in solchen Dingen«, sagte sie.

Svensson nahm Willy die Leinen wieder ab. Täuschte sie sich, oder waren seine Ohren rot geworden?

Er räusperte sich. »Pass auf, Willy, jetzt zeige ich dir den Achtknoten.«

Sarah riss sich vom Anblick seiner Hände los und machte sich auf den Weg zur Kombüse. Andersen kam ihr entgegen, seine Miene war ausgesprochen finster. Als sein Blick auf Willy und Svensson fiel, kniff er die Augen zusammen. Sie blieb stehen und sah ihm hinterher.

»Du, Svenne«, rief er.

Niemand reagierte.

Das war sonderbar. Normalerweise sprangen die Männer, wenn der Steuermann sie ansprach.

»Svenne!«, rief Andersen ein zweites Mal.

Einige Matrosen wandten die Köpfe.

»Svensson!!« Jetzt brüllte er.

Der Matrose richtete sich auf und drehte sich langsam um. »Aye – Sir.«

Sarah sah von Svensson zum Steuermann. Was ging da vor? Die winzige Pause vor dem »Sir« schien ihr beabsichtigt. Und wie er dastand: kerzengerade, den Kopf hoch erhoben, die Arme vor der Brust verschränkt. Seine Haltung wirkte äußerst herausfordernd.

»Bist du taub, Mann?« Andersens Gesicht lief rot an. »Ich habe dich schon zwei Mal gerufen.«

»Nein, Sir.« Svenssons Ton war durchaus respektvoll, aber in seinen Augen lag etwas Unnachgiebiges, und er wich dem durchdringenden Blick des Steuermanns nicht aus.

Andersen wies mit dem Kinn auf Ernst. »Trödel hier nicht rum. Hilf Klausen beim Boot, und zwar flott.«

Der Matrose nickte, übergab Willy das Seil und ging hinüber zu Klausen. Dabei bewegte er sich keineswegs flott, eher ein wenig langsamer als sonst.

»Das nächste Mal gehorchst du sofort, oder es setzt was«, zischte Andersen, als Svensson an ihm vorbeiging.

»Das nächste Mal rufen Sie mich bei meinem Namen«, gab der Matrose leise zurück. »Ich heiße nicht Svenne, Sir.«

Sarah hielt die Luft an. Nach allem, was Gus ihr erklärt hatte, war Svenssons Benehmen unerhört.

Andersens Gesicht färbte sich noch dunkler. »Das wirst du noch bereuen.«

Svensson ging ungerührt weiter.

Der Steuermann starrte ihm einen Moment hinterher, seine Kiefer mahlten. Dann spuckte er aus und rief nach Fuller.

Klausen schüttelte den Kopf, als Svensson sich zu ihm hockte und nach einem Pinsel griff. »Bist du von allen guten Geistern verlassen?«, fragte er. »Wenn das der Alte mitgekriegt hätte.«

»Hat er aber nicht.« Svensson zuckte die Schultern. »Er soll den Kleinen anständig behandeln. Der strengt sich wirklich an.«

Brandon schien ihr auszuweichen. Jedenfalls bekam Sarah ihn an diesem Tag nur bei den Mahlzeiten zu Gesicht. In Gegenwart der Jäger wollte sie das Thema Hawaii nicht anschneiden.

Stattdessen fragte sie ihn nach dem Abendessen, warum er duldete, dass Willy so schlecht behandelt wurde.

Er zuckte die Schultern. »Die Leute sind es nicht anders gewöhnt. Sie wurden selbst so behandelt, als sie Schiffsjungen waren, mussten die Matrosen bedienen und die Arbeiten übernehmen, die sonst keiner tun wollte. Und wenn sie nicht spurten, gab es eins hinter die Löffel.«

»Sollte man nicht annehmen, dass sie es eben deshalb anders machen, wenn sie doch wissen, wie es ist?«

Das typische Lächeln spielte um seine Mundwinkel. »So sind die Menschen nicht. Früher mussten sie springen, und jetzt sind sie an der Reihe, den Schiffsjungen springen zu lassen und ihn zu schikanieren, also tun sie's auch. Wenn Willy irgendwann Matrose ist, wird er genauso sein.«

Warum war das so, fragte sie sich. Warum vergaßen die Leute, wie es ihnen ergangen war? Das Fehlen von Mitgefühl war eines der Dinge, die sie sehr störten.

11. KAPITEL

Als sie am nächsten Morgen nach dem Frühstück an Deck kam, rauschte die Victory mit aufgestellten Segeln vor einem frischen Wind dahin.

Aber Brandon schien immer noch nicht zufrieden. Er stapfte wie ein Tiger im Käfig auf der Poop hin und her, den Blick finster auf den Horizont gerichtet, als könne er den Passat damit herbeizwingen. Nach einer halben Stunde zog er sich, offensichtlich schlechtgelaunt, in seine Kabine zurück. Was seine Eile betraf, hatte er wohl nicht gelogen. Er konnte seine Ungeduld kaum verbergen.

Widerwillig ging Sarah in die Kombüse, um das Mittagessen vorzubereiten. Nicht nur, dass es stickig und heiß dort drinnen war, Mullins ließ sie deutlich spüren, dass er sich mit ihrer Anwesenheit noch nicht abgefunden hatte. Er sprach nur mit ihr, wenn es sich gar nicht vermeiden ließ, und oft genug kam es vor, dass er nicht einmal antwortete. So wie eben. Sie suchte nach einem Sieb, um Reis abzugießen. Auf ihre Frage hatte er nur unverständlich vor sich hin gebrummt und nun sah er ihr grinsend zu, wie sie die Schränke absuchte, bis sie eines gefunden hatte.

Endlich war sie mit ihrer Arbeit fertig und schloss aufatmend die Kombüsentür hinter sich.

Die Matrosen schienen sich inzwischen an ihren Anblick gewöhnt zu haben, ihr Erscheinen an Deck erregte lange nicht mehr so viel Aufsehen wie in den vergangenen Tagen. Umgekehrt fühlte sie sich an Bord der Victory allmählich sicherer als in manchen Gegenden San Franciscos, so unwahrscheinlich das scheinen mochte. Bis auf Reilly und Mullins begegneten ihr die Männer durchweg mit Höflichkeit und Zurückhaltung. Zwar wurde sie immer wieder neugierig gemustert, aber die meisten schienen eine gewisse Scheu vor ihr zu haben.

Die Jäger waren weniger zurückhaltend und selbstbewusster. Burton und Abrams sprachen sie schon mal an, machten ihr Komplimente und versicherten, dass ihr Essen sehr viel besser schmecke als Mullins Mahlzeiten.

Ihr Lieblingsplatz auf der Back war besetzt, Reilly, Hughes und Hale saßen dort und schwatzten. Also schlenderte sie nach hinten zur Poop. Dabei betrachtete sie das Schiff.

Gus hatte ihr erzählt, dass es zu den schnellsten der Fangflotte gehörte. Sie verstand nichts davon, aber dass die Victory eine Schönheit war, das erkannte selbst sie. Die Aufbauten an Deck waren niedrig gehalten wie bei einer Jacht, und sie wirkte schlanker und schnittiger als andere Schoner, die sie im Hafen von San Francisco gesehen hatte.

Es war warm, und der Wind umwehte sie schmeichelnd weich. Am Tag zuvor hatte sie Gus auf dem niedrigen Dach der Kajüte sitzen sehen, und so kletterte sie hinauf und zog die Knie an den Körper. Tiefblau spannte sich der Himmel über ihr, nur am Horizont zeigten sich ein paar Schäfchenwolken. Die Victory zog dahin, hob und senkte sich gleichmäßig.

Angenehme Müdigkeit überkam sie, und sie legte den Kopf auf die Knie.

Auf einmal änderte sich etwas im Rhythmus des Schiffes.

Sie hörte ein Rauschen in der Takelage, das Schlagen eines Segels, dann wurde sie grob am Arm gepackt und von der Kajüte gezerrt. Ihr Kopf schlug hart auf das Deck.

Irgendjemand fluchte wild. Das Schiff neigte sich zur Seite.

Wie die Kalani!

Sie würden kentern und sinken. Sie schrie auf. Plötzlich stand ihr alles wieder vor Augen: Die Schreie der Frauen und die gebrüllten Befehle des Kapitäns der Kalani, der versucht hatte, die Kontrolle zu behalten.

Panisch klammerte sie sich an den Mann, der sie hielt. Svensson. Er lag halb auf ihr, einen Arm fest um sie geschlungen, sein erschrockenes Gesicht ganz nah bei ihrem. Sie rutschten über das Deck, während die Victory sich immer weiter zur Seite neigte. Um sie herum peitschten Leinen über das Deck, die Takelage knirschte beängstigend. Svensson zog ihren Kopf an seine Schulter, schützte sie mit seinem Körper.

Endlich richtete sich das Schiff wieder auf. Ein paar Herzschläge lang hielt er sie noch an sich gepresst, dann sprang er auf, zog sie mit sich und schob sie an die Wanten. »Halten Sie sich fest.«

Krampfhaft klammerte Sarah sich an die Seile und sah ihm nach, wie er zum Ruder sprang, Willy beiseitestieß und das Ruder übernahm. Dabei brüllte er Befehle.

Brandon kam aus der Kajüte gestürmt. »Was zum Teufel war da los? Wer hat den Befehl zum Halsen gegeben?«

»Niemand, Sir«, antwortete Svensson. »Der Wind hat überraschend gedreht.«

Brandon runzelte die Stirn und musterte den Himmel und die Segel, dann warf er dem Matrosen einen scharfen Blick zu. »Wind und Wellen, was?«

»Jawohl, Sir«, erwiderte Svensson mit unbewegter Miene.

»Wer war am Ruder? Du?«

»Ich, Sir.« Willy war erschreckend bleich.

Brandon nickte. »Svensson, du klärst das. Und bring das Schiff wieder auf Kurs.« Suchend schaute er sich um. »Wo steckt Andersen?«

Der Steuermann stürmte aus der Kombüse, die Kaffeetasse noch in der Hand. »Hier, Sir!«

»Überprüfen Sie die Takelage auf Schäden!«

»Jawohl, Sir! Klausen, Fuller!« Andersen deutete auf die zwei Matrosen, die ihm am nächsten standen. »Überprüft, ob alles in Ordnung ist.«

Svensson gab ein leises Schnauben von sich. »Kontrolliert besonders die Großschotblöcke und das Backstag«, rief er den beiden Männern hinterher, was ihm einen wütenden Blick des Steuermannes einbrachte.

Brandon sah von Andersen zu Svensson, er schien etwas sagen zu wollen, doch dann zuckte er nur mit den Schultern. »Gibt es Verletzte?«

Keiner meldete sich. Sarah tastete über ihren Kopf. Sie würde eine Beule bekommen, und der Schreck saß ihr noch in den Gliedern, doch sonst schien alles in Ordnung zu sein.

»Gut! Mr. Andersen, Sie erstatten mir Bericht, welche Schäden es gibt.« Brandon nickte Svensson zu und ging vor zum Bug.

An Deck herrschte angespannte Stille. Alle schauten zum Ruder, wo Willy, ängstlich und die Schultern hochgezogen, neben Svensson stand. Der holte aus und verpasste dem Jungen eine schallende Ohrfeige.

Sarah zuckte zusammen. Wieso schlug er ihn? Gestern hatte er ihn noch in Schutz genommen.

»Aber …«, begann sie, da packte sie jemand am Arm.

Gus stand neben ihr, in seinen Augen lag eine Warnung, und er schüttelte kaum wahrnehmbar den Kopf.

»Da hat er aber Glück gehabt!«, sagte einer der Matrosen hinter ihr leise. Alle Männer an Deck hatten den Vorgang beobachtet. Nun gingen sie wieder an ihre Arbeit, als sei nichts geschehen.

Glück gehabt? Ihr Blick glitt zurück zum Ruder.

Svensson sprach mit Willy. Sein Gesicht war ernst, jedoch nicht zornig. Er deutete auf die Segel. Willy nickte eifrig und sah den Mann, der ihn eben geschlagen hatte, geradezu dankbar an.

Sarah trat näher und lauschte.

»Du lernst es schon noch«, sagte Svensson gerade. »Pass das nächste Mal besser auf! Und jetzt sieh zu, dass du in die Kombüse kommst, ich will dich den Rest des Tages nicht an Deck sehen.«

Er gab dem Jungen einen Schubs in Richtung Kombüse. Willy nickte erneut und huschte davon. Seine Wange war flammend rot.

Sarah starrte ihm nach, sie verstand überhaupt nichts mehr. Entschlossen drehte sie sich zu Gus um. »Was geht hier vor?«

Gus kratzte sich am Kopf und seufzte. »Sie wollen wohl immer alles ganz genau wissen.«

Sie setzte ihr liebenswürdigstes Lächeln auf. »So ist es.«

»Wenn Sie vielleicht 'nen Kaffee für mich hätten ... und bringen Sie für Svensson auch gleich einen mit.«

Ihr stand eigentlich nicht der Sinn nach einer Unterhaltung mit Svensson. Bisher war er einer der wenigen gewesen, die den Jungen nicht schikanierten, nun wusste sie nicht mehr, was sie denken sollte.

Gus schien ihr die Vorbehalte anzusehen. »Sind Sie mal nicht zu schnell mit Ihrem Urteil, Lady. Immerhin hat Svensson gerade Ihren Kopf gerettet. Dafür können Sie ihm schon einen Kaffee bringen.«

»Er hat meinen Kopf gerettet?«

Gus wies auf das Großsegel. »Der Baum hätte Sie um ein Haar erwischt. Er hat Sie gerade noch weggezogen.«

Also deshalb hatte er sie vom Dach gerissen. Sie erinnerte sich, dass das Segel auf die andere Seite übergeschlagen war. Das Deck lag tief genug, auf der Kajüte hingegen hätte der Baum sie getroffen – und wahrscheinlich schwer verletzt. Hatte er deshalb so erschrocken ausgesehen?

Kurze Zeit später balancierte sie mit zwei Tassen Kaffee zum Ruder, wo Gus stand und sich mit Svensson unterhielt.

»Alles in Ordnung?«, fragte Svensson, als sie ihm die Tasse reichte.

»Ich denke schon. Ich bekomme zwar eine Beule, aber ich will mir gar nicht vorstellen, was passiert wäre, wenn mich dieses Ding getroffen hätte.«

»Der Großbaum«, sagte Svensson.

»Was?«

»Das ›Ding‹, das Sie fast getroffen hätte, heißt Großbaum«, erklärte er. »Was zum Teufel hatten Sie auf dem Dach der Kajüte zu suchen? Das ist gefährlich.«

»Aber Gus hat auch schon dort gesessen«, verteidigte sie sich.

»Gus weiß, wann er den Kopf einzuziehen hat, Sie nicht. Sie haben da oben nichts verloren.«

Direkt wie immer. Diplomatie gehörte offensichtlich nicht zu seinen Stärken. »Was ist überhaupt passiert?«, fragte sie.

»Eine Patenthalse«, war die erschöpfende Auskunft.

Sarah lächelte ironisch. »Ah, ja. Gut, dass ich gefragt habe.«

Sein Blick verriet völlige Verständnislosigkeit. Anscheinend war Ironie ihm ebenso fremd wie Diplomatie.

»Und was ist eine Patenthalse?«, bohrte sie nach, da er keinerlei Anstalten machte, den Begriff zu erklären.

Skeptisch sah er sie an. »Interessiert Sie das wirklich?«

»Sonst würde ich nicht fragen«, entgegnete sie ein wenig spitz.

Gus lachte, und Svensson zog die Brauen hoch.

»Die Lady ist ziemlich neugierig«, bemerkte Gus.

Svensson sah sie nachdenklich an. »Eine Patenthalse ist eine unbeabsichtigte Halse.«

Klüger war sie nach dieser Erklärung nicht. Was war eine Halse?

Gus grinste sich eins. »Eine Halse ist ein Wendemanöver«, erklärte er. »Normalerweise bereitet man das vor und passt auf, dass die Segel langsam übergehen.«

»Und in diesem Fall?«

»In diesem Fall hat der Junge Mist gebaut. Er hat nicht aufgepasst, und der Wind konnte von der falschen Seite ins Segel greifen«, sagte Gus.

»Aber Sie haben Brandon doch gesagt, dass der Wind plötzlich gedreht hat«, wandte sich Sarah an Svensson.

Der zögerte einen Moment, bevor er antwortete. »Willy ist noch sehr unerfahren, und die Windverhältnisse sind zurzeit schwierig, da kann so etwas schon passieren.«

Und trotzdem hatte er Willy dafür geschlagen. Sie würde diese Männer niemals verstehen.

»Und eigentlich war es Andersens Schuld«, fuhr Svensson fort.

»Der Steuermann? Warum?«

»Der Kerl ist unfähig. Bei achterlichem Wind darf man keinen Anfänger ans Ruder stellen, da muss jemand mit Erfahrung steuern. Außerdem war die Großschot viel zu weit aufgefiert …«

Er musste ihr angesehen haben, dass sie ihm nicht folgen konnte, denn er unterbrach sich. »Das verstehen Sie eh nicht«, schloss er.

Seine Grobheit hätte sie beleidigen müssen, doch sie verstand wirklich nicht, wovon er sprach.

Gus meldete sich zu Wort: »Und du hältst besser den Mund, mein Junge. Wenn Andersen oder der Alte dich hört, kriegst du richtig Ärger.«

»Es ist nur die Wahrheit«, fuhr Svensson auf. »Ich weiß nicht, wie der Kerl Steuermann werden konnte. Er hat keine Ahnung, dafür ein großes Maul.«

Er warf einen zornfunkelnden Blick nach vorne, wo Andersen mit Brandon sprach.

Gus schüttelte bedenklich den Kopf. »Du lernst es nicht, wie? Er ist nun mal der Erste, und du hast nicht über ihn zu schimpfen.«

»Kümmere du dich um deinen Kram und lass mich hier meine Arbeit machen«, entgegnete Svensson gereizt.

Kopfschüttelnd wandte Gus sich ab. »Kommen Sie, Lady. Lassen wir diesen Dickschädel allein.«

Sarah folgte ihm nach vorne. Wenn er noch reden wollte, sie hörte ihm gerne zu. Gus' ausgeprägtes Mitteilungsbedürfnis war eine unerschöpfliche Quelle an Wissen für sie.

Er lehnte sich an die Reling und stopfte seine Pfeife. »Das nimmt ein böses Ende mit dem Jungen«, prophezeite er. »Dabei ist das so ein feiner Kerl. Der beste Seemann hier an Bord, mal abgesehen von dem Alten.«

Dass er Svensson als »Jungen« bezeichnete, reizte sie zum Lachen. Der Matrose war fast eins neunzig groß, und sie schätzte ihn auf Mitte dreißig. Abgesehen von Brandon gab es keinen Mann an Bord, der weniger jungenhaft war.

»Hat er denn recht? Ist der Steuermann unfähig?«, fragte sie.

Gus sah sie scharf an und zog an seiner Pfeife. Sie wartete ab. Inzwischen wusste sie, dass Drängeln nichts nützte. Gus erzählte gern und viel, allerdings nur das, was er wollte. Aushorchen ließ er sich nicht. Schließlich blies er eine Rauchwolke in die Luft.

»Ich geh' mal davon aus, dass Sie den Mund halten können, Lady«, begann er. »Ja, er hat recht. Andersen kennt sich ein bisschen mit Navigation aus, aber er hat keine Ahnung, wie man ein Schiff wie dieses bei schwierigen Verhältnissen segelt. Svensson wäre ein besserer Steuermann. Er versteht sich auf Schiffe, und er kann besser mit den Leuten umgehen.«

Sarah erinnerte sich an den dankbaren Ausdruck auf dem Gesicht des Schiffsjungen. »Willy scheint es ihm jedenfalls nicht übelgenommen zu haben, dass er ihn geschlagen hat.«

Ein verächtliches Grunzen war die Antwort. »Er hat ihn nicht geschlagen. Das war kaum mehr als ein Streicheln. Wenn Svensson richtig hinlangt, sieht das anders aus. Es war Willys Glück, dass der Alte ihm aufgetragen hat, das zu klären. Von jedem anderen hätte er eine ordentliche Tracht Prügel bezogen.«

Schaudernd zog Sarah die Schultern hoch. »Warum?«

»Er hat nicht aufgepasst und so das Schiff und die Mannschaft in Gefahr gebracht. Ein Glück, dass der Wind so schwach ist. Ein bisschen mehr, und der Großbaum wäre mit mehr Wucht in die Wanten gerauscht, und dann wäre der Mast gebrochen. Auf jedem Schiff setzt es für so etwas Prügel.«

Also hatte Svensson den Jungen vor Schlimmerem bewahrt. Kein Wunder, dass Willy ihm dankbar war. Außerdem hatte er ihr das Leben gerettet.

Jetzt erst wurde ihr klar, wie gefährlich die Situation tatsächlich gewesen war. Und sie hatte sich nicht einmal bei ihm bedankt. »Er ist wirklich ein feiner Kerl.«

Gus nickte. »Leider wird es ihm nichts nützen, wenn er nicht bald lernt, seinen Mund zu halten.« Er klopfte seine Pfeife aus. »Danke für den Kaffee.«

»Gern geschehen.«

Langsam ging Sarah zurück zum Ruder. Sie wollte Svensson danken. Doch bevor sie ihn ansprechen konnte, kam Andersen mit unheilverkündender Miene den Niedergang hochgestapft und sah sich suchend um. Die Matrosen in seiner Nähe waren plötzlich alle sehr beschäftigt.

Andersens Blick fiel auf Svensson. »Wieso stehst du noch hier?«, blaffte er ihn an. »Wo ist dieser Taugenichts von einem Schiffsjungen?«

Svenssons Gesicht blieb ausdruckslos. »Ich weiß es nicht – Sir.«

Sarah horchte auf. Da war es wieder, dieses winzige Zögern. Nicht lang genug, dass man ihm Respektlosigkeit vorwerfen konnte, doch hörbar. Und außerdem log er. Er hatte Willy in die Kombüse geschickt.

Andersen lief rot an. »Kerl, ich warne dich …« Er sprach nicht weiter, sondern ging drohend einen Schritt auf Svensson zu.

Der verzog keine Miene. »Sir?«

Sarah war nicht mehr die Einzige, die lauschte. Alle an Deck folgten dem Wortwechsel. Sie fragte sich, was Andersen tun wollte. Genau genommen hatte Svensson sich nichts zuschulden kommen lassen.

Offensichtlich war das auch dem Steuermann klar. Er spuckte aus und fuhr auf die gaffenden Matrosen los. »Was gibt's da zu glotzen?«

Sie wartete, bis Andersen in Richtung Bug ging, dann trat sie zum Ruder. »Mr. Svensson …«.

Er lächelte sie an. »Haben Sie sich sehr wehgetan, vorhin?«

»Nein. Es ist alles in Ordnung.« Sie zögerte. Gerne hätte sie ihm erklärt, dass sie verstand, was er getan hatte, aber ihr fehlten die Worte. Stattdessen erinnerte sie sich daran, wie sein Körper sich angefühlt hatte. Kräftig. Warm.

»Ich möchte Ihnen danken, dass Sie mich vor diesem ...« Wie hatte er es genannt? »... Großbaum in Sicherheit gebracht haben«, beendete sie dann den Satz. Ihre Stimme klang belegt. Sie schaute ihm in die Augen und erkannte, dass er ebenso verlegen war wie sie. Dachte er auch an ihre Umarmung?

Eigentlich hatte Sarah fest damit gerechnet, dass der Steuermann sich bei Brandon über Svenssons ungebührliches Verhalten beschweren würde. Aber weder beim Mittag- noch beim Abendessen brachte er die Sache zur Sprache.

Worüber sollte er sich auch beklagen?

Darüber, dass Svensson das »Sir«, welches die Schiffsdisziplin verlangte, mit einer Verzögerung an seine Sätze hängte? Englisch war nicht seine Muttersprache, er war Schwede, wie sie inzwischen wusste. Er sprach langsam. Absicht konnte man ihm nicht beweisen.

Darüber, dass er sich am Tag zuvor nicht schnell genug bewegt hatte? Oder darüber, dass er Andersen aufgefordert hatte, ihn mit seinem richtigen Namen anzusprechen? Damit würde Andersen sich eher lächerlich machen.

Sie fragte sich, welcher Art der Zusammenstoß gewesen war, für den Brandon den Matrosen zum Küchendienst verdonnert hatte.

Nach dem Abendessen ging Sarah an Deck und hielt Ausschau nach dem Vulkan. Doch die Schäfchenwolken vom Vormittag hatten sich zu Wolkenbergen ausgewachsen, und inzwischen war der Himmel grau verhangen. Sie konnte das Licht nirgends sehen.

»Was suchen Sie denn?«

Brandon stand neben ihr an der Reling. Sie wandte sich ihm zu und sah ihn herausfordernd an. »Vorgestern konnte man den Kilauea sehen.«

Er kniff die Augen zusammen und blickte zum Horizont. Genau dorthin, wo sie den Vulkan vermutete.

»Ja, in klaren Nächten sieht man ihn ziemlich weit.« Sein Ausdruck zeigte nicht die Spur eines schlechten Gewissens.

»Wie weit?«

»Weit! Was denken Sie?«

»Ich denke, dass Hawaii nicht so weit entfernt ist, wie Sie mich glauben machen wollen.«

Er lachte kurz auf. »Haben Sie gestern Abend die Sonne untergehen sehen?«

Was für eine seltsame Frage. Sie nickte.

»Und? Glauben Sie, dass man mal kurz zur Sonne segeln kann?«

Wieder wich er ihr aus. Eine klare Antwort würde sie von ihm wohl nicht mehr bekommen.

Sie wechselte das Thema. »Wieso fahren Sie eigentlich so weit nach Süden? Ist es nicht viel kürzer, direkt von Victoria nach Japan zu fahren?«

»Die Strecke ist kürzer, aber dafür hätten wir die ganze Zeit den Wind und die Strömung gegen uns. So segeln wir mit dem Wind, oder besser, wir würden mit ihm segeln, wenn dieser verfluchte Passat endlich einmal wehen würde.«

12. KAPITEL

Am nächsten Tag war das Wetter schlecht. Der Wind hatte zugenommen, es regnete immer wieder, und die Victory rollte heftig in der schweren See.

Mullins' Laune war noch übler als gewöhnlich. »Ich weiß nicht, was an diesem Morgen gut sein sollte«, murrte er, als

Sarah, fröhlich »Guten Morgen« wünschend, die Kombüse betrat. Er räumte das Geschirr vom Frühstück weg. Dabei bewegte er sich langsam und schwerfällig, als hätte er Schmerzen. Er schien Probleme mit seinen Händen zu haben. Die Gelenke seiner Finger waren geschwollen, und es bereitete ihm offensichtlich Mühe, die Messer und Löffel zu greifen.

Sarah nahm ein Handtuch und begann, die restlichen Teller und Tassen abzutrocknen und sie sicher in dem großen Schrank zu verstauen. Mullins goss derweil unter fortgesetztem Fluchen Kaffee auf. Als er nach der Kanne griff, rutschte sie ihm aus der Hand, und die braune Flüssigkeit verteilte sich auf dem Boden.

»Verdammte Scheiße!« Ächzend bückte er sich.

Sarah kam ihm zuvor. »Lassen Sie mich das machen.« Sie hob die Kanne auf und stellte sie auf den Tisch. »Ich koche neuen.«

»Nix da«, fuhr er sie an. »Der Teufel soll mich holen, wenn ich mir von einem Weib helfen lasse.« Er holte die Dose mit dem Kaffee aus dem Schrank.

»Dann lassen Sie mich wenigstens die Bohnen mahlen.«

Die Kaffeemühle war alt und ließ sich nur mit großer Kraft bedienen. Mullins schüttelte stumm den Kopf, setzte sich und klemmte die Mühle zwischen die Knie.

Kopfschüttelnd wandte Sarah sich ab. Wenn er sich nicht helfen lassen wollte, musste er allein klarkommen.

Er räusperte sich. Einmal, zweimal. »Sie können den Abfall rausbringen. Er steht neben dem Herd.«

Sie unterdrückte ein Lächeln. So höflich hatte sie Mullins bisher noch nicht erlebt.

Der Eimer war gefüllt mit Küchenabfällen und Asche aus dem Herd und schwerer als erwartet. Sie schleppte ihn die Stufen hinauf, stellte ihn ab und sah sich um. Wie sollte sie über das regennasse, schwankende Deck zur Reling kommen, ohne zu stürzen? Vorsichtig machte sie sich auf den Weg, jederzeit darauf gefasst, auszugleiten, wenn das Schiff sich auf die Seite legte.

Als sie ungefähr die halbe Strecke zurückgelegt hatte, fiel ihr auf, dass die Männer an Deck sie beobachteten. Der Ausdruck auf ihren Gesichtern war lauernd. Langsam ging sie weiter und erreichte sicher die Reling. Erleichtert stellte sie ihre Last ab. Die Männer ließen sie immer noch nicht aus den Augen, manche grinsten erwartungsvoll. Worauf warteten sie?

»Kann ich helfen?« Svensson war von der Poop heruntergekommen und stand nun neben ihr.

Dankbar nickte sie ihm zu. »Gerne.«

Er griff nach dem Eimer, drehte sich um und ging quer über das Deck auf die andere Seite.

»Spielverderber!«, rief einer der Matrosen.

Svensson grinste ihn nur an.

Sarah folgte ihm verwundert. Was hatte das nun wieder zu bedeuten?

Svensson kippte den Inhalt des Eimers über Bord und gab ihn ihr zurück. »Niemals etwas nach Luv über Bord werfen, immer nach Lee«, erklärte er.

Verständnislos sah sie ihn an. »Luv? Lee?« Sie war schon froh, dass sie die Sache mit Backbord und Steuerbord verstanden hatte.

Er deutete auf die Segel. »Die Seite, wo der Wind herkommt, heißt Luv, die andere Seite Lee. Asche sollte man nicht gegen den Wind über Bord werfen.«

Sarah seufzte. Deshalb hatten die Matrosen so gefeixt. Erst schnitt sie sich beim Kartoffelschälen, dann ihr Missgeschick gestern, und jetzt dies.

»Schon wieder eine Blamage!«

Er schüttelte den Kopf und lachte. »Ein Anfängerfehler. Passiert fast jedem.«

Sie lächelte ihn an. »Danke! Ich habe wirklich noch viel zu lernen.«

Die anderen Männer grölten.

»Gibst 'n gutes Kindermädchen ab, Svensson!«, brüllte Hughes. »Hilf ihr doch demnächst beim Kartoffelschälen.«

»Wahrscheinlich hilft er ihr lieber in die Koje«, frotzelte Reilly. »Erzähl doch mal ...«

»Schwätzer!«, fiel Svensson ihm ins Wort. Sein Gesicht war dunkelrot. »Habt ihr nichts Besseres zu tun?«

Die Mannschaft lachte noch lauter.

Zu ihrer eigenen Überraschung fand Sarah die Sprüche der Seeleute allerdings weniger beschämend als manche Avancen der sogenannten Herren vor ihrer Garderobe. Vielleicht lag es daran, dass sie sich allmählich an die derbe Art dieser Männer gewöhnte oder dass bei all diesen Bemerkungen ein gutmütiger Unterton mitschwang.

Oder daran, dass es Svensson peinlicher zu sein schien als ihr.

Peers Wangen glühten immer noch, als er Sarah hinterherblickte. Er wartete nur so lange, bis sich die Tür der Kombüse hinter ihr geschlossen hatte, dann stürmte er hinüber zu Reilly, packte ihn an den Schultern und drückte ihn gegen die Wanten. »Wenn du jemals ein Wort zu ihr sagst, dass ich sie in die Kabine gebracht habe ...«

Reilly grinste unbeeindruckt. »Warum? Hast du was angestellt mit ihr da unten?«

»Nix hab' ich angestellt. Halt einfach nur dein Maul.«

»Schon gut, krieg dich wieder ein. Ich verrat's ihr schon nicht.«

Peer presste die Lippen zusammen, murmelte eine Entschuldigung und ließ Reilly los. Die Nerven zu verlieren, machte es nicht besser. Früher oder später würde sie es erfahren. Wenn nicht Reilly, dann würde ein anderer es erwähnen. Vielleicht fand sie es gar nicht schlimm, dass er sie ausgezogen hatte, schließlich hatte er nur helfen wollen. Trotzdem wäre ihm wohler, wenn sie es nicht wüsste.

Den Blick auf die Planken gerichtet, ging er zurück zur Poop. Vermutlich war es dumm von ihm gewesen, seinen Kameraden einen im Grunde harmlosen Spaß zu verderben, aber die Vorstellung, sie mit Asche bedeckt und gedemütigt zu sehen, hatte ihm nicht gefallen. Sie hatte es ohnehin nicht leicht hier an Bord. Gus hatte erzählt, dass sie eine Dame war, sehr reich und außerdem berühmt. Dann war sie die schwere Arbeit in der Kombüse sicher nicht gewöhnt, und sie hielt sich wirklich gut. Ihr Essen schmeckte jedenfalls um einiges besser als alles, was Mullins ihnen vorsetzte.

Alex sah ihm vom Ruder aus entgegen und schüttelte leicht den Kopf. »Na, dich hat es ja schwer erwischt.«

»Wie meinst du das?«

»Komm, tu nicht so. Du hast eben den Kumpels den Spaß verdorben, um bei ihr Eindruck zu schinden.«

»Quatsch. Ich wollte ihr nur helfen.«

»Klar«, erwiderte Alex. »Ganz selbstlos und ohne jeden Hintergedanken.«

»Hintergedanken?« Er zuckte die Schultern. »Wer hat die nicht bei einer solchen Frau.«

Fast alle. Jedenfalls ließen das die Gespräche im Logis vermuten, die sich recht oft um die Frau an Bord drehten. Um ihre Brüste, ihren Hintern, der sich in den Hosen deutlich abzeichnete. Brandon hatte am Tag nach ihrer Ankunft klargemacht, dass er jedem den Kopf abreißen würde, der ihr in irgendeiner Weise zu nahe trat. Das hinderte die Männer jedoch nicht daran, sich vorzustellen, was sie gerne mit ihr tun würden.

Er selbst war keine Ausnahme. Wenn er daran dachte, wie er sie gestern in den Armen gehalten hatte, ihren Körper an seinen gedrückt, wurde ihm heiß. Trotz der Gefahr für das Schiff hatte er sie länger festgehalten als nötig. Und das Gefühl ihrer Brüste, die sich gegen seine Brust pressten, hatte ihn bis in seine Träume verfolgt.

Seine Grobheit anschließend war nichts als Verlegenheit gewesen. In ihrer Gegenwart war er so befangen, als sei er wieder ein pickeliger Jüngling von sechzehn, ohne jede Erfahrung. Neben ihr kam er sich groß und plump vor. Dabei war sie alles andere als zerbrechlich, auch wenn sie ihm nur bis zur Schulter reichte. Sie steckte voller Energie, und sie hatte Mut.

Die Kombüsentür öffnete sich, und Sarah hastete durch den Nieselregen zum Kajütniedergang. Bevor sie den Schieber schloss, schenkte sie ihm ein strahlendes Lächeln. Ihre Augen hatten die Farbe des Himmels in der Mittsommernacht, und dieses Lächeln brachte ihn um den Verstand. »Wie schön sie ist.«

Erst als Alex lachte, merkte er, dass er seinen Gedanken ausgesprochen hatte.

»Du bist verliebt. Da werden wir wohl mal überlegen müssen, wie wir dich mit ihr verkuppeln, mein Freund«, sagte Alex, immer noch lachend.

Peer schüttelte den Kopf. »Du hast Brandon gehört, keiner fasst sie an.«

Mit einer Handbewegung wischte Alex das Verbot des Kapitäns fort. »Klar, er will sicher sein, dass sie nicht belästigt wird, aber wenn sie es auch will?«

»Du träumst. Was soll eine Frau wie sie von einem Matrosen wollen. Wenn überhaupt, dann hat der Alte Chancen bei ihr.«

»So kenne ich dich ja gar nicht. Du kannst doch sonst gut mit Frauen.«

»Aber sie ist anders.« Er konnte nicht erklären, woher seine Scheu kam.

»Anders«, wiederholte Alex spöttisch. »Oh Mann, ich sag' dir was: Diese reichen Ladys sind auch nur Frauen wie alle anderen auch. Ich könnte dir Sachen erzählen, was die Damen alles aus Langeweile treiben und mit wem.«

»Du und deine Weibergeschichten!«

Alex klopfte ihm auf die Schulter. »Ach komm, du kennst das doch. Bist du noch nie mit der Frau eines Schlafbaas oder eines Reeders im Bett gelandet?«

Peer schüttelte erneut den Kopf, doch dann musste er lachen. »Doch. Einmal. Es war die Frau eines Reeders.« Er lächelte bei der Erinnerung daran, wie er sich als Neunzehnjähriger bei der schönen Italienerin zum Narren gemacht hatte. Vielleicht gefiel ihm Sarah so sehr, weil sie seiner damaligen Liebe ein bisschen ähnlich sah.

»Na also. Dann weißt du doch, wie es geht. Unterhalte dich mit ihr.«

»Unterhalten?«

Alex verdrehte die Augen. »Ja! Reden, Konversation machen, plaudern. Ihr Schweden seid manchmal wirklich schwerfällig.«

Was für eine Vorstellung! Er, ein einfacher Matrose, Sohn eines Fischers, ohne jede Bildung, stand mit einer der reichsten und berühmtesten Frauen von San Francisco an der Reling und ›plauderte‹. Über was sprachen diese Leute? Über das Wetter? Damit kannte er sich aus. Aber bestimmt wollte sie nichts über Kumuluswolken oder den Nordostpassat hören.

»Ich kann keine … Kon… Konversation machen. Soll ich ihr vielleicht etwas über Schiffe oder das Wetter erzählen?«

»Warum nicht? Oder erzähl ihr was über Knoten. Sie schien recht interessiert, als du Willy den Kreuzknoten gezeigt hast.«

»Hör bloß auf!« Allein bei der Erinnerung daran wurden seine Ohren heiß. Sie hatte auf seine Hände gestarrt, und ihm war plötzlich klar geworden, wie sie aussahen. Groß und schwielig, schmutzig, mit schwarzen Rändern unter den Fingernägeln und voller Schrammen. Arbeiterhände. Er hatte ihnen niemals besondere Aufmerksamkeit geschenkt. Alle Matrosen hatten solche Hände.

Am selben Abend hatte er sie mit Seife und einer Bürste bearbeitet, sehr zur Belustigung seiner Kameraden, aber der Dreck saß fest in der Hornhaut. Immerhin waren seine Nägel jetzt sauber.

»Dir ist nicht zu helfen«, sagte Alex. »Komm, lös mich ab, meine Schicht ist um.«

Wie zur Bestätigung schlug die Schiffsglocke. Peer übernahm das Ruder, in Gedanken immer noch bei Sarah. War er verliebt? Er wusste es nicht. Sie gefiel ihm, und er begehrte sie.

Das letzte Mal war er vor fünf Jahren verliebt gewesen. Damals war er für ein halbes Jahr nach Hause zurückgekehrt, und ein Mädchen aus dem Dorf hatte es ihm angetan. Der Abschied war ihm schwergefallen, aber sesshaft zu werden und den Rest seines Lebens in einem Fischerdorf zu verbringen, konnte er sich nicht vorstellen. Und zu heiraten und seine Frau dann monate- oder gar jahrelang allein zu lassen, kam für ihn nicht in Frage. Seitdem vermied er es, sich zu verlieben.

Er hob den Kopf und bemerkte Andersen, der ihn stirnrunzelnd ansah. Schnell warf er einen Blick auf den Kompass. Der Kurs war in Ordnung, es gab keinen Grund für den Steuermann, sich zu beschweren.

13. KAPITEL

Am Nachmittag kam Brandon in die Kombüse. Sarah war allein, sie hatte Mullins angeboten, das Abendessen zu kochen, damit er sich ausruhen konnte. Sein Rheuma schien ihn sehr zu plagen.

Brandon setzte sich rittlings auf einen Stuhl und sah ihr zu, wie sie Zwiebeln hackte. »Was macht Ihre Hand?«

»Verheilt gut!« Tatsächlich spürte sie den Schnitt schon gar nicht mehr.

»Und, wie gefällt Ihnen das Leben der Arbeiterklasse?«, fragte er leutselig.

Arbeiterklasse. Der Begriff wunderte sie. Sie erinnerte sich an seine verächtlichen Reden über Leute wie sie selbst. Reiche. »Sind Sie etwa Sozialist?«

Er lachte. »Nein, keineswegs. Ich bin völlig unpolitisch. Ich habe nichts gegen Reiche, ich möchte selbst reich werden, und das so schnell wie möglich.«

An irgendetwas erinnerte sie seine Aussage. Ein ähnliches Gespräch hatte sie schon einmal geführt.

»Sie haben meine Frage nicht beantwortet«, unterbrach er ihre Gedanken.

»Welche Frage?«

»Wie Ihnen das einfache Leben gefällt. Die Arbeit in der Kombüse. So haben Sie sich das nicht vorgestellt, nicht wahr?«

Tief in ihrem Gedächtnis rührte sich etwas.

Eine Erinnerung, die sie jahrelang verdrängt hatte.

Ein Haus in Telegraph Hill. Die Wäscherei im Erdgeschoss, deren Dampf sich im Hausflur mit dem Geruch nach Essen und Abfall mischte. Fast konnte sie den widerlichen Gestank riechen. Die Handflächen einer Frau, zernarbt von den Messern einer Konservenfabrik. Die Stimme eines Mannes: »So hast du dir das nicht vorgestellt, nicht wahr?«

Das Messer rutschte ihr aus der Hand und fiel klirrend zu Boden.

Sie schloss die Augen.

Das konnte nicht sein. Er konnte es nicht sein! Sie hätte ihn doch sofort erkannt.

Aber diese Stimme! Schon vor drei Tagen, als er Nob Hill erwähnt hatte, war ihr seine Stimme bekannt vorgekommen.

Ruckartig fuhr sie zu ihm herum. »Wer sind Sie?«

Sein Gesicht zeigte keinerlei Regung. »John Brandon, zu Ihren Diensten.«

»Käpt'n, Sir!«

Andersens Ruf von draußen enthob sie einer Antwort.

Sie sah ihm nach, als er aufstand und davonging. Nichts an seinen Bewegungen erinnerte an jenen anderen Mann. Sicher war es nur eine zufällige Bemerkung gewesen. Es musste an ihren überreizten Nerven liegen, dass sie so durcheinander war und sogar Geister aus der Vergangenheit zu sehen glaubte.

Sie hob das Messer auf und griff nach der nächsten Zwiebel, aber ihre Hände zitterten so sehr, dass sie beides beiseitelegte. Unruhig wanderte sie in der Kombüse auf und ab, blieb kurz stehen und nahm die Wanderung wieder auf.

Und wenn John Brandon nun nicht sein richtiger Name war? Wenn er Joe Caldwell war?

Sie schloss die Augen und versuchte, sich Joes Gesicht in Erinnerung zu rufen; es gelang ihr jedoch nur schemenhaft, zu oft hatte sie es verdrängt.

Die Vorstellung, Joe nach so vielen Jahren wieder zu begegnen, machte ihr Angst. Die Erinnerung an ihn verband sie mit der schlimmsten Zeit ihres Lebens. Sie wollte die alten Wunden nicht wieder aufreißen.

Bestimmt war es nur eine zufällige Ähnlichkeit. Immerhin sah Brandon anders aus.

Ist das so?, fragte eine boshafte kleine Stimme in ihrem Kopf. *Oder willst du die Ähnlichkeit nur nicht sehen, weil du Angst vor deinen Gefühlen hast?*

Unwillig schüttelte sie den Kopf. Joe war ebenfalls groß gewesen, aber schlank und nicht so kräftig wie der Kapitän der Victory. Zwar waren Brandons Augen ebenfalls grau, aber seine Gesichtszüge, soweit man sie unter dem Bart erkennen konnte, zeigten viel mehr Härte.

Und, meldete sich die Stimme erneut, *siehst du denn noch so aus wie vor zwanzig Jahren? Würden deine Schulfreundinnen in der Diva Emilia Rossi die strebsame Schülerin Sarah Ross wiedererkennen?*

Aber wenn er Joe war, warum hatte er sich nicht zu erkennen gegeben?

Sie hielt es nicht mehr aus, sie musste sich Gewissheit verschaffen.

Sie verließ die Kombüse, stürmte zur Kapitänskabine und platzte, ohne anzuklopfen, hinein.

Er saß an seinem Tisch, vor sich ein Buch, und sah auf.

»Sie vergessen Ihre Manieren, Ma'am. Man betritt das Zimmer eines Mannes nicht unangemeldet.«

Sarah antwortete ihm nicht. Stattdessen musterte sie ihn. Ihr Blick glitt über seinen Körper. Sie versuchte, sich ihn zwanzig Jahre jünger vorzustellen, nicht so muskulös, sondern eher schlank und sehnig. Dann studierte sie sein Gesicht. Wie würde es ohne Bart aussehen, wenn es noch weicher, jugendlicher wäre? Sein Haar, jetzt ausgebleicht von Sonne und Seeluft, konnte früher dunkler gewesen sein.

Er rührte sich nicht, nur in seinen Augen blitzte der altbekannte Spott auf – und noch etwas anderes. Neugier!

Als sie näher trat, richtete er sich auf. Jetzt stand deutliches Interesse in seinem Blick.

Ihr Herz hämmerte.

»Anscheinend hast du inzwischen keine Probleme mehr mit Mathematik«, sagte sie aufs Geratewohl und deutete auf die Bücher über Navigation in seinem Regal.

Er erhob sich. »Ich hatte eine gute Nachhilfelehrerin.«

Sarah schnappte nach Luft. Ihr Kopf fühlte sich merkwürdig leicht an, und ihr schwindelte. Sie wollte, sie konnte es immer noch nicht glauben.

Doch es gab einen Beweis.

Entschlossen trat sie auf ihn zu und zog sein Hemd ein Stück herunter.

»Oho!«, sagte er. »Vielleicht sollten wir vorher die Tür verriegeln.«

Da war sie.

Eine zehn Zentimeter lange Narbe unterhalb des linken Schlüsselbeins. Eine Erinnerung an eine Messerstecherei.

Er war es!

Und er hatte sie erkannt. Und geschwiegen. Er hatte sie hier festgehalten, sie studiert, als wäre sie ein Tier in einem Zoo, sie unablässig beobachtet, sie provoziert, mit ihr diskutiert – wohl wissend, wer sie war.

Hitze stieg ihr in die Wangen, sie wollte ihn schlagen, ihn schütteln, ihm das Gesicht zerkratzen.

Sie holte aus, aber er war schneller und fing ihre Hand ab. »Lass das!«

»Du …« Sie suchte nach Ausdrücken, die stark genug waren, ihre Wut in Worte zu fassen.

»Du mieser, widerlicher, hinterhältiger … *pezzo di merda!* Du hast doch von Anfang an gewusst, wer ich bin, du Mistkerl.«

»Allerdings. Und ich habe mich schon gefragt, wann du

es merkst. Da kann man mal sehen, wie viel ich dir bedeutet habe!«

Einen spitzen Schrei ausstoßend, entriss sie ihm die Hand.

»Wie viel du mir …? Du hast mich nach Hause geschickt!«

»Ich habe dich nicht ›geschickt‹. Wir waren uns einig … Und außerdem«, fuhr er nach einer kurzen Pause fort, »hast du dich schnell getröstet. Wie viele Wochen hat es gedauert, bis du diesen alten Sack geheiratet hast? Vier? Fünf?«

Sarah starrte ihn nur an.

»Da verschlägt es dir die Sprache, was?«, höhnte er.

Sie drehte sich auf dem Absatz um und ging. Wortlos.

Er folgte ihr nicht.

Natürlich nicht. Er scherte sich nicht um sie. Genauso wenig wie damals, als er sie vor dem Haus ihrer Tante abgeliefert hatte. In dem Moment, als es schwierig für ihn wurde, war er gegangen, und sie hatte nie wieder etwas von ihm gehört.

Sie stürmte vor zum Bug.

Die See ging immer noch hoch, bei jedem Überholen spritzte die Gischt über die Reling. Im Nu waren ihre Kleider nass, aber es kümmerte sie nicht. Sie umklammerte die Reling so fest, dass ihre Knöchel weiß hervortraten.

Joe, dachte sie, Joe.

Ein Schmerz, den sie längst vergessen geglaubt hatte, tobte in ihren Eingeweiden.

Wie jung sie gewesen war, wie naiv und wie verliebt in ihn. Später hatte sie dann gelernt, ihn zu hassen.

Beim Abendessen gab er sich wie immer. Nichts an seinem Verhalten ließ darauf schließen, dass sie sich seit langem kannten.

Sie war eine verdammte Närrin. Hatte sie tatsächlich geglaubt, er würde sich erklären?

Ja. Sie musste es zugeben. Offensichtlich war sie immer noch nicht klüger geworden.

Damals, als er spurlos verschwunden war, hatte sie gehofft, ihn wiederzusehen. Sie hatte so lange gehofft, bis sie mit Arthur vor den Altar getreten war. Und selbst dann noch hatte sie auf seine Stimme gewartet. Darauf, dass sich plötzlich jemand lautstark melden werde, als der Pfarrer nach Einwänden fragte.

Doch niemand hatte die Zeremonie unterbrochen.

In den folgenden Jahren hatte sie sich jeden Gedanken an ihn verboten und ihre Gefühle in einem geheimen Winkel ihrer Seele versteckt.

Später am Abend saß sie auf ihrer Koje, die Ellbogen auf die Beine gestützt, das Gesicht in ihren Händen vergraben.

Was bedeutete es, dass er sie hier festhielt? Dass seine Behauptung, Hawaii sei zu weit, eine Lüge war, daran zweifelte sie nicht mehr.

Vom Deck drangen Rufe und Getrampel an ihr Ohr. Sie hörte seine Stimme, er gab Befehl, die Segel zu reffen.

Wieso war er Seemann geworden, und wo hatte er bloß das Geld für solch ein Schiff her? Denn er war arm gewesen. Einer dieser vielen Gelegenheitsarbeiter in San Francisco, die nach der Grundschulzeit für ihren Lebensunterhalt und manchmal auch für den ihrer Familie schuften mussten. Nur war er fest entschlossen gewesen, weiterzukommen, sich hochzuarbeiten.

Ihre Gedanken wanderten zurück zu jenem Frühjahr 1884, als sie ihm das erste Mal begegnet war.

14. KAPITEL

Sie hatte ihn in der öffentlichen Bibliothek von San Francisco kennengelernt.

Er war ihr aufgefallen, weil er ganz anders aussah als die Leute, die üblicherweise hier saßen und lasen. Sein Hemd war verwaschen, und er trug abgewetzte Baumwollhosen. Vor ihm auf dem Tisch lag eine speckige Schirmmütze.

Die Ellbogen aufgestützt, Hände über den Ohren, beugte er sich über seine Lektüre und fluchte. Die Leute an den anderen Tischen warfen ihm missbilligende Blicke zu, aber er reagierte nicht darauf. Nach einem lauten »Verdammt noch mal!« knallte er das Buch zu und presste die Fäuste gegen die Stirn.

Neugierig trat Sarah näher. Auf dem Tisch lagen mehrere Werke über Physik und Chemie. Das Buch, welches er gerade zugeschlagen hatte, war ein Lehrbuch für Algebra.

Die Bibliothekarin, Mrs. Gregor, kam hinter ihrem Schreibtisch hervor. »Joe, wenn du nicht leise arbeiten kannst, muss ich dich bitten zu gehen.«

Er blickte zu ihr auf. In seinem Gesicht stand pure Verzweiflung. »Ich kapier's einfach nicht. Diese verfluchte Mathematik!«

»Bitte mäßige deine Ausdrucksweise.«

»Entschuldigung«, erwiderte er betreten. »Aber nächste Woche sind Prüfungen, und bis dahin muss ich das können.«

Die Bibliothekarin zuckte bedauernd mit den Schultern. »Ich würde dir ja gerne helfen, aber ich bin selber nicht gut in Mathematik.«

Sie wandte sich ab und wäre beinahe mit Sarah zusammengestoßen. »Hallo, Miss Ross. Mal wieder in der Abteilung für Medizin gewesen?« Sie deutete auf die Bücher, die Sarah unter den Arm geklemmt hatte.

Sarah nickte. Dann schaute sie wieder den Jungen an. Sie schätzte ihn auf etwa zwanzig Jahre. Demnach hätte er ein Collegeabsolvent sein müssen, aber er sah eher wie ein Dockarbeiter aus. Sein Gesicht war sonnengebräunt, ebenso seine Arme. Die Hemdsärmel waren hochgekrempelt, und sie konnte sehen, wie die Muskeln und Sehnen sich an seinen Unterarmen abzeichneten. Er hatte kräftige Hände, nicht so wohlmanikürt wie die ihres Vaters oder so schlank wie die ihres Bruders. Man sah ihnen an, dass er arbeitete.

Er machte sie neugierig. Offensichtlich wollte er lernen, und das freiwillig. Wie ungewöhnlich für einen Jungen. Ihr Bruder und seine Freunde nutzten jede Gelegenheit, sich davor zu drücken.

Zögernd trat sie noch näher. »Was verstehst du denn nicht?«

Er wandte den Kopf und starrte sie an. Seine Augen leuchteten ungewöhnlich hell.

»Vielleicht kann ich helfen?« Sie wusste selbst nicht, was sie dazu trieb.

»*Du* willst *mir* helfen?« Ungläubig ließ er den Blick über ihre Gestalt gleiten. Sie trug einen dunkelgrün und beige gestreiften schmalen Rock und eine beige Bluse. Nichts Auffälliges, aber er schien anderer Meinung zu sein, denn er kräuselte die Lippen zu einem verächtlichen Lächeln. »Geh lieber nach Hause.«

»Sarah ist eine sehr gute Schülerin«, schaltete sich Mrs. Gregor ein. »Sie kann dir bestimmt helfen.«

»Du wirst es vielleicht nicht glauben, aber ich bin gut in Mathematik«, bestätigte Sarah.

Sie legte die Bücher ab und setzte sich neben ihn. »Wo ist denn das Problem?«

Er schluckte. »Du meinst es ernst?«
Sarah nickte.

So hatte es angefangen.

Wie sie wollte er lernen, und wie sie musste er darum kämpfen, es zu dürfen. Er hatte keine Gelegenheit gehabt, eine weiterführende Schule zu besuchen, da er für seinen Lebensunterhalt arbeiten musste, seit er vierzehn war. Sie ging zwar zur Schule, aber für ihre Eltern war klar, dass ihre Aufgabe darin bestand, zu heiraten und Kinder großzuziehen. Sie hielten nichts von höherer Bildung für Frauen, und Sarahs Interesse an Frauenrechten und Politik war ihnen suspekt. Von ihrem Wunsch, Medizin zu studieren, ahnten sie nichts.

Zunächst erfuhr Sarah nichts weiter von Joe als seinen Vornamen und dass er einundzwanzig Jahre alt war.

Es war Mrs. Gregor, die ihr mehr erzählte.

Seine Familie kam aus den Südstaaten. Arme Weiße, *White Trash*, wie sie genannt wurden. Nach dem Bürgerkrieg hatten sich ihre Hoffnungen zerschlagen, dass sie dort jemals eine sichere Existenz aufbauen könnten, und so zogen sie 1875 nach San Francisco. Joes Vater schlug sich als Hafen- und Dockarbeiter durch. Er war ein fleißiger Mann, und bald ging es der Familie besser. Joe ging sogar zur Schule. Er träumte davon, seinen Highschool-Abschluss zu machen und an der Universität von Berkeley Ingenieurwissenschaften zu studieren. Und er war ein guter Schüler, erzählte Mrs. Gregor.

Doch dann hatte sein Vater bei der Beladung eines Schiffes einen Unfall, der ihm den rechten Arm zerschmetterte. Er wurde niemals wieder richtig gesund.

Daraufhin nahm Joe jede Arbeit an, die sich bot. Für die Schule blieb keine Zeit mehr. Aber er ließ nicht von seinem

Traum, besuchte die Abendschule und ging jede Woche in die Bibliothek. Mrs. Gregor war beeindruckt von der Zähigkeit und Intelligenz des Jungen und half, wo sie nur konnte.

Sarah war ebenso beeindruckt. Außerdem verkörperte Joe eine völlig fremde Welt, auf die sie bisher höchstens einen flüchtigen Blick erhascht hatte. Sie war in San Francisco aufgewachsen, natürlich kannte sie den Hafen – aber sie wusste nichts von den Menschen, die dort lebten. Fasziniert hörte sie zu, wenn er erzählte, von den Schiffen, den Matrosen, von der Arbeit der Schauerleute. Er belächelte ihr Interesse. Persönliche Dinge seinerseits erwähnte er so gut wie nie. Dagegen konnte er nicht genug über Sarah erfahren. Er wollte alles wissen, wie sie lebte, was sie in ihrer Freizeit tat, mit wem sie sich traf. Ihre Welt war ihm ebenso fremd, wie es seine für sie war.

Sarah wusste, ihre Eltern würden eine Bekanntschaft mit einem Hafenarbeiter niemals billigen, deshalb traf sie sich nur in der Bibliothek mit ihm. Dort fühlte sie sich vor Entdeckung sicher, denn ihre Geschwister nahmen freiwillig kein Buch in die Hand.

Die Wochen vergingen, und irgendwann wurde ihr klar, dass sie in Joe verliebt war.

Was er für sie empfand, konnte sie nur vermuten. Er war oft abweisend und mürrisch, doch er konnte auch sehr charmant sein. Niemals machte er irgendwelche Annäherungsversuche. Dabei interessierte er sich durchaus für Mädchen. Schon mehr als einmal hatte ihn eine junge Frau bis zum Eingang der Bibliothek begleitet oder ihn dort abgeholt. Es war nicht immer dieselbe gewesen. Sarah nahm an, dass sie selbst für ihn nicht mehr als eine Freundin war.

Doch Ende August fragte er sie, ob sie mit ihm zum Butcher's Day in den Shellmound Park gehen wolle.

Wie vom Donner gerührt starrte sie ihn an.

»Zum Butcher's Day?«

»Na ja, da kann jeder hin. Es kostet ein bisschen Eintritt. Aber man kann tanzen, und ...« Seine Stimme wurde leiser, bevor er abbrach.

»Du lädst mich zum Tanzen ein?«, fragte sie ungläubig. Wie lange hatte sie davon geträumt, von ihm zu einem Rendezvous gebeten zu werden.

Seine Miene verfinsterte sich. »Vergiss es. Es war eine Schnapsidee. Was will eine wie du im Shellmound Park. Tanzen mit Arbeitern und Fischern.«

Er stand auf, griff nach seiner Mütze, packte seine Hefte und Bücher zusammen und stürmte zum Ausgang.

»Joe«, rief sie ihm hinterher, »Joe, so warte doch.«

Der Mann am Nebentisch sah auf und räusperte sich. »Ruhe bitte.«

Sie ließ ihre Bücher liegen, raffte ihren Rock und rannte ihm nach.

An der Tür drehte er sich um. Atemlos strich sie sich einige Haarsträhnen aus dem Gesicht, die sich aus ihrer Frisur gelöst hatten.

»Ich gehe sehr gern mit dir zum Tanzen«, stieß sie hervor.

Ein zaghaftes Lächeln stahl sich in sein Gesicht, ließ ihn ungewöhnlich verletzlich wirken, wo er doch sonst so selbstsicher war. »Wirklich?«

Eifrig nickte sie.

»Am nächsten Samstag. Wir können uns um fünf Uhr treffen. Vor dem Eingang zum Vergnügungspark. Und zieh etwas Einfaches an.«

In den folgenden Tagen dachte Sarah an nichts anderes als an das Treffen mit ihm. Wie konnte sie zum Shellmound Park gehen, ohne das Misstrauen ihrer Mutter zu wecken?

Ohnehin hatte sie das Gefühl, dass die Mutter ihre Besuche in der Bibliothek zunehmend kritisch sah, und das aus einem Grund, der Sarah zum Lachen reizte. Sie beschwerte sich tatsächlich darüber, dass ihre Tochter nicht genug Interesse für junge Männer und Verabredungen aufbrachte. Zu sagen, dass sie nun tatsächlich mit einem jungen Mann ausging, wäre ideal gewesen. Nur hätte sie ihn dann zu Hause vorstellen müssen – und das war undenkbar. Ihre Mutter würde bei Joes Anblick wahrscheinlich in Ohnmacht fallen, und ihr Vater würde ihn hinauswerfen. Dabei stammte Henry selbst aus einer Familie, die sich den Aufstieg mühsam erkämpft hatte, eigentlich hätte er Verständnis für Menschen wie Joe haben sollen. Aber dem war nicht so. Sie wusste, er träumte davon, seine beiden Töchter möglichst vornehm oder reich zu verheiraten. Am besten beides.

Nein, sie konnte nicht erzählen, dass sie mit Joe ausging, sie brauchte ein Alibi.

Ihre Geschwister waren zu jung. Alice fiel ihr ein. Alice war die jüngste Schwester ihrer Mutter. Achtundzwanzig Jahre alt und mit einem zwanzig Jahre älteren Mann verheiratet. Wie alle Töchter der Campbells hatte sie aufgrund des Namens ihrer Familie eine gute Partie gemacht. Alices' Gemahl war äußerst nachsichtig mit seiner lebenslustigen, jungen Frau und erlaubte ihr einige Extravaganzen. So durfte sie allein in die Oper gehen, weil er regelmäßig bei den Vorstellungen einschlief. Sarah verstand sich gut mit ihr und begleitete sie inzwischen regelmäßig bei ihren Besuchen im Grand Opera House. Wenn sie erzählte, dass sie mit Alice in die Oper ging, würde es nicht auffallen.

Das Glück war ihr hold, denn Alice rief am nächsten Tag an, um ihr zu sagen, dass sie Karten für Rigoletto hatte. Als Sarah erzählte, dass ein junger Mann sie zum Tanz eingeladen hatte, war Alice sofort Feuer und Flamme. »Wie aufregend! Am besten, du kommst schon am Vormittag zu mir. Ich werde deiner Mutter sagen, dass wir noch etwas plaudern wollen. Du musst mir alles erzählen.«

So packte Sarah am Samstag ihr Abendkleid in eine Schachtel und stieg schlicht in Rock und Bluse gekleidet in Alices' Landauer, der sie nach Pacific Heights brachte.

Sie wusste nicht, was sie erwartete, und so waren ihre Hände feucht vor Nervosität, als sie am späten Nachmittag in Emeryville die Fähre verließ. Vor dem Eingang des Shellmound Park drängten sich die Menschen. Wie sollte sie Joe hier finden?

Ein schriller Pfiff ließ sie herumfahren. Er stand etwas abseits und winkte mit beiden Händen. Sarah drängte sich zwischen den Leuten hindurch zu ihm.

Er begrüßte sie, hakte sie unter und führte sie zum Tanzen in den Pavillon, wo eine Kapelle spielte.

Hin und wieder riefen ihm Mädchen etwas zu und winkten. Die Blicke, mit denen sie Sarah bedachten, waren alles andere als freundlich. Vielleicht waren welche dabei, die ihn ab und zu von der Bibliothek abgeholt hatten.

Joe grüßte höflich zurück, doch er tanzte nur mit ihr, wirbelte sie herum, bis ihr schwindelte und sie sich atemlos an ihn lehnte.

Später schlug sie vor, in den Garten zu gehen. Sie dachte sich nichts dabei. Die Musik war ihr zu laut, man verstand sein eigenes Wort nicht.

Joe nahm sie bei der Hand und zog sie hinter sich her durch die Menschenmenge. Und er ließ sie nicht los, als sie im Garten angelangt waren.

Überall auf der Wiese verstreut saßen Pärchen. Manche hielten sich an den Händen, bei anderen hatten die Männer den Kopf in den Schoß der Mädchen gelegt, und diese streichelten ihnen zärtlich das Haar. Es war in höchstem Maße ungehörig. Und doch fragte sie sich, wie es sich anfühlen würde, wenn sie mit ihm so säße, das Gewicht seines Kopfes in ihrem Schoß, während sie ihm die haselnussbraunen Locken aus dem Gesicht strich. Ob sein Haar so weich war, wie es aussah?

»Und, gefällt es dir?«

Sie zuckte zusammen, wie früher, wenn ihre Mutter sie beim Naschen in der Küche erwischt hatte. »Ja, sehr.«

Er ließ ihre Hand fahren. »Du kannst ruhig ehrlich zu mir sein.«

Sie nahm die Schultern zurück und hob den Kopf. »Ich bin immer ehrlich zu dir.«

»Und warum bist du gerade so erschrocken?«

Erwischt. Eben noch war sie stolz auf ihre Ehrlichkeit gewesen, jetzt musste sie sich beweisen. Hatte sie den Mut, ihm die Wahrheit zu sagen, oder nahm sie Zuflucht zu einer Lüge?

Sarah blickte zu einem Paar in ihrer Nähe. Das Mädchen strich dem Jungen das Haar aus der Stirn, er sah sie lächelnd an, und in diesem Lächeln lag so viel Liebe, dass Sarahs Herz schmerzhaft zu pochen begann. In ihren Kreisen gab es keine Liebesheiraten. Ob ihr Mann sie jemals so ansehen würde?

»Es muss schön sein, so zu sitzen«, sagte sie und deutete auf das Paar.

Joe lachte sie an und zog sie abseits unter eine Baumgruppe. Dort legte er seine Jacke ins Gras. »Setz dich.«

Ihre Wangen wurden heiß. Was dachte er jetzt von ihr? Hielt er sie für ein leichtfertiges Frauenzimmer, weil sie zu dreist gewesen war?

Zögernd ließ sie sich neben ihm nieder und knetete den Stoff ihres Rocks.

»Warst du schon mal mit einem Jungen aus?«, fragte er.

»Du meinst, so wie hier?«

»Ja. Tanzen, Händchenhalten, Küssen ...« Er beugte sich vor, seine Lippen streiften ihren Mund.

Ihr Herz setzte einen Schlag aus.

Verlegen schüttelte sie den Kopf. Sie hatte noch keinen Mann geküsst. Sicher hielt er sie jetzt für eine dumme Gans.

»Wirklich nicht? So hübsch, wie du bist?«, fragte er ungläubig.

»Ich bin nicht hübsch«, sagte sie, ohne nachzudenken. »Meine Augen sind zu schmal, mein Mund ist zu groß, und meine Nase ist zu italienisch.«

Ihre Mutter hatte ihr oft genug aufgezählt, warum sie mit den amerikanischen Schulschönheiten nicht mithalten konnte.

Er warf den Kopf in den Nacken und lachte schallend. »Wer sagt das denn? Die Knaben in deinen Kreisen, für die Mädchen alle gleich aussehen müssen? Mit großen Kulleraugen und Kussmündchen? Du hast ein Gesicht, das man nicht so schnell vergisst.«

»Das hatte Quasimodo auch.«

»Wer ist Quasimodo?«

»Eine Figur aus einem Roman. Sehr hässlich.«

Erneut beugte er sich vor und legte die Hände an ihre Wangen. »Du bist das schönste Mädchen, das ich bisher gesehen habe.«

Und dann spürte sie seine Lippen auf ihren.

In der Schule hatten schon manche Mädchen davon gesprochen. Vom Küssen und davon, was die Männer sonst noch so taten. Diese Erzählungen hatten sie immer erschreckt.

Doch was Joe tat, fühlte sich gut und richtig an.

Zwei Wochen später, an einem kühlen Abend im September, eröffnete Sarahs Mutter ihr, dass Mr. Arthur Tanner sich am nächsten Tag zum Tee angesagt hatte.

»Ich erwarte, dass du anwesend bist«, erklärte sie. »Und zwar vernünftig frisiert und gekleidet. Du trägst schon wieder kein Korsett und dein Haar …« Sie seufzte.

Sarah schob sich ein paar widerspenstige Strähnen hinter die Ohren. Es war sinnlos, ihrer Mutter zu erklären, wie ungesund Korsetts waren und dass sie damit nicht singen konnte.

»Und warum ist meine Anwesenheit erforderlich, wenn Mr. Tanner kommt?«

Elizabeth warf ihrem Mann einen bedeutungsschweren Blick zu.

Henry legte das Besteck aus der Hand. »Liebe Sarah«, begann er salbungsvoll. »Mr. Tanner hat großes Interesse an dir. Wie du sicher weißt, ist er schon länger verwitwet, und obwohl viele sich glücklich schätzen würden, seine Frau zu werden, hat er sich bis jetzt nicht wieder vermählt.«

»Was soll das heißen, er hat Interesse an mir?«, fragte Sarah unverblümt. »Er ist dreiundvierzig Jahre alt.«

»Und? Was spielt das für eine Rolle?« Die Stimme ihrer Mutter klang indigniert. »Er ist ein sehr feiner Mensch.«

»Vor allem ist er sehr reich«, entgegnete Sarah. »Das ist es doch, was für euch zählt.«

»Nun, nun«, warf ihr Vater begütigend ein. »Es ist noch viel zu früh, um etwas zu sagen. Er hat einfach nur erklärt, dass er dich für eine reizende junge Dame hält. Allerdings würde ich eine Verbindung mit den Tanners sehr begrüßen.«

Das konnte sie sich lebhaft vorstellen. Zu seinem Vorteil würde er sie auch an einen wesentlich älteren Mann verschachern. »Ich weiß nicht, ob ich überhaupt heirate.«

»Sarah!« Elizabeth griff sich an den Hals und schnappte nach Luft.

»Ich will auf die UCSF.«

»Du willst was?«

»Ich will auf die University of California, Medizin studieren.«

»Kind, wer hat dir nur solche Flausen in den Kopf gesetzt.«

»Das sind keine Flausen.«

»Doch, sind es!« Ihr Vater schlug mit der Hand auf den Tisch, dass die Gläser klirrten. »Medizin studieren! Als Frau! Wo gibt es so was? Du wirst deinen Schulabschluss machen und heiraten, wie sich das gehört.«

»Ich werde Mr. Tanner nicht heiraten.«

Henry griff nach seinem Weinglas und stürzte den Inhalt hinunter. »Es muss nicht Arthur Tanner sein«, sagte er dann ruhiger. »Du gehörst schließlich zu den besten Partien in der Gegend. Allerdings wäre Arthur eine gute Wahl, weil es ein Geschäftsfreund ist und weil ich glaube, ein älterer, erfahrener Mann wäre ein besserer Ehemann für dich als ein junger Bursche.«

Elizabeth beugte sich zu ihr herüber. »Könnte es sein, dass deine Widerspenstigkeit in der letzten Zeit etwas mit dem jungen Mann zu tun hat, mit dem du dich in der Bibliothek triffst?«, fragte sie spitz.

Entsetzt starrte Sarah ihre Mutter an. Woher wusste sie davon?

Sie musste nicht lange auf die Antwort warten.

»Ich traf Mrs. Gregor bei Raphael's letzte Woche«, erklärte Elizabeth. »Sie schwärmte in den höchsten Tönen von deiner Hilfsbereitschaft gegenüber ... wie heißt er doch ... Joe.«

Wie sie es hasste, wenn Mutter diesen Ton anschlug. Die gesamte Verachtung der kalifornischen Bourgeoisie gegenüber jenen, die im falschen Viertel geboren waren, lag darin. Und ihr Blick ließ keinen Zweifel daran, dass keine Familie, die auf sich hielt, einem Sohn einen so gewöhnlichen Namen wie »Joe« geben würde.

»Joe, und wie weiter?«, schaltete sich nun ihr Vater wieder ein.

»Joe Caldwell. Seine Eltern kamen aus den Südstaaten nach Kalifornien.«

»Aus den Südstaaten!« Das klang schon weniger streng. Sarah unterdrückte ein Lächeln. Wahrscheinlich stellte sich ihre Mutter den Spross einer Plantagendynastie vor.

»Caldwell? Ist er verwandt mit den Caldwells aus Louisiana?«

»Ich weiß es nicht, Mutter. Ich habe ihn nicht gefragt.«

»Und wieso gibst du ihm Nachhilfe?«

»Sein Vater ist schwer krank. Deshalb musste Joe arbeiten und konnte nicht zur Schule gehen. Jetzt geht er auf die Abendschule, weil er studieren will.«

Henry beugte sich vor. »Ein Gelegenheitsarbeiter? Gibst du dich etwa mit dem Gesindel vom Hafen ab?«

»Joe ist kein Gesindel!«, fuhr Sarah auf.

»Wie bezeichnet man sonst einen Kerl, der sich mit meiner Tochter trifft, heimlich, ohne sich hier vorzustellen? Das hat sofort ein Ende.«

Ihre Eltern meinten es ernst, das merkte Sarah gleich am nächsten Tag. Ab sofort wurde überprüft, ob sie direkt nach der Schule nach Hause kam, Besuche in der Bücherei waren verboten.

Sie stand unter ständiger Kontrolle ihrer Mutter.

Schließlich bat Sarah ihren Bruder Christopher, Joe einen Brief zu bringen, in dem sie ihm ihre Lage erklärte.

Was sie sich davon erhoffte, wusste sie nicht. Irgendwo in ihrem Kopf hatte sie die romantische Vorstellung, dass Joe vor ihrer Haustür auftauchen, ihrem Vater die Meinung sagen und sie bitten würde, ihn zu heiraten.

Das tat er natürlich nicht.

Christopher kam später zu ihr und überbrachte ihr Joes Antwort. Es tue ihm sehr leid, aber da lasse sich wohl nichts machen. Er danke ihr für ihre Hilfe und die schöne Zeit.

Sie schloss sich in ihr Zimmer ein und weinte. Kurz kam ihr der Gedanke, das Essen zu verweigern und ihr Zimmer nicht mehr zu verlassen, aber sie wusste, das würde sie nicht durchhalten. So biss sie die Zähne zusammen und bemühte sich um ein ausgeglichenes Benehmen, um ihre Eltern in Sicherheit zu wiegen. Vielleicht konnte sie Joe doch noch einmal treffen.

Doch dann hielt Arthur Tanner um ihre Hand an, und ihr Vater, in dieser Hinsicht ein echter Italiener, entschied über ihren Kopf hinweg, dass sie ihn heiraten sollte, sobald sie mit der Schule fertig war.

Sarah schrie und tobte und drohte damit, Mr. Tanner zu sagen, dass sie ihn nicht liebe und ihn niemals heiraten werde. Ihr Vater kündigte an, in diesem Fall würde er sie einsperren, bis sie zur Vernunft käme.

Am nächsten Tag lief Sarah fort. Sie packte am frühen Morgen, noch bevor sich irgendetwas im Haus regte, ein paar Sachen und schlich aus der Haustür. Joe hatte ihr einmal den Namen des Stauervize genannt, für den er am Hafen ab und zu arbeitete.

Auf gut Glück machte sie sich auf den Weg. Von Nob Hill war es nicht weit zum Hafen.

So früh am Morgen herrschte reger Betrieb. Sarah fand den Pier, wo die Schiffe entladen wurden, ohne Probleme und suchte das Büro des Heuerbaas. Dort fragte sie nach Joe.

Der Stauervize wies mit dem Kinn auf ein Schiff. »Da vorn bei der Agnes isser. Aber halt ihn mir nicht von der Arbeit ab.«

Sarah nickte und ging hinüber. Die Agnes war ein Fischkutter. Joe war nicht begeistert, sie zu sehen. Noch weniger angetan war er von ihrem Vorschlag, wegzulaufen. »Du weißt überhaupt nicht, wovon du redest. Ein Leben auf der Straße. Ein verwöhntes Mädel wie du.«

»So verwöhnt bin ich gar nicht«, widersprach sie entrüstet. »Ich kann kochen, ich weiß sogar, wie man putzt.«

Joe lachte schallend. »Und was willst du damit anfangen? Dich als Hausmädchen verdingen? Glaubst du, dich nimmt einer? Man sieht doch sofort, dass du noch nie gearbeitet hast.«

Sarah senkte den Kopf. Er lachte sie aus. War sie tatsächlich so naiv? In zahllosen Büchern wurde es doch genau so beschrieben.

Er nahm sie an den Schultern. »Geh nach Hause, Sarah. Du kannst so ein Leben nicht führen. Früher oder später würdest du mich dafür hassen.«

Sie sah ihn nicht an, hielt den Blick weiter auf ihre Füße gerichtet. Tränen liefen ihr über die Wangen und tropften auf den Boden. Dieses Gespräch hatte sie sich ganz anders vorgestellt.

»Heulst du?«

Vehement schüttelte sie den Kopf. Sie hatte ihren Stolz. Er sollte sie nicht ›heulen‹ sehen.

»Ach, verdammt«, knurrte er und ließ sie los. »Was erwartest du denn von mir? Soll ich meine Arbeit sausen lassen, um mit dir davonzulaufen?«

»Arthur Tanner hat um meine Hand angehalten«, flüsterte sie, den Kopf immer noch gesenkt.

»Was? Was meinst du damit?«

»Arthur Tanner, der Eisenbahnbaron, er will mich heiraten.«

»Der? Der ist doch viel älter als du?«

Sarah schniefte und nickte.

Joe trat einen Schritt zurück. »Aber er ist eine ziemlich gute Partie. Einer der reichsten Kerle in Frisco.«

»Ich will ihn aber nicht«, brauste sie auf. Hilfesuchend sah sie zu ihm auf.

Seine Miene wirkte ratlos.

»Deine Eltern werden dich sicher nicht zwingen«, sagte er vage.

»Doch. Mein Vater hat ihm schon zugesagt.«

Joe seufzte und setzte sich auf eine der Kisten. »Verflucht, was für ein Schlamassel.«

Hoffnung durchflutete sie so heftig, dass ihr die Knie weich wurden. Es ließ ihn nicht kalt. Er würde etwas unternehmen. Irgendetwas fiel ihm sicher ein.

»Joe!«, tönte Mr. Gilchrists Stimme vom Büro. »Du wirst hier nicht fürs Schwätzen bezahlt. Mach dich gefälligst an deine Arbeit.«

Er erhob sich. »Ja, Sir!«, rief er dem Stauervize zu. Dann wandte er sich zu ihr. »Du hast es gehört. Ich muss weitermachen.«

Klang da aus seiner Stimme eine gewisse Erleichterung? Sie musste sich täuschen.

»Aber was sollen wir denn jetzt tun?«, rief sie.

Er hatte sich schon halb abgewandt, jetzt drehte er sich wieder um. »Geh nach Hause. Weigere dich, ihn zu heiraten. Er wird sicher keine Frau haben wollen, die gezwungen werden muss.«

»Nein! Ich gehe nicht nach Hause. Dann laufe ich eben allein weg. Ich komme schon zurecht!«

»Herrgott noch mal, sei doch vernünftig!«

»Joe«, kam erneut die Mahnung von Gilchrist.

»Sofort, Sir.« Er packte Sarah am Arm. »Hör zu. Kennst du Billy Harpers Kneipe?«

Sarah schüttelte den Kopf. Sie war noch nie zuvor hier gewesen, und Hafenkneipen kannte sie nicht.

»Es ist einfach«, erklärte Joe hastig. »Du gehst die Lombard Street rauf und dann rechts. Sag Billy, dass du auf mich wartest. Dann passt er auf. Ich komme, sobald ich hier fertig bin.«

Er ließ sie los und machte sich an die Arbeit. Sarah schaute ihm nach, wie er zu einem Stapel Kisten ging und eine aufhob. Er mochte dünn sein, aber er hatte Kraft.

Dann wandte sie sich um und machte sich, mit neuem Mut, auf den Weg zu Harpers Kneipe.

Sie war tatsächlich leicht zu finden. Vor der Tür allerdings zögerte sie. Sollte sie es wirklich wagen, diese Spelunke zu betreten? Vertrauenerweckend sah sie nicht aus. Vielleicht konnte sie irgendwo am Hafen auf Joe warten.

Ein Seemann, der, offensichtlich betrunken, die Straße entlang- und auf sie zugetaumelt kam, gab den Ausschlag.

»He, Süße«, grölte er. »Suchst du Gesellschaft?« Er hickste und suchte Halt an der Hauswand. »Bist 'n hübsches Ding.«

Sarah riss die Tür auf und betrat die Kneipe. Obwohl es Vormittag war, war die Schankstube gut besucht. An der Bar saßen einige Männer, drei weitere hockten um einen Tisch und spielten Karten. Hinter der Theke stand ein vierschrötiger Mann und trocknete Gläser ab. Er musterte sie, die Augenbrauen hochgezogen.

»Guten Morgen, Miss. Sie wünschen?«, fragte er, woraufhin alle Männer im Raum sich nach ihr umdrehten.

Ihre Wangen wurden heiß. Hier also verkehrte er. Ihr Blick glitt über die Männer am Tisch. Sie konnten Hafenarbeiter oder Matrosen sein. Wohl eher Matrosen, Hafenarbeiter hielten sich nicht um diese Uhrzeit in Kneipen auf. Die Männer an der Theke waren eindeutig Seeleute, sie trugen die typischen gestreiften Unterhemden, ihre Arme waren tätowiert.

»Ich soll hier auf Joe Caldwell warten«, sagte sie zu dem Wirt.

Er grinste. »Eins von Joes Mädchen, soso. Na ja, dann setz dich mal besser in den ersten Stock. Da ist es ruhiger.«

Misstrauisch stieg Sarah die Stufen hoch. Eins von Joes Mädchen. Wie viele gab es?

»Willst du was trinken, Mädchen?«

Sarah hob die Brauen. Vorhin hatte er sie noch mit »Miss« angesprochen, jetzt war sie »eins von Joes Mädchen«, und er duzte sie.

»Einen Kaffee, bitte.«

Er nickte und kam kurze Zeit später mit einem Henkelbecher voll heißem schwarzem Kaffee zurück.

Joe kam drei Stunden später. Verschwitzt und schmutzig ließ er sich ihr gegenüber auf einen Stuhl fallen. »Ich hätt' gern 'nen Kaffee, Billy«, rief er nach unten.

Der Wirt brachte das Gewünschte und ließ sie wieder allein.

Stumm beobachtete Sarah, wie Joe auf seinen Becher starrte und in dem Kaffee rührte. Er wirkte müde und keineswegs entschlossen.

Ihre Glieder wurden schwer. Sie wartete.

Schließlich hob er den Kopf. »Hör zu, ich kann nicht einfach meine Arbeit aufgeben und mit dir abhauen. Ich brauche das Geld. Ich will auf die Universität.«

Alles, was Sarah verstand, war, dass er sie nicht liebte. Wenn er sie liebte, würde er es niemals zulassen, dass sie einen anderen Mann heiratete.

Billy kam noch einmal zu ihnen herauf. »Joe, da unten sind zwei Männer, die nach dir fragen«, sagte er leise. »Ich habe sie noch nie hier gesehen.«

Joe stand auf, schlich zur Treppe und spähte hinunter. Kopfschüttelnd richtete er sich wieder auf. »Ich kenne sie auch nicht.« Er runzelte die Stirn, sein Blick ruhte auf Sarah. Dann winkte er sie zu sich und deutete nach unten in den Schankraum. »Weißt du, wer das sein könnte?«

Vorsichtig schob sie den Kopf vor. Zwei dunkelhaarige Männer hatten sich zu den Matrosen an der Theke gesellt. Einer kam ihr vage bekannt vor, allerdings war ihr Gedächtnis für Gesichter nicht das allerbeste. Aber sie sahen eindeutig aus wie Italiener. Gänsehaut kroch ihren Rücken hinunter. Es konnte durchaus sein, dass ihr Vater diese Männer beauftragt hatte, nach ihr zu suchen oder nach Joe.

Langsam zog sie sich zurück. »Es kann sein, dass mein Vater sie schickt.«

»Der eine sieht aus wie Enzo Baresi«, sagte Billy. »Wenn der hinter dir her ist ...«

»Verflucht! Ich muss hier weg.«

Billy nickte. »Nimm den Hinterausgang.«

Joe schnappte seine Mütze vom Tisch und packte Sarah am Handgelenk. »Dann komm halt erst mal mit.«

Sie hasteten über die Feuertreppe nach unten. Inzwischen hatte es angefangen zu regnen, ein nadelfeiner, eiskalter Regen, der im Nu ihre Kleider durchdrang. Joe zog sie in eine schmale Gasse, von dort aus ging es in die nächste. Immer wieder blieb er stehen und sah sich um. Sarah verlor die Orientierung, blindlings stolperte sie hinter ihm her.

Endlich blieb er stehen. »Was weiß dein Vater über mich?«

»Nichts weiter, nur deinen Namen und dass du am Hafen arbeitest.«

»Offenbar reicht das, um mich zu finden.«

»Sie haben wahrscheinlich nach mir gesucht.« Sie zitterte vor Angst und Kälte. Ihre Frisur hatte sich gelöst, nasse Strähnen ringelten sich um ihr Gesicht, klebten an ihrem Nacken. Ihre Tasche schien ihr plötzlich unerträglich schwer.

»Wenn das wirklich Baresi war, hast du mir was Feines eingebrockt.«

»Du kennst ihn?«

»Ich habe von ihm gehört. Wir müssen weiter.« Joe wandte sich zum Gehen. Sarah fasste ihre Tasche fester und versuchte, mit ihm Schritt zu halten, doch eine Ecke weiter blieb sie stehen. »Warte!«

»Was gibt's?«

Ich kann nicht mehr, hatte sie sagen wollen, doch der Anblick seiner harten Miene ließ sie die Klage hinunterschlucken. Nach Atem ringend, stellte sie ihre Tasche ab und presste die Hände in die Seiten. Ihre Füße in den durchnässten Schuhen waren eiskalt. »Wohin gehen wir?«

»Zu meiner Schwester.« Seine Züge wurden etwas weicher. »Seitenstechen?«

Sie nickte. Er kam zurück und griff nach ihrer Tasche. »Es ist nicht mehr weit, nur noch ein paar Blocks.«

Sarah unterdrückte ein Stöhnen. Ein paar Häuserblocks! Das war weit in diesen Straßen.

Endlich blieb er vor einem Haus stehen und öffnete die Tür.

Im Treppenhaus mischte sich der Dampf aus der Wäscherei im Erdgeschoss mit den Essensgerüchen aus den Wohnungen und dem Gestank nach Abfall. Sarah atmete so flach wie nur möglich, trotzdem würgte es sie.

Zielstrebig stieg Joe die ausgetretenen Stufen zum ersten Stock hinauf und klopfte an die Tür.

»Wer ist da?«, erklang eine Frauenstimme.

»Ich bin's, Joe.«

Die Tür öffnete sich einen Spalt. »Komm rein, aber sei leise, das Baby schläft.«

Er sah über die Schulter und winkte Sarah, ihm zu folgen.

Zögernd drückte sich Sarah durch den schmalen Spalt und

sah sich um. Das war also seine Schwester. Sie hatte die gleichen haselnussbraunen Locken wie Joe, aber ihre Augen waren braun. Ihr Blick glitt rasch über Sarahs Gestalt, dann zog sie die Augenbrauen auf die gleiche Weise hoch, wie Joe es tat, wenn ihm etwas nicht gefiel. »Wen schleppst du da an?«

»Das ist Sarah – Sarah, das ist meine Schwester Molly.«

Er stellte die Tasche ab und schloss leise die Tür.

Molly sah von der Tasche zu Sarah. »Soll sie etwa hierbleiben?«, fragte sie scharf.

Sarah wurde flau im Magen. Wollte er sie wirklich hierlassen, bei dieser Frau mit den harten Augen und dem strengen Zug um den Mund?

Zu ihrer Erleichterung schüttelte er den Kopf. »Nein, sie muss sich nur etwas Trockenes anziehen. Du hast doch Kleider zum Wechseln da drin?« Er deutete auf die Reisetasche. Sarah nickte stumm.

Das Misstrauen wich nicht aus Mollys Gesicht. »Na gut.« Sie öffnete die Tür zu einem Zimmer und wies mit einer Hand hinein. »Aber leise«, sagte sie zu Sarah und zu Joe gewandt: »Komm mit in die Küche.«

Sarah trat ein, schloss behutsam die Tür hinter sich und sah sich um. Es schien das Schlafzimmer der Familie zu sein. In der Mitte stand das Ehebett, am Fußende ein Gitterbettchen, in dem das Baby schlief, und an der Wand lag eine Matratze. Schliefen hier etwa alle in einem Raum? Dieses Zimmer war kleiner als ihres.

So leise wie möglich tauschte sie die nassen Sachen gegen einen Rock und eine Bluse aus ihrer Tasche. Sie hatte ihre einfachsten Kleidungsstücke eingepackt, trotzdem hatte sie das Gefühl, zu fein gekleidet zu sein. Durch die Tür drangen die Stimmen von Joe und Molly.

»Wo hast du die aufgegabelt? Sie sieht aus wie eine von den reichen Madames.«

Sie hörte Joes gedämpftes Lachen. »In der Bibliothek. Sie wohnt in Nob Hill«, sagte er.

»Was willst du denn mit einer aus Nob Hill?«

Seine Antwort war so leise, dass Sarah sie nicht verstand.

Sie löste ihre Frisur, damit ihr Haar schneller trocknete. Was sollte sie mit ihren nassen Kleidern tun? Sie konnte sie nicht in die Tasche packen, und hier gab es nichts zum Aufhängen. Schließlich verließ sie auf Zehenspitzen das Zimmer. Rock und Bluse nahm sie mit in die Küche.

Joe und seine Schwester saßen am Küchentisch. In einer Ecke spielte ein Junge von etwa vier Jahren mit Murmeln.

»Häng die Sachen über den Stuhl dahinten«, sagte Molly. »Willst du auch 'nen Kaffee?«

Sarah nickte. »Sehr gerne, danke.«

Molly stemmte sich aus ihrem Stuhl und holte drei Tassen. Sarah betrachtete sie unauffällig.

Ihre Kleidung war aus grober Baumwolle, sie trug kein Korsett, und unter ihrer Schürze wölbte sich unübersehbar ein kleiner Bauch. War sie etwa guter Hoffnung? Das Baby im Schlafzimmer konnte nicht älter sein als sieben Monate.

Joe schien den gleichen Gedanken zu haben. »Sag mal, Molly, bist du etwa schon wieder schwanger?«

Sarahs Gesicht begann zu glühen. Wie konnte er so unverblümt und vulgär fragen?

Molly seufzte und nickte. »Ja, es kommt etwas ungelegen, aber wir schaffen das schon. Der Laden läuft gut, und Edward hofft, dass er genug Geld hat, um eine Hilfe einzustellen, wenn es so weit ist.«

Sie stellte die Tassen auf den Tisch und schenkte ein. »Meinem Mann gehört die Wäscherei unten«, erklärte sie voll Stolz.

Doch Sarah hörte sie kaum. Sie konnte den Blick nicht von Mollys Händen lösen. Sie waren rot und rissig, aber das war es nicht, was sie bestürzte. Über Mollys Handflächen zogen sich Narben, und am Ringfinger der linken Hand fehlte ein Glied.

Sie bemerkte, dass Joe sie aufmerksam ansah, und schlug beschämt die Augen nieder. Man starrte Krüppel nicht an.

»Molly hat vor ihrer Hochzeit in der Konservenfabrik gearbeitet.«

Sarah hob den Kopf und sah ihn an. Warum sagte er das?

Er schien ihre Gedanken zu erraten. »Die Narben. Sie sind von den Tomatenmessern. Du erkennst sofort, ob ein Mädchen dort gearbeitet hat. Ihre Hände sehen alle gleich aus. Und den Teil ihres Fingers hat sie durch eine Schneidemaschine in der Tütenfabrik verloren. Zeig ihr deine Hände, Molly.«

»Joe, lass das.« Molly schien ebenso verlegen zu sein wie sie selbst. Sie ließ die linke Hand wie zufällig vom Tisch rutschen und umfasste mit der rechten ihre Kaffeetasse.

»Es tut mir leid«, murmelte Sarah und versteckte ihre Hände in den Falten ihres Rockes. Ihre Mutter regte sich schon auf, wenn sie ohne Handschuhe ausritt. »Eine Dame erkennt man an ihren Händen«, sagte sie immer. Jetzt hatte dieser Satz plötzlich eine Bedeutung.

»Schon gut. Er hat ja recht. Man sieht halt, wo wir arbeiten.« Molly lächelte, das erste Mal, seit Sarah durch ihre Tür getreten war.

Eigentlich war sie doch ganz nett. Vielleicht war sie nur so gereizt gewesen, weil sie müde war. Unter ihren Augen lagen tiefe Schatten, scharfe Falten zogen sich von den Nasenflügeln zu ihren Mundwinkeln. Joe hatte erzählt, dass seine Schwester vier Jahre älter war als er. Dann war sie also erst fünfundzwanzig. Ihre Mutter sah mit ihren achtunddreißig Jahren jünger aus, stellte Sarah betroffen fest.

Das Baby im Nebenzimmer fing an zu greinen. Molly reagierte nicht. Erst als aus dem Greinen ein handfestes Schreien wurde, erhob sie sich. »Ich hatte gehofft, sie würde noch ein bisschen schlafen. Ich wollte gerade runter in den Laden, als ihr kamt.«

»Gib sie mir. Ich kümmere mich«, bot Joe an.

Molly holte das Baby und drückte es Joe in den Arm. »Danke. Es dauert nicht lange.«

Sie holte eine Schüssel mit Brei vom Herd. »Sie hat wahrscheinlich Hunger.«

Staunend sah Sarah zu, wie Joe das Baby fütterte.

Der Junge kam aus seiner Ecke und schielte auf den Tisch. »Ich hab' auch Hunger.«

»Da wirst du warten müssen, bis deine Mutter wieder da ist.«

»Ich hab' aber jetzt Hunger«, maulte das Kind und zog einen Flunsch.

Joe grinste. »Sieh mal in meiner Jacke nach. Da müsste noch ein Stück Brot sein.«

Der Junge zog ab in den Flur, und Joe blickte Sarah an. »Und, was denkst du? Du kannst in der Tomatenfabrik arbeiten, die suchen immer Leute, oder vielleicht gibt Edward dir einen Job in der Wäscherei. Viel kann er dir nicht bezahlen, aber sie vermieten auch Zimmer hier, für ein paar Cent die Nacht.«

Sarah starrte auf ihre Hände. Wie lange würde es dauern, bis sie so aussahen wie die seiner Schwester? Und wie lange würde es dauern, bis sie selbst so aussah wie Molly? Verbraucht von Arbeit und Schwangerschaften.

Joe stand auf und brachte das Kind zurück ins Schlafzimmer.

»So hast du dir das nicht vorgestellt, nicht wahr?«, fragte er, als er zurückkam. Seine Stimme klang weder böse noch vorwurfsvoll.

Ihre Augen brannten, gleich würde sie anfangen zu weinen. Nein, so hatte sie es sich nicht vorgestellt.

»Es muss doch noch irgendeine andere Arbeit geben«, flüsterte sie erstickt. Sie schämte sich entsetzlich, aber sie konnte den Gedanken nicht ertragen, ihre Hände zu verunstalten.

»Nicht für ungelernte Arbeiter.«

Warum ging sie seit elf Jahren zur Schule, wenn sie dort nichts lernte, um ihren Lebensunterhalt selbst bestreiten zu können? Was nützte ihr all ihr Wissen über Literatur, Kunst, Mathematik? Sie konnte Gedichte interpretieren, aber sie war nicht in der Lage, sich Geld für eine Mahlzeit zu verdienen. Bei diesem Gedanken knurrte ihr Magen. Sie hatte seit dem Morgen nichts mehr gegessen, und es musste inzwischen später Nachmittag sein. Draußen dämmerte es schon.

»Verstehst du jetzt, warum ich hier rauswill?« Er machte eine weit ausholende Handbewegung.

»Ja.«

»Aber ich schaffe es nur allein. Ich kann nicht noch für eine Frau und Kinder sorgen. Jedenfalls nicht jetzt.«

Einen Augenblick lang fragte sie sich, warum er sie dann im Shellmound Park geküsst hatte. Und es war ja nicht beim Küssen geblieben. Aber sie fühlte sich zu ausgelaugt, um den Gedanken weiterzuverfolgen.

»Ich bringe dich nach Hause.«

Impulsiv sprang sie auf. »Aber ich kann Mr. Tanner nicht heiraten. Ich liebe dich!«

Nun war es heraus.

Sie hatte es ihm nicht sagen wollen. Er hatte nie von Liebe gesprochen, und es war ganz und gar undenkbar, dass eine Frau den Anfang machte.

Sie wagte nicht, ihn anzusehen.

Er trat zu ihr und schloss sie in die Arme. »Ist das dein Ernst?«

Ein Nicken war alles, was sie zustande brachte.

Er drückte sie an sich. »Es gibt vielleicht eine Möglichkeit. Geh nach Hause und sag deinen Eltern, dass sie recht haben. Dass du deinen Fehler einsiehst und es bereust.«

»Aber das ist doch nicht wahr!«, unterbrach sie ihn empört.

»Das ist egal. Es bringt nichts, wenn du mit dem Kopf durch die Wand willst, du musst einen Plan haben. Bitte sie darum, dass du erst die Schule fertig machen kannst und vielleicht aufs College gehst. Mr. Tanner wünscht sich doch sicher eine gebildete Frau.«

»Was der sich wünscht, ist mir egal.«

»Herrgott noch mal, darum geht es doch gar nicht. Du musst Zeit gewinnen. Gib dich gefügig und halte sie hin. Das schaffst du schon.«

Wie gerissen er war. Allerdings war sie nicht sicher, ob sie ihn dafür bewundern sollte.

Aber seine Idee war gut, und sie glaubte, dass sie ihren Vater überzeugen konnte, wenn sie ihm erzählte, dass sie mit Joe gebrochen hatte.

»Und du?«

»Wenn alles klappt, bin ich nächstes Jahr mit der Abendschule fertig. Und dann werde ich mich in Berkeley bewerben.«

»Und wann sehe ich dich wieder?«

»Die nächsten Wochen nicht. Erst einmal muss Gras über die Sache wachsen. Wenn diese beiden Kerle von deinem Vater kamen, lässt er mich bestimmt überwachen. Gibt es eine Möglichkeit, wie ich dich kontaktieren kann?«

»Alice. Meine Tante, sie weiß von dir. Sie hat mir auch geholfen, als ich mit dir tanzen war. Wenn du einen Brief an sie schickst, wird sie ihn mir geben.«

Sie löste sich aus seinen Armen und schrieb die Adresse auf.

»Wahrscheinlich ist es auch besser, wenn ich jetzt erst einmal zu ihr gehe und nicht nach Hause.« Allmählich fühlte sie sich besser.

»Dann pack deine Sachen.« Er sah auf die Adresse. »Pacific Heights. Dann nehmen wir die Straßenbahn.«

Die Haltestelle des Cable Car befand sich nicht weit entfernt. Joe begleitete sie, stieg allerdings nicht mit ihr aus, sondern fuhr weiter.

Sarah winkte ihm zu, bevor sie die paar Schritte zum Haus ihrer Tante ging.

Er winkte zurück.

Es war das letzte Mal gewesen, dass sie ihn gesehen hatte.

15. KAPITEL

Rastlos wanderte Sarah in ihrer Kabine auf und ab. Schließlich hielt sie es nicht mehr aus und stieg an Deck.

Er stand an der Bugreling und starrte aufs Meer.

Einen Augenblick zögerte sie. Wollte sie wirklich wissen, was damals passiert war, nachdem er sie zu Alice gebracht hatte? Vielleicht wäre es besser, die Vergangenheit ruhen zu lassen. Doch dann gab sie sich einen Ruck. Dazu war es jetzt zu spät. Sie konnte nicht monatelang mit ihm auf diesem Schiff bleiben, ohne zu wissen, warum er sie verlassen hatte.

Als sie zu ihm trat, wandte er den Kopf. Sie glaubte, eine Spur Trauer in seinen Augen zu sehen, aber der Ausdruck verschwand so schnell, dass sie nicht sicher war.

Sie holte tief Luft. »Wie lange weißt du es schon?«

»Von dem Moment an, als mir Ward von der Kalani deinen Namen nannte. Aber ich hätte dich auch so wiedererkannt. Du hast dich nicht sehr verändert.«

Oh doch, sie hatte sich verändert.

»Warum hast du nichts gesagt?«

»Warum sollte ich? Auf diese Weise war es viel interessanter.«

»Interessanter?«, fauchte sie.

Er überging es. »Ich habe mich schon gewundert, dass du mich nicht erkennst. Sehe ich so anders aus?«

»Du heißt anders, du siehst anders aus, und du bist anders. Aber wenn ich dich unter anderen Umständen getroffen hätte, an Land, vielleicht bei einer Gesellschaft …«

Er verzog verächtlich den Mund, schwieg jedoch.

»Dann hätte ich dich sicher früher erkannt. Aber als Kapitän eines Robbenfängers?« Sie schüttelte den Kopf. »Wolltest du nicht Ingenieur werden?«

»Und wolltest du nicht Ärztin werden?«, gab er zurück.

Sarah biss sich auf die Unterlippe. »Wie es scheint, ist es für uns beide nicht so gelaufen, wie wir uns das dachten.«

»Offensichtlich nicht. Wie das Leben so spielt.«

Was für ein Spiel des Lebens war es, das sie hier wieder zusammenbrachte?

Unmittelbar vor und nach ihrer Hochzeit hatte sie sich vorgestellt, wie es wäre, ihn wiederzusehen. Am Anfang hatte sie davon geträumt, dass es eine Erklärung dafür gebe, dass er aus ihrem Leben verschwunden war. Irgendein dramatisches Ereignis. Eine Krankheit oder ein Unfall. Doch dann war ihr klargeworden, dass sie das erfahren hätte. Seine Schwester, die Schauerleute am Hafen, sie hätten es ihr gesagt. Aber sie hatte bei ihren Nachforschungen immer nur gehört, dass niemand wusste, wo er war.

Irgendwann waren ihre Tagträume zu Rachephantasien geworden. Sie stellte sich vor, wie sie sich zufällig trafen; vielleicht erledigte er irgendeine Arbeit für Arthur, und sie begegnete ihm im Kontor, einem abgerissenen Hafenarbeiter, während sie selbst ein teures Kleid trug und ihn spüren ließ, wie weit sie über ihm stand.

Die Erinnerung daran brachte sie zum Lachen. Wie eine Vogelscheuche hatte sie ausgesehen, als sie ihm tatsächlich gegenübergestanden hatte. Und jetzt putzte sie auf seinem Schiff die Kombüse und kochte für ihn und seine Mannschaft. Hatte er sie deshalb hierbehalten, um sie zu demütigen?

»Warum bin ich hier?«

Er wandte den Kopf und ließ seinen Blick zum Horizont schweifen. »Du warst schiffbrüchig«, sagte er, ohne sie anzusehen.

»Das ist nicht der Grund! Du hättest mich nach Hawaii bringen können, das weiß ich.«

Abrupt drehte er sich zu ihr um und beugte sich vor, sein Gesicht war ihr nun ganz nah. »Nein, ich habe schon zu viel Zeit verloren. Aber vielleicht wollte ich ja auch wissen, was aus dir geworden ist?«

Sie sah ihn an. Unter seinem Bart war sein Mund plötzlich seltsam vertraut. Erinnerungen, die sie längst vergessen glaubte, stiegen in ihr auf. Wie er sie geküsst hatte, an jenem Tanzabend im Shellmound Park, sein schlanker, sehniger Körper, seine Hände, die sie berührten. Sie fuhr sich mit der Hand über das Gesicht, um die Bilder zu vertreiben.

»Und, weißt du es?«

Er ließ seinen Blick über sie wandern. »Du bist immer noch so schön wie früher. Das Leben hat es gut mit dir gemeint. Man sieht dir an, dass du niemals schwer gearbeitet hast. Weißt du noch, wie meine Schwester aussah?«

Sie wusste es. Viele Frauen sahen so aus. Verbraucht von zu viel Arbeit und zu vielen Schwangerschaften.

»An dir sind die Jahre anscheinend spurlos vorübergegangen.«

»Es gibt Spuren, die man nicht sieht«, murmelte sie. Narben auf ihrer Seele, weil sie ihren Körper jahrelang einem Mann überlassen musste den sie nicht geliebt hatte. Gefühle, die sie so lange unterdrückt hatte, bis sie kaum mehr in der Lage war, zu fühlen.

Doch darüber sprach man nicht. »Und was ist aus dir geworden? Wie bist du zur Seefahrt gekommen?«

In seinen Zügen stand eine seltsame Mischung aus Zorn und Spott. »Das verdanke ich deinem Vater.«

»Bitte?«

»Komm, tu nicht so. Du weißt, was passiert ist.«

Zornig starrte sie ihn an. »Allerdings. Du hast mich bei meiner Tante abgeliefert und dich aus dem Staub gemacht.«

»Ich habe mich aus dem Staub gemacht?« Er wurde laut. »So kann man das auch nennen!«

»Wie nennt man das sonst, wenn jemand spurlos verschwindet?« Nur mit Mühe schaffte sie es, ihn nicht anzuschreien. »Du hättest mir zumindest eine Nachricht hinterlassen können. Aber wahrscheinlich warst du zu feige! Und was, zum Teufel, hat mein Vater damit zu tun?!«

»Dein Vater«, begann er und seine Stimme klang drohend, »dein Vater erschien, drei Tage nachdem wir uns getrennt hatten, am Hafen und erzählte mir eine Geschichte.« Er unterbrach sich. Sein Blick glitt hinüber zu den drei Jägern, die in der Nähe standen und interessiert zu ihnen hinübersahen. »Ich denke, es ist besser, wenn wir dieses Gespräch unter vier Augen fortsetzen.«

Ohne auf ihre Antwort zu warten, ging er nach achtern. Sie folgte ihm.

In seiner Kabine bot er ihr keinen Stuhl an und setzte sich ebenfalls nicht, sondern musterte sie stumm.

»Und?«, fragte sie schließlich, als er immer noch keine Anstalten machte, etwas zu sagen. »Was hat mein Vater dir erzählt? Wie hat er dich überhaupt gefunden?«

Er zog eine Augenbraue hoch. »Er sagte mir, du hättest ihn geschickt …«

»Ich? Warum hätte ich das tun sollen?«

»Nun, um mir ausrichten zu lassen, dass du dieses ›kleine Abenteuer‹, wie er es nannte, bitter bereust und mich nicht mehr zu sehen wünschst.«

»Aber …« Das war wirklich zu albern. Sie hatte ihrer Familie doch nur erzählt, was er ihr selbst vorgeschlagen hatte. Wie konnte er dann glauben, dass es die Wahrheit gewesen war?

»Und deshalb bist du abgehauen?«

»Nein, nicht deshalb. Er hat mir Geld geboten, wenn ich aus der Stadt verschwinde.«

»Er hat dir Geld geboten?«

Die Luft um sie herum wurde dünn, sie rang nach Atem.

Er hatte sie für Geld verlassen. Ihre Freundschaft, ihre Liebe verraten für Geld.

Wie viel hatte ihr Vater wohl bezahlen müssen, um ihn loszuwerden?

»Hat es sich wenigstens gelohnt, mich zu verkaufen?«

»Ich würde meinen, du hast dich gewinnbringender verkauft, als du ein paar Wochen später den reichen, alten Mann geheiratet hast.«

»Ich habe mich *nicht* verkauft!«

»Oh, entschuldige. Vielleicht nennt man das in euren Kreisen anders. Da, wo ich herkomme, nennt man es Prostitution.«

Sie ballte die Fäuste und biss die Zähne zusammen. Wenn sie ein Mann wäre, könnte sie ihn für seine Unverschämtheit verprügeln, aber so blieb ihr nichts anderes übrig, als Haltung zu bewahren.

»Du hast keine Ahnung …«

»Dann erklär es mir. Warum hast du deine Meinung so plötzlich geändert? Hast du dich in Arthur Tanner verliebt? Es heißt, mächtige Männer übten eine unwiderstehliche Anziehungskraft auf Frauen aus. Und er war ja genau das, nicht nur reich, sondern eben auch sehr mächtig.«

Plötzlich wusste sie, wie sie ihn treffen konnte. Nicht mit Fäusten, aber mit Worten.

»Wenn du nicht zum armen weißen Pack gehörtest, könnte ich dir vielleicht erklären, dass es Dinge gibt, die mehr wert sind als Geld. Aber ich glaube nicht, dass du das verstehst.« Ohne auf eine Antwort zu warten, wandte sie sich zum Gehen.

An der Tür holte er sie ein. Er packte sie an den Schultern und riss sie so heftig herum, dass ihr Kopf in den Nacken flog. »Oh nein, du gehst nicht! Ich möchte doch zu gerne wissen, mit welchen edlen Taten der gute Mr. Tanner dein Herz gewonnen hat.«

Hinter dem Hohn in seinen Augen lauerte die blanke Wut. Doch sie fühlte keine Angst, nur eine tiefe Genugtuung, dass sie ihn ebenso sehr verletzen konnte, wie er sie.

Entschlossen richtete sie sich auf und sah ihm gerade in die Augen. »Es reichte, dass er da war und dass er mich liebte. Du hast es ja vorgezogen, zu verschwinden.«

»Das musste ich auch, nachdem dein werter Vater mir gedroht hatte.«

»Womit? Dir Geld zu geben?«

Er ließ die Hände von ihren Schultern gleiten, trat einen Schritt zurück und blickte sie prüfend an. »Ich glaube fast, du weißt es wirklich nicht.«

Allmählich nahm dieses Gespräch absurde Züge an, es warf mehr Fragen auf, als es beantwortete. »Was weiß ich nicht?«

»Vielleicht solltest du dich setzen.« Er wies auf einen Stuhl.

»Danke, ich stehe lieber.«

»Nun denn.« Er ließ sich auf seinen Stuhl fallen. »Drei Tage nach unserem Treffen rief mein Boss mich in sein Büro und erklärte mir, dass ich gefeuert sei. Einen Grund nannte er nicht, das überließ er deinem Vater, der draußen auf mich wartete.« Ein humorloses Grinsen huschte über sein Gesicht. »Um es kurz zu machen, er bot mir ein nettes Sümmchen, wenn ich aus der Stadt verschwände, und erklärte mir, dass mir keine Wahl bleibe. Ich hatte nicht nur meine Arbeit bei Gilchrist verloren, es würde mir auch sonst niemand mehr einen Job geben. Dafür hatte er gesorgt.«

Nun setzte sie sich doch. Sie glaubte ihm. Was er erzählte, passte zu ihrem Vater.

»Er hatte Baresi auf mich angesetzt, um sicherzugehen«, fuhr er fort. »Du erinnerst dich? Der Kerl, der in Billys Kneipe aufgetaucht ist. Ein Schläger.«

Sie erinnerte sich. Enzo Baresi, vor ihm waren sie davongelaufen. »Und dann?«

»Ich habe das Geld genommen und auf dem nächsten Schiff angeheuert, das auslief. Es war ein Küstenfischer, er fuhr nach Süden.«

»Und du bist nicht einmal auf die Idee gekommen, mir eine Nachricht zu hinterlassen?«

»Nein, warum? Wir hatten doch ausgemacht, dass wir uns erst einmal nicht sehen.«

Natürlich. Woher hätte er auch wissen sollen, dass sie ihn trotz ihrer Abmachung verzweifelt gesucht hatte.

Sarah barg das Gesicht in ihren Händen und schloss die Augen. Zehn Jahre! Zehn Jahre und ungezählte Nächte mit einem Mann, der viel zu alt für sie gewesen war, den sie nicht geliebt hatte. Ihr Vater hatte ganze Arbeit geleistet.

»Du bist nicht mehr nach San Francisco zurückgekehrt?«

Einen Augenblick lang zögerte er, dann beugte er sich vor und blickte sie eindringlich an. »Doch. Nach zwei Monaten lief mein Schiff wieder ein. Ich hatte einen anderen Namen angenommen, das schien mir sicherer zu sein, und ich dachte …« Seine Züge verhärteten sich. »Unwichtig! Es war der 15. November 1885, und alle Zeitungen berichteten über die Traumhochzeit des Jahres.«

Der Laut, der ihr entfuhr, klang nach einer Mischung aus Schluchzen und Lachen. Er war einen Tag nach ihrer Hochzeit zurückgekommen!

Tief atmend stand sie auf, ging ein paarmal auf und ab, wartete auf seine Frage.

Sein Blick folgte ihr, sie spürte es. Was sollte sie sagen? Die Wahrheit? Wenn es nur ihn und sie beträfe, würde ihr die Entscheidung leichter fallen.

Minuten vergingen. Er fragte nicht. Vielleicht ahnte er die Wahrheit, vielleicht interessierte es ihn schlicht nicht.

Schließlich wandte sie sich ihm wieder zu. »Was hast du dann getan?«

Er zuckte die Schultern. »In einer Kneipe in Oakland traf ich einen Mann, der vorher auf einem Robbenfänger gefahren war. Er erzählte mir, dass man bei der Jagd auf Robben schnell Geld verdient. Also heuerte ich als Nächstes auf einem Robbenschoner an. Die Jagd war sehr erfolgreich. Ich ging wieder zur Schule und machte meinen Abschluss. Danach habe ich mich irgendwie durchgeschlagen. Zwei Jahre später fuhr ich wieder nach Alaska zum Robbenfang. Ich hatte Blut geleckt. Robbenfang in der Beringsee war harte Arbeit und gefährlich, aber man konnte in fünf Monaten unglaublich viel Geld verdienen. Ich lernte schießen, gut schießen, und diese Fahrt machte ich als Jäger.«

Er lachte. »Eigentlich dachte ich damals noch daran, später zu studieren, aber dann stellte ich fest, dass ich mit der Jagd viel schneller zu Geld kam. Und so ergab eins das andere.«

»Hast du es nie bereut, dass du nicht zur Universität gegangen bist?«

Er fuhr sich in seiner typischen Geste über den Bart. »Inzwischen bereue ich es. Es gibt keine großen Robbenherden mehr. Die Jagd ist für Amerikaner verboten, und es wird nicht mehr allzu lange dauern, dann wird sie auch von Kanada aus verboten sein. Dann muss ich mir etwas anderes suchen.«

»Und du?«, wandte er sich nach einer kurzen Pause wieder an sie. »Du hast den Mann geheiratet, den deine Eltern dir ausgesucht haben, hast eine Tochter bekommen und den Traum, Ärztin zu werden, begraben.«

»So ungefähr«, versetzte sie.

»Na ja, immerhin bist du damit ganz gut gefahren.«

»Gut gefahren? Was weißt du denn schon. Kannst du dir vorstellen, was es für eine Achtzehnjährige bedeutet, ins Bett eines sechsundzwanzig Jahre älteren Mannes gelegt zu werden, den sie nicht liebt?«

»Warum hast du ihn dann geheiratet?«

So eine dumme Frage konnte wohl nur ein Mann stellen. Ahnte er wirklich nichts? »Was glaubst du wohl, warum?«

»Wegen seines Geldes natürlich.«

Kurz spielte sie mit dem Gedanken, ihm die Wahrheit zu sagen. Aber dann dachte sie an die Konsequenzen und verschob die Entscheidung auf später. »Und nun?«

»Was, und nun?«

Ja, was, dachte sie. Jetzt, da klar war, dass ein Missverständnis sie auseinandergebracht hatte, sollte da nicht irgendetwas passieren? Eine Versöhnung, eine Entschuldigung? Große

Gefühle. Eine Erklärung, dass er immer nur sie geliebt hatte, oder sie immer nur ihn.

Sie horchte in sich hinein, aber sie fühlte gar nichts. Keinen Zorn, keine Liebe, nur das tiefe Erstaunen darüber, wie ungerecht das Schicksal sein konnte.

16. KAPITEL

Sarah hörte das Rauschen des Windes, noch bevor sie richtig wach war. Dazu Stimmengewirr und Gelächter. Unwillig zog sie sich die Decke über den Kopf. Sie hatte schlecht geschlafen und noch schlechter geträumt. Von Joe, von ihrer Hochzeit, von Arthur. Die Begegnung mit Joe, der großen Liebe ihres Lebens, wühlte sie auf und machte ihr Angst, denn sie rührte an Dinge, die sie in ihrem Innersten verschlossen hatte.

In der Anfangszeit ihrer Ehe hatte sie gelitten. Sie konnte Arthurs Berührungen kaum ertragen, er ekelte sie an, und sie hasste ihn für jede Nacht, die er in ihr Zimmer kam. Dabei konnte man ihm keinen Vorwurf machen. Weder war er brutal, noch verlangte er Unmögliches von ihr. Im Gegenteil, er behandelte sie höflich, mit Zuvorkommenheit und sah ihr vieles nach. Sie nahm an, er wusste, dass sie ihn nicht aus Liebe geheiratet hatte, doch er war zu sehr Gentleman, um das Thema anzusprechen. Wenn er sich über die mangelnde Leidenschaft seiner jungen Frau wunderte, so verbarg er es gut.

Seine erste Ehe war kinderlos geblieben, und er wünschte sich sehnlichst einen Sohn. Als Anne auf die Welt kam, konnte er seine Enttäuschung kaum verbergen.

Für Sarah dagegen war ihre Tochter ein Wunder. Niemals hatte sie erwartet, dass sie ein Kind so zärtlich lieben würde. Sie liebte Anne so sehr, dass sie sogar deren Vater verzieh. Und sie wünschte sich weitere Kinder. Dafür ertrug sie auch die Nächte mit Arthur.

Ein Jahr nach Annes Geburt war sie wieder guter Hoffnung, doch im fünften Monat ihrer Schwangerschaft wurde sie nachts durch heftige Blutungen geweckt. Der herbeigeholte Arzt veranlasste, dass sie sofort in ein Krankenhaus gebracht wurde. Tagelang schwebte sie zwischen Leben und Tod. Sie wurde wieder gesund. Beinahe jedenfalls, denn sie würde keine weiteren Kinder haben.

Ein Gutes hatte die Sache, Arthur suchte ihr Schlafzimmer danach nur noch selten auf. Wo er seine Bedürfnisse befriedigte, wusste sie nicht, und es war ihr auch gleichgültig. Schwerer wog für sie, dass sie sich nutzlos fühlte, als Anne aus dem Babyalter herausgewachsen war. Sosehr sie ihre Tochter liebte, die Mutterrolle füllte sie nicht aus. Schließlich hatte sie wieder zu singen begonnen. Arthur, der seine schöne junge Frau gerne bei gesellschaftlichen Anlässen präsentierte, engagierte die beste Gesangslehrerin, die er finden konnte, für sie. Und Sarah legte all ihre Gefühle, ihre Leidenschaft in ihren Gesang. Nach außen war sie eine Dame der Gesellschaft, beherrscht und gelassen, aber wenn sie sang, war sie eine andere. Dann war sie mutig und leidenschaftlich. Bereit, für ihre Liebe zu kämpfen und zu sterben, wie Tosca und Julia, oder selbstlos darauf zu verzichten, wie Violetta.

Seufzend schlug sie die Decke zurück und stand auf. Während sie sich für ihren neuen Arbeitstag bereitmachte, dachte sie an Joe. Wie sollte sie ihm nun gegenübertreten? Sie wusste noch nicht einmal, wie sie ihn anreden sollte. Joe, John oder Mr. Brandon, wie bisher? Am besten war es wohl, wenn sie ihm den ersten Schritt überließ.

An Deck empfing sie eine freudig erregte Stimmung. Der Himmel war wie blank geputzt, der Wind stark und stetig. Gus strahlte sie vom Ruder aus an. Er deutete auf den Horizont, wohin sich die Wolken verzogen hatten. »Der Passat, endlich!«

Svensson balancierte auf dem Bugspriet und band den Außenklüver los. Knatternd entfaltete sich das Segel. Hale und Nielsen holten die Schoten dicht, das Segel blähte sich. Anschließend löste Svensson die Bändsel vom Innenklüver, und schließlich waren alle drei Vorsegel gesetzt.

Großsegel und Schonersegel waren wie vor zwei Tagen gegeneinander aufgestellt. Dieses Mal kontrollierte Brandon alles persönlich. Er wirkte ausgesprochen zufrieden.

Selbst Mullins schien besser gelaunt. Nicht, dass er sie gerade anlächelte, als sie die Kombüse betrat, aber sein Gesichtsausdruck war weniger griesgrämig als üblich, und auch sein Rheuma schien ihm weniger zu schaffen zu machen, denn er bewegte sich flinker als sonst. Willy hatte bereits den Tisch in der Kajüte gedeckt, und so brühte sie nur noch den Kaffee auf und stieg mit der großen Kanne hinunter in die Messe.

Dort hatten sich mittlerweile der Kapitän und die Jäger versammelt. »Guten Morgen, Mrs. Tanner«, begrüßte Brandon sie förmlich. Ein flüchtiges Lächeln huschte über sein Gesicht, als sich ihre Blicke begegneten.

Sarah atmete durch und nickte ihm zu. »Guten Morgen, Kapitän Brandon.« Keine Vertraulichkeiten zwischen ihnen. Im Grunde war sie erleichtert. Es verschaffte ihr Zeit, sich über ihre Gefühle klarzuwerden.

Von den Männern schien nur Jim die veränderte Stimmung zwischen ihnen wahrzunehmen. Er hatte bei Brandons förmlicher Begrüßung aufgesehen, jetzt musterte er erst sie, dann Brandon, bevor er sich wieder seinem Frühstück zuwandte.

Nicht zum ersten Mal hatte Sarah das Gefühl, dass er eine

besondere Rolle unter den Jägern spielte. Die Art, wie er mit Brandon sprach, ließ sie vermuten, dass die beiden sich seit langem kannten. Sein Ton war nicht respektlos, das nicht, aber er sagte deutlich seine Meinung, auch wenn sie von Brandons abwich, und oft hatte sie das Gefühl, dass die beiden Männer sich wortlos verständigten, so wie gerade eben.

Nach dem Mittagessen überließ sie die Kombüse Mullins und Willy und ging an Deck. Die Victory rauschte mit dem Wind und den Wellen dahin. Sarah legte den Kopf in den Nacken und sah hinauf zu den Segeln. Es war ein erhebendes Gefühl, fast als flöge sie.

»Wunderschön, nicht wahr?« Svensson hatte sich zu ihr gesellt, Begeisterung erhellte seinen Blick. »Das ist der leichteste Teil der Reise. Keine Wendemanöver, keine Segel umlegen, wir fahren einfach mit dem Wind.«

»Wir sind ziemlich schnell, oder?«

Er lachte. »Ja. Aber sie kann noch schneller sein. Matthew Turner hat sie gebaut, und er baut die besten und schnellsten Schiffe.«

Er war ungewöhnlich redselig, sprach von der Victory wie andere Männer von einer schönen Frau. Seine Augen leuchteten, er gestikulierte, zeigte mit den Händen die Form ihres Rumpfes, beschrieb ihren Kiel und wie viele Segel sie trug. »Unter einem guten Skipper wie Brandon erreicht sie bestimmt ihre vierzehn, fünfzehn Knoten.«

Es war das erste Mal, dass sie etwas Gutes über Brandon hörte. Die Matrosen hatten großen Respekt vor ihm, Gus hatte sie am Anfang gewarnt, vorsichtig zu sein, aber in Svenssons Augen stand nicht nur Respekt, sondern auch Bewunderung.

»Brandon ist ein guter Skipper?«, fragte sie, ein wenig zu eifrig.

»Das ist er«, entgegnete Svensson. »Sie hätten ihn in dem Sturm erleben müssen. Er kennt die See, er kennt sein Schiff, und es ist großartig, mit ihm zu segeln.«

Sie folgte seinem Blick nach achtern, wo Brandon stand und sich mit Jim unterhielt. Sie freute sich über Svenssons Lob, als gälte es ihr. Es war ihr keineswegs gleichgültig, was aus dem Mann geworden war, den sie geliebt hatte.

Die Tage vergingen und mit jedem Tag wurde es wärmer. Sarah trug nur noch leichte Leinenhosen und ein gestreiftes Hemd. Für eine Frau ihrer Gesellschaftsschicht ein geradezu skandalöser Aufzug, aber nur so ließ sich die Hitze ertragen. Nicht nur ihre Kleidung, auch ihr Aussehen würden zu Hause wohl für einen Skandal sorgen. Die vornehme Blässe ihrer Haut war einem warmen Bronzeton gewichen. Zum Glück sorgte das Olivenöl, mit dem sie sich das Gesicht einrieb, dafür, dass ihre Haut trotzdem weich blieb. Bei ihren Händen nützte es allerdings nicht viel. Man sah ihnen die Arbeit in der Küche deutlich an. Ihre Fingernägel waren abgebrochen, die Nagelhaut eingerissen und entzündet, und sie hatte mehrere Brandblasen vom Hantieren am Herd bei Seegang. Es würde eine Zeitlang dauern, bis ihre Hände wieder präsentabel waren.

Eines Abends wurde Sarah von lautem Gelächter aus der Kombüse gelockt. An Deck bot sich ihr ein überraschendes Bild. An der Reling stand Alex Fuller und goss Nielsen einen Eimer Wasser über den Kopf. Er trug nichts weiter als eine Unterhose. Auf seinem Rücken zeichneten sich die Muskelstränge ab. Nielsen lachte, entwand ihm die Pütz und schöpfte neues Wasser. Alex drehte sich um, und Nielsen leerte den Eimer über seinem Rücken aus. Zwei Rinnsale liefen Alex über die Brust und verloren sich in dunklen gekräuselten

Haaren. Nielsens Brust dagegen war unbehaart, seine Haut glänzte wie geölt. Sie spielten, übermütig wie Kinder.

Ein Stück weiter saß Reilly auf einer Kiste und zog sein Hemd aus. Gus stapfte triefend nass die Treppe der Poop herab und schüttelte sich wie ein Hund. Wie sie vermutet hatte, erstreckten sich die Tätowierungen auch auf seine Brust, und auf einer Wade entdeckte sie das Bild eines Hahns. Brady und Hale kamen vorbei, der eine stämmig, mit breiten Schultern und kräftigen Oberarmen, der andere drahtig und zäh.

Noch niemals hatte sie so viele halbnackte Männer zu Gesicht bekommen. Sie wusste, sie sollte peinlich berührt sein und sich in die Kombüse zurückziehen, aber sie konnte sich nicht losreißen. Trotz aller Ungehörigkeit boten die Männer einen prachtvollen Anblick.

Sie entdeckte Svensson in den Wanten. Er kletterte nach oben zum Großmast. Wie schnell und geschickt er sich bewegte. Ganz anders als an Deck. Er schien förmlich hinaufzufliegen. Fasziniert beobachtete sie das Spiel seiner Muskeln unter der hellen Haut. Er schwang sich auf die Saling und sah hinunter. Schnell wandte sie sich ab. Hoffentlich hatte er nicht gemerkt, wie sie ihn anstarrte.

In ihrer unmittelbaren Nähe stand Andersen. Auch er sah hinauf zu Svensson. Sein Gesichtsausdruck erschreckte sie. Neid und Hass standen darin und noch etwas anderes, etwas, das sie nicht deuten konnte. Er schien ihren Blick zu spüren, denn er wandte den Kopf und fixierte sie einen Augenblick lang, bevor er sich umdrehte und zur Poop ging.

Sie mochte ihn nicht, und das nicht nur, weil er sich an ihrem ersten Arbeitstag über sie lustig gemacht hatte. Er hatte etwas an sich, das sie abstieß. Dabei war er nicht hässlich, eigentlich sah er recht durchschnittlich aus. Sein Haar hatte einen hellen Braunton, seine Augen waren blassblau. Aber sein Gesicht wirkte seltsam starr, beinahe wie eingefroren. Sie fand ihn unheimlich.

Viel Arbeit gab es für die Besatzung jetzt nicht. Das Schiff segelte im Passat fast von allein, und so wurde das Deck geschrubbt, und man brachte die Fangboote auf Vordermann. In ihrer Freizeit saßen die Männer an Deck und flickten ihre Kleider. Sarah war überrascht, wie geschickt sie waren. Nähen galt in ihren Kreisen als Frauensache, und sie hatte noch keinen Mann kennengelernt, der sich zu solch ›niederen Frauenarbeiten‹ herabgelassen hätte. Hier jedoch gab es keine Frauen, die den Männern diese Arbeit abnahmen, also taten sie sie selbst. Und sie schienen nicht der Meinung zu sein, dass es ihrer Männlichkeit Abbruch tat. Sarah selbst hatte weder das Geschick noch die Geduld dafür, und so bewunderte sie die Seeleute nur umso mehr.

Ein paar Tage später sprach sie mit Brandon darüber. Er hatte sich zu ihr gesellt, als sie abends an der Bugreling stand und fasziniert den Delfinen zusah, die sich ein Wettrennen mit der Victory zu liefern schienen.

»Du bist demnach nicht der Meinung, dass ein ›richtiger Mann‹ so etwas nicht tut?«, wollte er wissen, als sie ihre Verwunderung über die Nähkünste der Matrosen äußerte.

Mittlerweile hatten sie zu einem gewissen Vertrauensverhältnis zurückgefunden und duzten sich, wenn sie allein waren. Zwar spöttelte er hin und wieder immer noch über sie und machte sich mit Vorliebe über ihren gesellschaftlichen Hintergrund lustig, aber oft genug sah sie hinter seinem Spott etwas wie widerwilligen Respekt aufblitzen.

»Wenn mich jemand das letzten Monat gefragt hätte, wäre meine Antwort eine andere gewesen. Aber jetzt?« Sie drehte sich zu ihm um und lehnte sich an die Reling. »Hier gelten völlig andere Werte. Allerdings bin ich ziemlich sicher, dass auch diese Männer zu Hause solche Arbeiten wieder ihren Frauen überlassen.«

Er lachte. »Von zwanzig Mann an Bord sind vielleicht drei oder vier verheiratet. Und ist es nicht das, was du auch tust – bestimmte Tätigkeiten anderen überlassen? Oder flickst du deine Sachen etwa selbst? Nähst du deine Kleider, putzt und kochst du?«

»Nein, aber ich bezahle die Leute, die das für mich tun.«

»Und? Bezahlt ein Ehemann etwa nicht für seine Frau? Er sorgt für ihren Lebensunterhalt, dafür führt sie ihm den Haushalt.«

»Aber doch nur, weil wir Frauen nicht die Möglichkeit haben, für uns selbst zu sorgen. Wenn wir eine Ausbildung hätten, wenn wir an die Universitäten dürften, wenn wir alle die Möglichkeit hätten, auf eigenen Füßen zu stehen, einen Beruf auszuüben …«

Er unterbrach sie. »Einen Beruf ausüben! Weißt du überhaupt, wovon du redest? Meine Mutter hat ihr Leben lang gearbeitet, obwohl sie verheiratet war. Wer sind denn die Frauen, die für dich putzen, kochen und nähen? Glaubst du wirklich, die tun das, weil sie ›auf eigenen Füßen stehen‹ wollen? Nein, sie tun es, um zu überleben. Weil sie nicht das Glück hatten, einen reichen Vater zu haben oder einen reichen Ehemann. Erinnerst du dich an die Arbeiterinnen in den Konservenfabriken in Frisco? Diese Frauen müssen arbeiten, weil der Verdienst ihrer Männer nicht ausreicht. Die gibt es überall, in den Baumwollspinnereien im Süden, in den Fischerdörfern, auf den Feldern. Auf eigenen Füßen stehen! Nein, es geht ums Überleben!«

Sarah war sprachlos. Irgendwie hatte er es geschafft, die Diskussion in eine völlig andere Richtung zu lenken.

»Ich bezweifle ja gar nicht, dass es viel Elend gibt. Aber das hat doch nichts damit zu tun, dass Frauen den gleichen

Zugang zu Bildung haben sollten wie Männer«, sagte sie schließlich.

Er tat ihren Einspruch mit einer Handbewegung ab. »Das sind doch Luxusprobleme. Nimm dich selbst als Beispiel. Du lebst nicht schlecht vom Vermögen deines Mannes.«

»Immerhin verdiene ich mein Geld inzwischen selbst.«

»Du willst das Gesinge doch nicht im Ernst als Arbeit bezeichnen«, höhnte er.

»Doch, das will ich durchaus. Immerhin habe ich eine lange Ausbildung gemacht.«

»Die dein Mann finanziert hat. Die Frau eines Hafenarbeiters kann sich keinen Gesangsunterricht leisten.«

»Was hat das damit zu tun?«

»Wie ich vorhin schon sagte. Es ist Luxus. Eine Beschäftigung für die verwöhnte Gattin eines reichen Mannes. Zur Unterhaltung von anderen reichen Leuten.«

Sie kam nicht gegen ihn an. Egal, welche Argumente sie anführte, er drehte ihr die Worte im Mund herum.

Zornig zuckte sie die Schultern. »Wenn für dich Kunst und Musik überflüssiger Firlefanz sind, brauchen wir nicht weiterzudiskutieren.«

Es bereitete ihr eine gewisse Genugtuung, ihn stehen zu lassen.

Sie war viel zu aufgewühlt, um wieder in ihre Kajüte zu gehen, und so schlenderte sie nach vorne. Die Sonne war inzwischen untergegangen, aber dunkel war es nicht. Der Vollmond tauchte die Victory in silbriges Licht. Es war immer noch sehr warm, und so hielten sich fast alle an Deck auf. Ernst Klausen stand lässig am Ruder, Mullins lehnte über dem unteren Teil der Kombüsentür, rauchte und schwätzte mit Hale, während der Rest der Männer in Grüppchen herumlungerte und sich unterhielt.

Von mittschiffs erklang eine Mundharmonika. Alex stand mit Nielsen, Reilly und Svensson zusammen am Fockmast und spielte. Willy drückte sich in der Nähe herum.

Brady kam aus dem Logis, in den Händen eine Konzertina, unter dem Arm eine Geige. Die Geige gab er Reilly, und dann machten sie zu dritt Musik. Die Melodien wurden schmissiger, fröhlicher. Nielsen begann zu singen.

Sarah hielt den Atem an. Er hatte eine erstaunliche Stimme, einen volltönenden, reinen Tenor. Langsam näherte sie sich der Gruppe, auf Nielsen lauschend. Was für ein Sänger! Mit der entsprechenden Ausbildung könnte er es mit jedem Tenor der Grand Opera aufnehmen. Beim Refrain fielen die anderen ein. Fuller lachte Sarah an, bevor er die Mundharmonika wieder an die Lippen setzte und weiterspielte. Froh, dass die Männer sich von ihr nicht stören ließen, gesellte sie sich dazu.

Nielsen sang ein Lied über die Mädchen in Rotterdam, danach stimmte Brady einen Gassenhauer an. Zwar war Nielsens Stimme bei weitem die beste, aber singen konnten sie alle, und es war eine Freude, ihnen zuzuhören. Sie sangen Lieder von zu Hause, von der Sehnsucht nach der Liebsten und vom Meer. Schließlich forderte Nielsen sie auf, mitzusingen.

Sarah schluckte. »Ich kenne doch die Lieder gar nicht«, versuchte sie, sich herauszureden.

Er lachte: »Ich wette, ›La Paloma‹ kennen Sie.«

»Wer kennt das nicht!«

Das hätte sie besser nicht gesagt, jetzt hatte sie keine Ausrede mehr.

Nielsen strahlte sie an. »Na dann.«

Er gab Brady einen Wink, und der spielte die ersten Takte. Nielsen begann zu singen, und Sarah fiel ein. Erst zögernd und leise, aber bald sang sie lauter, damit man sie neben Nielsens prachtvoller Stimme überhaupt hörte.

Als der letzte Ton verklungen war, klatschten die Männer

Beifall. Nielsen verbeugte sich begeistert vor ihr. »Sie haben eine schöne Stimme, Ma'am.«

»Und Sie, Mr. Nielsen, haben eine ganz außergewöhnliche Stimme«, gab sie zurück.

Er zuckte die Schultern. »Ja, ganz nett.«

Sie lachte. »Sie sind zu bescheiden.«

Es hatte sich gut angefühlt, zu singen. Es war zwar nur ein Lied und keine Opernarie gewesen, aber wenn sie so etwas singen konnte, warum sollte sie es nicht mit einer Arie probieren? Sich einsingen und mit einem einfacheren Stück anfangen.

Schon bei diesen Gedanken wurde ihre Kehle eng, und sie verkrampfte sich. Was, wenn sie es nicht konnte, wenn sie wieder scheiterte? Wie viele Versuche hatte sie noch, bevor sie endgültig den Mut verlor? Ihre Lehrerin hatte recht gehabt, es war eine Kopfsache. Ihre Stimmbänder waren in Ordnung, es war die Angst vor dem Versagen, die sie lähmte. Gerade eben, vor den Männern, hatte sie diese Angst nicht gehabt. Aber es war ja auch kein Wagnis gewesen. Was zählte schon die Meinung einiger Seeleute? Doch auf der Bühne, vor zahlendem Publikum? Wenn sie es dort nicht schaffte, wäre ihre Karriere zu Ende.

Die Männer stimmten ein neues Lied an. Dieses Mal sang Alex, irgendetwas von einer Matilda. Sarah hörte nur noch mit einem Ohr hin.

Sie gebe zu schnell auf, hatte Brandon ihr an ihrem ersten Arbeitstag auf dem Schiff gesagt. War das so?

Was wäre wohl aus ihr geworden, wenn sie es damals gewagt hätte, ihren Eltern zu trotzen, sich geweigert hätte, Arthur zu heiraten?

Nein, in Anbetracht der Umstände war ihr keine Wahl geblieben.

Und später, nach Arthurs Tod?

Ihr Bruder hatte ihr zugeredet, sich noch an der Universität einzuschreiben. Ihren Traum zu verwirklichen und Medizin zu studieren.

Doch sie hatte es nicht getan. Es sei zu spät, war ihre Begründung gewesen. Immerhin war sie schon achtundzwanzig, und sie musste sich um Anne kümmern. Aber in Wirklichkeit hatte sie einfach nicht den Mut besessen, neu anzufangen. So hatte sie sich treiben lassen, weiterhin Gesangsunterricht genommen, weil das Singen sie glücklich machte und auch in ihren Kreisen akzeptiert worden war. Dass ihr Talent für Musik und ihre Stimme entdeckt worden waren, verdankte sie ihrer Lehrerin, die sie mit den richtigen Leuten bekanntgemacht hatte.

Die künstlerische Laufbahn einzuschlagen war die einzige wirkliche Entscheidung, die sie für ihr Leben getroffen hatte, abgesehen von ihrem kurzen ›Ausbruch‹ mit achtzehn Jahren.

Ein Risiko war sie damit allerdings nicht eingegangen. Im Gegensatz zu den meisten Künstlern am Grand Opera House war sie nicht darauf angewiesen, sich ihren Lebensunterhalt zu verdienen. Das ließen die Kollegen sie auch spüren. Für sie sei das Singen doch nur ein Hobby, sie betreibe es nicht ernsthaft, hatte die Altistin ihr einmal vorgeworfen. Für ihre Bekannten und Verwandten wiederum war die Tatsache, dass sie öffentlich auftrat, immer noch unschicklich, auch wenn sie es widerwillig hinnahmen. Im Grunde gehörte sie nirgendwo wirklich dazu.

»So trübe Gedanken?«, riss Alex sie aus ihren Grübeleien. »Jungs, spielt mal was Fröhliches!«

Brady und Reilly spielten eine Hornpipe. Nielsen und Svensson stellten sich nebeneinander und begannen zu tanzen. Sarah staunte. Sie hatte nur einmal Männer so tanzen sehen: als sie mit Joe beim Butchers' Day im Shellmound

Park gewesen war. Damals waren es Iren gewesen, die mit den Füßen den Tanzboden zum Beben gebracht hatten. Reillys Bogen flog über die Fidel. Alex gesellte sich zu Svensson und Nielsen, zu dritt steppten sie jetzt, stampften und sprangen, immer schneller und schneller, versuchten einander an Tempo und Geschicklichkeit zu übertreffen.

Als Reilly die Fidel absetzte, klopften sich die Männer lachend auf die Schultern. Reilly übergab das Instrument an Hughes und sprang auf eine Kiste. Das Holz dröhnte unter seinen stampfenden Füßen. Svensson und Nielsen klatschten den Takt. Sarah wippte auf den Fersen, fast ebenso atemlos wie die Tänzer.

Nach einer kurzen Pause begann Hughes das nächste Stück zu spielen, und Brady fiel ein. Alex Fuller kam zu ihr herüber. »Kommen Sie.« Ohne auf ihre Antwort zu warten, packte er sie um die Taille und wirbelte sie herum. Sie lachte kurz auf, er hatte sie überrumpelt. Aber dann legten sich ihre Hände wie von selbst auf seine Schultern. Er war ein guter Tänzer, und sie fand sich schnell in den ungewohnten Rhythmus, wenn dieses wilde Gehopse auch nichts mit den Gesellschaftstänzen gemein hatte, die sie kannte. Es war am ehesten noch mit einer Polka vergleichbar.

Über Fullers Schulter erhaschte sie einen Blick auf Svensson, der sie verblüfft anstarrte, dann wirbelte Alex sie weiter. Als das Stück zu Ende war und er sie schließlich losließ, schienen sich das Schiff und der Himmel um sie zu drehen. Nach Luft schnappend, hielt sie sich an den Wanten fest.

Hughes lachte und hob die Fidel – um sie sofort wieder sinken zu lassen.

Er starrte auf etwas hinter ihr.

Sie wandte den Kopf. Brandon stand dort. Sein Gesicht war unbewegt, trotzdem fühlte sie sich plötzlich unbehaglich. »Fuller, es ist Zeit, Klausen am Ruder abzulösen.«

Überrascht sah Sarah ihn an. Sie hatte die Schiffsglocke nicht schlagen hören.

»Aber ...«, setzte Fuller an, dann schluckte er. »Aye, Sir.« Er steckte die Mundharmonika in seine Hosentasche und ging nach achtern.

Brandon blieb stehen, ohne ein Wort zu sagen.

Reilly trat von einem Fuß auf den anderen. »Tja, ich glaube, ich hau mich dann mal in die Koje.« Er drehte sich um und war im Nu im Logis verschwunden.

»Warte, ich komme mit!« Hughes rannte beinahe hinter Reilly her.

Brady blickte sich sichtlich nervös um, murmelte etwas Unverständliches und machte, dass er wegkam.

Svensson biss sich auf die Unterlippe. Sarah konnte nicht erkennen, ob aus Verlegenheit oder weil er sich über den plötzlichen Abgang der anderen amüsierte. Er nickte ihr zu. »Guten Abend noch, Ma'am. Sir«, fügte er an Brandon gewandt hinzu, bevor er ebenfalls ging.

Innerhalb von zwei Minuten hatte sich die eben noch so fröhliche Runde aufgelöst. Besser gesagt, Brandon hatte sie aufgelöst. Sie begriff nicht, warum. Weil sie mit Alex Fuller getanzt hatte? Das war völlig harmlos gewesen, bei einem Walzer kam sie ihrem Tanzpartner viel näher. Außerdem war der Australier mindestens zehn Jahre jünger als sie; die Vorstellung, er könne ihr zu nahe treten wollen, war lachhaft.

Sie wollte Brandon gerade fragen, da tippte er an seine Mütze. »Gute Nacht, Ma'am.«

Sarah sah ihm nach, als er ging. Bei jedem anderen Mann hätte sie Eifersucht vermutet, aber bei ihm? Bisher hatte er ihr keinen Anlass gegeben, zu glauben, sie sei etwas anderes als eine Last für ihn. Wahrscheinlich hatte er sich nur dafür revanchieren wollen, dass sie ihn vorher hatte stehenlassen.

17. KAPITEL

Einen Tag später, Sarah war gerade dabei, die Küchenabfälle über Bord zu werfen, entdeckte sie einen Schwarm Fische, der dicht unter der Meeresoberfläche dahinschoss.

Plötzlich sprangen einige von ihnen aus dem Wasser, flogen ein Stück über die Oberfläche und tauchten wieder ein. Fasziniert sah sie ihnen zu.

Brandon kam zu ihr an die Reling und warf einen kurzen Blick aufs Meer. »Fliegende Fische! Irgendetwas jagt sie da unten.«

»Das sind fliegende Fische?!« Sie hatte davon gehört, sich die Tiere aber nie vorstellen können. Sie konnte sich nicht sattsehen. Manche flogen eine erstaunlich lange Strecke, bevor sie wieder untertauchten.

Wenig später erschien Svensson in der Kombüse. »Wir haben ein bisschen gefischt«, erklärte er, stellte einen Korb mit zappelnden Fischen neben der Spüle ab und wandte sich zum Gehen.

Mullins warf einen Blick auf den Korb, einen weiteren auf Sarahs Gesicht und prustete los.

Sie starrte auf die schillernden Schönheiten, die sie eben noch im Meer bewundert hatte. Ihr blutete das Herz. »Die leben noch …«

Svensson drehte sich um. »Ja«, erwiderte er gedehnt.

Mullins schlug sich an die Stirn. »Klar leben die noch. Hauen Sie denen auf den Kopf. Dann sind 'se tot.«

»Das kann ich nicht!«

»Ach! Haben Sie nicht kürzlich gesagt, Sie wollen mal Fisch essen?« Kopfschüttelnd wandte er sich ab.

Das stimmte zwar, doch sie hatte nicht erwartet, dass sie die Fische selbst schlachten müsste. Sie zog die Schultern hoch und warf Svensson einen hilfesuchenden Blick zu.

Er zögerte kurz, dann kehrte er um, griff nach einem schweren Holzlöffel, packte einen Fisch nach dem anderen und schlug ihm mit einem kurzen, kräftigen Schlag auf den Kopf.

Sarah musste sich beherrschen, um nicht bei jedem Schlag zusammenzuzucken. Zögernd griff sie nach einem der Tiere. Sie hatte noch nie einen Fisch ausgenommen.

Svensson stand neben ihr und beobachtete sie, wie sie den Fisch am Schwanz in die Höhe hielt und ihn ratlos hin und her drehte.

»Das is 'ne Lady«, sagte Mullins feixend. »Die hat keine Ahnung, wie man Fische ausnimmt.«

Sarah presste die Lippen zusammen.

In Svenssons Augen funkelte gutmütiger Spott, aber das Lächeln auf seinen Lippen hatte etwas Zärtliches. Er nahm ein Messer mit dünner Klinge, griff nach einem Fisch, schlitzte ihm mit einer schnellen Handbewegung den Bauch auf und holte die Innereien heraus. Danach hielt er ihr das Messer hin. »Jetzt Sie.«

Sarah runzelte die Stirn. Eigentlich hatte sie gehofft, er werde alle Fische für sie ausnehmen. Einen Moment zögerte sie, dann packte sie entschlossen zu und versuchte es. Die schuppige Haut war jedoch härter als erwartet, und das Messer rutschte ab. Erst beim dritten Versuch schaffte sie es, der Fisch war danach übel zugerichtet. Einen kaum hörbaren Seufzer ausstoßend, warf Svensson ihn in den Müll. Verwirrt schaute sie zu ihm auf. »So schlimm sah er doch gar nicht aus?«

Er zuckte die Schultern. »Das nicht, aber Sie haben die Gallenblase erwischt.«

Sie nickte resigniert. Damit war der Fisch ungenießbar.

»Es tut mir leid«, sagte sie leise.

Wieder dieses Lächeln, spöttisch und ein bisschen zärtlich zugleich. Er griff nach dem nächsten Fisch und zeigte ihr, dieses Mal langsam, wie sie das Messer ansetzen müsse.

Sarah schaffte es beim zweiten Anlauf. Ihr Fisch war zwar nicht so sauber ausgenommen wie der von Svensson, aber durchaus essbar.

Die Zungenspitze ein klein wenig zwischen die Lippen geschoben, machte sie sich daran, den nächsten Fisch aufzuschneiden. Als sie fertig war, warf sie Svensson einen triumphierenden Blick zu.

Mullins hielt sich den Bauch vor Lachen, doch Svensson nickte ihr anerkennend zu, bevor er die Kombüse verließ.

Sarah beschloss, die Fische in Butter zu braten. Die hatte sich in der Hitze verflüssigt und taugte zu nichts anderem mehr.

Im Vorratsraum suchte sie nach Zwiebeln und Kartoffeln, die noch nicht ausgetrieben hatten. Viel fand sie nicht, die Hitze hatte fast alles verdorben. Das Mehl wimmelte von Käfern, der Käse stank erbärmlich und beherbergte eine äußerst lebendige Fauna. Auch das Brot wies eine Vielfalt an Schimmel auf, wie Sarah sie noch nie zuvor gesehen hatte. Genießbar waren nur noch die getrockneten Hülsenfrüchte und das Dörrfleisch. Es wurde höchste Zeit, dass sie diese Bonin-Inseln erreichten und frische Vorräte an Bord nahmen.

Sie selbst hatte keinen Appetit auf Fisch, und so zog sie sich mittags in ihre Kabine zurück und legte sich in die Koje. Aber es hielt sie nicht lange dort. Die Luft war stickig, das Geschaukel der Victory zerrte an ihren Nerven.

Nach einer halben Stunde trieb die Unruhe sie nach draußen. Die Freiwache schlief, es waren nur wenige Matrosen an Deck. Mittschiffs hockten die Jäger, putzten ihre Flinten und unterhielten sich über die bevorstehende Jagd. Andersen saß dabei und polierte ebenfalls sein Gewehr. Sie entdeckte Svensson am Ruder und ging zu ihm.

»Danke für Ihre Hilfe heute Morgen«, sprach sie ihn an. »Haben die Fische geschmeckt?«

Er nickte und lächelte auf seine typische, etwas scheue Art, die sie schon bei ihrer ersten Begegnung gefesselt hatte. Ob er wohl ahnte, wie liebenswert dieses Lächeln war? Er blickte wieder auf den Kompass, und Sarah nützte die Gelegenheit, um ihn unauffällig zu mustern.

Sein Profil gefiel ihr ausgesprochen gut. Seine lange, gerade Nase, die hohen Wangenknochen, sein markantes, festes Kinn. Selbst wenn er ernst war, zeigten seine Mundwinkel einen leichten Aufwärtsschwung. Dass er sich seiner Attraktivität nicht bewusst zu sein schien, verstärkte diese noch.

Ein großer Schatten, der über das Deck glitt, lenkte sie von ihren Betrachtungen ab. Überrascht hob sie den Kopf. Über den Masten kreiste der größte Vogel, den sie je gesehen hatte. Seine Flügelspannweite übertraf sogar noch die der Seeadler, die sie zu Hause ab und zu beobachtet hatte. Er flog einen eleganten Bogen, schwebte tiefer, bis seine Flügelspitzen fast die Meeresoberfläche berührten, und stieg wieder in die Lüfte, ohne einen einzigen Flügelschlag. Die Männer an Deck hoben die Köpfe und starrten ihm hinterher.

»So eine riesige Möwe habe ich noch nie gesehen«, hörte sie Willy sagen. Er stand neben Svensson. Sarah lächelte. Seit dem Vorfall mit der Halse sah sie Willy oft in der Gesellschaft des Schweden.

»Keine Möwe, ein Albatros«, verbesserte Svensson. »Er muss sich verirrt haben. Vielleicht ist er in einen Sturm geraten. Sonst sieht man sie nur weiter südlich. Ist er nicht großartig? Sie sind die besten Segler, die es gibt. Können tagelang fliegen.« Begeisterung klang aus seiner Stimme.

»Ein Albatros!«, schrie Reilly und verrenkte sich den Hals. »Kommt, wir fangen ihn!«

»Kann man die essen?«, fragte Willy.

»Man kann, aber das Fleisch schmeckt tranig.« Svensson drehte sich zu Reilly um. »Lass ihn fliegen.«

»Abergläubisch, Svensson?«, spottete Reilly.

Svensson ging nicht darauf ein, sondern sah dem Albatros nach. Der flog ein Stück voraus, dann kehrte er um und umkreiste erneut das Schiff.

»Sieht aus, als würde er Gesellschaft suchen«, sagte Sarah.

»Nein. Albatrosse fliegen allein. Sie treffen ihren Partner nur alle zwei Jahre.«

»Ihren Partner? Ich dachte, Vögel suchen sich jedes Jahr einen neuen Partner.«

»Albatrosse nicht. Sie binden sich für ihr ganzes Leben.« In seinem Ton schwang etwas, das sie nicht einordnen konnte. Bewunderung? Sehnsucht?

»Und wie finden sie sich nach zwei Jahren wieder?«

»Sie treffen sich auf der Insel, auf der sie geschlüpft sind.«

»Das ist erstaunlich. Woher wissen sie, wann sie dorthin müssen?«

»Ich weiß es nicht. Vielleicht treibt die Sehnsucht sie dorthin, wenn sie zu lange allein sind.«

Plötzlich zerriss ein trockener Knall die Luft.

Sarah fuhr zusammen.

Auf der Brust des Vogels erschien ein roter Fleck. Er flog noch einen Moment weiter, dann trudelte er und klatschte neben der Victory aufs Wasser. Die Jäger klatschten Beifall.

»Guter Schuss, Mr. Andersen!«, rief einer.

Reilly lief mit einem Haken in der Hand zur Reling und zog den Albatros an Bord.

Erschüttert sah Sarah auf das tote Tier. Sein Kopf lag nach hinten verdreht, der Schnabel war leicht geöffnet, die herrlichen Flügel neben dem Körper gefaltet.

Unwillkürlich schaute sie hinüber zu Svensson. Sein Blick wanderte zwischen Andersen und dem Albatros hin und her, Abscheu und Wut zeigten sich in seinem Gesicht. Er bekreuzigte sich und packte dann das Ruder so fest, dass seine Knöchel weiß hervortraten.

Willy bückte sich und breitete die Flügel des Vogels aus. »Mann, ist der riesig! Das sind bestimmt drei Meter.«

»Bring ihn runter zu Mullins«, wies Andersen den Schiffsjungen an. »Heute Abend gibt's mal was anderes als Pökelfleisch.« Er lachte.

Sie mochte diesen Kerl immer weniger. Wenn er Albatrosfleisch essen wollte, würde Mullins es zubereiten müssen. Sie würde den Vogel nicht anrühren.

Und was war das für ein Aberglaube, von dem Reilly gesprochen hatte?

Zurück in der Kombüse, fragte sie Mullins danach.

Er spuckte aus. »Die Kap Hoorniers glauben, dass in Albatrossen die Seelen verstorbener Seeleute leben. Keiner würde jemals einen Albatros töten. Schon gar nicht jemand, der als Toppsgast gefahren ist, wie Svensson.« Angewidert verzog er das Gesicht. »Zum Teufel mit Andersen.« Er strich leicht über das Gefieder. »Willy, geh und sag unserem Steuermann, dass der Vogel leider zu alt und zu zäh zum Essen ist.«

Der Schiffsjunge öffnete den Mund, aber angesichts Mullins grimmiger Miene schloss er ihn wieder, nickte nur und verdrückte sich.

Den ganzen Nachmittag über ging Sarah der Albatros nicht aus dem Sinn. Immer wieder dachte sie daran, was Svensson ihr erzählt hatte. Dass auf einer Insel am anderen Ende der Welt sein Partner auf ihn wartete. Die Sinnlosigkeit von Andersens Tat machte sie wütend.

Unruhig wanderte sie an Deck umher und ertappte sich dabei, Ausschau nach Svensson zu halten. Schließlich entdeckte sie ihn hoch oben auf der Saling des Großmastes. Er saß völlig regungslos da und starrte hinaus aufs Meer.

Nach dem Mittagessen hatte sie Gus gefragt, was ein Toppsgast sei.

»Wie kommen Sie denn darauf?«, war seine Gegenfrage gewesen. Sie erzählte ihm von Mullins Bemerkung über Svensson.

Gus hatte genickt. »Toppsgast also. Jetzt wird mir einiges klar.«

»Was denn?«

»Toppsgasten werden nur die erfahrensten unter den Matrosen. Man nennt sie auch die ›Könige der Masten‹. Auf den großen Seglern kümmern sie sich um die Sicherheit von Tauwerk, Wanten und Segeln. Sie leben praktisch auf ›ihrem‹ Mast, sind immer schön weit weg von dem Alten oder dem Steuermann. Sie müssen kein Deck schrubben, keine Malerarbeiten erledigen, nur Wache schieben.«

Wieder schaute Sarah hinauf zum Großmast. Kein Wunder, dass er sich so geschickt in der Takelage bewegte. Schon früher hatte sie oft die Großsegler in San Francisco bewundert, die Drei- und Viermastbarken mit riesigen Masten und unzähligen Segeln. Für Männer wie Svensson bedeuteten sie die Welt.

An diesem Abend aß sie nur wenig und zog sich anschließend zurück. Zum Schlafen war es allerdings zu früh, und so ging sie rastlos in ihrer Kabine auf und ab. Vier Schritte hin, vier zurück, mehr war nicht möglich. Schließlich wurde es ihr doch zu eng.

Vorsichtig öffnete sie die Tür und stieg leise die Treppe hinauf an Deck. Der Wind hatte etwas nachgelassen, aber das Schiff machte immer noch gute Fahrt. Brady stand am Ruder und nickte ihr zu, von der Wache war niemand zu sehen. Sie schlich vor zum Bug, stellte sich an die Reling und schaute hinaus aufs Meer. Wasser, Himmel, Horizont. Immer der gleiche Anblick, ebenso wie die Farben, Blau, Grau, Weiß oder, wie jetzt, Schattierungen von Dunkelblau und Schwarz.

Es war März, zu Hause blühten sicher schon die Kamelien.

Sehnsucht überfiel sie mit schmerzhafter Wucht.

Wie schön wäre es, wieder einmal spazieren zu gehen, richtig weit zu laufen, Grün zu sehen, das zarte helle Grün junger Blätter und das satte Dunkelgrün der Sequoias. Wieder Berge zu sehen, etwas, woran das Auge sich festhalten konnte, nicht diese endlose Weite.

Anne fehlte ihr, und ihre Geschwister, selbst der Kleinkrieg unter ihren Künstlerkollegen. Wie harmlos er doch im Grunde gewesen war. Sogar ihre Mutter vermisste sie. Sie wollte nicht mehr hier sein, sie hatte es satt, in Männerkleidung herumzulaufen, so praktisch es auch war. Wie schön wäre es, mal wieder ein Kleid zu tragen und sich hübsch zu machen. Auszusehen wie eine Frau.

Tränen stiegen ihr in die Augen, und ihre Kehle wurde eng. Sie setzte sich, zog die Knie an den Körper und legte ihren Kopf auf die Arme. Hoffentlich entdeckte die Wache sie nicht, wie sie hier saß und heulte.

Prompt räusperte sich jemand neben ihr.

Sie seufzte leise und wandte den Kopf. Ihr Blick fiel auf große Füße in diesen lächerlichen Plattingschuhen. Einer der Matrosen.

»Ma'am, ist alles in Ordnung?«

Eine Samtstimme. Dunkel, weich, ein klein wenig heiser, mit skandinavischem Akzent. Svensson. Nielsens Stimme war heller, fröhlicher, und sein Akzent war stärker.

Sie sah nicht auf. Er würde merken, dass sie geweint hatte, und das wollte sie auf keinen Fall. »Ja, alles in Ordnung«, sagte sie.

Es half nichts, ihre Stimme verriet sie.

»Ma'am?« Das klang jetzt deutlich besorgt.

Widerwillig hob sie den Kopf. Er hockte vor ihr. Sie schluckte und wischte sich die Tränen aus dem Gesicht.

»Ist etwas passiert? Hat einer der Männer …«

»Nein. Nein, es ist nichts passiert.« Sie holte tief Luft, dann brach es aus ihr heraus: »Ich habe es so satt. Immer nur Wasser und Himmel und dieses ewige Geschaukel. Ich möchte an Land, Bäume sehen und Blumen, riechen, wie die Erde duftet, wenn es geregnet hat. Ich möchte die Vögel singen hören, nicht immer nur das Rauschen von Wind und Wellen.« Während sie sprach, kamen ihr erneut die Tränen.

»Sie haben Heimweh«, sagte er leise.

Konnte es das sein? Diese Sehnsucht, die Unruhe, die sie nicht benennen konnte – war das Heimweh? Sie kannte das Gefühl doch eigentlich gar nicht.

Sie versuchte zu lachen. »Ja, und das als erwachsener Mensch. Ist das nicht albern?«

»Nein, warum? Wer sagt denn, dass nur Kinder Heimweh haben dürfen? Ich habe gestandene Kerle nachts in ihren Kojen flennen hören. Sie müssen sich nicht schämen.«

Das Mitgefühl in seiner Stimme brachte sie erst recht zum

Weinen. Unwillig wischte sie sich mit dem Handrücken über das Gesicht.

Svensson zog ein zerknülltes Tuch aus seiner Hosentasche und reichte es ihr. »Es ist nicht benutzt. Ich hab's nur nicht ordentlich gefaltet«, erklärte er verlegen.

»Danke.« Sie wischte sich das Gesicht ab und schniefte ein paarmal. »Sie sind sehr nett.«

Er errötete.

Sarah wandte den Blick ab. Selten hatte sie einen Mann getroffen, der derartig leicht rot wurde wie er. War es immer so, oder lag es an ihr? Brachte sie ihn in Verlegenheit?

Er stand auf und trat unschlüssig von einem Fuß auf den anderen. »Wenn Sie hierbleiben wollen ...« Er räusperte sich. »Ich habe Wache bis Mitternacht. Falls noch etwas ist.«

Sarah wollte ihm das Tuch zurückgeben, aber er schüttelte den Kopf. »Behalten Sie es.«

Als er gegangen war, lehnte Sarah sich mit dem Rücken an die Back. Heimweh, dachte sie. Bisher hatte sie über dieses Gefühl nur gelesen und es als theatralisch abgetan.

Sie atmete tief durch, horchte auf das Rauschen der Wellen. Ihr Herzschlag schien sich dem Heben und Senken des Schiffes, dem Rhythmus der See anzugleichen. Unter dem Kiel gurgelte das Wasser, und in der Takelage säuselte der Wind.

Sie schloss die Augen und lauschte. Fast konnte sie sich vorstellen, zu Hause zu sein. Irgendwo auf einer Waldlichtung im Moos zu sitzen. Der Wind raschelte in den Baumwipfeln, und in der Nähe murmelte ein Bach.

Wie es Anne wohl ging? Wahrscheinlich war sie bei Mary geblieben, nachdem sie die Nachricht vom Untergang der Kalani erhalten hatte.

Ob jemand daran glaubte, dass sie noch lebte? Oder hielten alle sie für tot?

Eine beängstigende Vorstellung, dass jenseits der Victory keine Sarah Tanner mehr existierte, nur diese Männer hier wussten, dass sie noch lebte. Joe, Gus – Svensson.

Beim Gedanken an ihn lächelte sie. Er war einer der Nettesten hier. Hilfsbereit, verlässlich. Wie besorgt er eben um sie gewesen war.

Sie hob den Kopf und blickte in den Nachthimmel. Der Wind kühlte ihr Gesicht.

Unglaublich, wie viele Sterne man sehen konnte und wie hell sie waren. Sie konnte kaum die vertrauten Sternbilder ausmachen. Nie zuvor hatte sie einen prächtigeren Sternenhimmel gesehen.

»Ma'am, es ist fast Mitternacht«, schreckte Svenssons Stimme sie auf.

Hatte sie tatsächlich zwei Stunden hier gesessen?

»Geht es Ihnen besser?«, fragte er leise.

»Ja.« Erstaunlich, aber es ging ihr wirklich besser. Sie fühlte sich leicht, fast unbeschwert. »Ich glaube, ich habe hier gesessen und an gar nichts gedacht. Nur die Sterne angesehen.«

Ein Lächeln breitete sich auf seinem Gesicht aus. »Ja, manchmal hilft das.«

Er streckte die Hand aus, um ihr aufzuhelfen. Sarah ergriff sie. »Danke.«

Entweder hatte er ihr Gewicht über- oder seine Kraft unterschätzt, jedenfalls zog er sie mit so viel Schwung auf die Beine, dass sie gegen ihn taumelte.

Er hielt ihre Hand fest und fing sie mit dem anderen Arm auf.

Sie spürte, wie seine Muskeln sich spannten, als er sie hielt. Fest, sicher. Und für einen Augenblick wünschte sie sich, einfach so stehen zu bleiben, an ihn gelehnt, und den Kopf an seine Schulter zu legen.

Sie sah auf. Sein Gesicht war ganz nah, sein Mund leicht geöffnet.

Die Luft zwischen ihnen schien sich aufzuladen wie vor einem Gewitter.

Die Zeit dehnte sich, ihr wurden die Knie weich.

Was tat sie da?

»Hoppla.« Verlegen lachend trat sie einen Schritt zurück. Er ließ sie sofort los.

»Na dann.« Ihre Stimme klang fremd. »Gute Nacht.«

»Gute Nacht.« Auch seine Stimme war belegt.

Widerstrebend wandte sie sich ab und ging nach achtern. Sie unterdrückte den Impuls, sich umzudrehen, hielt sich sehr aufrecht, bis sie in ihrer Kabine war.

Dort ließ sie sich auf die Koje sinken. Was war da eben geschehen? War sie tatsächlich kurz davor gewesen, ihn zu küssen?

Es musste an der merkwürdigen Verfassung liegen, in der sie heute gewesen war, und an den seltsamen Gedanken von vorhin. Einen anderen Grund konnte es nicht geben.

Obwohl sie zugeben musste, dass sie ihn anziehend fand. Sie mochte seine ruhige, gelassene Art, die völlig im Gegensatz zu den ständigen Spötteleien Joes stand.

18. KAPITEL

Sie ließen den Passat hinter sich und nahmen Kurs nach Norden, auf die Inseln. Es gab wieder mehr Arbeit für die Matrosen. Da die Victory jetzt gegen den Wind kreuzte, mussten öfter die Segel geschiftet werden. Aber das tat der guten Laune an Bord offensichtlich keinen Abbruch. Im

Gegenteil, je mehr sie sich den Bonin-Inseln näherten, desto besser wurde die Stimmung.

Sarah kam an diesem Morgen nach dem Frühstück an Deck und schlenderte vor zur Back, aber ihr Lieblingsplatz war schon belegt. Fuller, Nielsen, Willy, Svensson, Hughes und Gus hockten dort und schwatzten. Kurz spielte sie mit dem Gedanken, sich einfach zu ihnen zu setzen, als sie Fullers Stimme hörte: »Wart ihr schon mal in Singapur, auf den Blumendschunken? Junge, da gibt es hübsche Weiber.«

Sie blieb am Fockmast stehen und stöhnte innerlich. Schon wieder ging es um Frauen. Seit vier Tagen, seit sie Kurs auf die Inseln genommen hatten, kannten die Männer kein anderes Thema.

»Singapur war nicht schlecht«, brummte Hughes. »Aber die Sampan-Girlies in Kanton sind noch richtig billig. Und die machen alles, was du willst.«

»Alles?!«, kiekste Willy.

Ach herrje, sogar den Kleinen hatten sie angesteckt. Dabei entsprach sicher nicht einmal die Hälfte der Geschichten der Wahrheit. Casanova und Don Juan waren Waisenknaben gegen die Matrosen, wenn man ihren Erzählungen glauben wollte.

»Alles«, bestätigte Hughes gerade. »Die treiben's auch mit zweien, und sie ham die Pflaume quer.«

Sarah entfuhr ein Prusten.

Zum Glück hörte es niemand, da Willy einen Hustenanfall hatte. Svensson klopfte ihm auf den Rücken. »Glaub nicht alles, was dir die Kerle erzählen.«

»In Rio, da gibt es einen Puff, da sind nur Negerinnen«, sagte jetzt Gus. »Man kriegt Fotos gezeigt und kann sich dann eine aussuchen.«

Sarahs Ohren wurden heiß. Noch niemals hatte sie Männer so reden hören. Es war ungehörig, aber sie war viel zu neugierig, um ihren Lauschposten aufzugeben.

»Na ja, in Rotterdam gibt es auch hübsche Mädchen«, warf Nielsen ein und sang die ersten Takte aus ›Flickor na i Rotterdam‹.

»Und wie sind die auf Bonin?« Willys Stimme klang noch etwas heiser.

»Die sind schon in Ordnung«, antwortete Gus. »Für'n grünen Jung' wie dich sowieso.«

Die Männer lachten, Willy schwieg.

*

»Jedenfalls freue ich mich auf ein paar Tage Landurlaub.« Das war wieder Hughes. »Endlich mal andere Gesichter sehen und nicht immer nur eure Visagen. Ich habe gehört, die Mädchen auf Bonin sind hübsch und sauber.«

»Ganz im Gegensatz zu dir« spottete Svensson. »Du solltest dich öfter mal waschen.«

»So wie du?«, frotzelte Hughes. »Ich hab' noch keinen Seemann getroffen, der sich so oft wäscht. Du schrubbst dir noch die ganze Haut runter. Und wozu? Im Logis stinken doch alle.«

»Ich glaube ja, dass es an einer gewissen Person liegt, warum Svensson so reinlich ist«, warf Gus ein. »Gib's zu Junge, die Lady hat's dir angetan.«

Reilly lachte. »Na ja, die würde keiner aus seiner Koje schmeißen, außer vielleicht Hale oder Andersen.«

Svensson setzte zu einer Antwort an, aber in diesem Moment traf eine große Welle die Victory, die Gischt spritzte über die Back und durchnässte die Männer.

Alle sechs verließen fluchtartig ihren Platz.

Sarah blieb gerade noch genug Zeit, sich hinter dem Mast zu ducken. Sie hatte Glück, die Matrosen waren zu sehr damit beschäftigt, zu fluchen, niemand bemerkte sie.

Langsam ging sie zurück zur Kombüse und stieg die Stufen hinunter. Hier empfing sie ein heilloses Durcheinander.

Mullins schimpfte wie ein Rohrspatz, und Willy wischte die Bohnensuppe vom Boden auf, die es zum Mittagessen hatte geben sollen. Offensichtlich war der Topf vom Herd gerutscht, als die Woge die Victory getroffen hatte.

Sarah seufzte und nahm sich ebenfalls einen Lappen. Während sie sauber machte, dachte sie über Gus' Bemerkung nach.

Empfand Svensson mehr für sie als Freundschaft? Sie hatte nichts dergleichen bemerkt. Er war viel zurückhaltender als Alex Fuller oder Nielsen, die ihr Komplimente machten oder auf harmlose Weise mit ihr schäkerten.

Sie dachte an den Abend, an dem er ihr sein Taschentuch gegeben hatte, an sein Verständnis für ihre Tränen. Sie hatte sich wohl gefühlt in seiner Gegenwart, bis zu dem Moment, als er sie aufgefangen hatte und sie sich plötzlich sehr nahe gewesen waren. Die Erinnerung daran beunruhigte sie jetzt noch.

Was wäre wohl passiert, wenn sie sich wirklich an ihn gelehnt, den Kopf an seine Schulter gelegt oder ihn sogar geküsst hätte?

Nein, das war völlig undenkbar.

Von Brandon sah sie in diesen Tagen mehr als zuvor. Sie waren zu einer stillschweigenden Übereinkunft gekommen, die Vergangenheit ruhen zu lassen.

Sarah hatte ohnehin Probleme, ihre Erinnerungen an Joe mit dem Kapitän John Brandon in Übereinstimmung zu bringen. Zu verschieden war der Mann von dem Jungen, den sie geliebt hatte.

Wenn sie in der Abenddämmerung an der Reling standen, sprach er durchaus ernsthaft und ohne Ironie mit ihr, fragte sie nach ihrer Meinung zu politischen Entwicklungen oder zum Frauenwahlrecht.

Oft gerieten ihre Unterhaltungen dann zu Streitgesprächen. Ihre gegensätzlichen Ansichten prallten aufeinander, und es kam zu einem verbalen Schlagabtausch, an dem er ebenso viel Freude zu haben schien wie sie. Manchmal fragte er sie regelrecht aus. Wollte wissen, wie sie lebte, was sie tat, um sich dann doch wieder darüber lustig zu machen, was sie zur Weißglut brachte. Sie war sich über ihre Gefühle für ihn nicht im Klaren. Er faszinierte sie, aber gleichzeitig machte er sie wütend. Immer wieder ließ sie sich von ihm provozieren, zu hitzigen Debatten hinreißen, und mehr als einmal ertappte sie sich bei dem Gedanken, wie es wäre, wieder in seinen Armen zu liegen.

Am Tag bevor sie die Inseln erreichen sollten, brach morgens an Bord eine wahre Waschorgie aus. Da mit Wasser nicht mehr gespart werden musste, ließen sich selbst die Männer zur Körperpflege herab, die es sonst höchst selten taten. Manche, wie Svensson, rasierten sich sogar.

Sarah begegnete ihm auf dem Weg zur Kombüse und hielt überrascht inne. Sie hatte ihn schon mit Bart gutaussehend gefunden, aber ohne war er ausgesprochen attraktiv. Sein Gesicht wirkte weniger gutmütig, jetzt, da seine markanten Züge voll zur Geltung kamen.

Er strich sich verlegen über das Kinn. »Ungewohnt.«

»Ja, aber es steht Ihnen gut!«, gab Sarah lächelnd zurück.

Sie selbst hatte sich endlich wieder die Haare waschen können und nutzte das restliche Wasser, um auch ihre Kleider zu reinigen, wie sie es den Matrosen abgeschaut hatte. Die Hosen wurden auf den Planken ausgebreitet und mit

Wasser, Seife und einem kleinen Schrubber bearbeitet. Kleinere Wäschestücke wie Hemden wusch sie in einem Eimer.

Auf dem ganzen Schiff hingen Kleidungsstücke zum Trocknen, jedes freie Stück Tauwerk wurde als Wäscheleine genutzt.

Nach dem Mittagessen rief Brandon die Mannschaft an Deck zusammen und verkündete, dass sie nicht die Insel anlaufen würden, welche der Treffpunkt der Robbenfängerflotte war, sondern eine der kleineren. Außerdem sollte es keinen Landgang geben.

Die Männer standen regungslos und schweigend während Brandons Ansprache. Nur ihre Gesichter verrieten ihre Empfindungen.

Erst als der Kapitän gegangen war, ließen sowohl Matrosen als auch Jäger ihren Gefühlen freien Lauf. Selbst die ruhigeren unter ihnen schimpften und verfluchten Brandon.

Wenn ihre Flüche irgendeine Wirkung hätten, würde der Kapitän für die nächsten tausend Jahre in der Hölle schmoren, überlegte Sarah amüsiert. Brandon hatte sich zurückgezogen – vielleicht sogar, um seinen Leuten die Möglichkeit zu geben, ihrer Wut ungestraft Luft zu machen.

19. KAPITEL

Am nächsten Tag war fast die gesamte Mannschaft an der Bugreling versammelt, als Sarah nach dem Frühstück an Deck kam. Neugierig trat sie dazu. »Gibt's was Besonderes?«

Nielsen, dem anscheinend noch nicht einmal der gestrichene Landurlaub die Laune verdarb, lachte sie an. »Da vorne sind sie. Das sind die Inseln.« Er zeigte auf den Horizont. »In ein paar Stunden sind wir da.«

Sarah kniff die Augen zusammen, aber sie konnte nur einen Dunststreifen am Horizont erkennen. Die Luft war anders als sonst. Der Duft nach warmer, feuchter Erde lag darin und der Geruch nach Holzfeuer.

Sie war in der Kombüse und erledigte gerade den Abwasch, als Brandon eintrat. »Mach eine Liste, was du an Vorräten brauchst«, sagte er zu Mullins, und zu Sarah gewandt: »Wenn Sie möchten, können Sie mich begleiten. Vielleicht weiß der Hafenmeister, ob demnächst ein Schiff nach Japan fährt.«

Sie ließ das Handtuch sinken. Mit dieser Möglichkeit hatte sie schon gar nicht mehr gerechnet. »Sehr gerne.«

»Gut, dann bis später.« Er nickte ihr zu und ging. Sarah griff nach dem nächsten Teller. Doch anstatt ihn trocken zu reiben, drehte sie ihn nur in den Händen. Wenn tatsächlich in Kürze ein Schiff in Richtung Yokohama fuhr, dann könnte sie in ein paar Wochen zu Hause sein, bei ihrer Tochter. In der Zivilisation. Sie würde baden, wieder Kleider tragen, Bücher lesen, in die Oper gehen und Gespräche führen, die sich nicht nur ums Essen, um das Wetter oder um die Robbenjagd drehten.

Obwohl, so schlimm wie sie zu Anfang befürchtet hatte, waren die Männer nicht. Einige fand sie sogar richtig nett. Alex Fuller, den Charmeur, zum Beispiel, den unerschütterlichen Nielsen, oder Svensson. Besonders Svensson.

»Sehr glücklich sehen Sie nicht gerade aus«, bemerkte Mullins trocken.

»Was? Wieso? Natürlich freue ich mich.«

»Ach ja?«

»Ja!« Sie rieb den Teller trocken, stellte ihn in den Schrank und fuhr energisch fort, das Geschirr abzutrocknen. Wie kam der Koch bloß auf solche absurden Ideen. Selbstverständlich war sie glücklich. Je eher sie von hier verschwand, desto besser. Sie war nur überrascht.

Allerdings musste sie zugeben, dass der Aufenthalt auf dem Schiff ihr guttat. Die frische Luft und die Sonne waren ihrer Gesundheit sehr zuträglich, sie fühlte sich weit besser als in den Monaten vor ihrer Abreise.

Ihre Stimme schien sich endlich ebenfalls wieder zu erholen. Ganz vorsichtig hatte sie angefangen, einfache Einsingübungen in ihrer Kabine zu machen, nachdem sie mit Nielsen gesungen hatte. Aber sie würde noch sehr viel Zeit brauchen, bis sie sich wieder dem Publikum und der Presse stellen konnte. Zeit, die sie nun vielleicht nicht mehr hatte.

Später saß sie in ihrer Kabine an dem kleinen Tisch, ein Blatt Papier vor sich, und kaute auf dem Ende eines Stiftes herum. Brandon hatte ihr geraten, einen Brief nach Hause zu schreiben. Selbst wenn das nächste Schiff erst in ein oder zwei Monaten fuhr, bestand zumindest eine kleine Chance, dass ein Brief vor ihr in San Francisco ankommen würde. Es fiel ihr schwer, sich zu konzentrieren. Während sie Anne schilderte, was geschehen war, schweiften ihre Gedanken immer wieder ab.

Was würde passieren, wenn sie auf den Inseln blieb? Würde sie Joe jemals wiedersehen, oder würde er aus ihrem Leben verschwinden, wie schon einmal?

Es gab etwas, das sie ihm sagen musste. Bisher hatte sie die Entscheidung darüber immer wieder verschoben, aber wenn sie auf der Insel blieb, hatte sie vielleicht keine Gelegenheit mehr dazu.

Allmählich schälten sich die Umrisse der Inseln aus dem Dunst. Als sie näher kamen, konnte Sarah Berge erkennen, Wälder, dann ein Dorf und palmengesäumte Strände.

Svensson stand am Ruder und manövrierte die Victory auf Brandons Anweisungen durch die Korallenriffe vor der Insel, während die Männer missmutig darauf warteten, die Segel zu bergen.

Die mürrischen Gesichter und das Getuschel seiner Mannschaft schienen den Kapitän nicht weiter zu berühren.

Als der Anker gefallen war, ließ er sein Beiboot abfieren, und Klausen, ein ruhiger Deutscher, mit dem Sarah bisher nicht mehr als ein paar Sätze gewechselt hatte, ruderte sie zum Hafen.

Sarah atmete tief ein. Fisch, Seetang, Gewürze. Die Gerüche, die herüberwehten, waren so stark, dass ihr beinahe schwindelte.

Als sie am Ziel waren, sprang Brandon aus dem Boot und half ihr auf den Steg. Als er ihre Hand losließ, taumelte sie. Verwirrt sah sie sich um. Was war das? Beim nächsten Schritt kam ihr der Boden entgegen. Brandon fing sie auf. Er lachte leise. »Landkrankheit nennt man das. Es geht bald vorbei.«

Sie schloss die Augen, und die Welt hörte auf zu schwanken. Er hielt sie immer noch. Ihr Kopf lehnte an seiner Brust, sie hörte sein Herz schlagen. Er roch nach frischer Seife, nach Pfeifenrauch und nach Joe. Seine Arme umfassten sie fest und warm. Sicher.

Nein, es war nicht sicher. Er war nicht mehr Joe Caldwell, sondern John Brandon, und er war unberechenbar. Wie konnte sie sich bei ihm sicher fühlen?

»Besser?«, fragte er leise, und sie öffnete widerwillig die Augen.

»Ich denke schon. Wie lange dauert das?«

»Unterschiedlich. Lass uns ein Stück gehen, aber halte dich an mir fest.«

Er bot ihr den Arm, und tatsächlich ging es ihr nach ein paar Minuten besser, auch wenn sie immer noch das Gefühl hatte, auf einem schwankenden Schiff zu sein.

Verstohlen sah sie zu ihm auf. So nahe wie eben war sie ihm seit damals nicht mehr gekommen, und es verwirrte sie. Sie musste sich eingestehen, dass es nicht nur die Erinnerung an eine alte Liebe war, die sie aufwühlte. Es war Brandon, der sie faszinierte, trotz oder gerade wegen seiner Widersprüchlichkeit. Sie wusste nicht viel über ihn. Zwar hatte er ihr erzählt, was er nach ihrer Trennung getan hatte, aber sie hatte keine Ahnung, ob er Familie hatte oder wie er lebte, wenn er nicht auf See war. Die Robbenschoner liefen im Januar aus und kehrten im Juli, manchmal auch erst im August nach Victoria zurück, das wusste sie von Gus. Was tat er danach? Hatte er ein Zuhause? Als Familienvater konnte sie ihn sich nicht vorstellen.

»Bist du eigentlich verheiratet?« Sie fragte, bevor sie richtig nachgedacht hatte.

Er lachte. »Nein, warum auch. Was ich von einer Frau will, kann ich in jedem Hafen der Welt bekommen.«

Unwillkürlich sah sie hinüber zum Kai, wo einige stark geschminkte Frauen in tief ausgeschnittenen Kleidern mit Matrosen schäkerten. Prostituierte. Und das reichte ihm?

»Und was ist mit Liebe?«

Er verlangsamte seinen Schritt. »Liebe …« Er machte eine Pause, als lausche er dem Klang des Wortes nach. »Was soll damit sein? Ich glaube ebenso wenig an die Liebe wie du.«

Sie ließ seinen Arm los. »Wie kommst du darauf, dass ich nicht an Liebe glaube?«

»Na, das ist doch offensichtlich. Du hast einen alten Sack wegen seines Geldes geheiratet. Es hat sich gelohnt, und seit seinem Tod lebst du dein Leben so, wie du es dir vorstellst.« Er lächelte verhalten. »Und es sieht nicht so aus, also würde die Liebe darin eine große Rolle spielen.«

Sarah blieb stehen. Wie konnte er das sagen? Natürlich glaubte sie an die Liebe. Sie hatte *ihn* geliebt, und nach Arthurs Tod hatte sie immerhin zwei, wenn auch kurze, Affären gehabt. »Ich glaube an die Liebe!«

»Ach ja? Und warum lebst du dann allein?«

Sie dachte nach. Ihre Affären waren Männer gewesen, mit denen sie auf der Bühne gestanden hatte, und sie war nicht sicher, ob sie nicht eher in Radames, den Ägypter aus Aida, oder in Cavaradossi aus Tosca verliebt gewesen war als in Stefano Albini oder Victor Nadvornik.

»Vielleicht, weil ich den Richtigen noch nicht gefunden habe.«

»Blödsinn. Ausgerechnet du wartest auf den Märchenprinzen? Du lebst allein, weil du unabhängig sein willst, dir von keinem sagen lassen willst, was du zu tun und zu lassen hast. Nun, mir geht es genauso.«

»Aber das hat doch mit Liebe nichts zu tun.«

»Mit was sonst? Plötzlich ist da jemand, der einen ganzen Haufen Erwartungen an dich hat: Er möchte viel Zeit mit dir verbringen; er möchte, dass du dem Idealbild, das er von dir hat, möglichst ähnlich bist; vielleicht gefallen ihm ein paar Eigenschaften nicht so gut, die sollst du dann ablegen, und irgendwann bist du nicht mehr du selbst.«

Dem hatte sie nichts entgegenzusetzen. Ähnliches hatte sie schon zu ihrer Mutter gesagt. Und doch, wenn man liebte ... »Ist es denn nicht das Wesen der Liebe, dass man einander nahe sein will und dass man dem anderen gefallen will? Wenn es auf Gegenseitigkeit beruht?«

»Keine Ahnung. Ich glaube, ich war nie verliebt. Jedenfalls hatte ich nie den Wunsch, mich zu ändern, um jemand anderem zu gefallen. Und es ist doch so, du wirst nur so lange geliebt, wie du so bist, wie der andere dich haben möchte.«

»Das glaube ich nicht. Ich glaube, wenn man wirklich liebt, will man den anderen nicht ändern. Man liebt ihn so, wie er ist.«

Brandon zuckte nur die Schultern.

Nachdenklich sah Sarah zu Boden. Sie hatte Joe geliebt und nie den Wunsch verspürt, ihn zu verändern. Oder doch?

Er hätte sich ändern müssen, um von ihren Eltern akzeptiert zu werden. Hätte anders reden, sich anders kleiden müssen. Und hatte sie nicht gehofft, dass er es schaffen würde, in Berkeley angenommen zu werden, sodass sie ihren Eltern einen Ingenieur vorstellen könnte, nicht einen Hafenarbeiter?

Doch es war schließlich sein Wunsch gewesen, Ingenieur zu werden. Sein Wissensdurst, seine Zielstrebigkeit hatten sie fasziniert. Hatte sie ihn so geliebt, wie er war?

Schweigend setzten sie ihren Weg fort.

Der Hafenmeister war ein kleiner, dünner Japaner, kaum größer als Sarah. Er verneigte sich tief zur Begrüßung. Brandon fragte nach dem nächsten Schiff nach Japan. Der Hafenmeister hob bedauernd die Hände. »Tut mir sehr leid, das Schiff ging vor zwei Wochen«, erklärte er.

»Und wann geht wieder eines?«

»Das kann dauern. Einen Monat, vier Monate. Ich weiß es nicht. Die Schiffe fahren nicht regelmäßig.«

Sarah rieb sich über die Stirn. Die Vorstellung, vier Monate hier auszuharren, war nicht sehr verlockend. »Gibt es ein Hotel hier?«

»Leider nein. Sie können versuchen, privat ein Quartier zu finden.«

Das gab den Ausschlag. Die Aussicht auf eine Unterkunft

bei wildfremden Menschen, wenn sie überhaupt eine fand, behagte ihr nicht. Lieber blieb sie auf der Victory, da wusste sie wenigstens, was sie erwartete.

Sie bedankte sich bei dem Mann und ging nach draußen, während Brandon die Formalitäten erledigte und die Liegegebühr bezahlte.

»Und, was wirst du tun?«, fragte er, als er wieder zu ihr herauskam.

»Ich glaube nicht, dass es eine gute Idee ist, hierzubleiben. Wer weiß, wie lange ich hier festsitze.« Dann kam ihr ein erschreckender Gedanke. »Du nimmst mich doch wieder mit?«

Er warf den Kopf in den Nacken und lachte so laut, dass die Leute sich nach ihnen umdrehten. »Natürlich. Ich kann dich schließlich nicht hier aussetzen. Außerdem würden deine Kochkünste sehr vermisst werden.«

Ihre Kochkünste! Kein Wort darüber, ob er sich freute, dass sie blieb. Sie unterdrückte ein Seufzen.

Schweigend machten sie sich auf den Weg zu einem kleinen Markt.

An den Ständen wurden Früchte angeboten, die Sarah nie zuvor gesehen hatte, außerdem Fisch und Fleisch. Etwas entfernt wurde lebendes Geflügel verkauft.

Sarahs Ohren summten von dem Gewirr der Stimmen um sie herum. Ständig musste sie Leuten ausweichen. Nach den eher eintönigen Wochen auf der Victory fand sie die Eindrücke, die auf sie einstürmten, sehr verwirrend.

»Wenn du irgendetwas brauchst, Gewürze, Tee, hier bekommst du alles«, sagte Brandon, als sie bei einem der Stände haltmachten. Er ließ sie dort zurück und ging zielstrebig zu einem anderen Händler.

Sarah betrachtete die Auslagen. Das Angebot erinnerte sie sehr an die Läden in Chinatown.

Ihre Großmutter hatte sie ab und zu nach Little Italy zum Einkaufen mitgenommen. Chinatown lag daneben. Sarahs Mutter wäre wahrscheinlich entsetzt gewesen, hätte sie geahnt, dass ihre Tochter und Schwiegermutter ab und zu durch die Stockton Street schlenderten und fasziniert die seltsamen Läden betrachteten, in denen getrocknete Seegurken, Muscheln und Seepferdchen verkauft wurden, dazu Heilkräuter, Tee und Salben aller Art.

Getrocknete Seepferdchen entdeckte sie auch hier. Der Händler grinste, als sie sich vorbeugte und eines in die Hand nahm, um es näher zu betrachten.

»Gut«, sagte er. »Du kaufen, und Mann«, er nickte in die Richtung, in die Brandon gegangen war, »macht dich sehr glücklich.«

»Glücklich?«

»Ja. Ist gut für Yang.«

Sie hatte den Ausdruck irgendwann einmal gehört, wusste aber nicht, was er bedeutete. »Yang?«

»Ja. Stärkt das Yang.« Er griff sich in den Schritt und nickte eifrig.

Sarah verschluckte sich. Schleunigst legte sie das Seepferdchen zurück.

Nicht nur auf der Victory, auch hier schienen die Männer nur eine Sache im Kopf zu haben. Sie jedenfalls legte keinen Wert darauf, dass Brandon sein Yang stärkte.

Sie wählte frischen Ingwer und Knoblauch aus sowie Kümmel, Safran und eine Reihe Gewürze, die sie nicht kannte, die aber gut rochen. Außerdem diverse Kräuter, um Tee zuzubereiten.

Ihre Wangen glühten immer noch, als Brandon zurückkam.

»Ist etwas passiert?«, fragte er.

»Hm, nein. Wieso?«

»Du wirkst etwas … echauffiert.«

Sie lachte. »Er wollte mir eine Art Liebeszauber verkaufen. Zur Stärkung.«

»Ach so. Vielleicht sollte ich ihn fragen, ob er auch etwas hat, was das Gegenteil bewirkt, das wäre in den nächsten Wochen nützlicher.«

Brandon bezahlte, und sie machten sich auf den Rückweg zum Kai.

Zwei Matrosen torkelten ihnen entgegen und verschwanden in einer Kneipe, aus der laute Gesänge ertönten.

»Da hast du den Grund, weshalb ich den Landurlaub gestrichen habe. Solange wir unterwegs sind, rühren sie keinen Tropfen an, aber an Land verschwinden sie sofort in die nächste Spelunke. Und dann sind sie mindestens drei Tage lang betrunken. Ich hätte ja nichts dagegen, wenn wir es nicht so eilig hätten.«

Klausen hockte im Boot und blickte ihnen griesgrämig entgegen.

»Wartet einen Moment«, sagte Brandon und ging zu einem flachen Gebäude in der Nähe.

Auf sein Klopfen hin erschien eine ältere, recht gut gekleidete Frau. Brandon deutete auf die Victory. Er schien mit ihr zu verhandeln, denn sie schüttelte erst den Kopf, aber er sprach weiter auf sie ein, und schließlich nickte sie.

Als er wiederkam, grinste er Klausen an. »Du kannst deinen Kameraden sagen, dass sie heute Abend Besuch bekommen.«

Die Augen des Deutschen leuchteten auf, doch dann warf er einen Blick auf Sarah und senkte den Kopf.

Irritiert sah sie von einem zum anderen, aber Brandon schmunzelte nur.

20. KAPITEL

Gegen Abend drehte der Wind und brachte einen leichten Blumenduft von den Berghängen der Insel mit sich. Jäger und Matrosen hatten sich in Schale geworfen, ihre saubersten Hemden angezogen, und manch einer verströmte einen geradezu überwältigenden Geruch nach Rasierwasser. Die Victory war hell erleuchtet. Reilly und Hughes hatten Petroleumlampen in den Wanten aufgehängt, die eine festliche Stimmung verbreiteten.

Reilly entdeckte das Boot zuerst. »Ahoi, Ladies«, schrie er und beugte sich so weit über die Reling, dass Sarah fürchtete, er würde ins Wasser fallen. »Hierher!« Er winkte mit beiden Armen.

Auf seinen Ruf hin wurde es lebendig an Deck. Zwei Matrosen holten mit einem Bootsmannstuhl eine Frau nach der anderen an Bord, wo sie sofort von den Männern umringt wurden. Die harten Seeleute gebärdeten sich wie kleine Jungen, die um Süßigkeiten stritten; sie ließen die Muskeln spielen und prahlten mit ihren Fähigkeiten.

Gleichermaßen fasziniert und schockiert beobachtete Sarah das Schauspiel. Natürlich hatte sie schon Prostituierte gesehen. Stark geschminkte Frauen, die in aufreizender Pose in bestimmten Straßen in San Francisco standen und die Röcke hoben, wenn ein Mann vorbeiging. Aber sie war ihnen nie so nahe gekommen. In ihrer Welt galten sie als gefallene Mädchen, die keine andere Wahl hatten, als sich zu verkaufen. Doch diese Frauen schämten sich nicht. Selbstbewusst feilschten sie mit den Männern um die Preise. Dabei fielen Ausdrücke, die Sarah noch nie zuvor gehört hatte.

Hughes packte eine Prostituierte am Handgelenk und zog sie hinter sich her zum Bug. Reilly und Brady hatten sich dieselbe Frau ausgesucht, sie stritten lautstark miteinander, während die Frau daneben stand und wartete. Schließlich warfen sie eine Münze. Sarah brannten die Wangen vor Scham, sie wandte sich ab, aber die Frau lachte nur.

Nicht weit von ihr legte Nielsen einem Mädchen den Arm um die Schultern.

Das Mädchen, es sah nicht älter aus als siebzehn, schmiegte sich kichernd an ihn.

Sarah hatte genug gesehen. Den Rest des Abends würde sie in ihrer Kabine verbringen. Die Zügellosigkeit der Seeleute bestürzte sie umso mehr, weil es keine Unbekannten waren, es waren die Männer, mit denen sie die letzten Wochen verbracht hatte. Mit einigen hatte sie gesungen, gelacht und getanzt.

Entschlossen bahnte sie sich ihren Weg in Richtung Niedergang, als ein Aufleuchten von hellem Haar ihren Blick auf sich zog. Svensson lehnte in der Nähe der Poop an der Reling, die Hände in den Hosentaschen. Wenigstens er beteiligte sich nicht an diesem Spektakel.

Anscheinend hatte er das auch gar nicht nötig. Eine der Frauen löste sich aus der Gruppe, ging zu ihm hinüber und sprach ihn an, den Kopf leicht schief gelegt. Er nickte und streckte die Hand nach ihr aus.

Sein vertrautes, schüchternes Lächeln versetzte Sarah unversehens einen Stich. Sie wollte sich abwenden, nicht hinsehen, wie er die Frau berührte, doch sie war wie gebannt.

Svensson strich ihr langsam über den Arm nach oben zur Schulter. Dort ließ er die Hand einen Augenblick ruhen und dann nach vorne wandern, während er sie mit der anderen Hand an sich zog.

Es war eine überraschend zärtliche Geste, und Sarah fragte sich plötzlich, wie er wohl liebte. Unwillig schüttelte sie den Kopf. Es ging sie nichts an, aber sie konnte immer noch nicht ihren Blick abwenden. Die Frau lehnte sich gegen Svensson und flüsterte ihm etwas zu, woraufhin er den Kopf hob und sich suchend umschaute.

Sarah erstarrte. Er sah direkt in ihre Richtung. Für einen Moment trafen sich ihre Blicke, dann schaffte sie es endlich, sich loszureißen.

Abrupt drehte sie sich um und stürmte den Niedergang der Kajüte hinunter. Wie peinlich, dass er sie dabei ertappt hatte, wie sie ihn anstarrte.

Zu ihrer Überraschung stand Brandons Tür offen. Er saß an seinem Tisch und studierte Seekarten.

Sie hielt inne und betrachtete ihn. Auch er hatte sich die Haare geschnitten, und sein Bart war so kurz gestutzt, dass er fast nur noch ein Schatten war. Wieder verglich sie ihn in Gedanken mit dem jungen Joe. Als Junge war er hübsch gewesen, jetzt war er auf eine männliche Weise schön. Tatsächlich fiel ihr kein treffenderer Ausdruck ein. Seine Züge hatten die jugendliche Weichheit verloren, sie waren kantig geworden, mit ausgeprägten Wangenknochen und scharf geschnittenen Lippen. Seine Augen konnte sie nicht erkennen, aber um seinen Mund lag ein angespannter Zug. Was beschäftigte ihn?

Als sie die Messe durchquerte, sah er auf. »Ziemlich was los da oben«, stellte er fest.

»Allerdings!«, gab sie trocken zurück. »Und, ist keine der Damen nach deinem Geschmack?«

Er lachte. »Nein. Und außerdem sollte wenigstens einer an Bord einen klaren Kopf behalten.«

Sie atmete tief durch und legte die Hände an ihre immer noch glühenden Wangen. Ein unerwartetes Glücksgefühl breitete sich von ihrem Herzen über ihren ganzen Körper aus. »Was machst du?« Neugierig trat sie an den Tisch.

»Ich berechne die möglichen Kurse. In etwa einer Woche sollten wir auf die ersten Robben treffen.«

»Und dann?«

»Dann fahren wir mit der Herde …«

»… und schlachtet so viele ab, wie ihr nur könnt«, vollendete sie seinen Satz.

»Nicht anders als die Fischer, die Walfänger und die Jäger auf dem Festland«, entgegnete er.

»Eine feine Begründung«, schnappte sie. »Nur, dass Fische nicht vom Aussterben bedroht sind. Ist Robbenfang nicht inzwischen verboten?«

»Nur für Amerikaner. Die Victory fährt unter britischer Flagge.«

»Aber du bist doch Amerikaner?«

»Ja, und zwei von meinen Jägern auch. Wir dürfen uns eben nicht erwischen lassen.«

Er stand auf und holte eine Flasche Whisky aus dem Schrank. »Auch ein Glas?«

Sie nickte. »Gerne.« Vielleicht würde der Whisky die Bilder der Männer an Deck aus ihrem Kopf vertreiben.

»Setz dich.« Er schenkte zwei Gläser ein und reichte ihr eines. Sarah zog sich einen Stuhl heran und setzte sich zu ihm.

»Wie lange bleiben wir hier?«

»So kurz wie nur möglich. Ich hoffe, dass die Kerle da draußen erst mal zufrieden sind. Morgen bunkern wir frisches Wasser, und dann will ich hier weg.«

»Warum hast du es bloß so eilig?«

»Weil uns der Rest der Flotte weit voraus ist. Es gab Verzögerungen in Victoria. Mein Steuermann ist tödlich verunglückt. Der Behördenkram hat mich drei Tage gekostet. Dann hat uns der Sturm aufgehalten.« Er zuckte die Schultern. »Die goldenen Zeiten sind vorbei, aber ich will so viel Geld wie möglich verdienen, bevor die Robbenjagd auch von Kanada aus verboten wird.«

»Und wenn es so weit ist, was wirst du dann tun?«

»Ehrlich, ich weiß es nicht. Vielleicht suche ich mir eine reiche Witwe.« Seine Augen schimmerten hell im Licht der Lampe. »Es soll recht hübsche geben.«

Sarah schluckte. Die Richtung, in die sich dieses Gespräch bewegte, war gefährlich.

Nicht jetzt, dachte sie. Nicht heute Abend, wo der Zauber der Tropennacht und der Blumenduft der Insel ihr die Sinne verwirrten. Wo die Männer da draußen trunken waren von Frauen, während er und sie allein waren.

Sie leerte ihr Glas und stand auf. »Ich ziehe mich zurück.«

»Bleib für die nächsten Stunden besser in deiner Kabine«, sagte er lächelnd.

»Keine Sorge. Was ich gesehen habe, reicht völlig, um mir einen Abendspaziergang an Deck zu verleiden.«

Nun lachte er. »Verurteile sie nicht so hart. Es sind einsame Kerle, die eine anstrengende Zeit vor sich haben und eine gefährliche noch dazu.«

»Gefährlich? Was ist daran gefährlich, harmlose Robben abzuknallen?«

»Hast du dir diese Boote angesehen? Es gibt viele Gefahren, wenn man den ganzen Tag mit einem kleinen Boot dort draußen ist. Wenn das Wetter umschlägt, passiert es schnell, dass sie kentern, bevor ich sie aufsammeln kann. Das hat mich vor einigen Jahren drei Fangboote mit neun Mann gekostet. Die Aurora hat fast ihre gesamte Besatzung in den Nebelbänken nahe der Beringsee verloren. Die Boote wurden abgetrieben und nie wieder gefunden.«

»Ich dachte, die Boote bleiben in der Nähe der Victory?« Sie hatte es sich ähnlich vorgestellt, wie sie es aus Berichten vom Walfang kannte.

»Nein«, entgegnete er. »Sie werden morgens zu Wasser gelassen und jagen den ganzen Tag auf sich allein gestellt. Und abends sammle ich sie wieder ein. Manchmal auch zwischendurch, wenn sie genug Beute gemacht haben.«

Den ganzen Tag in diesen Nussschalen auf offener See. Der Gedanke ließ sie schaudern.

Nachdenklich verabschiedete sie sich, ging zu ihrer Kabine, verriegelte die Tür und zog sich aus.

Einsame Kerle, hatte er gesagt. Und er selbst, war er auch einsam? Eher nicht. Wahrscheinlich gab es in jedem Hafen eine Frau, die auf ihn wartete.

Auf ihrer Seekiste lag noch Svenssons Taschentuch, sie hatte es ganz vergessen.

Wieder sah sie ihn vor sich, wie er die Frau an sich zog, und erinnerte sich daran, wie es sich angefühlt hatte, als er sie aufgefangen hatte.

Heftig warf sie das Taschentuch in eine Ecke.

Morgen würde sie es waschen und ihm zurückgeben.

Das Erste, was sie am nächsten Morgen an Deck erblickte, war Alex Fullers zufriedenes Gesicht. Sie traf ihn auf dem Weg zur Kombüse. Er lächelte ihr unbefangen entgegen. »Guten Morgen, Ma'am.«

Zum Glück hatte sie ihn gestern Abend nicht gesehen, sonst wäre ihr die Antwort im Halse steckengeblieben. Allein der Gedanke, dass er wohl ebenfalls mit einer Prostituierten verschwunden war, trieb ihr die Schamesröte auf die Wangen. Wie sollte sie Männern wie Hughes oder Brady jemals wieder in die Augen sehen? Sie war froh, dass Svensson nicht in der Nähe war.

Ohne nach rechts oder links zu schauen, flüchtete sie in die Kombüse und ertappte sich prompt bei dem Gedanken, ob Mullins wohl ebenfalls …?

Seine Miene verriet ihn jedenfalls nicht, sie war genauso griesgrämig wie sonst auch. Fast erleichtert über sein übliches

Gebrummel anstelle einer Begrüßung, setzte sie Wasser für den Kaffee auf.

Am frühen Nachmittag ließ Brandon den Anker lichten. Die Victory brach zu ihrer Fahrt in die Fanggebiete auf.

Sarah stand am Heck und blickte zurück auf die schnell kleiner werdenden Inseln.

Mehr als drei Monate auf See lagen vor ihnen.

21. KAPITEL

Meile für Meile arbeitete sich die Victory nach Norden vor. Mit jedem Tag wurde es kälter. Der Ausguck war ständig besetzt, da Brandon damit rechnete, jederzeit auf Robben zu stoßen.

Eine Woche war es her, dass sie die Bonin-Inseln verlassen hatten. Eine Woche, in der Sarah Svensson kaum zu Gesicht bekommen hatte. Ob er ihr wohl auswich, weil sie ihn an jenem Abend gesehen hatte? Sein Taschentuch hatte sie gewaschen, aber bisher keine Gelegenheit gefunden, es ihm zu geben.

Es war ein grauer Tag, stürmisch, und immer wieder ging ein kalter Nieselregen hernieder. Sarah freute sich auf den Abend. Sie hatte den Ofen in ihrer Kabine angefeuert, und sobald sie mit ihrer Arbeit fertig wäre, würde sie sich mit einer Kanne Tee und dem Buch, das sie sich von Brandon geliehen hatte, zurückziehen.

Kurz vor dem Abendessen gab Brandon die Anweisung, die Toppsegel zu bergen.

Andersen befahl Willy und Nielsen in die Takelage.

Nielsen schwang sich sofort hinauf, doch Willy zögerte. Er sah unsicher auf die Segel.

»Hörst du schlecht?«, fuhr Andersen ihn an. »Du sollst machen, dass du hochkommst.«

Willy schlich zur Reling, Svensson folgte ihm. »Keine Angst«, hörte Sarah ihn sagen. »Du schaffst das schon.«

Willy nickte, griff in die Webleinen und begann vorsichtig den Aufstieg. Er kletterte langsam und machte immer wieder Pausen.

Verwundert schaute Sarah ihm nach. Irgendetwas stimmte nicht mit ihm. Er war kreidebleich, hatte die Lippen fest zusammengepresst und klammerte sich krampfhaft fest.

»Geht's ein bisschen flotter?«, rief Andersen. »Du schläfst ja bald ein.«

»Was ist los mit ihm?«, fragte Alex leise. Er stand mit Gus in ihrer Nähe.

»Es ist seine erste Fahrt. Ich wette, er war noch nie da oben«, antwortete Gus ebenso leise.

»Da muss er durch. Das erste Mal ist immer ein bisschen kitzlig«, entgegnete Alex.

»Kitzlig« traf die Sache nicht ganz, fand Sarah. Die Victory rollte schwer in den Wogen, und der Wind pfiff durch die Takelage. Willy hatte Angst. Selbst von hier unten konnte sie sehen, wie er zitterte.

Jos Nielsen hatte inzwischen das untere Toppsegel erreicht. »Mensch, Willy, stell dich nicht so an«, rief er hinunter. »Kletter' einfach weiter.«

Doch Willy kletterte nicht weiter. Stattdessen wandte er den Kopf und blickte nach unten.

Sarah sah seine aufgerissenen Augen und wusste plötzlich, wieso er solche Angst hatte. Ihr würde es nicht anders gehen. Deshalb hatte sie sich geweigert, auch nur einen Fuß in die Takelage zu setzen, trotz der schönen Aussicht, welche die

Männer immer wieder anpriesen. Sie hasste Türme, sie hasste Berggipfel. Und niemand brachte sie auf die Aussichtsterrassen der neuen Hochhäuser in San Francisco.

»Willy, nicht nach unten sehen!«, rief sie.

Alle wandten die Köpfe nach ihr.

»Was für eine Lautstärke! Das ist besser als jede Schiffssirene«, bemerkte Reilly.

Willy reagierte nicht. Wie hypnotisiert starrte er auf das schwankende Deck.

»Jetzt reicht es!« Andersen trat ebenfalls an die Reling. »Reilly, du gehst hoch und hilfst Nielsen. Willy, du kommst runter und holst dir deine Tracht Prügel ab!«

Sarah biss sich auf die Lippe. Es wäre klüger, sich nicht in die Angelegenheiten der Männer einzumischen, doch sie konnte nicht an sich halten. »Was soll das?«, fuhr sie Andersen an. »Sehen Sie nicht, dass der Junge Angst hat? Er macht das doch nicht absichtlich!«

Andersen trat zurück und maß sie mit einem langen Blick. Dann spuckte er einen Strahl Kautabak direkt neben ihre Füße. »Das geht Sie gar nichts an.« Er schaute wieder hoch zu Willy. »Wird's bald?!«

Doch der Junge klammerte sich nur fester an die Leinen. Sarah schüttelte den Kopf. Mit Andersen war nicht zu reden. Wo steckte Brandon?

Sie entdeckte ihn auf der Poop, er unterhielt sich mit einem der Jäger. Scheinbar hatte er nichts mitbekommen, aber sie erkannte die Anspannung in seiner Haltung. Er wusste genau, was vorging. Warum griff er nicht ein?

Reilly und Nielsen hatten inzwischen die Segel geborgen und kletterten gewandt nach unten. Neben Willy hielt Nielsen inne. Er sprach ihn an, redete ihm offensichtlich gut zu, doch der Junge schüttelte nur den Kopf. Schließlich gab Nielsen es auf.

»Na gut«, rief Andersen hinauf. »Meinetwegen kannst du die ganze Nacht dort hängen bleiben. Deine Prügel kriegst du dann eben später.« Er wandte sich an die versammelten Matrosen. »Ihr lasst ihn da. Ist das klar? Wenn er nicht den Mumm hat, runterzukommen, kann er dort vermodern.«

Svensson hatte die Vorgänge bisher stumm verfolgt, jetzt meldete er sich zu Wort. »Sir, das können Sie nicht machen.«

Andersen fuhr herum. »Du schon wieder! Irgendwann stopfe ich dir das Maul.«

Svenssons Augen blitzten zornig auf. »Er ist noch ein Junge und unerfahren, Sir! Sie können ihn nicht dort oben lassen. Nicht bei diesem Wetter.«

Gus schüttelte bedenklich den Kopf. »Wenn er bloß den Mund halten würde«, murmelte er.

»Svensson!«, ertönte da Brandons Stimme. »Ich weiß nicht, auf welchen Schiffen du bisher gedient hast, aber an Bord der Victory wird über Befehle nicht diskutiert!«

»Hören Sie, Sir ...«, begann Svensson, immer noch nicht bereit zurückzustecken.

»Es reicht!«, erwiderte Brandon scharf. »Wenn ich deine Meinung hören will, werde ich's dir sagen.«

Sarah starrte ihn an. Wie konnte es sein, dass er nichts unternahm, um Willy zu helfen, sondern stattdessen Svensson zurechtwies?

Der presste die Lippen zusammen und ballte die Fäuste, sein Gesicht war sehr blass.

Andersen grinste hämisch.

Mittlerweile hatte es wieder angefangen zu nieseln. Willy hing nach wie vor unbeweglich in den Wanten. Sie glaubte, ein leises Schluchzen zu hören. Die Freiwache und die Jäger flüchteten vor dem Wetter unter Deck. Keiner zeigte auch nur eine Spur Mitgefühl.

»Er soll runterkommen und es durchstehen wie ein richtiger Kerl«, erklärte Hughes unter dem beifälligen Gemurmel mehrerer Matrosen.

Brandon war auf die Poop zurückgekehrt und unterhielt sich weiterhin mit Burton, als sei nichts geschehen.

Der feine, kalte Regen drang durch ihre Kleider und ließ sie frösteln. Wieder sah sie zu Willy hinauf. Er musste schrecklich frieren. Schließlich hielt sie es nicht länger aus und ging hinüber zur Poop.

»Entschuldigen Sie uns bitte einen Moment«, wandte sie sich an Burton.

Der Jäger sah den Kapitän fragend an. Der nickte, und Burton lüftete die Mütze und ging.

»Tu was!«, sagte sie zu Brandon.

Er hob eine Augenbraue. »Was meinst du?«

»Du kannst Willy nicht da oben lassen. Er ist erschöpft, und er hat Angst. Jemand muss ihm helfen.«

Brandon schüttelte den Kopf. »Ich werde meinem Steuermann nicht in den Rücken fallen, falls du das meinst. Andersen hat gesagt, er bleibt oben, bis er von allein runterkommt. Das war ein Befehl.«

»Ein idiotischer Befehl.«

Seine Augen verengten sich. »Das zu beurteilen, steht dir nicht zu«, gab er zurück und wies mit dem Kinn auf Svensson. »Und ihm auch nicht.«

»Aber er hat doch recht.«

»Es geht hier nicht ums Rechthaben, sondern um die Schiffsdisziplin. Svensson hat Andersen schon mehr als einmal herausgefordert. Im Prinzip ist das Andersens Sache und nicht meine, nur, wenn das Schule macht, habe ich hier bald ein Problem mit aufsässigen Matrosen.«

»Und deshalb riskierst du Willys Leben?«

»Du übertreibst«, entgegnete er kühl. »Er muss nur runterkommen, das bisschen Prügel wird er schon überleben.«

Sarah sah hinauf zu Willy und dann wieder Brandon an. Seine Miene war undurchdringlich.

»Das bisschen Prügel?!« Sie schrie beinahe. »Wie kannst du so etwas zulassen?«

»Mein Gott, er kriegt es nicht mit der neunschwänzigen Katze. Ein paar hinter die Ohren hat noch keinem geschadet.«

Sie schluckte. Hatte er sich so verändert, oder war er immer schon dieser Ansicht gewesen? Als junger Mann war er keiner Prügelei aus dem Weg gegangen. In seinen Erzählungen hatte es sich immer so angehört, als sei er im Recht gewesen oder hätte sich nur gewehrt, aber war das wirklich so gewesen?

»Er ist doch noch ein Junge.«

»Junge oder nicht, es ist seine Aufgabe, in der Takelage zu arbeiten wie die anderen Matrosen. Wenn er das nicht kann, ist er hier am falschen Platz!«

»Porco dio!« Jetzt schrie sie wirklich. »Er ist gelähmt vor Angst, gottverdammt! Was ist, wenn er stürzt?«

Brandon zuckte die Schultern. »Ein bedauerlicher Unfall.«

»Ein Unfall?« Sarah schnappte nach Luft.

Ihr Disput erregte die Aufmerksamkeit der Matrosen. Brandon warf ihnen einen scharfen Blick zu, und sein Ausdruck verhärtete sich. »Schluss damit! Niemand zweifelt an den Befehlen meines Steuermanns.«

»Dann schick du doch jemanden hoch, der ihn holt«, schlug sie vor. »Du bist der Kapitän.«

»Genau. Und deshalb geht niemand hoch.«

»Wie kannst du so sein?«

Er antwortete ihr nicht.

Sie sah in seine Augen und erkannte: Sie konnte nichts tun. Er würde seinen Entschluss nicht ändern. Nicht vor seinen Männern.

Es dämmerte bereits, und der Regen wurde stärker. Mullins schimpfte, weil er den Tisch in der Kajüte ohne Willys Hilfe decken musste. Ward und Brady schleppten einen großen Topf ins Logis. Brandon und die Jäger gingen ebenfalls zum Essen. Sarah blieb an Deck, ihr war der Appetit vergangen. Sie ging hinüber zu den Wanten und schaute hinauf. Es war inzwischen so dunkel, dass man Willys Umrisse mehr ahnte als sah.

Da trat Svensson neben sie. »Komm runter, Willy. So schlimm wird es schon nicht werden«, rief er hinauf. Er meinte Andersens Prügel, nahm sie an.

Willy wimmerte nur.

»Ich glaube nicht, dass er Angst vor Schlägen hat«, sagte sie leise.

»Was dann?«

»Höhenangst.« Sie hatte es bisher nicht ausgesprochen, weil sie befürchtet hatte, die Männer würden Willy verspotten, wenn sie den Grund für seine Angst kannten. Aber Svensson würde es vielleicht verstehen. Er hatte sie nicht ausgelacht, als sie vor Heimweh geweint hatte.

»Was?«

Sie wandte sich ihm zu. »Angst vor der Höhe.«

»So was gibt es?«

»Ja. Es ist … wenn man nach unten guckt, dreht sich alles, man hat das Gefühl zu fallen, man bekommt keine Luft mehr, es ist wie Todesangst. Manche werden ohnmächtig.« Wieder schaute sie hinauf. »Wahrscheinlich kann er sich gar nicht bewegen.«

»Sie kennen das Gefühl?«

Sie nickte stumm.

»Und Sie meinen, er schafft es allein nicht runter?«

»Ich denke nicht.« Er würde abstürzen, dessen war sie sicher.

Svensson strich sich das regennasse Haar aus der Stirn und sah wieder nach oben. »Ich dachte, er hätte Angst vor Andersen.«

»Das bestimmt auch. Trotzdem würde er sich wahrscheinlich lieber verprügeln lassen, als da oben zu sein.«

»Na dann.« Svensson atmete tief ein, schwang sich in die Leinen und begann zu klettern.

Sarah bewunderte ihn. Für seine Entschlossenheit, für die Konsequenz, mit der er handelte, für sein Mitgefühl. Vielleicht hatten sie Glück, und der Steuermann bekam gar nicht mit, was er tat.

»Svensson!«

Das war Andersens Stimme.

»Was wird das?«

»Ich hole Willy«, erklärte Svensson, ohne das übliche »Sir« anzuhängen.

»Du gehst da nicht rauf!«

Der Matrose warf ihm einen kühlen Blick zu. »Hindere mich daran«, gab er zurück und kletterte weiter.

Andersen starrte ihm nach, dieses Mal wurde er nicht rot, sondern blass vor Zorn.

»Dieser Idiot«, murmelte Gus, der in ihrer Nähe aufgetaucht war.

»Er hat Mut«, widersprach Sarah. »Wenigstens einer, der nicht wegsieht, wenn Unrecht geschieht.«

»Mut? Eher Dummheit«, entgegnete Gus. »Im Moment hat Andersen ihm nichts entgegenzusetzen. Er könnte ihn bei Brandon verpetzen, allerdings verliert er dann sein Gesicht. Aber er wird es ihm heimzahlen, auf die eine oder andere Weise.«

Svensson hatte Willy erreicht, schlang einen Arm um ihn und begann vorsichtig mit ihm den Abstieg.

Sarah hörte Andersens heftiges Atmen. Er schien außer

sich vor Wut. Besorgt sah sie sich um. Außer ihr und Hale, der am Ruder stand, befanden sich nur noch Andersen, Gus, Svensson und Willy an Deck. Keiner von ihnen würde sich auf Andersens Seite schlagen. Willy zählte nicht, und Gus würde sich aus einem Streit heraushalten, wie er es immer tat.

Svensson sprang aufs Deck und half Willy hinunter.

Andersen baute sich vor ihm auf. »Das wirst du büßen.«

Der Schwede richtete sich zu seiner vollen Größe auf. Er überragte den Steuermann um einen halben Kopf. »Verprügle mich doch«, erwiderte er leise. »Oder geh und verpfeif' mich beim Alten.«

Andersen ballte die Fäuste, und Sarah befürchtete einen Augenblick, er würde tatsächlich zuschlagen. Dann drehte er sich jedoch wortlos um und ging.

Willy war kalkweiß im Gesicht. Er machte zwei Schritte und sank zusammen.

Sarah lief zu ihm. Sie hatte genug Frauen gesehen, die ohnmächtig wurden, weil sie zu eng geschnürt waren, um zu wissen, was zu tun war. »Haben wir irgendetwas, womit wir seine Beine hochlagern können?«

Svensson eilte davon und kam mit einer Rolle Leinen wieder, die Sarah unter Willys Beine schob. Dabei stieg ihr der scharfe Geruch von Urin in die Nase. Schockiert sah sie zu Svensson auf.

Er zog die Augenbrauen hoch. »Todesangst«, stellte er trocken fest.

Sie nickte und schlug dem Jungen sachte auf die Wange. »Bleib bei uns, Willy. Du bist in Sicherheit.«

Willy schlug die Augen auf und stieß ein leises Wimmern aus, das wie »Mama« klang.

Sarah nahm seine Hand und streichelte seine Wange. Wie jung er aussah. Seine Haut war glatt, nur am Kinn zeigte sich ein weicher Flaum.

»Sagen Sie, Mr. Svensson, wie alt ist der Junge?«

»Kaum älter als fünfzehn, würde ich sagen.«

Jünger als ihre Tochter. Fast noch ein Kind. Ihr wurde übel. »Diese Mistkerle! Er muss ins Warme.«

»Ich bringe ihn in seine Koje.«

Sarah schüttelte den Kopf. »Nein, warten Sie. Ich denke, es ist besser, wenn wir ihn vorher versorgen. Das«, sie deutete auf die nasse Hose, »muss nicht jeder wissen. Helfen Sie mir, ihn in die Kombüse zu bringen?«

Svensson nahm den Jungen ohne weitere Umstände auf die Arme und trug ihn die Stufen zur Kombüse hinunter.

Mullins hockte am Tisch und las in einer der alten Zeitungen, die sie auf der Insel an Bord genommen hatten. »Was'n das jetzt«, knurrte er. »Sin' wir hier das Lazarett?«

»Halt's Maul, Mullins«, gab Svensson grob zurück. »Am besten, du verziehst dich.«

»Werd' ich auch. Hab keine Lust auf Ärger mit dem Alten.«

Er stand auf, warf seine Schürze auf den Stuhl und verließ kopfschüttelnd die Kombüse.

Svensson ließ Willy auf den Boden gleiten, zog seine Jacke aus und schob sie dem Jungen unter den Kopf. Sarah hatte unterdessen angefangen, Willy die nasse Hose auszuziehen.

»Ma'am, Sie sollten das nicht …«, protestierte Svensson.

Sie unterbrach ihn. »Ich war verheiratet. Ich weiß, wie ein Mann aussieht.«

Um seine Mundwinkel zuckte es, als unterdrücke er ein Lächeln. Er nickte, griff nach einem Tuch und trocknete den Jungen ab. »Ich hole ihm andere Sachen.«

Er verließ kurz die Kombüse.

Sarah kochte Kaffee, und nachdem Svensson mit neuer Kleidung zurückgekommen war und Willy beim Anziehen geholfen hatte, reichte sie jedem eine Tasse.

Willy saß, noch immer blass im Gesicht, an die Kombüsenwand gelehnt. Svensson klopfte ihm auf die Schulter und holte eine flache Flasche aus der Hosentasche. »Hier, Junge, trink einen Schluck! Du kannst es brauchen.«

Sarah schüttelte den Kopf. »Keinen Alkohol!« Ihre Stimme klang schärfer, als sie beabsichtigt hatte.

Svensson warf ihr einen schwer zu deutenden Blick zu und hielt Willy die Flasche hin. Der Junge sah unsicher von ihr zu Svensson, dann griff er nach der Flasche und nahm einen großen Schluck. Sie zog die Augenbrauen hoch, erhob jedoch keinen Einspruch mehr. Svensson besaß eindeutig mehr Autorität als sie.

Willy holte tief Luft und trank noch einmal.

»Hast du Hunger?«, fragte sie ihn.

Er schüttelte stumm den Kopf.

Svensson stand auf. »Dann komm, Junge. Ab in die Koje.«

Willy erhob sich mühsam und stieg mit wackeligen Beinen die Treppe hinauf, Svensson hinterher.

»Mr. Svensson …«, rief Sarah gedämpft.

Er drehte sich um.

»Danke. Das war sehr mutig.«

»Irgendjemand musste ihm helfen«, erwiderte er schlicht.

»Was wird Mr. Andersen tun?« Sie dachte an seine Drohungen.

»Ich weiß es nicht. Er wird es nicht auf sich beruhen lassen, das kann er sich nicht leisten.«

»Aber dann …« Sie schluckte schwer. Das hieße, dass er Willy verprügeln würde.

Ein Lächeln glitt über Svenssons Gesicht. »Keine Sorge, Willy wird es überleben – und ich ebenfalls.«

Fassungslos starrte sie ihm nach.

22. KAPITEL

Zunächst jedoch geschah nichts. Die Victory fuhr stetig nach Norden. Je weiter sie kamen, desto spektakulärer wurden die Sonnenuntergänge. Der Himmel flammte in leuchtendem Orange, in Rot und sogar Lila.

Sarah versuchte, möglichst an Deck zu sein, wenn die Sonne sank. Seltsam, sie hatte sich immer für naturverbunden gehalten, aber erst hier auf dem Meer spürte sie, wie Natur wirklich war. Schön war sie, aber es war eine Schönheit, die etwas Überwältigendes, etwas Gefährliches hatte.

Leicht beschämt erinnerte sie sich eines Abends an einige Segeltörns, die sie mitgemacht hatte. Harmlose Ausflüge am Sonntag, die nichts mit der elementaren Erfahrung hier an Bord gemein hatten. Herrschaften, die in ihren Segeljachten vor der Küste herumschipperten und sich fühlten wie die Könige der Meere.

Die Damen saßen in feinen Kleidern am Bug und schlürften Champagner, während die Männer fachsimpelten, sich wichtigmachten und sich von den Damen gebührend bewundern ließen. Die eigentliche Arbeit an Bord erledigte die Besatzung im Hintergrund. Wahrscheinlich kannten die Herrensegler noch nicht einmal die gängigen Seemannsknoten. Kein Wunder, dass die Matrosen nichts mit ihnen zu tun haben wollten. Vermutlich hatten sie sich über die ›höhere Gesellschaft‹ lustig gemacht, sobald sie unter sich waren. Nicht, dass es umgekehrt anders gewesen wäre. Keiner der feinen Leute an Bord gab sich mit den Matrosen ab.

Sie ahnten nicht, was sie verpassten. Sie unterdrückte ein Lachen, als sie sich Männer wie Brandon, Gus oder Svensson an Bord dieser Jachten vorstellte.

Das hier, das war anders. Es war ein echtes Abenteuer, und eigentlich hielt sie sich ganz gut.

Sie blickte auf den dunkler werdenden Horizont, und plötzlich wurde ihr klar, es gab keine Rückkehr. Natürlich, sie würde zurück nach San Francisco gehen. Aber es würde nicht mehr dasselbe sein. Nie wieder. Sie war nicht mehr dieselbe. Zu sehr hatte sie sich in den Wochen an Bord verändert, hatte sich ihre Sicht auf die Welt verändert.

Und sie war noch nicht einmal unglücklich.

Verblüfft hielt sie diesen Gedanken fest. Sie war nicht unzufrieden. Nicht, dass ihr Kochen und Putzen nun unbedingt viel Freude bereiteten, aber unleugbar fühlte sie Befriedigung und Stolz. Sie hatte es geschafft, vor den Männern zu bestehen. Viele mochten oder achteten sie.

Am Morgen darauf ertappte sie sich in der Kombüse dabei, dass sie leise vor sich hin summte.

Mullins spuckte in die Blechdose, die als Spucknapf diente. »Gut gelaunt heute Morgen, was?«, knurrte er.

Sie schenkte ihm ihr strahlendstes Bühnenlächeln. »Ja.«

»Dann decken Sie schon mal den Kajüttisch. Keine Ahnung, wo Willy steckt.«

Immer noch summend, griff sie nach den Frühstückstellern, um sie in die Kajüte zu bringen.

Auf dem Rückweg entdeckte sie Willy. Er stand an der Reling und übergab sich. Verwundert trat sie näher. Was hatte er? Seekrankheit konnte es kaum sein, das Meer war recht ruhig, und außerdem war er bisher niemals seekrank gewesen. Vielleicht hatte er etwas Schlechtes gegessen. Dann müsste man allerdings damit rechnen, dass noch mehr Männer krank wurden. Die Matrosen beachteten ihn nicht weiter, und es war wohl besser, wenn sie das auch nicht tat. Es wäre ihm sicher peinlich, wenn sie ihn ansprach.

Zurück in der Kombüse, räumte sie Besteck und Tassen in einen Korb, und kurz darauf erschien auch Willy.

Mullins stieß einen leisen Pfiff aus. »Wie siehst du denn aus?«

Willys Gesicht war geschwollen, seine Unterlippe aufgeplatzt und sein rechtes Auge blutunterlaufen. Er bewegte sich vorsichtig, als hätte er Schmerzen.

»Hab mich gestoßen«, nuschelte er.

Der Koch nickte und deutete auf die Teller fürs Logis. »Mach hin, die Leute warten schon.«

Sarah starrte ihn entsetzt an. »Wer hat dich so zugerichtet? Andersen?«

Willy zuckte nur die Schultern.

»Sie haben's gehört«, schaltete sich Mullins ein. »Er hat sich gestoßen.«

Empört fuhr sie herum. Das ging entschieden zu weit. Ein paar hinter die Ohren, wie Brandon sich ausgedrückt hatte, sahen anders aus. Der Junge war brutal verprügelt worden.

»Er hat sich nicht gestoßen, das wissen Sie genauso gut wie ich. Ich werde das nicht auf sich beruhen lassen.«

»Und was woll'n Sie machen?«, fragte Mullins lapidar.

»Ich rede mit dem Kapitän!«, erklärte sie entschlossen.

Willy zuckte zusammen. »Bitte, Ma'am, tun Sie das nicht.«

»Und warum nicht?«

»Es würde nichts nützen.«

»Doch«, widersprach sie. »Das ist Willkür. Dagegen muss man etwas unternehmen.«

Mullins gab Willy einen Wink mit dem Kinn zur Tür. Er wartete, bis der Schiffsjunge die Kombüse verlassen hatte, dann baute er sich vor Sarah auf, die Hände in die Hüften gestützt. »Wie lange sind Sie jetzt an Bord, zwei Monate?«

»Ungefähr.«

»Und Sie wissen immer noch nichts! Was glauben Sie wohl, was der Alte tun wird, wenn Sie mit ihm sprechen?«

»Mit Andersen reden, hoffe ich.«

»Mit Andersen reden! Wie schön. Und was soll das bringen?«

»Dass so etwas nicht wieder vorkommt.«

Mullins starrte sie einen Augenblick an, dann lachte er. Es war kein fröhliches Lachen. Bitterkeit und Wut lagen darin. »Sie sind vielleicht gelungen!« Schlagartig wurde er wieder ernst. »Angenommen, der Alte schmeißt Sie nicht sofort raus, sondern hört Ihnen zu, und vielleicht redet er sogar mit dem Steuermann. Was wird wohl passieren?«

Joe *würde* ihr zuhören, und er *würde* mit Andersen reden. Dass es Raufereien gab, dass es mal Hiebe setzte, war eine Sache, aber hier war ein wehrloser Junge zusammengeschlagen worden. Und wenn alle an Bord wegsahen, sie würde es nicht tun.

Als sie schwieg, fuhr Mullins fort: »Ich sag's Ihnen. Andersen wird Willy grün und blau schlagen. Und die Männer im Logis werden ihm auch noch ein paar verpassen, weil er gepetzt hat. Denunzianten sind nicht besonders beliebt.«

»Aber das ist unrecht. Der Kapitän muss etwas dagegen unternehmen.«

»Brandon? Der rührt keinen Finger. Meinen Sie, der wüsste nicht, was da läuft? Andersen erledigt nur die Drecksarbeit für ihn.«

Sarah schüttelte den Kopf. »Das glaube ich nicht.«

Es konnte nicht sein, dass Joe davon wusste. Doch dann fiel ihr ein, wie er reagiert hatte, als Willy in der Takelage gewesen war. Er hatte in Kauf genommen, dass der Junge abstürzte, und mehr noch, es schien ihm egal gewesen zu sein.

»Glauben Sie's oder lassen Sie's bleiben«, erklärte Mullins.

Sie dachte nach. Es musste doch eine Möglichkeit geben,

Andersen zur Verantwortung zu ziehen. »Dann werde ich Andersen eben bei der Behörde anzeigen.«

»Wenn Sie Brandon oder Andersen damit drohen«, sagte Mullins sehr langsam, »wird Willy diese Fahrt nicht überleben.«

»Was? Das wäre doch Mord!«

Sie wollte nicht glauben, dass Brandon zu so etwas fähig war.

»Was heißt schon Mord? Wie schnell rutscht ein Mann nachts aus und fällt ins Wasser. Oder es gibt einen Unfall bei der Jagd. Es wäre nicht das erste Mal.«

Ihre Knie gaben nach, sie musste sich setzen. »Ich kann also gar nichts tun«, sagte sie, mehr zu sich selbst.

»Doch. Sie können sich raushalten. Sehen Sie nicht hin, halten Sie den Mund!«

Trotzig hob sie den Kopf. »Ich werde dieses Mal den Mund halten, aber ich werde nicht wegsehen!«

*

Das Leben an Bord ging weiter, als wäre nichts geschehen. Keiner schenkte Willys Verletzungen besondere Beachtung.

Sarah wartete gespannt auf die Reaktion von Brandon, aber der hob nur eine Augenbraue, als er Willy zu Gesicht bekam. Also hatte Mullins möglicherweise recht, und Brandon duldete Andersens Brutalität. Aber vielleicht glaubte er auch, es hätte nur eine Schlägerei im Logis gegeben. Er konnte nicht wissen, wer Willy verprügelt hatte. Schließlich war er bereits unter Deck gewesen, als es zu der Auseinandersetzung zwischen Svensson und Andersen gekommen war. Und der Steuermann hatte ihm mit Sicherheit nichts davon erzählt, immerhin war er derjenige gewesen, der den Kürzeren gezogen hatte.

Svensson blieb unversehrt, offensichtlich wagte Andersen es nicht, sich an ihm zu vergreifen. Sarah konnte sich auch nicht vorstellen, dass er sich widerstandslos schlagen lassen würde.

Eine weitere Woche verging, und noch immer waren keine Robben in Sicht. Die Stimmung an Bord wurde zunehmend schlechter.

Beim Abendessen brütete Brandon düster vor sich hin, während einige Männer von früheren Reisen erzählten, bei denen ebenfalls zunächst keine Robben gesichtet werden konnten, bis dann plötzlich die große Herde aufgetaucht war.

Der indianische Jäger, Jim, schüttelte den Kopf. »Es ist anders. Die großen Herden gibt es nicht mehr. Es ist zu viel gejagt worden in den letzten Jahren.«

»Es war ohnehin eine dumme Idee, dieses Jahr noch mal zu fahren«, murrte Jeff Abrams. »Wir verdienen nur Geld, wenn wir viele Robben schießen.« Er warf dem Kapitän einen Seitenblick zu. »Und so sieht es im Moment nicht aus.«

Brandon hob den Kopf und fixierte ihn. »Möchtest du auf etwas Bestimmtes hinaus, Jeff?« Er sprach leise, doch in seinem Tonfall lag Härte.

Abrams schluckte, sein Blick flatterte hinüber zu den anderen. Jim hatte sich aufgerichtet und folgte aufmerksam dem Wortwechsel. Die restlichen Männer interessierten sich scheinbar nur für ihr Essen, obwohl Sarah sicher war, dass sie genauso gespannt zuhörten wie sie selbst.

»Nun?«, fragte Brandon scharf.

Abrams presste die Lippen zusammen. »Nein. Vielleicht treffen wir bald auf eine Herde.«

»Dann ist es ja gut.«

Der Rest der Mahlzeit verlief in betretenem Schweigen.

Die Männer aßen hastig, erhoben sich dann, murmelten einen Gruß und verließen die Kajüte.

Brandon blieb sitzen. Eine steile Falte stand zwischen seinen Augenbrauen. Er schien sich wirklich Sorgen zu machen.

»Was ist, wenn ihr tatsächlich keine Robben findet?«, erkundigte Sarah sich.

»Gott bewahre. Wir müssen einfach. Sonst ...«

»Sonst?«

Er stand unvermittelt auf und schlug mit der Faust gegen die Wand. »Sonst verliere ich jede Menge Geld. Verstehst du«, sagte er und wandte sich ihr wieder zu, »ich habe investiert. Das Schiff auf Vordermann gebracht, die Mannschaft angeheuert, Munition gekauft. Wenn wir nichts erbeuten ...« Er schüttelte den Kopf. »Die Jäger sind am Gewinn beteiligt. Wenn wir nichts fangen, verdienen sie keinen Cent, und ich bin ruiniert.«

»Es gab doch bereits Zeitungsberichte, dass es weniger Robben gibt. Weshalb hast du dich trotzdem darauf eingelassen?«

»Weshalb? Mit irgendetwas muss ich meinen Lebensunterhalt verdienen, Lady.«

Sarah verdrehte die Augen. »Das war nicht meine Frage. Du kanntest das Risiko. Warum bist du es eingegangen?«

Überraschend erhellte ein Lächeln sein Gesicht. »Du hast recht. Ja, ich kannte das Risiko. Aber dieses Jahr sind nur acht Schiffe aus Victoria in Richtung Japan ausgelaufen. Vor ein paar Jahren waren es zweiundzwanzig. Bei so wenig Schiffen sollte die Chance auf Beute besser sein. Außerdem wird die Jagd bald ganz verboten. Ich habe gehofft, dass das den Preis in die Höhe treibt. Weniger Felle, die aber mehr Geld bringen.«

»Du hast dich verspekuliert.«

Er kniff die Augen zusammen. »Wir werden sehen. Noch ist die Jagdzeit nicht zu Ende.«

Plötzlich wirkte er sehr viel zuversichtlicher als vorher, und Sarah fragte sich, was er vorhatte.

Die sonnigen Tage waren vorbei. Es blies ein kalter Wind, die See war kabbelig, und immer wieder gingen Regenschauer nieder. Mullins wurde wohl von seinem Rheuma geplagt, seine Laune war so schlecht wie schon lange nicht mehr. An diesem Morgen ließ er seinen Zorn an Willy aus, weil der zu spät zum Dienst erschienen war. Sarah packte den Abfalleimer und flüchtete.

Draußen nahm sie sich ein paar Minuten Zeit, um durchzuatmen.

Alex kam aus der Takelage, er war gerade von seinem Posten im Ausguck abgelöst worden. Grüßend nickte er Sarah zu. »Hallo, Ma'am, scheußliches Wetter heute.« Dann gesellte er sich zu Gus, Nielsen und Svensson, die in ihrer Nähe an der Reling standen und sich unterhielten.

»Immer noch keine Robben«, murrte er und zog den Kragen seiner Jacke höher. »Verdammt, ich hätte mich nicht hierauf einlassen sollen.«

Gus zündete seine Pfeife an. »Nur die Ruhe. Ich denke, der Alte hat einen Plan.«

»Was für einen Plan? Will er sich die Robben herzaubern?«

Gus paffte eine Rauchwolke in die Luft. »Vielleicht. Vielleicht zaubert er auch uns zu den Robben.«

»Was?« Nielsen runzelte die Stirn. »Red' nicht in Rätseln.«

»Überlegt doch mal. Warum hat er die Rothaut mit?«

»Warum wohl«, gab Nielsen zurück. »Weil er ein guter Jäger ist.«

»Das sind sie alle. Die Besten, behaupten manche. Und die Besten kriegst du nur, wenn sie sicher sind, dass sie mit dir das große Geld machen. Aber Jim war früher mit MacLean unterwegs.«

Den Namen kannte Sarah. Sie erinnerte sich an den Artikel über ihn. Aber warum spielte es eine Rolle, dass Jim mit ihm gefahren war?

»Und wer zum Teufel ist MacLean?«, fragte Alex.

»Das weißt du nicht?« Gus warf sich in die Brust. »Kapitän Alexander MacLean. Eine Legende unter den Seeleuten, unter den Robbenfängern.«

»Und ein Wilderer«, fügte Nielsen trocken hinzu.

Gus nickte. »Und jetzt denkt euch selbst euren Teil.«

Svensson und Fuller sahen ihn fragend an, Nielsen zog nachdenklich die Brauen zusammen. »Es heißt, MacLean war schon mehr als einmal in den Schutzgebieten wildern. Angeblich hat er dort neue Rookeries entdeckt. Wenn Jim dabei war, weiß er, wo die liegen.«

»Was sind Rookeries?«, fragte Alex.

»Die Inseln, wo die Robben ihre Jungen kriegen. Inzwischen sind sie streng geschützt. Es gibt Patrouillenboote. Schnelle Dampfer. Wenn dich die Amerikaner erwischen, sitzt du fest. Und wenn die Russen dich in ihren Hoheitsgewässern aufgreifen, landest du irgendwo in Sibirien in den Minen«, erklärte Nielsen.

»Das klingt nicht lustig.«

»Ist es auch nicht«, schaltete sich Gus wieder ein. »Es gibt Schiffe, von denen hat man nie wieder gehört, wie die Mary Thomas. Sie ist einfach verschwunden. Ich bin sicher, dass die Russen sie erwischt haben.

Und ein Jäger, mit dem ich mal unterwegs war, hat es selbst erlebt: Die Russen haben ihn in die Minen geschickt. Für drei Jahre. Als er rauskam, war er ein Wrack.«

Sarah fröstelte. Wenn Gus recht hatte, brachte Brandon sie alle in Gefahr.

»Und ihr glaubt, der Alte hat das vor? Wildern?« Alex' Stimme klang beunruhigt.

»Ich glaube gar nichts«, erwiderte Gus sofort. »Und ich hab' auch nichts gesagt. Nur, dass ihr euch euren Teil denken sollt.« Er nickte den Männern zu und ging.

»Das ist nicht in Ordnung«, sagte Svensson langsam. »Ein solches Risiko kann der Alte nicht eingehen.«

»Robbenjagd ist nun mal gefährlich«, stellte Nielsen fest.

Svensson nickte. »Das wusste ich, als ich angeheuert habe. Aber nicht, dass er in die Beringsee will.«

»Wäre es dir lieber, wir fangen nichts und verdienen kein Geld?«, warf Alex ein.

»Denk doch mal nach«, entgegnete Svensson. »Deine Heuer bekommst du so oder so. Die Jäger und Brandon sind es, die Verluste machen.«

Alex runzelte die Stirn. »Aber wenn sein Plan aufgeht, machen wir ein Vermögen.«

Der Schwede schüttelte bedächtig den Kopf. »Das Vermögen bekommen die Leute achtern. Für uns bleibt nur ein kleiner Anteil. Wie viel bekommst du pro Fell? Und wie viel bekommen Brandon und die Jäger?«

Nielsen nickte. »So habe ich das noch nicht gesehen.«

»Wahrscheinlich sehen es die wenigsten so. Wir sollten mit den anderen darüber sprechen.«

Nielsen stieß einen leisen Pfiff aus. »Das ist gefährlich, was du da redest.«

»Vielleicht ist es auch nur Geschwätz von Gus«, warf Alex ein. »Ihr kennt ihn, er quatscht gerne. Ich hau mich jetzt erst mal in die Koje.«

Sarah biss sich auf die Lippe, während sie zusah, wie die Gruppe sich zerstreute. Würde Brandon tatsächlich das Leben aller an Bord riskieren? Sie dachte an das Gespräch in seiner Kabine, als sie an der Insel vor Anker gelegen hatten. Ich will so viel Geld wie möglich verdienen, hatte er gesagt. Diesem Ziel schien er alles andere unterzuordnen. Wieder einmal fragte sie sich, wieso er sich so sehr verändert hatte. Joe war zielstrebig gewesen und entschlossen, seine Situation zu verbessern, aber Brandon zeigte eine Härte und eine Rücksichtslosigkeit, die er als junger Mann nicht gehabt hatte. Oder vielleicht doch?

Auf dem Weg zurück in die Kombüse begegnete ihr Willy. Die Schwellungen in seinem Gesicht waren zurückgegangen, aber er sah blass und elend aus. Vielleicht hatte er sich erkältet, bei diesem Wetter war das kein Wunder. Am besten, sie kochte ihm eine Kanne Tee.

Auch im Logis gab es kein anderes Thema als das Ausbleiben der Robben, stellte Peer fest, als er nach seiner Wache zum Essen nach unten ging. Die acht Männer der Freiwache saßen auf ihren Seekisten am Tisch, aßen und diskutierten dabei lautstark.

»So was hab ich noch nie erlebt«, sagte Hughes gerade. »Und ich fahre schon seit zehn Jahren auf Robbenjagd. Klar waren die Herden früher größer, aber dass überhaupt keine Robben da sind, das gab's noch nie.«

Hale beugte sich nach vorne, seine hellen Augen hatten einen fanatischen Glanz. »Ich sag' euch, das geht nicht mit rechten Dingen zu. Diese ganze Fahrt steht unter einem schlechten Stern. Und ich weiß auch, warum.«

Die anderen Männer verstummten, doch Hale sprach nicht weiter, sondern starrte finster vor sich auf den Tisch.

»Und *was* weißt du, alte Unke?«, fragte Fuller schließlich.

»Die Frau ist's.« Hale nickte. »Ich hab's gleich gesagt, Frauen an Bord bringen Unglück. Jetzt seht ihr es.«

Einige Männer murmelten zustimmend. Peer zog die Brauen zusammen. Das war nicht gut.

Normalerweise gab er nichts auf Hales Geschwätz, er prophezeite ständig irgendwelches Unheil, und meistens spotteten die Männer über ihn. Aber jetzt waren sie nervös und gereizt, da fielen solche Sprüche schnell auf fruchtbaren Boden. Alle Seeleute waren abergläubisch, er selbst bildete keine Ausnahme, aber dass Sarah schuld daran sein sollte, dass sie nicht auf Robben stießen, war absurd – und gefährlich, denn wenn sie erst einmal als Sündenbock galt, konnte das leicht böse Folgen haben.

Er setzte sich an seinen Platz, zog den großen Topf zu sich und füllte seine Schüssel. »Riecht gut«, sagte er laut. »Hat wohl ›die Frau‹ gekocht.« Er sah in die Runde. »Wenn sie nicht hier wäre, bekämen wir jeden Tag Mullins' Fraß vorgesetzt. Bisher wart ihr alle recht dankbar für ihr Essen. Also lasst dieses abergläubische Geschwätz.«

»Abergläubisches Geschwätz! Das sagt der Richtige. Hattest du dich nicht darüber aufgeregt, dass Andersen diesen dämlichen Vogel abgeknallt hat?« Reilly funkelte ihn streitlustig an.

Wieder spürte Peer das tiefe Bedauern über den unnötigen Tod des Albatros und die Tatsache, dass am anderen Ende der Welt sein Partner nun vergeblich auf ihn wartete. Aber das würde hier keiner begreifen. Sarah hatte es verstanden.

»Weil es unnötig war«, antwortete er. »Aber ich könnte jetzt sagen, wir finden deswegen keine Robben.« Er glaubte zwar nicht daran, aber vielleicht die anderen.

»Vielleicht ist es auch so«, meldete sich Hale wieder. »Der Albatros war eine Warnung. Wir hätten die Frau auf den Bonin-Inseln an Land setzen müssen.«

Er hatte gute Lust, Hale zu schütteln. »Nenn sie nicht ›die Frau‹! Sie hat einen Namen.«

Sarah, dachte er, sie heißt Sarah, und wenn ihr jemand etwas antut, bekommt er es mit mir zu tun.

»Hört mit diesem blöden Gerede auf«, schaltete sich Hughes ein. »Lasst uns lieber überlegen, was wir tun können.«

»Gar nichts können wir tun, Jungchen«, bemerkte Gus vom anderen Ende des Tisches. »Der Einzige, der was tun kann, ist der Alte. Und er wird etwas tun. Brandon ist dafür bekannt, dass er sich nicht die Butter vom Brot nehmen lässt.«

»Was soll Brandon schon tun?«, blaffte Hughes zurück. »Und sag nicht ›Jungchen‹ zu mir, sonst gibt's was aufs Maul.«

Überrascht sah Peer ihn an. Die Nerven seiner Kameraden lagen wirklich blank, wenn schon der sonst so gelassene Hughes das Streiten anfing.

Gus runzelte die Stirn. »Komm du erst mal in mein Alter, bevor du mir drohst. Du bist doch noch grün hinter den Ohren.«

Prompt ballte Hughes die Fäuste und machte Anstalten, auf Gus loszugehen, doch Peer legte ihm die Hand auf die Schulter und drückte ihn zurück auf seine Kiste. »Hört auf damit. Es hilft keinem, wenn ihr euch prügelt.«

Hughes warf Gus einen giftigen Blick zu. »Dann soll er Klartext reden, wenn er etwas weiß.«

Gus wiegte den Kopf. »Was weiß man schon. Man hört hier etwas und da. Manches kann man sich zusammenreimen. Weiß einer von euch, wo wir sind?«

Im Stillen gab Peer Hughes recht. Diese ständigen Andeutungen machten alles nur noch schlimmer. Wusste Gus wirklich mehr, oder machte er sich nur wichtig?

Er fragte sich, ob Brandon wirklich ein solches Risiko eingehen würde, noch dazu mit einer Frau an Bord. Er glaubte es eigentlich nicht, aber seit dem Vorfall mit Willy wusste er nicht mehr, was er von seinem Kapitän halten sollte.

»Wir fahren seit Tagen nach Norden«, beantwortete Nielsen Gus' Frage. »Normalerweise trifft man die Herde ab dem fünfundvierzigsten Breitengrad. Da Brandon schon deutlich über eine Woche mit den Robben rechnet, müssten wir ein ganzes Stück weiter sein.«

Ernst Klausen, der bisher nur zugehört hatte, beugte sich vor. »Wieso fragst du, Gus?«

Peer warf einen Blick hinüber zu Gus. Der verzog keine Miene und schwieg. Offensichtlich wollte er nicht über seine Vermutung reden. Auch gut, dann würde er es eben tun. Diese Geheimniskrämerei machte die Männer nur noch nervöser. »Es gibt Gerüchte, dass Brandon in die russischen Gewässer segeln will.«

Schlagartig wurde es totenstill. Alle Männer starrten ihn an.

»Woher weißt du das?«, fragte Hughes schließlich. »Von einem Jäger?« Er war sehr blass.

Peer wartete einen Augenblick, aber Gus schwieg weiterhin. Jos Nielsen schüttelte den Kopf, in seinem Gesicht stand deutliche Besorgnis.

»Nur Gerüchte«, wiederholte Peer. »Aber trotzdem, was haltet ihr davon?«

»Ist doch egal, was wir davon halten«, keifte Reilly. »Der Alte wird nicht nach unserer Meinung fragen.«

»Ich bin der Ansicht, dass er das nicht einfach tun kann«, begann Peer, doch Nielsen schnitt ihm das Wort ab. »Halt die Klappe, Mann. Du redest dich um Kopf und Kragen.«

»Ich sag' nur meine Meinung, mehr nicht!«

»Deine Meinung interessiert keinen.« Reilly war heute noch streitlustiger als üblich.

»Doch, mich interessiert, was er zu sagen hat«, warf Klausen ein. »Glaubst du, Brandon weiß, wo eine Rookery ist?«

»Vielleicht. Aber selbst wenn, ich habe keine Lust, bei den Russen in den Minen zu landen.«

Klausen kratzte sich den Bart. »Ich weiß nicht. Ich war mal auf den Pribilof-Inseln, als das Robbenschlagen dort noch erlaubt war. So was könnt ihr euch nicht vorstellen. Die Robben liegen da zu Hunderten, was sag ich, zu Tausenden. Man muss nur hingehen und sie totschlagen. Die laufen noch nicht mal weg. In drei Tagen haben wir mehr Felle bekommen als in drei Monaten auf See. Also wenn Brandon so was macht, ich bin dabei.« Er schob seinen Teller zurück und begann seine Pfeife zu stopfen.

»Und das Risiko?«, fragte Alex ihn.

»So schlimm wird es nicht sein. Die Russen sind im Krieg, die haben Besseres zu tun, als ein paar Inseln zu bewachen.«

»Und wir wären schneller wieder zu Hause«, erklärte Reilly.

»Sag mal, wo hast du dein Hirn?« Peer schüttelte den Kopf. Konnten die Kerle nicht rechnen? »Du wirst pro Monat bezahlt. Was hast du davon, wenn die Jagd schneller rum ist? Die Einzigen, denen das nützt, sind die Jäger und der Alte. Der freut sich besonders, weil er dann nämlich zwei Monate Heuer für uns alle spart.«

»Da hast du recht«, sagte Alex. »Aber wir können doch sowieso nichts tun.«

Stumm griff Peer in seine Tasche, holte Tabak und Papier heraus und drehte sich eine Zigarette. Während er die ersten Züge nahm, beobachtete er seine Kameraden, die weiterhin hitzig diskutierten.

Wenn Brandon gegen das Gesetz verstieß, konnten sie schon etwas tun, sie hatten sogar das Recht auf ihrer Seite. Zumindest theoretisch könnten sie dem Kapitän die Gefolgschaft verweigern. Allerdings nur, wenn sich alle einig wären, und danach sah es im Moment nicht aus.

23. KAPITEL

Einige Tage später kam Sarah morgens an Deck und fand sich in einer verzauberten Welt wieder. Die Victory war über Nacht in eine der berühmt – berüchtigten Nebelbänke gelaufen, die sich dort bildeten, wo die wärmeren Strömungen des Japanischen Meeres auf die kalten des Beringmeers trafen.

Das Schiff war eingehüllt in weiße Schwaden. So dicht war der Nebel, dass man kaum vom Bug bis zum Heck sehen konnte, selbst die Spitzen der Masten waren nur schemenhaft zu erkennen.

Ihr Blick fand keinen Halt, verlor sich. Ihr schwindelte, und sie griff nach der Reling. Nach all den Wochen, in denen ihr Blick ungehindert bis zum Horizont hatte schweifen können, war es seltsam, nur ein paar Meter weit zu sehen.

Und nicht nur ihre Sicht war eingeschränkt, auch alle Geräusche waren merkwürdig gedämpft. Die Männer schienen sich leiser zu bewegen.

Wie im Traum wanderte sie langsam vom Heck zum Bug, vorbei an Gestalten, die sie erst erkannte, wenn sie ganz nahe war, und die dann wieder vom Nebel verschluckt wurden. Die Luftfeuchtigkeit sammelte sich in Tausenden winziger Tropfen auf ihren Haaren, ihren Kleidern. An den Wanten bildete der Tau größere Tropfen, die irgendwann schwer auf das Deck fielen.

Es war faszinierend, wenn auch ein wenig unheimlich.

Die Tage vergingen, und die weiße Welt verlor allmählich ihren Reiz. Wie ein Leichentuch lag der Nebel über dem Schiff. Die Segel hingen nass und schlapp. Brandon lief auf der Poop auf und ab wie ein Tiger im Käfig, während die

Mienen der Matrosen und Jäger immer düsterer wurden. Es wurde viel getuschelt.

Sarah bemerkte außerdem, dass sich die Gesichter von Klausen und Hale bei ihrem Anblick verfinsterten und sie ihr Gespräch unterbrachen, wenn sie in ihre Nähe kam. Reilly wich ihr offensichtlich aus. Nicht, dass sie gesteigerten Wert auf seine Gesellschaft legte, aber es war seltsam. Hatte sie vielleicht einen der Männer versehentlich beleidigt?

Die Victory dümpelte in der Flaute. Außer dem Steuermann und dem Kapitän wusste anscheinend niemand, welche Position sie gehabt hatte, als sie in die Nebelbank gelaufen war. An diesem Vormittag erzählte Gus Geschichten von Schiffen, die tagelang orientierungslos im Nebel umhergetrieben waren und als er sich schließlich lichtete, sich einer russischen Patrouille gegenübergesehen hatten.

»Und die akzeptieren keine Entschuldigung, die Russen, das sag' ich euch. Ab geht es in die Salzminen, und unser Bub hier«, er deutete auf Willy, »wird der Einzige sein, der es überlebt, weil er verdammt noch mal jung genug ist.« Er nickte nachdrücklich. »So ist das. Fünf Jahre in den Minen kosten dich zwanzig Jahre deines Lebens, sagt man.«

»Herrgott, Gus«, rief Svensson. »Hör auf damit. Die Stimmung ist schon schlecht genug, auch ohne dein Gerede.«

»Schon gut. Ich halt' den Mund. Aber ihr werdet noch an meine Worte denken.« Gus ging mit schweren Schritten an Sarah vorbei zum Logis.

»Wenn er recht hat, müssen wir etwas unternehmen«, meldete Reilly sich zu Wort. »Wir können uns doch nicht wie Vieh zur Schlachtbank führen lassen.«

»Bist du still«, fuhr Ernst Klausen dazwischen. »Man weiß nie, wer zuhört.«

Sarah fragte sich, wie weit Gus' Erzählungen der Wirklichkeit entsprachen und was daran Seemannsgarn war. Mittlerweile wirkten auch die anderen Matrosen besorgt und gereizt. Weil sie immer noch keine Robben gefunden hatten oder weil ihre Situation tatsächlich gefährlich war?

Am späten Nachmittag erschien Fuller mit einer aufgeplatzten Unterlippe und einer Schürfwunde an der Schläfe bei ihr in der Kombüse und bat sie um Verbandszeug.

»Setzen Sie sich«, sagte sie und wies auf den Stuhl. »Was ist überhaupt passiert?«

Gehorsam nahm Fuller Platz und verzog seine lädierten Lippen zu einem schiefen Grinsen. »Zu Befehl, Ma'am. Ich hatte Streit mit Hale.«

Sarah ging, um die Bordapotheke aus ihrer Kabine zu holen, die mittlerweile dort lagerte. Hale war nirgends zu sehen, er zog es offensichtlich vor, sich von seinen Kameraden im Logis verarzten zu lassen. Es wunderte sie nicht, sie ahnte schon länger, dass er sie nicht leiden konnte.

Zurück in der Kombüse, betupfte sie Fullers Wunden mit Jod, mehr konnte sie nicht tun.

Nielsen steckte den Kopf zur Tür herein. »Ach, hier steckst du.«

Lachend kam er die Stufen herunter. »Jetzt weiß ich auch, warum du die Prügelei angefangen hast. Damit du dich anschließend von zarten Händen versorgen lassen kannst. Ma'am, wenn Sie mit ihm fertig sind, ich habe da noch einen Kratzer unter dem linken Ohr, der müsste auch dringend behandelt werden.«

Er beugte sich vor und strich das Haar zurück. »Sehen Sie ihn?«

Sie unterdrückte ein Lächeln. Die Haut unter seinem Ohr war ein wenig schmutzig, eine Verletzung konnte sie nicht entdecken. »Nein.«

»Wirklich nicht?« Er kam noch näher, seine Wange lag beinahe an ihrer.

Lachend schob sie ihn fort. Er lachte mit. Selbst jetzt, wo der Nebel und die Flaute auf die Gemüter der Männer drückten, hatte sie Nielsen nie mürrisch oder schlechtgelaunt angetroffen.

Er wandte sich an Alex. »Hale sieht schlimmer aus als du. Warum hast du ihn überhaupt verdroschen?«

»Weil er dummes Zeug redet«, nuschelte Fuller.

Nielsen hob die Brauen, sein Blick streifte Sarah. »Ach so …«

»Ja, so«, entgegnete Fuller, sichtlich gereizt.

Verwundert sah sie von einem zum anderen, doch die Männer schienen sich wortlos verständigt zu haben. Sie schwiegen beide.

Alex Fuller bedankte sich, Nielsen schenkte ihr sein strahlendes Lächeln, und gemeinsam verließen sie die Kombüse.

»Wenn dieser verfluchte Nebel sich nicht bald verzieht, gibt es demnächst eine Massenprügelei unter den Männern. Nichts ist schlimmer für die Kerle als Langeweile«, erklärte Brandon, als Sarah ihm von Fuller und Hale erzählte.

Sie saßen nach dem Abendessen noch in der Messe und redeten über den Tag. Die Jäger hatten sich bereits ins Zwischendeck zurückgezogen.

»Langeweile scheint nicht das Problem zu sein«, entgegnete sie.

»Sondern?«

Sie hob die Schultern. Wusste er wirklich nichts von den Sorgen seiner Leute? »Sie sind nervös, weil sie nicht wissen, wo sie sind.«

»Warum sollte sie das interessieren? Navigation ist meine und Andersens Angelegenheit.«

»Na ja, die Männer erzählen sich wilde Geschichten über Schiffe, die im Nebel abgetrieben sind und von den Russen erwischt wurden.«

Er zog die Brauen zusammen. »Das fehlt mir noch, dass sie sich mit Seemannsgarn verrückt machen.«

Erleichtert lachte sie auf. Wenn er es Seemannsgarn nannte, musste sie wohl nicht beunruhigt sein. »Vielleicht könntest du mit ihnen reden. Manche sind wirklich sehr besorgt.«

»So?«

»Ja, dein Ruf scheint nicht der allerbeste zu sein. Es gibt Leute, die dir zutrauen, dass du in die Beringsee willst, um dort zu jagen.«

Seine Haltung veränderte sich, plötzlich wirkte er angespannt. »Die Matrosen reden übers Wildern?«

»Wahrscheinlich nur wüste Spekulationen. Stimmt es denn, dass einer deiner Jäger früher mit MacLean unterwegs war?«

Er nickte langsam. »Ja, das stimmt. Jim war MacLeans bester Jäger. Hast du das auch von den Matrosen gehört?«

Verwundert über sein Interesse, bejahte sie. Er scherte sich doch sonst nicht darum, was im Logis passierte, egal ob es Prügeleien oder Klatsch und Tratsch waren.

»Ich glaube, ich muss wirklich ein paar klärende Worte sprechen.«

Etwas an seinem Tonfall bereitete ihr Unbehagen. Seine Worte klangen eher wie eine Drohung als nach Beruhigung. Vielleicht hatte Gus doch recht mit seinen Vermutungen.

»Du hast doch hoffentlich nicht wirklich vor, ins Schutzgebiet zu segeln?«

»Und wenn?«

Verblüfft sah sie ihn an. Würde er das tun? Inzwischen traute sie ihm fast alles zu.

»Das kannst du nicht machen! Du bringst uns alle in Gefahr.«

»So gefährlich ist es nicht. Die Russen haben zurzeit ganz andere Sorgen als ein paar Robben.«

»Und wenn deine Leute das nicht mitmachen?«

»Wie kommst du darauf?«

»Es könnte doch sein, dass sie nicht einverstanden sind.«

Er schwieg sehr lange. »Wir werden sehen«, sagte er schließlich. »Erst mal müssen wir aus dieser verfluchten Flaute raus.«

Später wälzte sich Sarah unruhig in ihrer Koje herum. Das Gespräch mit Brandon ging ihr nicht aus dem Kopf. Sie wurde das Gefühl nicht los, dass sie zu viel erzählt hatte. Zumindest hatte sie keine Namen genannt. Brandon konnte nicht wissen, dass Gus der Urheber der Gerüchte war. Zweifellos würde der sonst mächtigen Ärger bekommen.

Zwei Tage darauf erschien Andersen mit einem blauen Auge zum Frühstück. Schon wieder eine Prügelei. Sarah fragte sich, wer es gewagt hatte, sich mit Andersen anzulegen, und warum.

»Bist wohl im Nebel gegen den Mast gelaufen«, frotzelte Abrams, und die anderen Jäger feixten.

Der Steuermann warf ihm einen mörderischen Blick zu, schwieg jedoch.

Brandon hob eine Augenbraue. »Haben Sie etwas zu melden, Mr. Andersen?«

»Nein, Sir«, lautete die Antwort.

Brandon nickte und schenkte sich Kaffee nach. Doch statt zu trinken, hob er den Kopf und lauschte.

Die Jäger hörten auf zu kauen. Alle wirkten wie elektrisiert.

Und dann hörte sie es auch. Ein leichtes Flattern, ein Klappern in der Takelage. Wind!

Brandon sprang auf. »Kommen Sie, Mr. Andersen.« Die beiden Männer hasteten die Treppe hinauf.

»Dem Himmel sei Dank!«, stieß Owen aus, und die anderen stimmten zu.

Burton wies mit dem Kinn zum Ausgang. »Ich frage mich, wer Andersen das blaue Auge verpasst hat.«

»Ist mir völlig schnuppe, wer. Verdient hat er es allemal!«, erklärte Abrams entschieden.

Keiner widersprach ihm.

Auch die Jäger schoben ihre Stühle zurück und stiegen die Treppe nach oben.

24. KAPITEL

Der Wind hielt an und trieb die Victory weiter nach Norden, doch sie sahen immer noch keine Robben.

An diesem Tag stand Svensson am Ruder. Er sah ihr lächelnd entgegen, als sie mit der Kaffeekanne und zwei Bechern für die Morgenwache die Stufen zur Poop hochstieg.

»Aus dem Weg.«

Andersen drängte sich an ihr vorbei und baute sich vor Svensson auf. »Der Käpt'n möchte dich sprechen, sofort!«

Svenssons Lächeln verschwand, er presste die Lippen zusammen. Einen Augenblick zögerte er, dann übergab er Nielsen das Rad und folgte dem Steuermann.

Sarah sah ihm beunruhigt nach. Etwas stimmte nicht. Andersen brachte Svensson nicht hinunter in Brandons Kabine, sondern mittschiffs. Jemand hatte die Freiwache und die Jäger an Deck beordert. Die Männer versammelten sich am Fockmast, manche gähnten und rieben sich noch den Schlaf aus den Augen. Ein besonderes Manöver, welches *All Hands* verlangte, schien nicht anzustehen, die Segel waren gesetzt und die Victory machte gute Fahrt.

Brandon kam aus der Kajüte und warf einen Blick in die Runde. Als er Sarah entdeckte, zog er die Brauen zusammen. »Mrs. Tanner, gehen Sie nach unten«, befahl er kurz angebunden und deutete auf den Niedergang.

Bevor sie antworten konnte, hatte er sich schon abgewandt. Was ging hier vor?

Wenn es jemand wusste, dann Gus. Er stand mittschiffs und rollte gerade eine der Leinen auf.

Sarah verkeilte die Kanne und die Becher hinter einer Kiste und ging zu ihm.

»Wissen Sie, was da los ist?«

Gus schaute an ihr vorbei, stur geradeaus. »Ich weiß nichts.«

Sie wartete.

Schließlich platzte es aus ihm heraus: »Ich hab's dem Jungen gleich gesagt. Er kriegt Ärger. Immer wieder hab' ich's ihm gesagt: ›Junge, halt dich zurück, wenn dir dein Leben lieb ist‹, hab' ich gesagt, aber nein, was macht er, er verdrischt Andersen bei der Wache, wegen der Geschichte mit Willy …«

»Er war das?«, unterbrach Sarah ihn. Sie konnte es kaum glauben. Svensson musste doch damit rechnen, dass der Steuermann ihn anzeigte. Wollte Brandon Svensson deshalb vor versammelter Mannschaft zur Rede stellen? Sie blickte hinüber zu Andersen. Er stand nicht weit von Brandon entfernt, schlang einen Knoten in eine Leine und beobachtete Svensson. Sein Gesichtsausdruck war triumphierend und gehässig zugleich.

»Ich habe gehört«, begann Brandon nun mit lauter Stimme, »dass es Leute gibt, die mit dem Kurs, den wir nehmen, nicht einverstanden sind.« Sein Blick glitt über die Matrosen.

Die Männer drängten sich enger zusammen. Keiner sagte etwas.

Sarahs Beklemmung wuchs. Sie dachte an ihre Unterhaltung mit Brandon vor einigen Tagen. Er hatte angekündigt, ein paar klärende Worte zu sprechen, doch warum stellte er Svensson zur Rede und nicht Gus?

»Svensson?«

Der Angesprochene holte tief Luft. »Es heißt, Sie segeln ins Sperrgebiet, Sir.«

»Heißt es das?« Brandons Stimme war seidenweich. »Und wer sagt das?«

Svensson biss sich auf die Unterlippe. »Gerüchte, Sir.«

»Und du weißt nicht zufällig, wer sie in die Welt gesetzt hat?«

Neben ihr ballte Gus die Fäuste und hielt die Luft an.

»Nein, Sir«, antwortete Svensson, und Gus atmete hörbar aus.

»Und selbst wenn es so wäre, den Kurs meines Schiffes bestimme immer noch ich«, fuhr Brandon fort.

Svensson schluckte, doch seine Stimme klang fest. »Sir, als wir auf der Victory angeheuert haben, wussten wir nicht, dass es in die Beringsee gehen soll. Es ist gefährlich.«

»Ach, hat da jemand Angst?«, höhnte Brandon.

Eine leichte Röte stieg Svensson in die Wangen, er richtete sich auf. »Ich bin kein Feigling, Sir, aber ich weiß gerne vorher, worauf ich mich einlasse. Dass wir in russisches Hoheitsgebiet segeln, steht nicht in meinem Vertrag. Sie können uns nicht zwingen, dieses Risiko einzugehen.«

Brandon musterte ihn von oben bis unten. »Kann ich das nicht?«

»Das wird Svensson den Kopf kosten«, sagte Gus leise zu Sarah. »Es ist wirklich besser, wenn Sie nach unten gehen. Das ist nichts für eine Frau.«

»Was soll das heißen? Was wird Brandon tun?«

»Was wohl, verprügeln wird er ihn.«

Sie starrte Brandon an. Also deshalb hatte er sie fortschicken wollen. Wiederum hob Brandon die Stimme: »Ich sag euch was«, wandte er sich an die Männer vorm Logis. »Svensson hat recht, in euren Kontrakten steht nichts vom Beringmeer. Aber ihr seht ja selbst, wir sind seit Wochen unterwegs, und es gibt keine Spur von der großen Herde. Wenn wir nicht bald auf Robben stoßen, müssen wir die Jagd abbrechen.« Er machte eine Pause. »Allerdings, sollten wir eine Rookery finden, können wir bestimmt zweitausend Felle erbeuten, vielleicht sogar mehr. Ich zahle euch zehn Cent Prämie pro Fell! Wenn ihr dagegen vorhabt, mir den Gehorsam zu verweigern, dann ist das Meuterei, wie ihr wohl alle wisst!«

Sarah blieb der Mund offen stehen. Meuterei? Das war eine schwerwiegende Anklage.

Es war offensichtlich, dass Brandons Worte wirkten. Die Männer scharrten unruhig mit den Füßen, und manche nickten. Zehn Cent pro Fell, das waren zweihundert Dollar. Eine Menge Geld für jemanden, der sonst dreißig Dollar im Monat verdiente. Die Gier würde für Brandon arbeiten.

»Also, wer von euch möchte, dass wir die Jagd abbrechen und Kurs auf Yokohama nehmen?«

Ungläubig schüttelte Sarah den Kopf. Wie geschickt er die Männer gegeneinander ausspielte. Svensson hatte nicht davon gesprochen, die Jagd abzubrechen, er wollte lediglich nicht in die Schutzzone. Doch Brandon tat so, als gäbe es nur diese zwei Möglichkeiten. Und niemand schien es zu bemerken.

»Keiner?«, fragte Brandon, als die Matrosen schwiegen. Er wandte sich wieder zu Svensson. »Was sagst du dazu?«

Unsicherheit flackerte in Svenssons Augen auf, er sah zu den Matrosen hinüber. Sie wichen seinem Blick aus. Manche schauten aufs Meer, andere betrachteten angelegentlich ihre Hände oder Schuhe. Angst stand in ihren Gesichtern.

»Dieser Idiot«, murmelte Gus. »Keiner wird ihm beistehen.«

»Aber er ist im Recht. Brandon verdreht die Tatsachen. Es muss nur einer den Mut haben, vorzutreten, dann wagen es auch andere.« Sie wollte nicht glauben, dass ihn alle im Stich ließen.

Gus sah sie an und schüttelte den Kopf.

»Ich frage euch noch mal«, rief Brandon und ging ein paar Schritte auf die Männer zu. »Spricht Svensson für euch? Seid ihr nicht einverstanden mit dem Kurs, den wir nehmen?«

Schweigen.

Sarah blickte zum Ruder. Nielsen umklammerte das Rad und starrte verbissen auf den Horizont. Warum sagte er nichts? Er war Svenssons Freund.

Plötzlich fiel ihr auf, dass Fuller fehlte. Suchend sah sie sich um und entdeckte ihn im Ausguck auf dem Hauptmast. Brandon hatte an alles gedacht. Alex hätte mit Sicherheit Svenssons Partei ergriffen. Brandon machte kehrt und baute sich vor Svensson auf. »Es scheint so, als wärst du der Einzige, der hier ein Problem hat!«

Aus dem Augenwinkel bemerkte sie, wie Willy vortrat, jedoch von Hughes und Reilly zurückgezogen wurde.

»Hast du dazu etwas zu sagen?« Brandons Stimme klang scharf.

Plötzlich hatte sie Angst um Svensson. Andersens Gesichtsausdruck war geradezu teuflisch. Er schlug die Leine leicht in seine Hand und ließ den Schweden nicht aus den Augen.

Brandons Miene war unbewegt.

Nimm es zurück, dachte Sarah. Sag, du hast dich geirrt, und lass ihm den Triumph.

Svensson sah Brandon in die Augen. »Ja, Sir. Ich habe etwas zu sagen. Es verstößt gegen das Gesetz, im Sperrgebiet zu jagen. Sie haben kein Recht dazu.«

Brandon schüttelte den Kopf. »Es ist nicht das erste Mal, dass du dich Befehlen widersetzt. Du hast ganz klar ein Problem mit der Disziplin! Mr. Andersen.«

Der Steuermann trat vor.

Svenssons Blick wanderte von Brandon zu Andersen, fiel auf die Leine. Seine Augen weiteten sich. »Das dürfen Sie nicht.«

»Hindere mich daran«, gab er höhnisch zurück und holte mit dem Seil aus.

Svensson reagierte blitzartig. Er griff zu und packte Andersen am Handgelenk.

Augenblicklich sprang Brandon vor und versetzte ihm einen Hieb, der ihn zu Boden gehen ließ.

Taumelnd kam er wieder auf die Beine. Brandons zweiter Faustschlag brach ihm die Nase. Danach trat der Kapitän zurück.

Svensson schlug die Hände vors Gesicht und sank zusammen, Blut strömte zwischen seinen Fingern hindurch.

Andersens Gesicht war eine wutverzerrte Fratze, kreidebleich, mit gebleckten Zähnen wie bei einem Tier.

Er zerrte den Matrosen auf die Füße und rammte ihm den Ellbogen in den Magen.

Keuchend fiel Svensson erneut auf die Knie.

»So gefällt mir das schon besser«, höhnte Andersen und versetzte ihm einen Schlag ins Genick.

»Aufhören!« Ihr Schrei gellte ihr in den Ohren. Sie wollte vorwärtsstürmen, irgendetwas tun, doch Gus schloss die Hand wie eine Eisenklammer um ihren Arm.

»Lassen Sie mich.« Sie versuchte, sich loszureißen, doch er griff noch fester zu und schüttelte sie. »Sie können nichts tun.«

In diesem Augenblick sprang Fuller aus den Wanten. »Verdammt, was ist hier los?«

Gus ließ Sarah los und wirbelte zu ihm herum. Er packte ihn an den Schultern und drückte ihn gegen die Kajütwand. »Halt den Mund, wenn du nicht der Nächste sein willst«, zischte er.

Wie von Sinnen prügelte Andersen nun auf Svensson ein, der unter den Hieben endgültig zu Boden ging. Er wehrte sich nicht mehr, sondern rollte sich zusammen und versuchte seinen Kopf mit den Armen zu schützen. Immer wieder sauste das Seil herab, traf Svenssons Arme, seinen Rücken, seinen Kopf.

Die Männer ringsum waren totenstill.

Die einzigen Laute waren Andersens schweres Atmen, die Schläge, wenn die Leine Svenssons Körper traf, und das Stöhnen des Matrosen, welches allmählich in ein Wimmern überging.

Es war das schrecklichste Geräusch, das Sarah jemals gehört hatte.

Als Andersen endlich die Leine sinken ließ, lag Svensson regungslos, unter seinem Kopf breitete sich eine Blutlache aus. Andersen trat ihm mehrmals heftig in die Seite.

Svensson schrie erstickt auf und krümmte sich.

»Genug!« Jim löste sich aus der Gruppe der Jäger und packte den Steuermann am Arm.

Wütend versuchte Andersen, Jims Hand abzuschütteln, doch der ließ nicht locker. »Komm zu dir, Mann!«

Andersen atmete ein paarmal tief durch und warf dann einen fragenden Blick zu Brandon. Der nickte.

»Hoffentlich hat er wirklich genug!«, knurrte Andersen.

Brandon beugte sich hinunter zu Svensson. »Es sieht so aus. Ich hatte nicht gesagt, dass Sie ihn umbringen sollen, Mr. Andersen.«

Der Steuermann schüttelte sich und spuckte auf sein Opfer. »Ist nicht schade um den!«

»Nein!« Um Sarah herum drehte sich alles, sie klammerte sich an die Wanten. Das durfte nicht sein. Er konnte nicht tot sein.

Alex stürmte an Andersen vorbei, hockte sich neben den Freund und griff nach seinem Handgelenk. »Er lebt.«

»Gut«, rief Brandon. »Kümmert euch um ihn!«

Die Männer am Fockmast rührten sich nicht.

In Brandons Gesicht stand das übliche spöttische Lächeln, Andersen umkreiste Svensson und Alex und warf hämische Blicke in Richtung der Matrosen. Wer traut sich, schien er zu fragen.

Keiner.

Sarah straffte die Schultern, löste sich von der Reling und trat vor. Andersen verstellte ihr den Weg.

»Lassen Sie mich durch!« Ihre Stimme bebte.

Er grinste sie nur gehässig an.

Sie trat einen Schritt zur Seite, um ihm auszuweichen, da packte er ihren Arm.

Hitze breitete sich von ihrer Mitte über ihren ganzen Körper aus, eine Welle von Wut, die jeden klaren Gedanken verdrängte.

»*Stronzo*«, zischte sie. »Fass mich nicht an, du Mistkerl.«

Andersen klappte die Kinnlade herunter, er schnappte nach Luft, sein Gesicht färbte sich dunkelrot. »Du kleine Dirne …«

»Das reicht!«, fuhr Brandon mit scharfer Stimme dazwischen. »Andersen, lass sie los. Mrs. Tanner, helfen Sie Fuller!«

Sarah warf ihm einen zornflammenden Blick zu, wischte Andersens Hand von ihrem Arm und ließ sich neben Svensson auf die Knie fallen. Ihr Zorn verflog so schnell, wie er gekommen war. Svenssons Gesicht war übel zugerichtet, er blutete aus Mund und Nase und mehreren Platzwunden.

Alex kniete neben ihr und schlug ihm sachte auf die Wange. »Komm Kumpel, mach die Augen auf.«

Svensson stöhnte, seine Augen blieben geschlossen.

Sarahs Zähne schlugen aufeinander, so sehr zitterte sie. Statt Blut schien Eiswasser durch ihre Adern zu fließen. Sie schluckte krampfhaft. »Wird er es schaffen?«

Alex war mittlerweile aschfahl geworden. »Ich weiß nicht.« Er stand auf. »Ich hole Verbandszeug. Bleiben Sie bei ihm, reden Sie mit ihm, fassen Sie ihn an. Er muss spüren, dass er nicht allein ist. Schaffen Sie das?«

Sie nickte.

»Er heißt Peer«, setzte Alex hinzu, bevor er ging.

»Peer«, flüsterte sie und legte die Hände an seine Wangen.

Seine Lider flatterten, er warf den Kopf herum. Sarah strich ihm über die Stirn und griff nach seiner Hand.

»Ganz ruhig. Es geschieht Ihnen nichts. Sehen Sie mich an.«

Endlich öffnete er die Augen. Seine Pupillen waren riesig.

Sie hielt seinen Blick fest. »Können Sie mich hören?«

Er verzog das Gesicht vor Schmerzen, aber er nickte.

»Alex holt Verbandszeug. Er ist gleich zurück. Wir kriegen das schon wieder hin. Es wird alles gut.«

Sie redete mit ihm wie früher mit ihrer Tochter, wenn diese sich weh getan hatte. Warum auch nicht. Hauptsache, er spürte, dass sich jemand um ihn kümmerte.

Er erwiderte ihren Blick, sah ihr in die Augen, als hinge

sein Leben davon ab, und umklammerte ihre Hand so fest, dass es schmerzte. Sie bemühte sich, den Druck zurückzugeben, und legte die andere Hand wieder an seine Wange.

Er schloss die Augen, und sein Händedruck ließ nach. Die Haut um seinen Mund verfärbte sich weiß.

Erschrocken schrie sie auf: »Nein! Wach bleiben! Bitte, Peer.« Sie strich über sein Gesicht, rief seinen Namen. Wo blieb Alex nur? Was, wenn er ihr unter den Händen wegstarb?

Er bewegte die Lippen. Sarah beugte sich dicht über ihn.

»Keine Angst«, murmelte er. »Ich bleibe …«

Sie hielt seine Hand und wartete weitere endlose Minuten, bis Alex mit heißem Wasser und sauberen Tüchern zurückkam.

Vorsichtig tastete er Svenssons Gesicht ab. »Die Nase ist gebrochen, der Kiefer scheint zum Glück in Ordnung zu sein«, stellte er fest. »So, mein Freund, dann werden wir dich mal verarzten. Am besten, wir fangen mit deiner Nase an. Das wird verflucht weh tun, aber wir können sie nicht so lassen.«

Er wandte sich an Sarah. »Setzen Sie sich hinter ihn, und halten Sie seinen Kopf fest.«

Sie folgte den Anweisungen. Svensson lag mit dem Kopf in ihrem Schoß.

Fuller warf ihr einen prüfenden Blick zu. »Das wird ziemlich blutig, halten Sie das aus?«

»Sehe ich aus, als würde ich in Ohnmacht fallen?«

»Wenn ich ehrlich sein soll, ja. Brechen Sie mir bloß nicht zusammen.«

»Werde ich nicht.« Sie bemühte sich, ihre Stimme fest klingen zu lassen.

Alex tastete vorsichtig Svenssons Nase ab, um sie schließlich zu packen und nach vorne und unten zu ziehen.

Es folgte ein hässliches Knirschen, und ein Schwall Blut floss über Svenssons Mund und Kinn. Er stöhnte.

»Fast wie neu.« Alex nickte Sarah zu.

Behutsam schob sie Svensson das Haar aus der Stirn und tupfte das Blut in seinem Gesicht mit feuchten Tüchern ab. Eine Platzwunde an der Augenbraue wollte nicht aufhören zu bluten. Alex half ihr, einen Druckverband anzulegen.

Anschließend zog Sarah ihm die Reste seines zerfetzten Hemds aus. Mehrere große Blutergüsse begannen sich auf seinen Rippen abzuzeichnen.

»Lassen Sie mich danach sehen.«

Überrascht blickte sie auf. Jim hockte neben ihr.

Geschickt und erfahren betastete er Svenssons Oberkörper. »Er hat bestimmt ein oder zwei gebrochene Rippen. Vielleicht innere Verletzungen.«

Sarah schaute ihm zu, wie er dem Matrosen den Puls fühlte und ihm anschließend in die Augen sah.

»Du bist stark«, sagte er zu ihm. »Wenn du es willst, wirst du es schaffen.«

»Wenn er es will?«, fragte Sarah verblüfft.

Der Indianer sah sie ernst an. »Manche Männer zerbrechen daran. Wenn man ihnen ihre Würde nimmt, ihren Stolz.«

Zusammen mit Alex drehte er Svensson vorsichtig auf den Bauch.

Sarah hielt die Luft an.

Sein Rücken war mit Prellungen übersät, und dort, wo das Seil mehrmals dieselbe Stelle getroffen hatte, war die Haut aufgerissen und blutete. Offensichtlich hatte Andersen ihm auch in die Nieren getreten, denn er zuckte zusammen, als Jim ihn dort berührte.

Vorsichtig wischte Sarah das Blut von seinem Rücken. Mehr konnte sie nicht tun.

Jim nickte Alex zu. »Komm, wir bringen ihn in seine Koje.«

Sarah schaute ihnen nach, wie sie den Verletzten davontrugen.

Die Matrosen am Fockmast wichen zur Seite und warfen scheue Blicke auf Svensson, in ihren Gesichtern stand blankes Entsetzen.

Ihre Glieder schienen bleischwer, als sie aufstand und sich zu Brandon umdrehte. Sie atmete tief ein. »Du mieser …«

Mit zwei Schritten war er bei ihr. »Auf ein Wort, Mrs. Tanner.« Er packte sie am Arm und schob sie vor sich her zum Kajütniedergang. Sein Griff war so fest, dass ihr nichts anderes übrigblieb, als mit ihm zu gehen.

In seiner Kabine angekommen, schloss Brandon die Tür mit einem Fußtritt, dann erst ließ er sie los. »Ich weiß nicht, was du gerade sagen oder tun wolltest, aber es ist besser, wenn du dich aus solchen Angelegenheiten heraushältst, sonst …«

»Sonst?« Sie war zu wütend, um Angst zu haben. »Was passiert sonst? Hetzt du deinen Kettenhund Andersen auf mich? Oder verprügelst du mich selbst?«

Er antwortete nicht, sondern holte den Whisky aus dem Schrank, goss ein Glas halbvoll und stellte es vor sie auf den Tisch. »Trink. Du siehst aus, als hättest du es nötig.«

Mit dem Handrücken fegte sie das Glas herunter. »Ich brauche nichts zu trinken«, schrie sie ihn an. »Warum? Warum hast du das getan?«

»Um eine Meuterei zu verhindern.«

»Meuterei?! Wie kommst du darauf?«

Er stellte die Flasche zurück in den Schrank. »Das war einfach. Nach unserer Unterhaltung neulich Abend wusste ich, dass es Widerstand von Seiten einiger Matrosen geben würde. Dem musste ich vorbeugen.«

»Neulich Abend?« Das Gespräch vor einigen Tagen! Sie hatten über die Gerüchte geredet und darüber, dass die Männer sich Sorgen machten.

Unvermittelt lief ihr ein Schauer über den Rücken, jedes Haar an ihrem Körper stellte sich auf. Sie hatte ihm die Informationen geliefert, die er brauchte, um Svensson heute zur Rede zu stellen. Es war ihre Schuld. Aber warum Svensson? Sie hatte keine Namen genannt.

»Warum er?«, setzte sie hinzu, als er schwieg.

»Er hat sich gegen mich gestellt.«

»Svensson hat nur ausgesprochen, was viele denken. Er hatte als Einziger den Mut dazu.«

»Allerdings. Und das ist gefährlich. Menschen wie er sind es, denen die Männer folgen. Aber wenn ich seinen Mut, seinen Widerstand breche, wird keiner mehr wagen aufzubegehren.«

Sarah starrte ins Leere. Erinnerungsfetzen zogen an ihr vorbei. Das Leuchten in Svenssons Augen, als er von der Victory schwärmte, und von Brandons Fähigkeiten als Seemann. Es sei großartig, mit ihm zu segeln, hatte er gesagt.

»Du hast Svensson bestraft, weil du dir die größte Wirkung davon versprochen hast?«

»So ist es. Ich habe nichts gegen ihn persönlich. Er hat Courage. Andersen allerdings hasst ihn. Ich habe unterschätzt, wie sehr.«

»Du hast nichts gegen ihn?!« Sie schaute ihn an, als sähe sie ihn das erste Mal. Sein schönes Gesicht war unbewegt, genauso leidenschaftslos, wie es an Deck gewesen war, als er Svensson die Nase gebrochen hatte. Er hatte ihn aus purer Berechnung misshandelt, nicht aus Hass wie Andersen. Es durchzuckte sie der Gedanke, dass sie Andersen besser verstehen konnte.

»Ich wusste nicht, dass du so sein kannst«, sagte sie leise. »Er mochte dich, weißt du das? Er hat dich bewundert. Und du hast ihn benutzt, genauso wie mich.«

Und sie hatte sich benutzen lassen. Weil sie ihm vertraut

hatte. Wieder sah sie Svenssons blutüberströmtes Gesicht vor sich. Ihr wurde übel.

Sie schaffte es gerade noch die Treppe hinauf und zur Reling.

In der Kombüse stank es nach verbrannten Bohnen. Mullins stand, grimmig das Gesicht verzogen, am Herd und rührte in einem der großen Töpfe.

Mit zitternden Händen zapfte Sarah eine Tasse Wasser aus dem Fass und spülte sich den Mund aus. Dann ließ sie sich auf den Stuhl fallen und atmete tief durch. Ihr Magen rebellierte immer noch. Nie zuvor hatte sie solche Brutalität erlebt. Ihre Eltern waren streng gewesen, aber sie war nie geschlagen worden. Ihr Bruder hatte sich ab und zu mit seinen Freunden geprügelt, aber das waren harmlose Balgereien gewesen gegen das, was sie heute gesehen hatte.

»Sag mal, was riecht denn hier so scheußlich?« Brady kam die Treppe herunter, gefolgt von Willy.

Mullins zuckte die Schultern. »Ist halt angebrannt. Passiert schon mal, wenn der Herr mich an Deck holt, während ich koche.«

Er deutete auf den größeren der beiden Töpfe. »Der ist fürs Logis.«

»Na großartig!« Brady schüttelte sich. »Jetzt dürfen wir angebrannte Bohnen fressen.«

»Seid froh, dass ihr überhaupt was zu fressen kriegt«, konterte Mullins. »Der Alte hat das Essen rationiert. Damit keiner mehr auf dumme Gedanken kommt. Ihr dürft mehr schuften und bekommt weniger.«

»Dieser Mistkerl!« Brady hob den Topf vom Herd und sah hinein. »Hey, die sind ja gar nicht angebrannt.«

»Was du nicht sagst.« Grinsend knallte Mullins einen Deckel auf den kleineren Topf, der für die Messe bestimmt war.

Brady grinste. »Dann wünsche ich uns mal einen guten Appetit«, sagte er zu Sarah gewandt.

Willy griff nach dem anderen Topf und verließ ebenfalls die Kombüse.

Sarah verzichtete auf das Mittagessen, und das nicht wegen der verdorbenen Suppe. Trauer und Schuldgefühle schnürten ihr den Magen zu. Sie konnte weder Brandons noch Andersens Anblick ertragen.

Schweigend erledigte sie den Abwasch und grübelte darüber nach, warum keiner der Matrosen den Mut gehabt hatte, sich zu Svensson zu bekennen. So oft hatte sie die Männer darüber murren hören, dass Brandon wildern wollte. Viele waren dagegen gewesen.

Aber sie hatten alle geschwiegen. Und zugesehen.

Mullins schüttelte verwundert den Kopf, als sie ihn bat, ihr einen Eimer Meerwasser zu holen, sie wolle putzen.

Sie musste etwas tun. Die Arbeit würde sie zumindest ein bisschen davon ablenken, dass sie diese Prügelstrafe zu verantworten hatte. Wenn sie an jenem Abend den Mund gehalten hätte, Brandon hätte nichts von der Unruhe im Logis erfahren. Wie hatte sie nur so dumm sein können.

Sie hörte Schritte auf der Treppe und wandte sich um.

Wenn man vom Teufel sprach … Manchmal reichte es, an ihn zu denken. Brandon stand in der Kombüse.

»Wenn du uns noch mal solch einen Fraß vorsetzt, lasse ich dich kielholen«, sagte er zu Mullins.

»Entschuldigen Sie, Sir. Ich hab' vergessen, den Topf vom Herd zu nehmen, als Sie uns rufen ließen wegen Svenssons, hm, Bestrafung. Es wird nicht wieder vorkommen.«

Sarah drängte sich wortlos an Brandon vorbei und flüchtete an Deck. Mit ihm zu reden, war das Letzte, was sie wollte.

Die Wolken vom Vormittag hatten sich aufgelöst, die Sonne strahlte von einem makellos blauen Himmel. Seit Wochen war das Wetter nicht mehr so schön gewesen. Es kam ihr vor wie Hohn.

Die Tür und der Schieber zum Logis standen weit offen. Am Niedergang entdeckte sie Alex Fuller und eilte zu ihm. »Wie geht es ihm?«

»Er schläft. Gus hat ihm Laudanum aus der Bordapotheke gegeben.« Er war sehr blass. »Irgendjemand muss dem Alten was gesteckt haben. Wenn ich diesen Mistkerl erwische, kann er sich auf was gefasst machen.«

Was er wohl sagen würde, wenn er wüsste, dass sie dieser Mistkerl war? Sie blickte an ihm vorbei auf die glitzernden Wellen. Was hatte sie nur angerichtet.

Auch das Abendessen ließ sie ausfallen. Prompt erschien Brandon kurz danach in der Kombüse. Er bedeutete dem Koch mit einer Handbewegung, zu verschwinden, dann wandte er sich an sie.

»Gedenkst du jetzt deine Mahlzeiten hier einzunehmen?«

»Ich habe keinen Hunger.« Wie konnte er glauben, dass sie sich mit Andersen und ihm an einen Tisch setzen würde, als wäre nichts geschehen.

»Hatte ich dir nicht gesagt, dass du dir hier keinen empfindlichen Magen leisten kannst?«

Sie erinnerte sich daran. Eines der ersten Gespräche, die sie mit ihm geführt hatte.

»Dass mir übel ist, hat nichts mit meinem Magen zu tun, sondern mit dir. Du hast einen Unschuldigen für deine Zwecke missbraucht.«

»So unschuldig ist Svensson nicht. Er hat Andersen vom ersten Tag an immer wieder herausgefordert, und er hat Willy gegen meinen und Andersens ausdrücklichen Befehl aus der Takelage geholt.«

Dass Svensson sich mit Andersen vor einigen Tagen geprügelt hatte, erwähnte er nicht. Vielleicht wusste er tatsächlich nichts davon. Sie fragte sich, aus welchem Grund der Steuermann ein solches Vergehen verschweigen sollte, Brandon hätte nicht gezögert, Svensson zur Rechenschaft zu ziehen.

»Trotzdem hattest du kein Recht …«

»Wenn es um Meuterei geht, habe ich *jedes* Recht. Er kann froh sein, wenn ich ihn nicht einsperre.«

Sarah schnappte nach Luft. Sie kannte die Zelle im unteren Deck, Gus hatte sie ihr gezeigt. Kalt und feucht war es dort, und es gab nicht einmal eine Koje.

»Wenn du das tust, werde ich diesen Vorfall den Behörden melden.«

Er zeigte sich unbeeindruckt. »Dazu brauchst du Zeugen.«

»Es gibt genug.«

»Die werden nicht aussagen. Sie werden ihre Heuer nehmen und verschwinden. Und die Jäger kriegst du nicht freiwillig vor ein Gericht.«

»Du bist …« Ihr fehlten die Worte. Noch nicht einmal die saftigen italienischen Flüche ihrer Großmutter waren stark genug für ihre Gefühle. In diesem Augenblick hasste sie ihn.

»Keine Sorge«, sagte er. »Ich werde ihn nicht einsperren. Ich brauche ihn noch.«

Er sah sie fast mitleidig an. »Du hast keine Ahnung, was eine Meuterei für dich bedeuten würde. Was glaubst du, was passiert, wenn ich hier nicht mehr das Sagen habe? Wer soll die Männer daran hindern, über dich herzufallen?«

»Das würden sie nicht tun.«

»Da wäre ich an deiner Stelle nicht so sicher. Du weißt nicht viel über Männer.«

Sie wollte protestieren, wollte sagen, dass sie genug über

Männer wusste. Doch sie schwieg. Die Männer, die sie kannte, unterschieden sich grundlegend von Seeleuten. Der Abend bei den Bonin-Inseln fiel ihr ein. Die Zügellosigkeit, in der die Männer sich über die Frauen hergemacht hatten.

Plötzlich bemerkte sie, wie er sie beobachtete. Abwartend, als wolle er die Wirkung seiner Worte einschätzen. Er versuchte, sie zu beeinflussen. Genauso, wie er die Matrosen manipuliert hatte. Sie sollte glauben, dass sie seinen Schutz brauchte.

»Du suchst dir die falschen Freunde aus«, stellte er wie zur Bestätigung ihres Verdachtes fest.

»Allerdings«, versetzte sie. »Das habe ich vor zwanzig Jahren schon getan.«

Nachdem alle Arbeit getan war, stand sie an der Bugreling und starrte mit brennenden Augen ins Wasser.

Svensson. Peer. Sie dachte an den Tag, an dem er sie rechtzeitig von der Kajüte gerissen und ihr anschließend den Kopf zurechtgesetzt hatte. Irgendwie war er immer da gewesen, wenn sie Hilfe gebraucht hatte. Manchmal eher ruppig, manchmal scheu, aber immer in ihrer Nähe. Und er hatte Willy aus der Takelage geholt, wohl wissend, dass er dafür bestraft werden würde.

›Ich tat nie einem lebenden Wesen etwas zuleide. Stillschweigend hab ich, wann immer ich Elend sah, geholfen‹, hieß es in der Arie der Tosca. Dem Lied, das sie sang, nachdem man ihren Geliebten gefoltert hatte. In Sarahs Kopf klang die Melodie, formten sich die Worte.

»*Vissi d'arte, vissi d'amore …*«

Zum ersten Mal seit ihrem Arztbesuch vor Monaten war es ihr gleichgültig, ob ihre Stimme gut oder schlecht war und ob sie die Töne treffen würde. Sie sang für Svensson, nicht für sich. Erst zögerlich, aber dann immer kräftiger klang die Arie durch die Dunkelheit. Sie legte ihren ganzen Schmerz, ihre Hilflosigkeit in ihren Gesang.

Bei den letzten Takten brach ihre Stimme, Tränen liefen ihr über das Gesicht. Sie trat in den Schatten der Kombüse und kauerte sich zusammen. Den Kopf auf die Knie gelegt, betete sie, wie sie seit ihrer Kindheit nicht mehr gebetet hatte.

Sie wusste nicht, wie viel Zeit vergangen war, als ihr jemand die Hand auf die Schulter legte. »Ma'am …«

Es war Alex Fuller. Sie sah zu ihm auf, und all ihre Knochen und Muskeln schienen weich zu werden. Sein besorgtes Gesicht konnte nur eines bedeuten.

»Nein!«

Er deutete ihren Aufschrei richtig. »Keine Angst. Er lebt. Es geht ihm nicht gut, aber ich glaube, er wird es schaffen.«

Er lebte. Dass Erleichterung weh tun konnte, hatte sie nicht gewusst.

Genauso wenig wusste sie, wie ihr Kopf an Alex' Schulter kam. Er hockte neben ihr, klopfte ihr den Rücken wie einem Kleinkind und ließ sie weinen.

25. KAPITEL

Alex Fuller brachte am nächsten Morgen das Frühstücksgeschirr in die Kombüse.

»Geht es Ihnen besser?«

Sarah nickte flüchtig. Zu ihrer Überraschung war ihr die Erinnerung, wie sie sich an seiner Schulter ausgeweint hatte, nicht peinlich.

»Wie geht es Svensson?«, fragte sie zurück.

Alex druckste herum. »Nicht gut«, sagte er schließlich. »Er übergibt sich, und er hat Schmerzen.«

Natürlich hatte er Schmerzen, so, wie Andersen ihn zugerichtet hatte. Dass er sich übergab, konnte an einer Gehirnerschütterung liegen – oder an inneren Verletzungen. »Ich sehe nach ihm.«

»Ich glaube, das ist keine gute Idee«, sagte Fuller schnell.

»Warum nicht?«

»Weil, na ja … Sie im Logis … das ist …«

Sie hatte ihn noch nie stammeln hören. Hielten die Männer sie immer noch für eine Zuckerpuppe, die beim Anblick ungemachter Betten in Ohnmacht fiel, oder ging es Svensson schlechter, als Fuller zugeben wollte? Kurzerhand winkte sie ab und machte sich auf den Weg. Fuller folgte ihr eilig.

Es war das erste Mal, dass sie das Quartier der Matrosen betrat. Eine Petroleumlampe an der Decke verbreitete schummriges Licht, die Luft war stickig. Sie wartete einen Moment, bis ihre Augen sich an das Halbdunkel gewöhnt hatten, dann sah sie sich um. Der Raum war viel kleiner, als sie erwartet hatte. Ein Dreieck, das in den Bug des Schiffes gebaut war. Die Spitze lag dem Niedergang gegenüber. An beiden Seiten befanden sich je acht Kojen, vier übereinander. Sie waren noch enger als ihre in der Achterkajüte, und die war ihr schon klein erschienen. Auf dem Boden davor standen die Seekisten der Matrosen, die auch als Sitzgelegenheit dienten; in der Mitte hing der Tisch an Seilen, offensichtlich konnte man ihn hochziehen, wenn er nicht gebraucht wurde.

In einer der oberen Kojen lag Hale und schnarchte lautstark. Nielsen und Brady saßen auf ihren Kisten und starrten sie verblüfft an.

Svensson lag in einer der unteren Bettstätten, direkt neben dem Niedergang, und als sie ihn ansah, wusste sie, warum Alex sich so gewunden hatte.

Er sah furchtbar aus. Sein Gesicht war bis zur Unkenntlichkeit verschwollen. Die Wunde an seinem rechten Wangenknochen hatte sich entzündet, unter seinen Augen zeigten sich lila Blutergüsse, seine Unterlippe war aufgeplatzt.

Ein scharfer Geruch nach Blut, Urin und Erbrochenem stieg ihr in die Nase. Neben seiner Koje stand ein Eimer. Sie vermied es, hineinzusehen.

Alex griff hastig nach dem Eimer und verließ, eine Entschuldigung murmelnd, das Logis.

Sarah setzte sich auf den Rand der Koje und versuchte, sich ausschließlich auf den Mann vor ihr zu konzentrieren und alle anderen Eindrücke auszuschließen.

Er sollte hier nicht liegen. Nicht so. Wie konnte er unter diesen Umständen gesund werden? Als sie ihm die Hand auf die Stirn legte, öffnete er die Augen.

»Wie geht es Ihnen?«

Er hob die Schultern.

»Übergeben Sie sich noch?«

Stumm nickte er.

»Kopfschmerzen auch?«

Wieder nickte er nur.

»Sie haben wahrscheinlich eine Gehirnerschütterung«, erklärte Sarah. Sie streckte die Hand aus, um seinen Puls zu fühlen, aber er zuckte zurück.

»Lassen Sie, Sie machen sich schmutzig.«

Sie konnte ihn kaum verstehen, er brachte nur ein heiseres Flüstern heraus.

»Es gibt andere hier, an denen ich mir die Finger schmutzig machen könnte«, erwiderte sie und ergriff sein Handgelenk. Sein Puls ging unregelmäßig und viel zu schnell, seine Haut fühlte sich heiß und trocken an. Er hatte Fieber. Sie versuchte, sich ihre Besorgnis nicht anmerken zu lassen. »Sie müssen viel trinken. Ich bringe Ihnen Tee.«

Er verzog das Gesicht und stemmte sich mühsam auf den Ellbogen. »Würden Sie etwas für mich tun?«

»Natürlich.« Dass er hier so lag, war ihre Schuld. Wenn sie ihm helfen konnte, würde sie es tun.

»Wenn ich das nicht überlebe, würden Sie meiner Familie schreiben?«

Sie schluckte schwer. »So dürfen Sie nicht reden! Sie werden überleben!«, erklärte sie energisch.

Mit ein bisschen Phantasie konnte man ein Echo seines Lächelns in seinem geschwollenen Gesicht erkennen. »Zu Befehl, Ma'am. Aber falls nicht, würden Sie es tun? Bitte.«

Seine Augen hatten die Farbe des Pazifiks vor San Francisco. Sarah blinzelte, ihr Blickfeld verschwamm. »Ich verspreche es. Aber Sie werden es schaffen!«

Wenn nicht, würde sie Brandon und Andersen wegen Mordes vor Gericht bringen.

Auf der Treppe erklangen Schritte. Alex Fuller kam zurück, gefolgt von mehreren Matrosen.

Gus hielt inne und ließ den Blick von ihr zu Svensson und zurück wandern. Reilly beschwerte sich lauthals über den Gestank.

Sarah funkelte ihn böse an und konzentrierte sich dann wieder auf Svensson, der betreten auf seine Hände sah. »Ich glaube, Sie sollten an Deck kommen. Die Luft ist besser, das könnte gegen die Übelkeit helfen. Was meinen Sie?«

»Kann sein«, antwortete er teilnahmslos und ohne den Kopf zu heben.

Offenbar war es angebracht, ein wenig resoluter zu werden. Entschlossen stand sie auf. »Bestimmt!«, erklärte sie mit mehr Optimismus, als sie empfand. »Gus, kann ich kurz mit Ihnen sprechen?« Sie wartete nicht auf Antwort, sondern stieg die Treppe hinauf. Gus folgte ihr.

Oben drehte sie sich zu ihm um. »Hören Sie, er muss da

raus, an die frische Luft. Und jemand sollte ihm helfen, sich zu waschen und die Kleider zu wechseln. Ich kann das machen, aber ich brauche Hilfe.«

»Um Himmels willen, Lady, auf was für Ideen kommen Sie denn?«, antwortete Gus sichtlich schockiert. »Svensson ist es peinlich genug, dass Sie ihn in diesem Zustand sehen.«

Sarah zuckte ungeduldig mit den Schultern. Ihr stand nicht der Sinn danach, sich um Schicklichkeit zu scheren. »Irgendjemand muss ihm helfen.«

»Ich sage Alex Bescheid«, erwiderte Gus. Er räusperte sich. »Sie mögen Svensson?«

Sie nickte stumm.

»Zeigen Sie es nicht so deutlich, wenn der Alte dabei ist.«

Sarah sah ihm ins Gesicht. »Sie meinen, ich soll mein Fähnlein immer schön in den Wind hängen?« So wie er es tat.

Wenn Gus diese Spitze verstand, so zeigte er es nicht. »Ich meine, wenn Sie dem Jungen helfen wollen, sollten Sie alles vermeiden, was den Käpt'n verärgert«, erwiderte er ruhig.

»Und warum sollte es mich interessieren, ob Mr. Brandon verärgert ist oder nicht?« Glaubte Gus, ihr liege etwas an Brandons Meinung? Die Zeiten waren vorbei.

»Weil er seinen Groll an Svensson auslassen wird, nicht an Ihnen«, sagte Gus und wandte sich ab.

Sarah kehrte zurück in die Kombüse, um Tee zu kochen. Vielleicht hatte Gus recht und Diplomatie war in diesem Fall der bessere Weg. Wenn sie Svensson helfen wollte, war es besser, Brandon nicht herauszufordern. Dazu gehörte auch, dass sie sich nicht mehr wie ein trotziges Kind in ihre Kabine einschloss. Sie würde die Mahlzeiten wieder in der Messe einnehmen, um Brandon nicht weiter zu brüskieren. Bei dem Gedanken, Andersen gegenüberzusitzen, packte sie allerdings die Wut. Aber damit konnte sie umgehen. Immerhin war sie nicht nur Sängerin, sondern auch zu einem Teil Schauspielerin, und um Svensson vor Brandon und Andersen zu schützen, war sie bereit, ihnen etwas vorzuspielen.

Doch allen guten Vorsätzen zum Trotz hatte sie ein unangenehmes Ziehen in der Magengrube, als sie später zum Abendessen in die Messe ging. Mit Sicherheit würde Brandon eine seiner zynischen Bemerkungen darüber machen, dass sie den Mahlzeiten ferngeblieben war.

Es war leichter als erwartet. Die Männer nickten ihr zu, als hätte sie nie gefehlt, und auch Brandon schien nicht an weiteren Auseinandersetzungen interessiert, er machte keinerlei Anmerkungen. Erleichtert ließ sie sich auf ihren Stuhl sinken und nahm sich von dem Risotto mit Fisch, das sie gekocht hatte.

Der Anblick von Andersen, der sie kurz verächtlich musterte und sich dann gleichmütig seinem Essen widmete, verdarb ihr jedoch schlagartig den Appetit. Wie sie diesen Mann hasste.

Lustlos stocherte sie in ihrem Essen herum.

»Ma'am?«, brach Jim das Schweigen. »Was war das, was sie gestern Abend gesungen haben?«

Verlegen senkte sie den Blick. Das war zu erwarten gewesen. Ihre Stimme musste man auf dem ganzen Schiff gehört haben. »Eine Arie aus der Oper Tosca.«

»Etwas Derartiges habe ich noch nie gehört. So müssen die Sirenengesänge klingen«, erklärte Burton galant.

Sarah lächelte. »Danke.«

»Es war ein trauriges Lied«, stellte Owen fest.

»Die Frau, die es singt, ist traurig.«

»Warum?«, fragte Burton.

Erstaunt blickte Sarah in die Runde. Seeleute, die sich für eine Oper interessierten? Die Männer schauten sie erwartungsvoll an.

Brandon lehnte sich zurück und grinste.

»Weil ihr Geliebter hingerichtet werden soll. Sie versucht das zu verhindern.«

»Und«, fragte Jennings, »gelingt es ihr?«

»Nein, es gelingt ihr nicht. Aber sie bringt den Kerl um, der daran schuld ist.«

Die temperamentvolle Tosca, die ihrem Peiniger den Dolch in den Leib rammte, war schon immer ihre Lieblingsrolle gewesen. Sie lag ihr mehr als die selbstlosen, schwindsüchtigen Damen aus *La Traviata* oder *La Bohème*.

»Und weiter?« Brandon hatte sich in seinem Stuhl aufgerichtet und sah sie forschend an. »Was passiert dann mit ihr?«

»Als sie merkt, dass sie ihren Geliebten nicht retten konnte, bringt sie sich um.«

»Ha!«, rief Burton. »Das ist vielleicht eine Geschichte! Und da soll noch einer sagen, auf See geht es brutal zu.«

Die anderen Jäger murmelten beifällig.

»Sind alle Opern so blutrünstig?«, fragte Jennings.

»Nicht alle, aber es wird oft gestorben in einer Oper.«

Jim blieb zurück, als die Jäger und Andersen nach dem Essen die Messe verließen. »Wie geht es Svensson?«

»Nicht gut«, antwortete sie knapp. Bisher hatte es keinen Jäger interessiert, ob Svensson lebte oder starb. Aber Jim war anders. Mit seinem Eingreifen hatte er wahrscheinlich das Schlimmste verhindert.

»Vielleicht solltest du dir einen anderen Steuermann suchen«, bemerkte Brandon.

»Ich will keinen anderen.« Jims Stimme war leise, aber entschlossen. »Er ist der Beste hier an Bord. Ich will, dass er überlebt.« Seine nachtschwarzen Augen wichen nicht von Brandons Gesicht.

Wieder einmal fiel Sarah auf, dass Jim dem Kapitän deutlich selbstbewusster begegnete, als alle anderen an Bord es taten, und wie dieser ihn zu respektieren schien. Seit sie gehört hatte, dass der Jäger die Wilderer-Legende MacLean begleitet hatte, wusste sie, warum.

»Ich glaube nicht, dass ich das beeinflussen kann«, sagte Brandon.

»Ich denke doch. Der Mann braucht nur etwas Ruhe, dann wird er wieder gesund. Eine Woche ohne Arbeit.«

Die Blicke der Männer bohrten sich ineinander. Schließlich nickte Brandon. »Eine Woche. Seine Kameraden werden nicht begeistert sein, wenn sie seine Arbeit mittun müssen.«

»Sie werden es akzeptieren, wenn du es anordnest, John.«

Damit stand Jim auf und verließ die Kajüte.

Sarah traute ihren Ohren nicht. Ein Jäger nannte den Kapitän beim Vornamen?

Ohne Brandon noch einen Blick zu gönnen, folgte sie ihm. Was war da gerade passiert zwischen Brandon und seinem Jäger? Jim hatte eine Forderung gestellt und der Kapitän hatte nachgegeben. Eigentlich undenkbar.

Welche Gründe Jim auch haben mochte, er hatte sich zum zweiten Mal für Svensson eingesetzt, dafür wollte sie ihm danken.

»Mr. ...», rief sie ihm nach und stockte dann. Wie war überhaupt sein Nachname? Alle nannten ihn nur Jim. Er wandte sich um und lächelte. »Meinen Sie mich?«

»Ja. Entschuldigen Sie, ich fürchte, ich kenne ihren Namen nicht.«

»Segalerba«, sagte er und sein Lächeln wurde breiter. »Deshalb nennen mich alle Jim. Keiner kann es aussprechen.«

Segalerba, es klang beinahe italienisch. »Ich wollte Ihnen

danken. Sie haben Mr. Svensson wahrscheinlich das Leben gerettet. Und eben waren Sie sehr mutig.«

»Mutig? Wieso?«

»Dem Kapitän widerspricht man nicht, hat man mir erklärt.«

Gleichmütig zuckte er die Schultern, sein breites Gesicht mit den hohen Wangenknochen war ausdruckslos.

»Sie kennen ihn schon länger, nicht wahr?«

»Ebenso wie Sie.«

Verblüfft sah sie ihn an. »Hat er Ihnen das erzählt?« Die Vorstellung, dass Joe mit irgendjemandem über ihre Affäre gesprochen hatte, war ihr unangenehm.

»Nicht hier. Als wir mit MacLean in Alaska waren, hat er über ein Mädchen gesprochen. Eine Tochter aus gutem Haus, die sich dann doch für den reichen Mann entschieden hat. Das waren Sie, nicht wahr?«

»Wie kommen Sie darauf?«

Jim zog eine kleine Pfeife aus seiner Jackentasche und stopfte sie.

»Wie Sie gerade sagten, ich kenne ihn schon sehr lange. Er behandelt Sie anders als andere Frauen.«

»Ist das so?«

Vor ein paar Tagen noch hätten diese Worte ihr Herz schneller schlagen lassen, doch jetzt bedeuteten sie ihr nichts. Zu tief saß die Enttäuschung darüber, dass er ihr Vertrauen, ihre Naivität ausgenutzt hatte, um sich Informationen über die Stimmung im Logis zu verschaffen; was er Svensson angetan hatte, um die Männer einzuschüchtern.

Sie wollte nicht über Brandon reden. »Er behandelt Sie ebenfalls anders als die anderen Jäger. Keiner hätte sich erlauben dürfen, ihm wegen Svensson zu wiedersprechen. Wie kommt es, dass Sie für ihn arbeiten?«

»Ich arbeite nicht für *ihn*, ich jage Robben.«

»Auf einem amerikanischen Schiff. Das ist illegal. Und jetzt will er ins Beringmeer, wildern. Warum gehen Sie dieses Risiko ein?«

»Weil es das Einzige ist, was ich kann. Meine Leute waren Robbenjäger, lange bevor die Weißen nach Vancouver Island kamen. Inzwischen gibt es keine Robben im Clayoquot Sound mehr. Für mich wird das hier die letzte Fahrt, danach werde ich nach Hause gehen, zu meiner Frau und meinen Kindern und mich zur Ruhe setzen.«

»Sie haben Familie?«

Wieder lächelte er. »Warum überrascht Sie das?«

Ja, warum? »Vielleicht weil ihre Arbeit so gefährlich ist und weil sie so lange unterwegs sind.«

»Man muss leben.«

Er nickte ihr zu und ging nach achtern.

26. KAPITEL

Peer stellte die halbleere Suppenschüssel ab und starrte hinaus aufs Meer. Das Essen fiel ihm schwer, sein Kiefer schmerzte beim Kauen, und außerdem war er nicht hungrig. Aber essen musste er, es war wichtig, so schnell wie möglich wieder auf die Beine zu kommen.

Er verbrachte bereits den zweiten Tag an Deck. Sarah hatte recht behalten, es ging ihm hier draußen tatsächlich besser.

Nach ihrem unerwarteten Besuch im Logis hatten Alex und Willy ihm nach oben geholfen, wo er sich waschen und umziehen konnte, und ihm ein Lager auf der Leeseite der Kombüse bereitet. Es war zwar kalt, aber trocken. Nielsen hatte ihm eine neue Decke besorgt. Seine eigene war so verschmutzt gewesen, dass er sie über Bord geworfen hatte.

Alex, Willy und Jos Nielsen. Das dürften die einzigen Freunde sein, die er noch hatte. Wenn er Männer wie Gus und Hughes dazuzählte, die keine Partei ergriffen, konnte er sie an einer Hand abzählen. Brandon hatte ganze Arbeit geleistet. Das Essen war rationiert, er ließ die Männer schuften, indem er öfter als nötig den Kurs wechselte, selbst nachts, was bedeutete, dass auch die Freiwachen für die Manöver aus dem Schlaf gerissen wurden. Und er hatte keinen Zweifel daran gelassen, dass er, Svensson, dafür die Verantwortung trug. Dass er hier lag, während die anderen seine Arbeit erledigen mussten, trug ebenfalls nicht zu seiner Beliebtheit bei.

Er versuchte, eine Stellung zu finden, in der seine Rippen weniger schmerzten, als er eine Hand auf seiner Schulter spürte.

»Na, erholst du dich gut?«

Andersen. Er musste neben ihm hocken, Peer konnte seinen Atem an der Wange spüren.

»Wenn du glaubst, ich bin fertig mit dir, hast du dich getäuscht«, sagte der Steuermann leise.

Peer hielt den Kopf gesenkt, die Augen geschlossen und versuchte, sich gegen den Schlag oder Tritt zu wappnen, der unweigerlich kommen musste.

Doch Andersen griff ihm ins Genick und tastete nach den Schmerzpunkten hinter den Ohren. Er fand sie, drückte zu.

Ein heftiges Ziehen breitete sich in Peers Kopf aus. Er biss die Zähne zusammen.

Andersen verstärkte den Druck. »Schau mich gefälligst an, wenn ich mit dir rede.«

Peer blinzelte. Andersens Griff lähmte ihn, er konnte den Kopf nicht heben. Schweiß sammelte sich zwischen seinen Schulterblättern, lief kalt seinen Rücken hinunter.

Endlich ließ der Steuermann los. Der Schmerz verschwand. Peer hob den Kopf und blickte in Andersens grinsendes Gesicht dicht vor seinem.

»Nicht mehr viel los mit dir, was? Ich wusste doch, dass ich dich irgendwann kleinkriege.« Er rieb sich die Hände. »Und wir sind noch nicht am Ende, mein Freund, noch lange nicht. Du kriegst 'ne Anzeige wegen Anstiftung zur Meuterei. Dann kannst du vergessen, dass du jemals Steuermann wirst. Vielleicht wanderst du sogar in den Knast.«

Sämtliche Spannung wich aus Peers Körper. Mit so einer Anzeige würde er keine Heuer für diese Fahrt bekommen. Das hieß, kein Geld für die Seefahrtsschule. Kein Steuermannsexamen. Und selbst wenn er das Geld aufbringen konnte, wer würde wohl einen Offizier anheuern, der einmal eine Anklage wegen Meuterei am Hals gehabt hatte? Er würde für den Rest seines Lebens einfacher Matrose bleiben. Vielleicht nicht einmal das. Falls es zu einem Gerichtsverfahren kam, konnte er froh sein, wenn er mit dem Leben davonkam.

»Eigentlich kannst du gleich über Bord springen. Dann hast du es hinter dir.« Die Häme des Steuermanns bestätigte seine schlimmsten Befürchtungen. Brandon würde ihn vor Gericht bringen. Und niemand würde für ihn aussagen. Genauso wenig wie vor drei Tagen.

Andersen richtete sich auf und spuckte aus. »Die ist auch noch dran«, zischte er. Sein Blick folgte Sarah, die mit einer Kaffeekanne in der Hand nach achtern ging. »Meint, sie könnte mich beleidigen und behandeln wie den letzten Dreck, nur weil sie beim Kapitän einen Stein im Brett hat. Aber irgendwann erwische ich sie allein im Dunkeln und dann …« Seine Geste war eindeutig.

Peers Herz setzte einen Schlag aus. Andersen bluffte.

Es musste so sein. Der Steuermann hatte kein Interesse an Frauen, das wusste jeder.

Er senkte den Blick und versuchte, gleichgültig zu wirken, doch Andersen schien irgendetwas in seinem Gesicht wahrgenommen zu haben. »Tu bloß nicht so. Ich hab' gesehen, wie du sie anschmachtest. Zu schade, dass du jetzt so ein Wrack bist. Dürfte deine Chancen ziemlich schmälern.« Er zuckte die Schultern. »Vielleicht lasse ich dir was übrig.«

Kälte breitete sich in Peer aus, verdrängte jedes Gefühl außer einem. Hass.

Zum ersten Mal in seinem Leben wollte er jemanden töten.

Er ballte die Fäuste und sah dem Steuermann in die Augen. »Wenn du deine dreckigen Hände auf sie legst, bringe ich dich um.«

Der andere lachte nur. »Du tust keinem mehr irgendetwas. Du bist ein Versager, du weißt es nur noch nicht.« Er erhob sich und rammte Peer den Ellbogen in die Seite.

Peer keuchte und krümmte sich. Er bekam keine Luft mehr. Um ihn wurde es dunkel, rote Funken tanzten vor seinen Augen. In seinen Ohren rauschte das Blut.

Atmen, er musste atmen.

Ein stechender Schmerz breitete sich von seinen Rippen her aus, als endlich wieder Luft in seine Lungen strömte. Keuchend richtete er sich auf, erwartete den nächsten Schlag.

Er kam nicht. Andersen war fort.

Mühsam versuchte er, auf die Beine zu kommen, doch sein Körper gehorchte ihm nicht. Immer noch rang er nach Atem.

Endlich gelang es ihm, sich aufzusetzen. Erneut wurde ihm schwarz vor Augen. Er legte den Kopf auf die Knie.

»Um Himmels willen! Was ist passiert?«

Sarahs Stimme. Ausgerechnet sie musste ihn so finden.

Er spürte sie neben sich, ihre Hand lag leicht auf seinem

Arm. Allmählich ließ der Schmerz nach, das Atmen fiel ihm leichter. Vorsichtig hob er den Kopf. Vor seinen Augen flimmerte es, aber wenigstens konnte er wieder sehen. Sarahs besorgtes Gesicht dicht vor seinem. Ihre dunkelblauen Augen.

Die Übelkeit verstärkte sich. Galle sammelte sich in seinem Mund. Er hob die Hand und grub die Zähne in seinen Daumenballen. Er würde sich nicht übergeben, er würde nicht ohnmächtig werden. Nicht vor ihr.

»Gehen Sie«, krächzte er.

»Wie bitte?«

»Sie sollen verschwinden. Lassen Sie mich in Ruhe.«

»Ich will Ihnen doch nur helfen.«

Die Bestürzung in ihrem Gesicht schmerzte mehr als seine Rippen. Er zwang sich, weiterzusprechen. »Ich brauche Ihre Hilfe nicht.«

Sie nahm ihre Hand fort. »Gut, wenn Sie meinen.«

Wie kühl ihre Stimme klang.

Er nickte. Hoffte, dass sie endlich ging. Wenn sie noch länger bliebe, würde er sie in die Arme nehmen und sie um Verzeihung bitten.

Sie erhob sich, blieb einen Moment stehen, schien unschlüssig.

»Was wollte Andersen eben von Ihnen?«

Er schwieg. Was sollte er auch sagen.

Sie wartete noch einen Moment, aber schließlich wandte sie sich um und ging.

Peer stemmte sich mühevoll hoch, wankte zur Reling und übergab sich. Dann schleppte er sich zurück zu seinem Lager. Es waren nur wenige Leute an Deck. Niemand beachtete ihn.

Natürlich nicht. Er war ein Außenseiter, ein Verlierer. Ihm zu helfen, hieß, sich gegen den Kapitän und den Steuermann zu stellen.

Er lehnte sich mit dem Rücken an die Wand der Kombüse und schloss die Augen.

Der Steuermann hasste ihn, und er würde keine Ruhe geben. Der Vorfall eben war nur ein Vorgeschmack dessen, was ihn erwartete. Schikanen, Schläge, Demütigungen. Und dann noch diese Drohung gegen Sarah. Wie konnte er Andersen von ihr fernhalten? Gar nicht, gestand er sich ein. Es gab nichts, was er tun konnte. Aber Andersen wollte ihn treffen, nicht sie. Er hatte nicht gewusst, dass seine Gefühle so leicht zu erkennen waren. Wenn er Sarah schützen wollte, musste es so aussehen, als wäre sie ihm gleichgültig. Auch für sie.

*

Sarah kochte vor Zorn. Sie war nicht weit weggegangen, als Svensson sie fortgeschickt hatte, und so hatte sie beobachtet, wie er sich zur Reling schleppte und sich übergab.

Andersen stand in ihrer Nähe und beobachtete ihn ebenfalls, sein Gesicht zeigte einen Ausdruck tiefster Befriedigung. Irgendetwas hatte er damit zu tun, dass es Svensson schlechter ging.

Sie fluchte leise. Er wollte ihre Hilfe nicht. Kein Wunder. Die übertriebenen Männlichkeitsvorstellungen der Seeleute erlaubten keinerlei Schwäche, schon gar nicht vor einer Frau. Was also konnte sie machen? Wenn er sich von ihr nicht helfen lassen wollte, brauchte sie einen Verbündeten. Kurz dachte sie an Gus, verwarf aber den Gedanken wieder. Gus redete viel und tat wenig. Ihr Blick fiel auf Alex Fuller. Der Australier war Svenssons Freund, an seiner Schulter hatte sie sich ausgeweint. Wenn jemand sie verstehen würde, dann er.

Kurz entschlossen marschierte sie zu ihm hinüber. »Mr. Fuller, ich brauche Ihre Hilfe.«

Er lächelte sie an. »Aber gerne.«

Sarah ging voraus in die Kombüse. Mullins war nicht da, wahrscheinlich hielt er irgendwo an Deck ein Schwätzchen. Willy räumte das Geschirr vom Frühstück weg.

Sarah drehte sich zu Fuller um. »Es geht um Svensson. Dieser gottverdammte sture Wikinger will sich nicht helfen lassen. Jedenfalls nicht von mir«, brach es aus ihr heraus.

Willy starrte sie schockiert an, aber Fuller lachte nur. »So sind die Kerle halt. Da können Sie nichts machen.«

Nach Scherzen war ihr nicht zumute. Wortlos wandte sie sich ab und riss ein paar Teedosen aus dem Regal. Kamille, Minze. Was konnte sie noch nehmen? Kümmel, schwarzen Tee und Ingwer.

Sie warf alle Kräuter, Samen und Teeblätter in eine Kanne, ließ ihre Wut an einem Stück Ingwer aus, welches sie voller Inbrunst kleinhackte, gab es dazu und goss heißes Wasser auf.

»Wie kann ich helfen?« Jetzt lachte Alex nicht mehr, sondern blickte sie besorgt an.

»Der Tee muss ein paar Minuten ziehen, und dann möchte ich, dass Sie ihm eine Tasse bringen.«

»Ist etwas passiert?«

»Ich weiß es nicht. Andersen war bei ihm, und danach hat er sich übergeben. Der Tee hilft gegen Übelkeit.« Sie stellte die Dosen ins Regal zurück. »Kümmern Sie sich um ihn, bitte. Sorgen Sie dafür, dass er trinkt, dass er isst. Wollen Sie das tun, Mr. Fuller?«

»Nennen Sie mich Alex.«

»Nur, wenn Sie mich Sarah nennen.«

»Nein, bestimmt nicht. Das gäbe sofort Gerüchte, wir hätten etwas miteinander. – Ich sehe mal, was möglich ist. Er kann ziemlich störrisch sein.«

Das hatte sie auch schon gemerkt.

Mit Kanne und Tasse in der Hand verließ Alex die Kombüse.

Sarah ließ sich auf einen Stuhl sinken. Irgendetwas stimmte nicht mit Svensson. Zwar ging es ihm körperlich besser, aber er wirkte teilnahmslos, als hätte er jeglichen Lebensmut verloren. Jims Stimme klang in ihren Ohren: »Manche Männer zerbrechen, wenn man ihnen ihre Würde nimmt, ihren Stolz.«

War das der alleinige Grund, oder steckte noch mehr dahinter?

Was konnte sie bloß tun, um ihn aus seiner Lethargie zu reißen?

Vielleicht sollte sie damit beginnen, sich nicht von ihm fortschicken zu lassen.

Am späten Nachmittag füllte sie eine Schale mit der Suppe, die sie zum Abendessen gekocht hatte, und trug sie zu Svenssons Lager. Er lehnte an der Wand der Kombüse, die Blutergüsse unter seinen Augen schillerten in allen Farben, seine Nase war immer noch geschwollen, und die Platzwunde auf seinem Wangenknochen hatte sich entzündet – doch was sie erschreckte, war der Ausdruck von Hoffnungslosigkeit in seinem Gesicht.

»Sie müssen mehr essen«, sagte sie, als er aufblickte.

Kurz glaubte sie, ein Leuchten in seinen Augen zu sehen und seine Mundwinkel zuckten, als wolle er ein Lächeln unterdrücken, doch er wurde sofort wieder ernst. »Sie geben nicht so schnell auf, was?«

»Nein, und Sie sollten es auch nicht tun.«

Sie reichte ihm die Schale und kniete sich neben ihn. Einen Augenblick zögerte sie, dann zog sie sein Taschentuch aus der Hosentasche und hielt es ihm hin. »Erinnern Sie sich an den Abend, als ich hier saß und vor Heimweh heulte?«

Stumm starrte er auf das Tuch.

»Sie haben mir gesagt, ich müsse mich nicht schämen.« Sie legte die Hand auf seinen Arm. »Sie müssen sich ebenfalls nicht schämen. Nicht für das, was man Ihnen angetan hat. Andere hier schon. Aber nicht Sie.«

Er hob den Kopf und sah ihr in die Augen. Siedend heiß fiel ihr ein, wie das Gespräch an jenem Abend geendet hatte. Sie war kurz davor gewesen, ihn zu küssen. Dachte er ebenfalls daran?

»Essen Sie.« Sie wies auf die Schüssel, die immer noch neben ihm stand. »Und versuchen Sie nicht noch einmal, mich wegzuschicken. Es wird nicht klappen.«

Immer noch blieb er stumm. Sie legte das Taschentuch neben ihn, stand auf und lächelte ihm zu. »Schicken Sie Willy zu mir, wenn Sie etwas brauchen.«

In den nächsten Tagen schwankte Sarah zwischen Zorn und Besorgnis. Svensson wich ihr aus. Nachdem sie ihm sein Taschentuch gegeben hatte, hatte er sich ins Logis zurückgezogen, und sie hatte ihn vier Tage nicht zu Gesicht bekommen. Sie fragte Alex nach ihm, aber der lächelte nur und erklärte, es gehe ihm schon besser.

Vielleicht stimmte es, denn schließlich erschien er wieder zur Arbeit. Und er schaffte es tatsächlich, ihr auf so engem Raum wie dem Deck der Victory aus dem Weg zu gehen. Wenn sie sich zufällig doch begegneten, wich er ihrem Blick aus. Was hatte sie ihm bloß getan, dass er sie mied wie der Teufel das Weihwasser?

Dafür hatte sie nun zwei andere Begleiter. Neuerdings drückten sich entweder Fuller oder Nielsen in ihrer Nähe herum, wenn sie nach Sonnenuntergang an Deck war. Es war nicht so, dass sie Unterhaltung suchten, sie waren einfach da. Der Gedanke, dass eine plötzliche Sehnsucht nach ihr die beiden Männer gepackt haben sollte, war zu abwegig, um ihn weiterzuverfolgen.

Bald verdrängte die Sorge um Svensson alle anderen Überlegungen. Sarah kam zufällig dazu, als Brandon ihn an diesem Tag in den Ausguck schickte.

Svensson sah elend aus. Sein Gesicht war eingefallen, und er hatte tiefe Schatten unter den Augen. Von der Freude, mit der er immer in der Takelage gearbeitet hatte, war nichts zu sehen, ebenso wenig von der Gewandtheit, die ihn ausgezeichnet hatte. Er kletterte langsam und vorsichtig, als schmerze ihn jede Bewegung.

Die anderen Matrosen gingen wie immer ihrer Arbeit nach, keiner beachtete ihn. In dieser Welt ohne Mitleid, wo nur Härte zählte, wo Meinungsverschiedenheiten mit den Fäusten ausgetragen wurden, gab es keine Rücksicht.

Sarah schlug mit der Faust gegen die Kombüsenwand. »Warum kann das nicht jemand anders machen?«

»Weil andere lange genug seine Arbeit gemacht haben«, sagte Brandon.

Sie drehte sich zu ihm. »Er dürfte noch nicht da oben sein. Es gibt ja bestimmt noch andere Arbeit.«

»Das Deck schrubben?«, schlug Brandon mit seidenweicher Stimme vor. »Glaubst du wirklich, dass ihm das lieber wäre?«

Sarah setzte zu einer Antwort an und schloss dann den Mund wieder. Wahrscheinlich hatte er sogar recht, sie tat Svensson keinen Gefallen, wenn sie sich dafür einsetzte, dass er leichtere Arbeiten tun musste. Im Gegenteil, es würde nur seinen Stolz verletzen.

Sie sah wieder nach oben. Svensson hatte die Saling erreicht und sich hinaufgezogen. Wie oft hatte sie ihn schon dort oben sitzen sehen, es war sein Lieblingsplatz.

Sie stutzte. Sein Lieblingsplatz. Und jetzt hatte er mindestens zwei Stunden Ruhe. War das Brandons Absicht gewesen?

Sie wandte sich zu ihm um, aber er war schon auf dem Weg zur Poop.

27. KAPITEL

Robben! Robben voraus!« Reillys Ruf aus dem Ausguck zwei Tage später ließ die Männer an Deck in Jubel ausbrechen.

Sarah stürmte aus ihrer Kabine an Deck und spähte in die Richtung, in die Reilly zeigte. Es war nicht sehr windig, die See war recht glatt, aber in einiger Entfernung wirkte das Wasser aufgewühlt.

»Dort?«, wandte sie sich an Gus, der neben ihr stand.

Der nickte. »Ja, dahinten. Gott sei gedankt.«

Die Jäger holten ihre Büchsen und die Munitionskästen aus dem Zwischendeck, die Matrosen ließen die Boote zu Wasser. Vergessen war die Gereiztheit der letzten Wochen, vergessen waren alle Streitereien. Einträchtig arbeiteten die Männer zusammen.

»Kochen Sie uns was Schönes!«, rief Nielsen Sarah zu. »Wir werden's brauchen.«

»Mach' ich, und viel Glück!«

Nielsen klopfte Svensson auf die Schulter. »So hat es sich doch noch gelohnt!«

Svenssons Lächeln wirkte etwas gequält, aber er schwieg, als er nach Jim und Alex in das Fangboot kletterte.

Alex griff nach den Riemen und begann zu rudern, während Svensson den Mast aufstellte und das Segel setzte. Es dauerte keine zwei Minuten, dann glitt das Boot aus dem Lee der Victory heraus, und der Wind füllte das Segel.

»Kein Wunder, dass Jim ihn als Steuermann wollte«, sagte Brandon, der zu ihr getreten war, und schaute dem Boot hinterher. »Er ist wirklich gut.«

Tatsächlich war Jims Boot das erste, welches die Robbenherde erreichte. Die anderen Boote folgten. Kurze Zeit später knallten Schüsse über das Meer.

Willy stand am Ruder und schaute ihnen nach. Sarah sah ihm an, dass er viel lieber mit auf die Jagd gegangen wäre. Brandon allerdings runzelte die Stirn und kratzte sich den Bart. »Hoffentlich freuen sie sich nicht zu früh.«

»Warum?«

»Es scheint eine kleinere Herde zu sein. Eine Vor- oder Nachhut. Wenn es eine Vorhut ist, geht alles klar, aber wenn es die Nachhut ist, haben wir ein Problem.«

Sie hob fragend die Brauen.

»Das hieße, dass wir die großen Herden verpasst haben«, erklärte er.

»Und dann?«

»Dann müssen wir uns etwas einfallen lassen.«

Die Beringsee, vielleicht sogar eine der Inseln. Und wenn die Russen sie erwischten, würden sie alle im Gefängnis landen. Auch sie, auch Willy, der doch noch ein halbes Kind war.

Brandons Miene war verschlossen. Es hatte keinen Zweck, mit ihm zu diskutieren.

Sie ging in die Kombüse. Die Männer würden den ganzen Tag unterwegs sein und durchgefroren und hungrig wiederkommen. Eine schöne dicke Suppe wäre dann wohl das Beste.

Auf dem Herd stand ein Topf mit Erbsen zum Einweichen. Inzwischen hatte sie gelernt, aus getrockneten Erbsen eine appetitliche Suppe zu kochen. Kritisch musterte sie das

Pökelfleisch, welches in einem zweiten Topf wässerte. »Das ist alles?«

Mullins zuckte die Schultern.

»Das reicht nicht für zwanzig Leute.«

»Sagen Se das dem Steuermann«, gab der Koch zurück.

Also hatte Andersen wieder die Verpflegung zugeteilt, und der achtete streng darauf, dass die Rationierung, die Brandon befohlen hatte, auch eingehalten wurde.

»Ich glaube, ich brauche noch Zwiebeln«, erklärte sie.

»Andersen hat den Schlüssel.«

Das hatte sie befürchtet. Es gab zwei Zugänge zum Lager. Die Luke an Deck und eine Tür in der Kombüse. Seit der Rationierung war diese Tür verschlossen, und Andersen hütete den Schlüssel. Jeden Morgen kam er in die Kombüse stolziert, fragte den Koch, was er für diesen Tag brauche, und begleitete ihn in den Vorratsraum. Manchmal, wenn Andersen freihatte, gab der Kapitän Mullins den Schlüssel. Brandon ließ sich nicht dazu herab, die Menge der Nahrungsmittel zu kontrollieren, die der Koch holte. Vielleicht weil er ihm vertraute.

»Ich hole ihn.« Sie machte sich umgehend auf den Weg.

Die Gelegenheit war günstig. Andersen stand am Ruder, und Brandon lehnte an der Reling und rauchte. Sarah ging schnurstracks zu Brandon. Seit Svenssons Bestrafung hatte sie nur das Allernötigste mit dem Steuermann gesprochen, und sie beabsichtigte nicht, das zu ändern.

»Ich brauche noch Zwiebeln.«

Brandon nickte. »Den Schlüssel bitte, Mr. Andersen.«

Der Steuermann zog ein Gesicht, als hätte er ein Glas Essig getrunken, griff in seine Tasche und holte den Schlüssel heraus. Wortlos reichte er ihn Sarah, die ihn ebenso wortlos in Empfang nahm.

Zurück in der Kombüse, öffnete sie die Tür zum Lager

und trat ein. Mullins schickte sich an, sie zu begleiten, doch Sarah drehte sich um und wehrte ab. »Ich komme schon allein zurecht.«

»Wenn Sie meinen«, brummte er.

Sarah legte drei Zwiebeln in ihren Korb und packte eine Seite Speck dazu. Einen Augenblick zögerte sie, dann holte sie Büchsenfleisch und einen Laib Käse aus dem Regal. Sollte Mullins nachfragen, würde sie einfach behaupten, das sei ein Befehl von Brandon.

Aber er fragte nicht. Seine Miene war undurchdringlich, als sie herauskam und die Tür zur Vorratskammer wieder verschloss. Sarah verstaute die Dosen und den Käse in einem der Schränke, legte den Speck auf die Arbeitsplatte und griff nach einem Messer. Heute Abend würden alle satt werden.

Am Nachmittag ging sie wieder an Deck. Inzwischen hatte sich der Himmel zugezogen. Es wehte ein kalter Wind, und die See war grau und kabbelig. Fröstelnd zog Sarah die Jacke enger um sich. Die Männer da draußen taten ihr leid. Bei einem solchen Wetter unterwegs in diesen Nussschalen!

Erst gegen Abend kehrten die Boote zurück. Die Jagd war erfolgreich gewesen, an Deck der Victory häuften sich tote Robben. Dergleichen hatte Sarah noch niemals gesehen.

Die Jäger hatten die Robben auf See geschossen und ihre Beute zur Victory gebracht, wo sich dann alle Männer daranmachten, die Tiere zu häuten. Die Kadaver wurden einfach über Bord geworfen. Man wollte nur die Felle, nicht das Fleisch, nicht den Tran.

Auf dem Schiff sah es aus wie in einem Schlachthaus. Das Blut der Tiere lief in Strömen über das Deck und ins Meer. Um die Victory herum versammelten sich Haie zu einem Festmahl. Die Männer arbeiteten schnell und schweigend.

Ihre Kleider waren blutbesudelt, und es stank entsetzlich nach Fisch und nach süßlichem Blut.

Sarah kämpfte gegen den Brechreiz. Nie würde sie diesen Geruch vergessen. Und niemals wieder würde sie Kleidung aus Robbenfell tragen. Wenn sie an die Modebeilagen der Zeitungen dachte, in denen Jacken oder Mäntel aus Robbenfell, verbrämt mit Nerz, als ›Muss‹ für die modebewusste Dame angepriesen wurden, packte sie die Lust, den Modeschöpfern und den Damen gleichermaßen einen Zwangsaufenthalt auf einem Robbenfänger zu verordnen. Sollten sie sehen, wie diese Tiere gejagt und geschlachtet wurden, sollten sie sehen, unter welchen Bedingungen diese Männer ihre Arbeit verrichteten. Ob sie ihre Jäckchen noch mit demselben Vergnügen tragen würden? Wieder einmal fiel ihr auf, wie weit sie sich schon von allem entfernt hatte, was ihr früher selbstverständlich erschienen war.

Nach dem Häuten wurden die Felle eingesalzen, um sie haltbar zu machen, wie Gus ihr erklärte, da es auf dem Schiff keine Gelegenheit gab, sie zu gerben. Anschließend wurden sie im Frachtraum verstaut.

Danach musste das Deck gesäubert werden. Andersen teilte Svensson, Hale und Brady dazu ein.

Sarah fluchte im Stillen. Hale und Brady konnten anschließend essen, aber Svensson hatte die Abendwache, und das hieß, er würde nicht zum Essen kommen, die Wache ging bis Mitternacht.

Svensson beugte sich dieser Entscheidung mit der gleichen Teilnahmslosigkeit, mit der er alle Schikanen des Steuermanns hinnahm.

Sarah sah ihm zu, wie er mit langsamen Bewegungen die Holzplanken schrubbte. Ab und zu hielt er inne und schloss müde die Augen, woraufhin Andersen ihn sofort anfuhr. Der Steuermann genoss es sichtlich, ihn zu demütigen.

Die Matrosen zogen sich ins Logis zurück, Sarah stieg die Stufen zur Messe hinunter und setzte sich neben Brandon an den Tisch.

Sie aß nur wenig und sprach überhaupt nicht. Es fiel nicht weiter auf. Die Jäger bestritten die Unterhaltung, zählten auf, wie viele Robben sie geschossen hatten, und rechneten aus, wie viel sie verdienen würden, wenn die Saison erfolgreich war.

Ab und zu glitt Sarahs Blick zu Andersen. Sie begann den Mann nachgerade zu hassen. Kurz spielte sie mit dem Gedanken, mit Brandon zu reden. Vielleicht konnte sie ihn dazu bewegen, Svensson zumindest Zeit zum Essen zu lassen. Doch dann erinnerte sie sich an Gus' Mahnung, ihre Sympathie nicht zu zeigen und sie verwarf die Idee wieder. Es würde eher schaden, wenn sie sich für ihn einsetzte.

Als sie wieder an Deck kam, waren Hale, Brady und Svensson gerade fertig mit ihrer Arbeit. Hale und Brady verzogen sich ins Logis, Svensson ging mit schleppenden Schritten vor zur Back. Er stellte den Kragen seiner Jacke auf, rieb sich die Hände und schob sie unter die Achseln. Der Anblick ließ Sarah frösteln. Der Wind war nicht stark, aber schneidend kalt. Vier Stunden würde Svensson dort vorne ausharren müssen.

Wenn doch wenigstens einer der Männer angeboten hätte, ihn eine halbe Stunde zu vertreten, damit er essen konnte. Aber Alex Fuller stand am Ruder, und die anderen behandelten ihn, als gehöre er nicht mehr zu ihnen. Sie hatten Angst. Angst, sich bei Brandon oder Andersen unbeliebt zu machen, indem sie dem Aufrührer halfen.

Feiglinge, dachte Sarah. Ihr habt ihn für euch sprechen lassen. Er durfte eure Bedenken vortragen. Und als es brenzlig wurde, habt ihr ihn alle im Stich gelassen. Der Einzige, der für ihn eintreten wollte, war ein fünfzehnjähriger Junge. Und selbst das habt ihr verhindert.

Sie hob den Kopf und schob das Kinn vor. Sie hatte keine Angst. Weder vor John Brandon noch vor Andersen.

Entschlossen ging sie zur Kombüse, holte Brot und Käse aus dem Schrank und schnitt zwei dicke Scheiben Brot und eine ebenso dicke Scheibe Käse ab.

»Was machen Sie da?«, fragte Mullins.

»Svensson braucht etwas zu essen.«

»Damit wird der Alte nicht einverstanden sein.«

»Und wenn schon, das ist mir gleichgültig. Der Mann hat seit heute Morgen gearbeitet, er ist krank, und jetzt hat er Wache.«

Mullins stemmte die Hände in die Hüften und musterte sie von oben bis unten. »Wenn der Käpt'n das erfährt, kriegen Sie richtig Ärger.«

»Das weiß ich«, gab Sarah knapp zurück. Wenn Mullins sie bei Brandon anschwärzen wollte, konnte sie nichts dagegen tun. Sie würde sich zu gegebener Zeit damit auseinandersetzen.

Zu ihrer Überraschung nickte der Koch nur und fuhr fort, das Geschirr zu spülen.

Mit Brot und Käse machte sie sich auf die Suche nach Svensson.

Sie fand ihn vor der Back sitzend. Verblüfft starrte er auf das Sandwich, das sie ihm hinhielt.

»Abendessen«, erklärte sie lächelnd.

»Vielen Dank.«

Sarah sah ihm zu, wie er herzhaft in das Brot biss. Sein Gesicht wirkte abgezehrt und war grau vor Erschöpfung. Er hatte die Nacht zuvor erst Wache und drei Stunden später Dienst am Ruder gehabt. Sowohl der Kapitän als auch sein

Steuermann schienen das Ziel zu haben, ihm das Leben so schwer wie möglich zu machen.

Und sie würde dafür sorgen, dass es ihnen nicht gelänge. »Ich hole Ihnen noch Kaffee.« Sie wandte sich um und ging zurück zur Kombüse.

Der Schiffskaffee in der Kanne war kalt, aber auf dem Herd stand der Kessel mit heißem Wasser. Sie schob ihn auf die Kochstelle und mahlte die Bohnen, während sie darauf wartete, dass das Wasser kochte. Wider Erwarten schwieg Mullins, wenn er auch die Stirn runzelte. Mit einem großen Becher voll dampfendem Kaffee in der Hand machte sie sich auf den Weg zu Svensson.

An Deck erblickte sie Andersen, der gerade nach vorne ging. Er trug seine Jacke offen, so als hätte er sie nur schnell übergeworfen.

Welche Teufelei heckte der nun wieder aus? Sie beeilte sich und kam gerade rechtzeitig, um zu sehen, wie er Svensson einen Tritt versetzte.

»Schläfst du hier, du Hund?«

»Ich habe nicht geschlafen.«

Andersen hieb ihm ins Genick und zog ihn hoch. »Widersprichst du immer noch? Steh auf, Mann!«

Svensson kam taumelnd zum Stehen.

Sarahs Magen zog sich schmerzhaft zusammen. Sie wusste, er durfte sich nicht wehren, denn jeglicher Widerstand würde Andersen das Recht geben, ihn zu schlagen. Aber musste er so dastehen, den Kopf gesenkt und die Schultern hochgezogen?

Verzweifelt wünschte sie ihm seine ruhige Selbstsicherheit zurück, das Wissen darum, wer er war.

Er wehrte sich nicht. Er lehnte sich an die Back und zog den Kopf ein.

Wut kochte in Sarah hoch. Was Andersen tat, war reine

Schikane. Sie stürmte los. So hastig bog sie um den Fockmast, dass sie gegen den Steuermann prallte und der heiße Kaffee aus dem Becher über sein Hemd schwappte.

Andersen zuckte zusammen. »Verdammt, passen Sie doch auf!«, schnauzte er sie an.

»Oh, wie ungeschickt von mir.« Sie gab sich keinerlei Mühe, ihre Stimme aufrichtig klingen zu lassen. »Lassen Sie sehen, haben Sie sich verbrannt?«

Hektisch wischte sie an seinem Hemd herum und schüttete ihm dabei den Rest des Kaffees über die Hose.

Andersen fuhr zurück. »Lassen Sie das, Sie …« Er schlug ihre Hand weg und hob die Faust.

Unwillkürlich zog sie die Schultern hoch. Würde er sie wirklich schlagen?

Doch nach einem kurzen Moment ließ Andersen die Faust sinken, blickte sich um und stapfte schließlich fluchend davon.

Verstohlen lächelnd wandte sie sich zu Svensson um. Er schüttelte den Kopf, doch um seine Mundwinkel zuckte es.

»Ich musste das jetzt tun«, sagte sie. »Dieser Kerl ist mir zuwider. Schade um den Kaffee. Ich hole Ihnen neuen.«

Als sie wiederkam, nahm er ihr dankend den Becher ab. Unschlüssig blieb sie stehen. Er sah so müde aus. Vielleicht würde ihre Gesellschaft ihm helfen, wach zu bleiben. »Stört es Sie, wenn ich bleibe? Ich kann sowieso noch nicht schlafen.«

Er schüttelte den Kopf. »Nein, Sie stören mich nicht.«

Eine Zeitlang standen sie schweigend, dann bat sie: »Erzählen Sie mir etwas über die Victory.«

»Was wollen Sie denn wissen?«

»Erklären Sie mir die Segel. Diese drei hier vorne. Wie heißen sie?«

Die Andeutung eines Lächelns glitt über sein Gesicht. »Außenklüver, Innenklüver, Focksegel. Von vorne nach hinten.«

»Und wie …«, begann sie ihre nächste Frage, doch er schüttelte den Kopf. »Nicht böse sein, aber ich möchte nicht reden.« Seine Stimme war heiser vor Erschöpfung.

Besorgt sah sie ihn an. Seine Augen waren gerötet, und er wirkte, als könne er sich kaum noch auf den Beinen halten. »Haben Sie Schmerzen?«

Er hob die Schultern. »Ein wenig.«

Es musste mehr sein als nur ein wenig. Er stand leicht gekrümmt und hielt den rechten Arm an die Brust gepresst. Vielleicht hatte Andersen ihm gegen die gebrochenen Rippen getreten.

Sie schaute zum Heck. Fuller stand am Ruder, Gus hatte ebenfalls Wache und wanderte Pfeife rauchend auf der Poop auf und ab. Andersen war nirgends zu sehen. Entschlossen drehte sie sich wieder zu Svensson um.

»Sie setzen sich jetzt hin und ruhen sich aus«, erklärte sie so energisch wie möglich. »Ich passe auf und sage Bescheid, falls jemand kommt.«

Einen Augenblick lang glaubte sie, er würde widersprechen, aber dann nickte er.

Er setzte sich, zog die Knie an den Körper und legte den Kopf darauf. Kurze Zeit später hörte Sarah an seinen Atemzügen, dass er eingeschlafen war.

Sie sah hinaus aufs Meer. Worauf musste die Schiffswache überhaupt achten? Land war keines in der Nähe, also bestand wohl keine Gefahr, dass sie auf Grund laufen würden. Außerdem hielt Gus sicherlich ebenfalls Ausschau.

Nachdenklich betrachtete sie den schlafenden Mann. Wie breit seine Schultern waren. Sie erinnerte sich an seinen bloßen Oberkörper, wie sie ihn in den Tropen gesehen hatte, an das Spiel seiner Muskeln unter der hellen Haut. Und daran, wie sein Rücken ausgesehen hatte, nachdem Andersen ihn verprügelt hatte.

Wieder sah sie hinaus in die Dunkelheit. Außer den Positionslampen der Victory war kein Licht weit und breit, kein Stern am Himmel. Und es war kalt. Sie hauchte in ihre Hände und ging ein paar Schritte auf und ab, immer mit Blick zum Heck, falls Andersen oder Brandon auftauchten. Aber außer der Wache und dem Rudergast ließ sich niemand an Deck blicken. Kein Wunder, nach einem solchen Arbeitstag und bei diesem Wetter.

Der Wind nahm zu, und das Schiff schlingerte unter einer heftigen Böe.

Svensson zuckte zusammen und hob den Kopf. »Was …?«

Sie legte ihm leicht die Hand auf die Schulter. »Es ist alles in Ordnung.«

Verwirrt blinzelte er zu ihr auf, dann wurde er richtig wach und erhob sich. Der Schlaf hatte ihm gutgetan, so kurz er auch gewesen war. Die Ringe unter seinen Augen schienen nicht mehr ganz so tief, und er hatte wieder Farbe im Gesicht.

Und er lächelte. Ihr Herz machte einen Satz, so froh war sie, ihn endlich wieder lächeln zu sehen.

»Geht es Ihnen besser?«

Er nickte. »Danke!«

Selten hatte sie dieses Wort so von Herzen kommend gehört. Die Antworten, die ihr anerzogen waren, drängten sich auf ihre Lippen: Keine Ursache. Nichts zu danken. Aber nicht doch.

Floskeln, hohle Phrasen, die nicht annähernd ausdrückten, was sie fühlte. »Gern geschehen«, sagte sie schließlich und hätte noch viel mehr sagen wollen.

Er schaute sie prüfend an. »Sie sind müde«, stellte er fest.

Sie spürte es inzwischen auch. Ihre Glieder waren schwer, und ihr war kalt. Schaudernd zog sie die Schultern hoch.

»Ab in die Koje.« In seiner Stimme lag ein Echo seines Lächelns.

Sie nickte. »Bis morgen.« Sie hätte es singen mögen.

»Bis morgen.«

Trotz ihrer Müdigkeit konnte sie nicht schlafen. Sie lag in ihrer Koje und starrte an die Decke. Sie wollte lieber nicht darüber nachdenken, warum es ihr so viel bedeutete, dass er wieder lächelte.

Er, da hatte sie es schon. Nicht mehr Svensson, sondern ›er‹, wenn sie an ihn dachte. Als ob ihr Leben nicht schon kompliziert genug wäre.

Unwillig drehte sie sich zur Seite und starrte statt der Decke die Wand an. Natürlich war sie nicht in ihn verliebt. Er war ein Freund. Ein Freund, dem man übel mitgespielt hatte. Mitgefühl war eine völlig normale Regung unter diesen Umständen. Und selbstverständlich freute sie sich, wenn es ihm besserging.

Sie seufzte tief und wälzte sich unruhig in der Koje hin und her. Warum machte sie sich etwas vor, er bedeutete ihr viel mehr als ein Freund. Wie sehr sie ihn die letzten Tage vermisst hatte. Wie gekränkt sie gewesen war, als er ihr gesagt hatte, sie solle ihn in Ruhe lassen, er wolle ihre Hilfe nicht. Sobald sie an Deck war, hielt sie Ausschau nach ihm.

Mit Freundschaft hatte das nichts zu tun. Es war mehr.

28. KAPITEL

Peer blickte ihr hinterher, bis sie in der Kajüte verschwunden war. Dann atmete er auf.

Andersen schlief wahrscheinlich schon. Zumindest hoffte er das. Wieder sah er sie vor sich, wie sie um die Ecke stürmte und dem Steuermann den heißen Kaffee erst über das Hemd und dann in die Hose kippte. Hoffentlich hatte er sich den Schwanz verbrannt. Sie hatte mehr Mumm als die meisten Männer hier an Bord.

Unwillkürlich lächelte er. Wie sie versucht hatte, ihn mit Fragen über die Victory wach zu halten. Sie wusste, wie die Segel hießen. Gus hatte ihm erzählt, dass sie die Namen gelernt hatte.

Eigentlich hätte er sie wegschicken müssen. Sich so offen auf seine Seite zu stellen, konnte sie in Schwierigkeiten bringen, nicht nur wegen Andersen. Auch Hale konnte gefährlich werden mit seinem fanatischen Aberglauben. Er gab Sarah die Schuld an allem Unglück, ob es sich um die erfolglose Jagd oder den Nebel handelte. Selbst die Tatsache, dass das Gerede übers Wildern den Weg in die Kapitänskabine gefunden hatte, lastete er ihr an.

Aber er hatte bereits versucht, sie zu warnen, ihr gesagt, sie solle sich von ihm fernhalten. Sie hatte seine Warnung nicht beachtet. Und im Grunde war er froh über ihre Hartnäckigkeit. Sie hatte ihn daran gehindert, völlig aufzugeben.

Die Schiffsglocke schlug, und kurze Zeit später stand Nielsen neben ihm.

»Hej, Svensson. Du bist fertig. Hau dich in die Koje.«

»Alles klar.«

Jos sah ihn an. »Alles in Ordnung? Tut mir leid, dass du nichts mehr zu essen bekommen hast.«

»Ist schon gut.« Er nickte dem Dänen zu und stieg die Treppe ins Logis hinunter.

Wahrscheinlich tat es noch einigen anderen leid, dass es ihm schlechtging, aber außer Alex und Sarah wagte keiner, Partei für ihn zu ergreifen. Er verübelte es den Leuten nicht. Er fuhr lange genug zur See, um die Regeln zu kennen, nach denen diese Männergesellschaft funktionierte. Schwäche konnte sich niemand leisten, der hier etwas gelten wollte. Und Mitleid mit einem Verlierer war eine Form von Schwäche.

Die Luft im Logis war stickig und erfüllt vom Schnarchen und Röcheln der schlafenden Männer. Willy lag in der Koje unter seiner eigenen. Er warf sich unruhig hin und her und jammerte leise im Schlaf. Peer beugte sich über ihn, legte ihm die Hand auf die Schulter und rüttelte ihn. »Aufwachen, Willy, du träumst.«

Der Junge wimmerte mitleiderregend, zog die Schultern hoch und krümmte sich. »Bitte nicht.«

Peer schüttelte ihn erneut. »Wach auf.«

Willy riss die Augen auf und starrte ihn voller Panik an.

Sofort zog Peer seine Hand zurück. »Alles in Ordnung?«

Der Junge schluckte krampfhaft, dann nickte er und zog die Decke höher. Er zitterte jämmerlich. Peer hätte ihn gerne getröstet, aber er wusste nicht, wie.

Langsam zog er seine Seestiefel und die Jacke aus. Er fror erbärmlich, und seine gebrochenen Rippen schmerzten bei jedem Atemzug. In Pullover und Hose kletterte er in seine Koje, zog sich die Decke über den Kopf und schloss die Augen.

Bilder lösten die Gedanken ab. Sarah, wie sie in der Sonne am Bug stand und aus vollem Halse lachte. Wie lange war das her?

Ihr Gesicht mit den mandelförmigen dunkelblauen Augen, dem vollen sinnlichen Mund und ihrer leichtgebogenen Nase, die ihre italienische Herkunft verriet. Ihr Lächeln.

*

In den nächsten Tagen stießen sie nur noch auf wenige Robben. Von morgens bis abends kreuzten die Fangboote auf dem Meer, ohne nennenswerten Erfolg.

Brandon und die Jäger fluchten in allen Sprachen, doch es half nichts.

Schließlich gab Brandon den Befehl zum Kurswechsel.

Auch wenn es keiner aussprach, so wussten doch alle an Bord, was es zu bedeuten hatte. Er wollte in die Schutzzone.

Die Matrosen warfen sich bedenkliche Blicke zu und tuschelten untereinander. Aber keiner protestierte.

Ein paar Tage später stand Peer nach dem Abendessen an der Bugreling, mit dem Rücken zum Meer. Er beobachtete Sarah, die aus der Kombüse kam. Noch nie hatte er eine Frau so gehen sehen, hochaufgerichtet, den Kopf stolz erhoben, mit geschmeidigen Bewegungen, wie eine Tänzerin. Wahrscheinlich lernte man das in ihren Kreisen. Er hatte vorher nie auf solche Dinge geachtet.

Vorher? Vor was, du verliebter Narr? Hier stand er und schmachtete eine Frau an, von der ihn Welten trennten. Frauen wie sie gaben sich nicht mit Seeleuten ab. Wäre er ihr an Land begegnet, sie hätte ihm keinerlei Beachtung geschenkt. Und sobald die Victory in Yokohama anlegte, würde sie in ihre Welt zurückkehren und wahrscheinlich keinen Gedanken mehr an ihn verschwenden.

Sie trat an die Reling, hielt ihr Gesicht in den Wind und strich sich das Haar aus der Stirn. Ein paar Minuten stand sie einfach nur da, den Kopf in den Nacken gelegt. Sie trug keine Jacke. Der Wind spielte mit ihrem Haar, drückte das Hemd gegen ihren Körper, und wie an jenem Tag vor fast vier Monaten zeichneten sich ihre vollen Brüste deutlich unter dem dünnen Stoff ab. Er konnte den Blick nicht von ihr wenden. Wie es wohl wäre, einfach zu ihr zu gehen, sie in die Arme zu nehmen, sie an sich zu pressen, zu streicheln …

Er sollte aufhören zu träumen.

Offensichtlich wurde ihr kalt, denn sie schauderte und

rieb sich die Arme. Nach einem letzten Blick zu den Sternen machte sie sich auf den Weg nach achtern.

Er zog sich in den Schatten zurück. Wenn sie ihn jetzt anspräche, würde er seine Gefühle nicht länger verbergen können.

Sarah rief Willy, der am Ruder stand, einen fröhlichen Gutenachtgruß zu, den dieser verlegen erwiderte. Anscheinend hatte er sie ebenfalls beobachtet.

Sie stieg hinunter in die Kajüte, und Peer sah sich unwillkürlich nach Andersen um, aber der Steuermann war nirgends zu sehen. Hoffentlich blieb Sarah in ihrer Kabine. Solange Brandon in ihrer unmittelbaren Nähe war, würde Andersen nicht wagen, sich an ihr zu vergreifen.

Vielleicht wäre es doch besser, ihr zu sagen, dass sie im Dunkeln nicht mehr allein an Deck gehen sollte. Er hatte es sich zur Gewohnheit gemacht, immer zu wissen, wo sie war. Es war nicht schwer, er war sich ihrer Gegenwart ständig bewusst.

»Na, Svensson.«

Seine Kopfhaut prickelte, als er die verhasste Stimme des Steuermanns vernahm.

»Hat sie nicht einen prachtvollen Hintern?« Andersen wies mit dem Kinn in Richtung des Niedergangs.

Peer biss die Zähne zusammen. Der Kerl wollte ihn provozieren, das war klar. Er konnte nicht im Ernst daran denken. Und wenn doch? »Du rührst sie nicht an!«

»Hindere mich daran«, sagte Andersen, und Peer verfluchte den Tag, an dem er dem Steuermann diesen Satz entgegengeschleudert hatte.

»Du kannst gar nichts tun«, fuhr Andersen fort. »Du nicht, und deine Freunde Nielsen und Fuller ebenfalls nicht.«

Also hatte der Steuermann gemerkt, dass er nicht der Einzige war, der auf Sarahs Sicherheit achtete.

»Irgendwann erwische ich sie schon allein.«

Peer schauderte. Sarahs schöner Körper in den Händen dieses Viehs. Der Gedanke, was er ihr antun würde, brachte ihn fast um den Verstand. »Brandon bringt dich um, wenn er es erfährt.«

Andersen spuckte aus und grinste dann boshaft. »Brandon wird es nicht erfahren.« Er strich sich über den Bart. »Ich werde schon dafür sorgen, dass sie den Mund hält. Und wenn sie es nicht tut, gibt es einen bedauerlichen Unfall.«

Vergewaltigt und über Bord geworfen.

Der Hass wurde so mächtig in ihm, dass er zitterte. »Das wagst du nicht!«

»Warum nicht? Es wäre nicht das erste Mal. So etwas passiert schnell. Ein Fehltritt, und schon fällt man über die Reling oder landet im Hafenwasser.«

Die Worte tröpfelten in sein Bewusstsein.

Hafenwasser.

Der Hafen von Victoria.

Es wäre nicht das erste Mal.

Emil war mit jemandem von der Victory verabredet gewesen, als sie sich an jenem Abend getrennt hatten.

Andersen.

»Emils Tod war kein Unfall.«

»Na, wir sind heute aber schnell von Begriff.«

Peer biss die Zähne zusammen, bis sie knirschten. »Warum?«

»Warum? Er hat mir meinen Job weggeschnappt. Brandon hatte versprochen, mich als Steuermann anzuheuern, sobald ich das Patent habe.«

»Ich zeige dich an.«

Andersen lachte leise. »Ja doch, tu das. Sie werden dich nach Beweisen fragen. Ohne Beweise steht Aussage gegen Aussage. Wem werden sie wohl glauben? Einem Meuterer?

Du hast keine Chance. Und deine Angebetete auch nicht, es sei denn …«

Andersens Gesichtsausdruck änderte sich. Sein Blick wanderte über Peers Körper. Es fühlte sich an, als kröche eine Schnecke über seine Haut. Er unterdrückte ein Würgen.

»Wie du weißt, stehe ich ja nicht so auf Frauen.« Andersen senkte vertraulich die Stimme und trat dichter an ihn heran. »Du könntest also etwas tun für sie.«

Peer starrte den Steuermann an. Angst schnürte ihm die Kehle zu. Angst vor der Entscheidung, die er treffen musste.

Andersen griff sich genüsslich in den Schritt. Er stand so nah, dass Svensson ihn riechen konnte. Ein scharfer Geruch nach Schweiß und Moschus. Der Mann hielt nicht viel vom Waschen.

Peer ballte die Fäuste, um das Zittern seiner Hände zu verbergen. Konnte er das aushalten? Und wenn ja, wie konnte er sicher sein, dass Andersen wirklich Wort hielt und Sarah in Ruhe ließ? Gar nicht. Es gab keine Sicherheit. Er war dem Mann ausgeliefert.

»Na, verschlägt es dir die Sprache?«, höhnte Andersen.

»Was willst du?« Er konnte nicht verhindern, dass seine Stimme schwankte.

»Was wohl? Dich. Obwohl …« Andersen umrundete ihn, musterte ihn. »Ich glaube, dass ihr Arsch hübscher ist als deiner. Was meinst du?«

»Du bist ein Schwein.«

Andersen lachte nur. »Bestimmt sogar ist ihr Arsch hübscher. Aber du könntest mir einen blasen. Und wenn du es gut machst, gebe ich dir mein Wort, dass ich die Finger von ihr lasse.«

Ihm wurde übel. Die Beine drohten unter ihm nachzugeben, als ihm klarwurde, was er tun musste, um Sarah zu retten.

Andersen ließ ihn nicht aus den Augen. Ein dreckiges Grinsen lag auf seinen Lippen.

»Du versprichst es?«

»Ja.«

Kalte Schauer rannen wie Eiswasser über seinen Rücken. Er schluckte krampfhaft, dann nickte er. »Gut.«

Andersen rieb sich nochmals im Schritt und sah sich um. Peer folgte seinem Blick. Außer Willy, der am Rad stand, und Alex, der auf der Poop Wache hielt, war niemand mehr an Deck.

»Tja«, sagte der Steuermann und begann, seine Hose aufzuknöpfen. »Dann leg mal los.«

»Hier?« Damit hatte er nicht gerechnet.

»Wo sonst?« Wiederum grinste Andersen.

Svensson nickte erneut. Seine Entscheidung war getroffen. Er würde es zu Ende bringen.

29. KAPITEL

Sarah setzte sich in ihrer Koje auf. Irgendetwas hatte sie geweckt. Sie lauschte. Von draußen erklangen Schritte, gedämpfte Stimmen und dann ein Geräusch, als würde etwas über das Deck geschleift.

Eine der Stimmen hatte sich angehört wie Svenssons. Schnell stand sie auf, warf sich die Jacke über und schlich die Treppe hinauf.

Es war tatsächlich Svensson. Er stand an der Reling und presste den linken Arm an den Körper, sein Gesicht war bleich und verstört.

»Ist etwas passiert?«, fragte sie leise, als sie zu ihm trat.

Er schrak zusammen. »Was wollen Sie hier?«

Sie ignorierte seine Unhöflichkeit. »Sind Sie verletzt?«

»Es ist nichts.« Er packte sie am Arm und schob sie zurück zum Niedergang. »Gehen Sie.«

Aus den Augenwinkeln sah sie jemanden kommen und sträubte sich. »Aber …«

»Still!« Er griff so fest zu, dass sie aufstöhnte. »Sie gehen jetzt in Ihre Kabine und bleiben drin, egal was passiert.« Damit ließ er sie los.

Benommen stieg Sarah die Treppe hinunter, verriegelte ihre Tür und lehnte sich dagegen. Immer noch spürte sie seinen Griff an ihrem Arm, morgen würde sie dort einen blauen Fleck haben. Nachdenklich rieb sie über die schmerzende Stelle und ertastete etwas Feuchtes, Klebriges. Blut. Also war er doch verletzt.

Sie setzte sich auf ihre Koje. Was war vorgefallen, und wieso hatte er sie fortgeschickt?

Ein Kratzen an ihrem Fenster schreckte sie auf.

»Mrs. Tanner?« Alex' Stimme.

Sie ging hinüber und reckte sich, um hinauszusehen.

Fuller spähte durch das Glas. »Ich brauche die Bordapotheke.«

Er sprach sehr leise, sie las die Worte eher von seinen Lippen ab, als sie zu hören. Sie solle unter allen Umständen in ihrer Kajüte bleiben, hatte Svensson gesagt. Aber Alex war sein Freund, und wenn er das Verbandszeug für Svensson brauchte? Sie griff nach der Kiste mit der Bordapotheke. Vorsichtig öffnete sie die Tür und lauschte. Aus Andersens Kabine drang kein Laut. Sicher schlief er tief und fest. Brandon hatte wahrscheinlich nichts mitbekommen, das Fenster seiner Kabine wies nach Steuerbord, während Andersens und ihres sich auf der Backbordseite befanden. Sie huschte leise die Treppe hinauf.

An Deck wartete Alex. Auch er war erschreckend blass.

»Svensson ist verletzt, nicht wahr?«, fragte sie.

Alex nickte nur und streckte die Hand nach der Kiste aus, doch Sarah trat einen Schritt zurück. »Ich komme mit!«

Einen Moment zögerte Fuller, dann nickte er wieder. »In die Kombüse.«

Er bedeutete ihr, leise zu sein, und hielt sich im Schatten, bis sie die Kombüse erreicht hatten. Die Tür zu Mullins' Koje war geschlossen, dahinter rührte sich nichts. Entweder der Koch schlief, oder er stellte sich schlafend.

Svensson saß am Tisch und hatte den linken Ärmel hochgekrempelt. Auf seinem Unterarm befand sich eine etwa zehn Zentimeter lange, klaffende Fleischwunde. Als Alex die Tür schloss, hob er den Kopf. Seine Augen blitzten zornig. »Verdammt, Alex, was macht sie hier? Ich habe dir gesagt, du sollst sie raushalten.«

Fuller zuckte gleichmütig mit den Schultern. »Das da«, er zeigte auf Svenssons Arm, »muss versorgt werden. Da kannst du nicht einfach 'nen Lappen drumbinden. Ich habe Männer gesehen, die ihren Arm verloren haben wegen so etwas.«

Svensson schüttelte stumm den Kopf und bedeckte sein Gesicht mit der rechten Hand. Seine Haltung drückte eine so abgrundtiefe Verzweiflung aus, wie Sarah es noch nie bei ihm gesehen hatte, nicht einmal, wenn Andersen ihn drangsalierte. Was war bloß los?

Sie setzte sich zu ihm und untersuchte die Wunde. Sie war sehr tief und blutete stark. Die Ränder waren glatt und sauber.

»Ein Messer?«, fragte sie. Er antwortete nicht, sondern stützte weiterhin den Kopf in die Hand.

»Ja«, sagte Alex.

Es musste ein sehr scharfes Messer gewesen sein, wahrscheinlich eines, wie die Männer es zum Robbenhäuten benutzten. »Wie ist das passiert?«

Ruckartig hob Svensson den Kopf. »Das geht Sie gar nichts an«, blaffte er. »Warum sind Sie nicht in Ihrer Kabine geblieben?«

Fassungslos schnappte sie nach Luft.

Alex legte ihr die Hand auf den Arm. »Er meint es nicht so.«

»Entschuldige dich nicht für mich!«

Sarah blickte von einem zum anderen. Beide Männer schienen nicht wirklich wütend zu sein. Alex sah äußerst besorgt aus, und Svensson wirkte geradezu niedergeschmettert.

»Dann entschuldige dich selbst«, erwiderte Alex ruhig. »Sie ist nur hier, weil ich sie geholt habe.«

Svensson wurde rot und räusperte sich. »Verzeihung, Ma'am, ich hab's wirklich nicht so gemeint.«

Wenigstens schickte er sie nicht fort. Sie versuchte zu lächeln, aber es misslang ihr. »Sie machen es einem wirklich nicht leicht.«

Er presste die Lippen zusammen, seine Augen wurden eine Spur dunkler.

Sie beugte sich wieder über seinen Arm.

»Ich muss die Wunde desinfizieren«, erklärte sie. »Und sie müsste genäht werden. Ich weiß nicht, ob ich das kann.«

»Und wenn Sie die Wunde nur verbinden?«

»Sie würde wahrscheinlich beim Arbeiten aufbrechen und bluten.«

Die beiden Männer wechselten einen langen Blick.

»Das geht nicht«, erklärte Alex entschieden. »Ich denke, ich kann das nähen.«

»Hast du das schon mal gemacht?« Svensson klang misstrauisch.

Alex grinste. »Schon öfter. Bei Schafen. Und da gab es

genauso sture Böcke, wie du einer bist.« Er krempelte die Ärmel hoch. »An die Arbeit! Trink erst mal was.«

Er öffnete einen der Schränke und holte eine Flasche Schnaps heraus. »Mullins' geheimer Vorrat, natürlich nur für medizinische Zwecke.«

Sarah desinfizierte die Nadel mit Alkohol aus der Bordapotheke. Dann machte sie sich daran, die Wundränder mit Jod abzutupfen.

Svensson holte zischend Luft. »Verflucht, wie das brennt.«

»Das wird noch schlimmer, mein Freund.« Alex beugte sich über seinen Arm.

»Halt still«, sagte er, als Svensson zusammenzuckte. »Du darfst keine Faust machen. Sonst tut es noch mehr weh.«

»Du hast leicht reden.«

»Warten Sie«, sagte Sarah. »Nehmen Sie meine Hand.«

Sie legte die Hand in seine Linke. Er hob den Kopf, und ihre Blicke trafen sich. Seine Augen hatten die Farbe des Pazifiks vor San Francisco. Seegrün. Er schloss die Hand, groß und warm, um ihre. Alex machte weiter. Peer wurde noch blasser, und kleine Schweißperlen erschienen auf seiner Stirn, aber er hielt weiterhin locker ihre Hand, ohne zu drücken.

Schließlich hob Alex den Kopf. »Fertig.«

Sarah bedeckte die Wunde mit Scharpie und verband den Arm.

Alex griff nach der Schnapsflasche, nahm einen großen Schluck und reichte sie dann an Sarah weiter.

»Das haben Sie sich verdient. Ich hatte befürchtet, er zerquetscht Ihnen die Hand.«

Sie setzte die Flasche an und trank. Es war Rum. Brennend rann er ihre Kehle hinunter und brachte ein Gefühl von Wärme in ihren Magen.

»Guter Zug, Lady«, bemerkte Alex anerkennend.

Langsam packte sie das Verbandszeug zusammen. »Kommen Sie morgen zu mir, damit ich die Wunde ansehen kann.«

Svensson schüttelte den Kopf. »Nein. Alex kann das machen.«

Sarah seufzte. »Sie verdammter Dickschädel, Sie sollten auf mich hören.«

»Sie hätten ebenfalls auf mich hören sollen. Ich habe gesagt, Sie sollen in Ihrer Kabine bleiben.«

Wieder trafen sich ihre Blicke. Ein paar Herzschläge lang versank Sarah in seinen Augen.

»Aber wenn sich die Wunde entzündet, müssen Sie sich melden«, sagte sie, stand auf und wandte sich zum Gehen.

»Ich begleite Sie«, sagte Alex und erhob sich.

Sarah spürte einen leisen Stich in der Magengrube. Seit Tagen hatte sie keine Gelegenheit mehr gehabt, mit Svensson allein zu reden. Dabei hatte sie nach ihrer gemeinsamen Wache gehofft, mehr als eine Freundin für ihn zu sein.

Widerstrebend folgte sie Alex an Deck. Am Kajütniedergang hielt er sie auf. »Mrs. Tanner«, flüsterte er und sah sich nervös um. »Niemand darf erfahren, dass Peer verletzt ist. Sein Leben könnte davon abhängen.«

»Was ist denn bloß passiert?«

Stumm schüttelte er den Kopf.

»Kann ich noch irgendetwas tun?«, fragte sie.

»Stellen Sie keine Fragen. Und bleiben Sie jetzt unten«, antwortete Alex und ging.

Einen Moment starrte sie ihm nach. In was hatten die beiden sich verstrickt?

Sie schlich wieder in ihre Kabine und legte sich in die Koje, doch schlafen konnte sie nicht. Angestrengt lauschte sie nach draußen, aber sie hörte nur leise Schritte und ab und zu ein paar Wortfetzen, die sie nicht verstand.

30. KAPITEL

Brandons Stimme weckte sie am nächsten Morgen. Er schien äußerst aufgebracht, niemals zuvor hatte sie derartig gotteslästerliche Flüche gehört. Schnell stand sie auf, warf sich etwas über und verließ die Kajüte.

Sie fand ihn am Heck stehend. Das Gesicht hochrot angelaufen, starrte er auf die Stelle, an der normalerweise sein Dinghi vertäut war. Drei Jäger standen in der Nähe und tuschelten, die Matrosen drückten sich mittschiffs herum und warfen einander besorgte Blicke zu.

»Was ist denn passiert?«, fragte sie Brandon.

»Das Dinghi ist verschwunden. Und Andersen ebenfalls.«

»Andersen ist abgehauen?«

Er schüttelte den Kopf. »Das ist es, was ich glauben soll. Nur hatte er keinen Grund dazu.«

»Vielleicht doch? Vielleicht hatte er keine Lust, den Russen zu begegnen, wenn du die Grenze verletzt.«

»Dann ist es aber nicht besonders schlau, in russischen Gewässern abzuhauen. Wer, außer den Russen, soll ihn hier aufsammeln?« Er ließ den Blick über das Deck schweifen. »Ich glaube eher, man hat ihn aus dem Weg geräumt und will es aussehen lassen, als wäre er geflohen.«

»Wir *sind* schon in russischen Gewässern?«

Hatte Andersen das gewusst? Wusste es irgendjemand, außer Brandon?

Der antwortete nicht, sondern wanderte, den Kopf gesenkt, um die Kajüte herum, nach Backbord.

Dort stutzte er. Er ging ein paar Schritte zur Reling und wieder zurück, ohne aufzusehen. Dann ging er in die Hocke und strich mit zwei Fingern über die Planken.

Beunruhigt folgte sie ihm. »Was ist los?«

»Das ist Blut.« Er deutete auf ein paar rostfarbene Flecken.

Sarah zwang sich zu einem Lachen. »Hier sind überall Blutflecken. Ihr habt Robben geschlachtet.«

»Nicht hier«, erwiderte er nachdrücklich. »Und das Deck wurde nach der Jagd geschrubbt.«

Plötzlich wurde ihr sehr kalt. Wahrscheinlich war es Svenssons Blut. Sie hatte Stimmen gehört, Streit, und jetzt war Andersen verschwunden. Hatten Svensson und Fuller etwas damit zu tun?

»Mrs. Tanner?« Brandons Stimme schreckte sie aus ihren Gedanken.

»Wie bitte?«

»Ist Ihnen irgendetwas aufgefallen, letzte Nacht?«, wiederholte er seine Frage. »Kampfgeräusche, Streit? Andersen hat sich mit Sicherheit gewehrt.«

Unwillkürlich glitt ihr Blick hinüber zu Svensson, der am Ruder stand. Sie sah sofort in eine andere Richtung, aber Brandon hatte es schon bemerkt. Er blickte sie scharf an. »Nun?«

Niemand darf es erfahren, Peers Leben könnte davon abhängen, waren Alex' Worte gewesen. Was hatte er getan?

Sie musste sich entscheiden, und zwar schnell. Traute sie Svensson einen Mord zu?

»Nein«, erklärte sie laut und deutlich. »Ich habe nichts gehört.«

»Svensson, du hattest doch Wache bis Mitternacht. Hast du etwas bemerkt?«, rief Brandon.

Der Angesprochene sah dem Kapitän in die Augen. »Nein, Sir, nichts.«

Brandon glaubte ihm nicht, das konnte sie in seinem Gesicht lesen, aber er schwieg. Er befragte noch Willy und Fuller, die beide aussagten, ihnen sei nichts Ungewöhnliches aufgefallen, ebenso wie Brady und Ward, sie hatten die nächste Wache gehabt. Keiner hatte etwas gehört oder gesehen.

Brandon stürmte den Niedergang hinunter und riss die Tür zu Andersens Kabine auf.

Kurze Zeit später erschien er wieder an Deck. »Seine Sachen sind alle noch da.« Mit gerunzelter Stirn sah er sich um, fixierte die Männer, einen nach dem anderen. »Ich kriege schon noch raus, wer dahintersteckt«, murmelte er.

Der Tag verging. Sarah kochte Kaffee für die Wache, als Svensson und Fuller das Geschirr vom Abendessen hereinbrachten. Alex ging gleich wieder, aber Svensson zögerte. Sie drehte sich zu ihm um. Er sah sie an. In seinem Blick lag eine Warnung.

Alex hatte gesagt, sie solle keine Fragen stellen. So schluckte sie die Worte hinunter, die ihr auf der Zunge lagen.

»Ist der Arm in Ordnung?«, fragte sie stattdessen.

Er nickte. »Ja.«

Sie suchte etwas in seinen Augen. Hatte sie das Richtige getan? Er hielt ihrem Blick stand. »Danke!« Seine Stimme klang heiser.

Es war klar, sein Dank galt nicht ihrer Frage nach seinem Befinden. Sie nickte ihm zu und machte sich nachdenklich wieder an ihre Arbeit.

Hatte sie das Richtige getan? Sie glaubte schon. Er hatte etwas gut bei ihr. Ihr gedankenloses Gerede war der Anlass für seine Bestrafung gewesen. Was immer er getan hatte, es gab sicher einen guten Grund dafür. Ein zweites Mal würde sie niemanden versehentlich denunzieren.

Eine halbe Stunde später erschien Brandon in der Kombüse. Er hatte den Tag über jeden einzelnen Matrosen und anschließend die Jäger in seine Kabine geholt und befragt – seiner missmutigen Miene nach zu schließen, ohne Erfolg.

»Ich gehe davon aus, dass dir ebenfalls nichts Besonderes aufgefallen ist«, wandte er sich beiläufig an Mullins.

»Doch, Sir, mir ist etwas aufgefallen.«

Unwillkürlich hielt Saran die Luft an. Also hatte der Koch doch nicht geschlafen. Was konnte er mitbekommen haben? Doch nur, dass Leute in der Kombüse gewesen waren. Hatte er auch verstanden, was gesprochen worden war? Ihre Stimme hatte er mit Sicherheit erkannt, aber auch Fullers und Svenssons?

Zum Glück war Brandons volle Aufmerksamkeit auf Mullins gerichtet. Ihr Gesicht hätte sie verraten. Sie öffnete den Mund zu einem leichten Lächeln, wie sie es auf der Bühne tat, wenn sie nervös oder aufgeregt war, und zwang sich, ruhig und gleichmäßig zu atmen.

»Was?«, fragte Brandon scharf.

»Es fehlen Vorräte aus dem Lager. Ich habe es erst vorhin bemerkt.«

»Lebensmittel?« Die Enttäuschung in Brandons Stimme war nicht zu überhören.

»Hauptsächlich Konserven. Mehrere Büchsen Fleisch und Kondensmilch, und Schiffszwieback.«

Jetzt war ihr Lächeln echt. Also hatte Andersen sich tatsächlich aus dem Staub gemacht. Svensson war kein Mörder. Vielleicht hatte er sich vorher mit Andersen gestritten oder mit irgendeinem anderen.

Brandon schickte Mullins an Deck, setzte sich an den Tisch und fuhr mit dem Finger das Muster im Holz nach. »Ich glaube es trotzdem nicht. Er hätte seine Papiere mitgenommen.«

»Vielleicht wollte er nicht, dass jemand erfährt, wer er ist. Immerhin ist er Amerikaner, er dürfte gar nicht auf diesem Schiff sein.«

Er schüttelte den Kopf. »Es gab keinen Grund abzuhauen. Ich bin sicher, dass ihn jemand über Bord gehen ließ. Wahrscheinlich Svensson. Ich kann's ihm nur nicht beweisen.«

Sarah fiel ein, was Abrams gesagt hatte, als Andersen mit dem blauen Auge in der Messe aufgetaucht war. »Einen Grund könnten auch andere haben. Bei deinen Jägern war er ebenfalls nicht sehr beliebt.«

»Das mag sein, aber ich glaube nicht, dass es einer von ihnen war.« Er sah sie eindringlich an. »Und du bist sicher, dass du heute Nacht nichts mitbekommen hast?«

Sie kniff die Augen zusammen. »Ich weiß nicht, was heute Nacht passiert ist. Aber ich weiß, wie gefährlich es für andere werden kann, wenn ich dir etwas erzähle. Selbst wenn es in aller Unschuld ist.«

»Ich hoffe, deine edle Gesinnung zahlt sich aus. Unter Umständen deckst du einen Mörder.«

Er stemmte sich aus dem Stuhl hoch und verließ sie.

Andersen hinterließ keine große Lücke in der täglichen Routine. Was nicht unbedingt für seine Fähigkeiten sprach, überlegte Sarah. Die Einteilung der Wachen übertrug Brandon Gus, er war der Älteste an Bord und besaß genügend Autorität. Für die Sicherheit der Takelage hatte ohnehin eher Svensson als Andersen gesorgt, jetzt erhielt er offiziell den Auftrag, sich darum zu kümmern.

Des Weiteren wies Brandon Gus an, Andersens Sachen durchzusehen. Sarah erbot sich, ihm zu helfen, hauptsächlich aus Neugier. Schon länger fragte sie sich, wie ein Mensch so werden konnte, voller Hass und Boshaftigkeit. Allerdings verrieten Andersens Besitztümer wenig über den Mann. Es gab keine Fotografien, keine Briefe, nichts Persönliches, außer seinen Papieren. Laut Ausweis war er zweiunddreißig Jahre alt und in New York geboren, mehr erfuhr sie nicht.

Wäre er nicht so grausam zu Svensson gewesen, sie würde ihn bedauern. Gab es denn keinen Menschen, dem er etwas bedeutete? Was war mit seinen Eltern? Lebten sie noch? In seiner Koje fand Sarah zwei Bücher. Eines über Navigation. Das andere war eine Überraschung. Oscar Wildes *Das Bildnis des Dorian Gray*.

Vorsichtig schlug sie es auf. Der Umschlag war abgegriffen, und auch die Seiten wiesen Spuren davon auf, dass es oft gelesen worden war. Auf der dritten Seite stand eine Widmung.

Jeder Mensch hat seine Dämonen. Ich glaube fest daran, dass du deine besiegen kannst.

In Liebe
M.

Also gab es doch jemanden, der ihn liebte. Wofür stand das M? Mary vielleicht, oder Martha.

Was wohl aus ihr geworden war? Lebte sie noch, wartete sie darauf, dass er geläutert zu ihr zurückkehrte? Welche Dämonen hatten Andersen gequält?

Nachdenklich blätterte sie weiter. Oscar Wilde. Sie erinnerte sich noch gut an die Berichte über den Skandal, als er 1895 wegen Unzucht mit männlichen Prostituierten verhaftet worden war.

War Andersen vielleicht genauso veranlagt gewesen wie der Schriftsteller? Das würde die Dämonen erklären.

»Steht da irgendwas Besonderes drin?«, unterbrach Gus ihre Grübeleien.

Hastig klappte sie das Buch zu. »Nein, nichts.«

Später übergab Gus die Papiere dem Kapitän, Andersens Kleider und Werkzeuge trug er in die Messe.

»Was passiert damit?«, fragte Sarah Brandon. Sie hatte erwartet, dass sie weggepackt würden.

»Die werden versteigert.«

»Wie bitte? Das kannst du doch nicht machen!« Diese Dinge gehörten Andersen.

»Das ist üblich«, erwiderte Brandon ungerührt. »Wenn jemand während einer Reise stirbt, werden seine Sachen versteigert, und den Erlös bekommt die Familie des Toten. So haben alle was davon.«

»Aber vielleicht ist er gar nicht tot.«

Brandon warf ihr einen langen Blick zu und schwieg.

Sarah zog sich in ihre Kabine zurück, das Buch nahm sie mit. Es würde ohnehin keine Abnehmer finden. Wer las hier schon Oscar Wilde. Sie setzte sich an den Tisch und blätterte es durch, doch außer der Widmung fand sie keinerlei Notizen.

Sie würde Brandon bitten, es mit Andersens Papieren und dem Erlös der Versteigerung seiner Familie zukommen zu lassen. Vielleicht wusste dort jemand, wer M. war.

31. KAPITEL

An diesem Morgen war es zum ersten Mal wieder klar nach einer Folge von Tagen mit stürmischem Regenwetter.

Als Sarah nach dem Frühstück an Deck kam, fand sie fast die gesamte Mannschaft an der Steuerbordreling versammelt. Alle starrten zum Horizont.

»Was ist los?«, wandte sie sich an Brady, der ihr am nächsten stand.

Er deutete auf einen Punkt im Meer. »Eine Insel.«

Tatsächlich. In einiger Entfernung entdeckte sie eine leichte Erhebung vor dem Horizont. Rasch wandte sie sich um und sah nach hinten zum Ruder. Brandon selbst steuerte. Ein Schauer lief ihr über den Rücken. Das bedeutete, dass die Insel wahrscheinlich eine der Rookeries war. Nachdenklich musterte sie die Gesichter der Männer. In den meisten las sie gespannte Erwartung, in einigen Angst.

Sie ertappte sich dabei, Ausschau nach Peer zu halten. Er stand nicht bei den anderen, wie so oft in den letzten Wochen. Seit Andersens Verschwinden vor drei Tagen hatte sie ihn kaum gesehen. Wahrscheinlich, weil er hauptsächlich nachts Wache hatte und dann am Tag schlief. Zumindest hoffte sie das. Es war natürlich auch möglich, dass er ihr – wieder einmal – aus dem Weg ging.

Sie wurde nicht schlau aus ihm. Er mochte sie, daran gab es keinen Zweifel, und trotzdem vermied er es, ihr zu begegnen. Warum?

Langsam ging sie in die Kombüse.

Mullins war nicht da, dafür entdeckte sie – ihn. Er stand vor dem Herd, mit dem Rücken zu ihr. Sie räusperte sich. Erschrocken blickte er sich um, dann zeigte sich Erleichterung in seinem Gesicht. »Guten Morgen, Ma'am.«

Offenbar hatte er nach seiner Wunde gesehen und versuchte jetzt, mehr schlecht als recht mit einer Hand seinen Arm wieder zu verbinden.

So stur, und dabei so tapfer. Sie hätte ihn schütteln mögen – und umarmen.

»Warten Sie, ich helfe Ihnen.« Ohne auf seine Antwort zu warten, trat sie zu ihm und nahm ihm die Binde aus der Hand.

Als sie fertig war, rollte sie vorsichtig den Hemdsärmel über den Verband. »So, nun sieht man nichts mehr.«

Plötzlich wurde ihr bewusst, wie nah sie bei ihm stand. So nah, dass sie die Wärme spüren konnte, die von ihm ausging. Die Luft zwischen ihnen schien sich aufzuladen. Langsam ließ er den Arm sinken.

»Danke.« Seine Stimme klang belegt.

Sie hob den Kopf und sah ihn an. Ihr stockte der Atem. Noch niemals hatte sie so viel Sehnsucht und Trauer in einem Gesicht gesehen. Es dauerte nur einen Augenblick. Dann schluckte er, und der Ausdruck verschwand. Nur das Grün seiner Augen war dunkler als sonst.

Sarah wusste nicht, wie lange sie so standen, ihre Welt stand still. Wie von selbst hob sich ihre Hand, sie legte sie sanft an seine Wange, spürte seine Bartstoppeln, die Narbe der Wunde, die Andersen ihm geschlagen hatte.

Er senkte den Kopf, sein Gesicht war ganz nah.

Sie trat noch dichter an ihn heran.

Und dann küsste sie ihn.

Einen Augenblick blieb er regungslos, ließ es nur geschehen, dann schlang er, mit einem Atemzug, der fast wie ein Schluchzen klang, die Arme um sie. Er küsste sie, erst zärtlich, dann in verzweifelter Wildheit.

Das Geräusch der Tür ließ sie auseinanderfahren.

Mullins polterte die Treppe hinunter.

»Hier bist du!«, sagte er, als er Svensson erblickte. »Dein Jäger sucht dich.«

Svensson nickte stumm. Er zögerte einen Moment, bevor er sich widerstrebend umwandte und ging.

Sarah starrte ihm nach. Das Herz schlug ihr bis zum Hals. Sie hatte ihn geküsst. Einfach so. Was war bloß in sie gefahren?

Sie senkte den Kopf, damit Mullins ihr Gesicht nicht

sehen konnte, und griff wahllos nach Tassen und Tellern, um sie in die Spüle zu stellen.

Sie versuchte, ihre Gedanken zu ordnen. Aber es gelang ihr nicht, sie war viel zu aufgewühlt. Ihre Lippen prickelten bei der Erinnerung an seinen Kuss. Sie sah sein Gesicht so lebhaft vor sich, als stünde er ihr gegenüber. Noch niemals hatte ein Mann sie so angesehen. Wie ein Verdurstender eine Oase. Was bedeutete sie ihm?

Mit fahrigen Bewegungen spülte sie das Geschirr und ging anschließend an Deck.

Brandon hatte die Victory nahe an die Insel gesteuert und ließ jetzt den Anker fallen. Sarah konnte die Robben erkennen, sie lagen dicht an dicht. Ihre Rufe erfüllten die Luft.

»Ward, du gehst in den Ausguck. Sobald du irgendwo auch nur eine Spur von Rauch siehst, schlägst du Alarm«, ordnete Brandon an. »Die anderen: Boote fertigmachen!«

Die Boote wurden zu Wasser gelassen. Dieses Mal nahmen die Jäger keine Gewehre mit, Schüsse konnte man zu weit hören.

Nach zwei Stunden kamen die ersten Boote zurück zur Victory, um ihre Beute abzuliefern.

Sarah war entsetzt. Hatte sie die Robbenjagd auf See schon als wildes Blutbad empfunden – diese Vorgänge übertrafen alles bisher Gesehene. Die Männer gingen mit schweren Knüppeln bewaffnet an Land, erschlugen so viele Robben, wie sie nur konnten, warfen die Kadaver in die Boote, schafften sie zur Victory und ruderten sofort zur Insel zurück, um weitere Tiere zu töten.

Die Jagd vom Boot aus verlangte zumindest eine gewisse Geschicklichkeit von den Jägern, aber dies hier war pures Gemetzel. Das Schlachten ging bis in den Nachmittag. Die Kadaver häuften sich auf dem Deck, Sarah schätzte ihre Zahl auf mehrere Hundert Stück. Jungtiere, trächtige Weibchen, Bullen.

Und nicht alle Tiere waren tot. Manche zuckten noch mit den Flossen oder versuchten zu fliehen. Der Anblick trieb ihr die Tränen in die Augen.

Schließlich gab Brandon das Signal für die Boote, zurückzukommen.

Alle Segel wurden gesetzt, Brandon wollte schnell fort.

Erst in sicherer Entfernung ließ er die Segel bergen. Brady hatte Ward im Ausguck abgelöst.

Dann begann das Häuten der Tiere. Die Männer arbeiteten Stunde um Stunde, wateten bis zu den Knöcheln in Blut. Das Wasser um die Victory färbte sich rot, Haie wimmelten um das Schiff.

In der Kombüse arbeiteten Mullins und Sarah in seltener Eintracht miteinander, ohne viel zu sprechen. Ab und zu warf der Koch ihr einen nachdenklichen Blick zu, und einmal glaubte sie tatsächlich, die Andeutung eines Lächelns auf seinem Gesicht zu sehen. Hatte er am Ende etwas mitbekommen?

Als die Dämmerung hereinbrach, war das letzte Fell eingesalzen und verstaut, und die Mannschaft machte sich daran, das Deck zu säubern. Als endlich alle Arbeit getan war, schlich ein Haufen erschöpfter Matrosen zum Logis.

Sarah half Willy und Mullins, das Essen aufzutragen. Die Stimmung unter Deck war überschäumend. Der Erfolg des heutigen Tages berauschte die Männer, alle Vorbehalte gegen das Wildern schienen sich in Luft aufgelöst zu haben.

Am Ende war es doch das Geld, das zählte.

Sarah erhaschte einen Blick auf Svensson; er saß still und in sich gekehrt an seinem Platz und beteiligte sich nicht an der Unterhaltung.

In der Messe war man ähnlich euphorisch. Nach dem Essen ließen Brandon und die Jäger die Whiskyflasche kreisen.

Sarah blieb nicht, sondern ging in die Kombüse, um Mullins beim Abwasch zu helfen.

Später stand sie an ihrem Lieblingsplatz vor der Back und starrte in die Dunkelheit. Sie wollte nicht mit Brandon und den Jägern feiern, sie wollte mit Svensson sprechen.

Sie seufzte tief, drehte sich um – und sah ihn. Als ob sie ihn mit ihren Gedanken gerufen hätte.

Er kam vom Ruder und ging langsam in Richtung Bug. Sie rührte sich nicht, sondern beobachtete ihn, wie er mit seinem wiegenden Gang näher kam. Sein Blick war auf die Planken gerichtet, er sah erst auf, als er fast vor ihr stand. Verlegen nahm er die Mütze ab, strich sich das Haar aus der Stirn und verlagerte sein Gewicht von einem Fuß auf den anderen. Fast wie bei ihrer ersten Begegnung in der Kombüse vor so vielen Wochen.

»Guten Abend, Ma'am.«

»Ma'am?«, wiederholte sie ungläubig. Am Morgen hatte er sie gehalten, als wolle er sie nie wieder loslassen, und jetzt redete er sie mit Ma'am an? »Ich heiße Sarah.«

»Ich weiß.« Nur ein Flüstern. Und sein Lächeln.

Sie liebte dieses Lächeln.

Vorsichtig, zögernd, griff er nach ihr. Sie schloss die Augen und lehnte sich an ihn. Er nahm ihr Gesicht in beide Hände und fuhr mit den Daumen über ihre Wangenknochen, ihren Mund, ihre Augenbrauen. Seine Finger waren hart und schwielig, aber seine Berührung war sehr zart.

»Sarah ...« Seine Stimme glich seiner Berührung, rau und sanft zugleich. Seine Augen leuchteten in der Dunkelheit.

»Peer.« Der Name klang fremd. So lange war er nur Svensson gewesen.

Ungestüm schloss er sie in die Arme. Sarah schnappte nach Luft.

»Entschuldige.« Er lockerte seinen Griff. Mit den Lippen streifte er sacht über ihre Augenlider, ihre Wangen und fand ihren Mund.

Sein Kuss raubte ihr den Atem. Nach einer Ewigkeit lösten sie sich voneinander.

»Sarah, ich …« Er stockte. »Da, wo du herkommst … Wenn ein Mann eine Frau haben will, wie sagt er ihr das?«

Sie verschluckte sich beinahe. Verstand sie ihn richtig? Fragte er sie tatsächlich, ob sie mit ihm schlafen wolle?

»So etwas sagt man doch nicht«, entfuhr es ihr. »Ein Mann kann es zeigen, indem er der Frau den Hof macht«, setzte sie ruhiger hinzu.

Peer holte tief Luft. »Blumen und Pralinen und Verabredungen zum Tee. Hier?« Er machte eine weit ausholende Geste. »Ich kann dir keine Blumen und Pralinen schenken, aber ich will dich. Ich will dich halten, dich anfassen, ich will dich ganz.«

Ihr Herz hämmerte. Was hatte sie erwartet? Dass es bei ein paar verstohlenen Küssen und beim Händchenhalten blieb? Harmlose Tändelei? Nicht bei einem Mann wie ihm. Er spielte nicht.

»Willst du mich denn auch?«, fragte er heiser.

Wollte sie das, wollte sie ihn? Sie sah ihn an, sah die Schwermut, die seit Wochen nicht mehr aus seinem Gesicht wich, sah seine Augen, dunkel vor Sehnsucht, sah, wie schön sein Mund war.

Sie dachte an die Nacht vor den Bonin-Inseln. Sie hatte sich gefragt, wie er liebte, und sie wollte es immer noch wissen. Wollte ihn spüren, seine Hände, seine Haut.

»Ja.« Ihre Stimme schwankte ein wenig. »Ja, ich will dich auch.«

Seine Antwort war ein tiefer Seufzer. Er hob sie hoch und küsste sie, ließ seine Lippen ihren Hals hinunterwandern, bis zu der Grube an ihrem Schlüsselbein. Ein Schauer lief ihr über den Rücken. Sie vergrub das Gesicht in seinem Haar, es roch nach Salz und Meer und ein bisschen nach Rauch. Er hielt sie an sich gedrückt, sein Gesicht in ihrer Halsbeuge.

Als er sie wieder herunterließ, schien das Schiff stärker zu schwanken. Sarah taumelte, und er fing sie auf. An der Wange spürte sie den rauen Stoff seiner Jacke.

Eine Erinnerung. Ein Mann, der sie hielt.

Sie hob den Kopf, suchte seinen Blick. »Du warst das!«

»Was?«

»Als ich an Bord kam und mir schwindelig wurde. Du hast mich damals aufgefangen! Du hast mich in die Kajüte getragen.«

Und er hatte sie ausgezogen.

»Ich habe dich nicht angerührt.«

Konnte er Gedanken lesen, oder verriet ihr Gesicht sie?

»Ich weiß.« Sie wusste es tatsächlich. Wenn es jemanden gab, dem sie das glaubte, dann war er es.

Vom Logis hörte sie Stimmen. Ein paar Matrosen kamen an Deck.

»Wir sollten hier verschwinden«, flüsterte er, nahm sie an der Hand und zog sie hinter sich her. Mittschiffs sah er sich um und öffnete schließlich die Luke zum Vorratsraum. Sie stieg hinunter, er folgte ihr, zündete die Petroleumlampe an und zog seine Jacke aus.

Plötzlich war sie schrecklich nervös. Wollte er etwa hier mit ihr schlafen? Auf dem Fußboden oder gar im Stehen, wie es einige Matrosen in jener Nacht mit den Huren getan hatten? Ihre Hände bebten. Sie wandte sich ab, versuchte das Zittern zu unterdrücken, aber es gelang ihr nicht.

Er nahm sie an den Schultern und drehte sie zu sich herum. »Alles in Ordnung?«

»Ja.« Sie mied seinen Blick. Was sollte er denn von ihr denken, wenn sie so vor ihm stand, aufgeregt wie eine Jungfrau.

»Du zitterst.« Forschend sah er ihr ins Gesicht.

Sie zuckte die Schultern, lächelte hilflos und wandte den Blick ab. »Es ist nichts. Ich ... ich bin nur ...« Jetzt stammelte sie auch noch. »... sehr nervös«, vollendete sie hastig den Satz.

Er lachte. Ganz leise. »Ich auch.«

Überrascht hob sie den Kopf.

Er umarmte sie. Und hielt sie einfach nur fest. Ihr Kopf lag an seiner Schulter, und sie spürte die Wärme, die von ihm ausging. So standen sie schweigend, leicht schwankend im Rollen des Schiffes.

Langsam ließ das Zittern nach.

»Besser?«, fragte er.

Sie atmete tief auf. »Ja.«

»Meine Sarah«, flüsterte er und zog sie an sich. Ganz dicht.

Die Knie wurden ihr weich. Sie grub die Finger in sein Haar und küsste ihn erneut. Er ließ die Hände über ihre Arme nach unten gleiten, fuhr unter ihren Pullover, ihren Rücken hinauf. Wo er sie berührte, prickelte und brannte ihre Haut. Ihr Herz schlug schneller.

Er streifte ihr den Pullover über den Kopf und streichelte sie durch den dünnen Stoff ihres Unterhemds. Sarah schob ihm das Hemd hoch, und er zog es mitsamt dem Unterhemd aus. Sie zeichnete mit den Fingern die Konturen seiner Oberarme nach, strich dann über seine Schultern, durch die gekräuselten dunkelblonden Haare auf seiner Brust und tiefer.

Er stöhnte. Presste sie an sich. Schließlich hob er sie hoch, trug sie zu den Segeltuchballen in der Ecke, half ihr aus den Kleidern.

Noch einmal flackerte ihre Nervosität auf, es war so lange her.

Doch dann gab es nur noch ihn. Seine Hände, seinen Mund, seine dunkle, leicht heisere Stimme. Sie verstand die Worte nicht, die er ihr ins Ohr flüsterte, in diesem Augenblick fiel er in seine Muttersprache. Er bettete sie auf das Segeltuch.

Und dann hatte er es plötzlich sehr eilig. Er liebte sie schnell und hemmungslos, zu ausgehungert, um sanft zu sein.

Sie kam ihm entgegen, drängte sich an ihn, zog ihn näher, tiefer, bis er heiser stöhnend auf sie sank, sein Gesicht heftig atmend in ihrer Halsbeuge verbarg.

Zart streichelte sie seinen Rücken, berührte die Narben, die Andersens Leine hinterlassen hatte, fand die Vertiefung der Wirbelsäule zwischen den Muskelsträngen, folgte ihr nach unten.

Eine Zeitlang lagen sie so, dann löste er sich von ihr und rollte sich auf die Seite, ohne sie loszulassen.

»War ich zu grob?«, fragte er leise.

Sie hob den Kopf und sah ihm ins Gesicht. »Nicht grob, vielleicht ein bisschen stürmisch.«

»Es tut mir leid.« Er lächelte schief. »Ich wollte nicht so über dich herfallen. Und aufgepasst habe ich auch nicht.«

»Aufgepasst?« Verwundert zog sie die Augenbrauen hoch.

»Du willst doch bestimmt kein Kind.«

»Ach, das meinst du. Eine sehr unsichere Methode. Aber keine Sorge, es kann nichts passieren.«

Er hielt sie eng umschlungen. »Wieso? Du hast eine Tochter, was ist dir zugestoßen?«

»Eine Fehlgeburt … mit Komplikationen.«

»Das tut mir leid.«

Sarah hob die Schultern. Es tat nicht mehr weh. »Es ist schon lange her.«

Er beugte sich wieder über sie. Überrascht und amüsiert stellte sie fest, dass er als Liebhaber weder scheu noch zurückhaltend war. *Ich will dich anfassen,* hatte er gesagt, und das tat er nun. Er fuhr mit den Händen die Rundungen ihres Körpers entlang, berührte sie mal zärtlich, mal fester, bis sie glaubte, sich in seinen Armen aufzulösen.

Heftig atmend schmiegte sie sich an ihn. »Ich falle ...«

»Ich halte dich.«

Sie zog ihn über sich, in sich. Dieses Mal war er behutsam, bewegte sich langsam, bis sie sich ihm entgegenwölbte, einen leisen Schrei ausstieß und erschauerte.

Anschließend lagen sie nebeneinander, ihr Kopf ruhte auf seinem Arm, und Sarah staunte. Über ihn, über sich. Unter normalen Umständen hätte sie niemals jemanden wie ihn kennengelernt, zwischen ihnen lagen Welten. Sie kannte sein Leben auf der Victory, aber was wusste sie sonst? Wie viele Mädchen warteten auf ihn, vielleicht hatte er gar Frau und Kinder?

Sie verdrängte den Gedanken. Jetzt und hier gab es nur sie beide.

Aber neugierig war sie doch. »Fährst du schon lange zur See?«

»Eigentlich solange ich lebe. Mein Großvater war Seemann, mein Vater ist Seemann, meine Brüder auch. In Mollösund kann ein Mann kaum etwas anderes werden.«

»In Mollös...?« Ihre Zunge stolperte über die ungewohnten Silben.

»Mollösund«, wiederholte er. »Ein Fischerdorf, nördlich von Göteborg. Da komme ich her.«

Wie wenig sie doch von der Welt wusste. Sie hatte keine Vorstellung, wo Göteborg lag und seine Heimat.

»Was wirst du tun, wenn diese Fahrt vorbei ist? Nach Hause zurückkehren?«

Seine Miene verdüsterte sich. »Das hatte ich vor, aber daraus wird nichts werden.«

Sie stützte sich auf einen Ellbogen. »Warum nicht?«

Eine steile Falte stand zwischen seinen Brauen. Er presste die Lippen zusammen und schloss kurz die Augen. »Verschiedene Gründe«, sagte er dann. »Einer ist ›Anstiftung zur Meuterei‹.«

»Du glaubst, Brandon bringt dich vor Gericht? In Victoria?«

Er nickte stumm.

Lächelnd schüttelte sie den Kopf. »Das wird er nicht. Er kann es gar nicht.«

»Warum nicht?«

»Brandon ist kein Brite, er ist Amerikaner. Die Victory segelt unter falscher Flagge. Wenn er dich anzeigt, fliegt es auf.«

»Ist das wahr?« Hoffnung zeigte sich in seinem Blick.

Sarah nickte. »Ja, er wird diesen Vorfall nicht melden.«

»Woher weißt du das?«

»Weißt du, ich kenne ihn ganz gut …«

Sein Ausdruck wechselte schlagartig. Abrupt setzte er sich auf und rückte ein Stück von ihr ab. Er war blass bis in die Lippen. »Also ist es doch wahr!«

»Was?« Erschrocken blickte sie in sein zorniges Gesicht. Was meinte er?

»Es gab Gerede im Logis, aber ich Narr wollte es nicht glauben!«

»Wovon sprichst du?«

Er packte sie am Handgelenk. »Tu bloß nicht so. Was ist zwischen euch?«

Sie biss sich auf die Unterlippe. Also das war es. Es gab Gerüchte, dass sie ein Verhältnis mit Brandon hatte. So abwegig war der Gedanke nicht. Sie holte tief Luft. »Das ist eine lange Geschichte.«

Er ließ ihre Hand fahren und wandte sich ab. »Ich will keine Geschichten über Brandon hören. Ich will nur wissen, ob es stimmt, was die Männer sagen.«

Sarah schloss die Augen. So einfach war das nicht. Wie sollte sie ihm erklären, was sie mit Brandon verband?

Er stand auf und drehte ihr den Rücken zu. Im Dämmerlicht sah sie die Narben, die sie ertastet hatte. Rote Striemen, die sich über seinen Rücken zogen, und kaum vernarbte Wunden dort, wo das Seil die Haut aufgerissen hatte. Andersens Werk, auf Brandons Befehl.

Unglücklich setzte sie sich auf und schlang die Arme um die Knie. Kein Wunder, dass der Gedanke, sie hätte eine Liaison mit dem Kapitän, ihn wütend machte.

Und doch: So schnell war er also bereit, den Gerüchten zu glauben? Eben hatte er ihr noch Zärtlichkeiten ins Ohr geflüstert, und nun verdammte er sie?

Vielleicht war es naiv von ihr gewesen, zu glauben, sie bedeute ihm etwas. Am Ende wollte er von ihr nicht mehr als von der Hure vor den Bonin-Inseln, und sie war nur allzu bereit gewesen, es ihm zu geben.

Sie legte den Kopf auf ihre Knie. Ihr war kalt, und sie fühlte sich verloren und einsam.

Nach einiger Zeit spürte sie, wie er neben sie trat, und blickte zu ihm auf.

»Spiel nicht mit mir.« Der Schmerz in seiner Stimme griff ihr ans Herz.

»Das tue ich nicht«, sagte sie. »Glaubst du wirklich, ich wäre hier, wenn ich ein Verhältnis mit Brandon hätte?«

»Nein, eigentlich nicht. Aber, ich meine, er ist der Kapitän und …«

Sie kniff die Augen zusammen. »Wofür hältst du mich, für eine dieser Hafenhuren?«

Er wurde rot. »Ich wollte dich nicht beleidigen. Ich – ich

bin an Frauen wie dich nicht gewöhnt, an Damen, meine ich ...« Er biss sich auf die Unterlippe.

Ihre Empörung verflog angesichts seiner offensichtlichen Verlegenheit und Verwirrung. Zum ersten Mal konnte sie glauben, dass er jünger war als sie. Er setzte sich wieder neben sie und legte ihr die Jacke um die Schultern. »Entschuldige ...«

Sie legte zwei Finger auf seine Lippen. »Schon gut. Ich kenne Brandon schon lange; ich war noch ein Mädchen, als ich ihn das erste Mal traf. Hier habe ich ihn zuerst gar nicht erkannt. Er nannte sich damals nicht Brandon, und er hat sich sehr verändert.« Sie lächelte leicht. »Und nein, es stimmt nicht, was die Männer sagen. Ich habe kein Verhältnis mit ihm.«

Die Erleichterung war ihm so deutlich anzusehen, dass sie beinahe gelacht hätte.

Er zog sie näher zu sich. »Wahrscheinlich hältst du mich jetzt für einen ungehobelten Dummkopf.«

»Nein. Mir geht es wie dir. Ich bin Männer wie dich nicht gewöhnt.«

»Hat es dir denn gefallen, mit mir?«, fragte er leise.

Sie schnappte nach Luft. Normalerweise wurde sie nicht leicht rot, aber er trieb ihr ständig die Farbe ins Gesicht. Hatte sie sich jemals für erfahren, gar ein bisschen verrucht gehalten? Bei ihm kam sie sich vor wie ein junges Mädchen.

»Fragt man das etwa auch nicht?«, forschte er, als sie schwieg. Er klang ein wenig resigniert.

»Ich weiß es nicht«, antwortete sie ehrlich. »Mich hat noch keiner gefragt.«

Nun holte er tief Luft. »Du meinst, dein Mann hat dich niemals danach gefragt, was dir gefällt?«

Der Gedanke, dass der streng viktorianisch erzogene Arthur sich danach erkundigt haben könnte, ob es ihr gefiel, was er tat, war lächerlich, aber sie schüttelte nur den Kopf. »Warum möchtest du das wissen?«

»Ich dachte, wenn es dir gefallen hat, würdest du vielleicht gerne noch mal?«

Er ließ die Hand unter ihre Jacke gleiten, fuhr mit den Fingerspitzen ihre Wirbelsäule entlang nach unten. »Was meinst du?«

Ob sie sich jemals an diese unverblümte Art gewöhnen würde? »Und ich habe mal geglaubt, du seist schüchtern.«

»Ich bin nicht schüchtern. Ich kann nur nicht so schöne Reden schwingen wie die feinen Pinkel«, antwortete er, schob ihr die Jacke von den Schultern und bettete sie wieder auf das Segeltuch.

Er hatte recht. Mit seinem Körper und seinen Händen konnte er sich besser ausdrücken als mit Worten.

Viel später hielt er sie fest, sehr fest, und spielte mit den Locken in ihrem Nacken. Der Kopf wurde ihr schwer. Wie spät mochte es sein?

»Bist du müde?«

»Ein bisschen.«

Er lehnte sich zurück, so dass sie bequemer liegen konnte, und deckte die beiden Jacken wieder über sie.

Sie lag mit dem Kopf an seiner Brust und kuschelte sich an ihn. »Wird man dich im Logis nicht vermissen?«

Sein Lachen hatte einen bitteren Beiklang. »Kein Mensch vermisst mich.«

Sie würde ihn vermissen.

Ihre Hand lag auf seiner Brust. Sie konnte sein Herz fühlen, es schlug langsam und gleichmäßig. Wider Erwarten fielen ihr die Augen zu.

Es war nur ein kurzer Schlummer. Sie erwachte, als er sich aufsetzte.

»Es ist spät. Wir sollten gehen.«

Sie rieb sich die Augen und nickte. Schweigend standen sie auf und zogen sich an.

An der Tür hielt er sie auf und nahm sie in die Arme. »Danke.«

»Wofür?«

»Für alles. Dafür, dass du da warst, als ich dich brauchte. Für diese Nacht.«

»Nur diese eine Nacht?«

»Ach, Sarah!« Er fuhr mit den Händen in ihr Haar und küsste sie wild. »Wenn wir doch nur mehr Zeit hätten.«

»Wir haben Zeit.«

Sein Blick war voller Zweifel.

32. KAPITEL

Das Erste, was sie am nächsten Morgen hörte, war Brandon, der die Matrosen lautstark zur Arbeit antrieb. Anscheinend hatte er es wieder einmal eilig.

Sie streckte sich. Ihr Körper fühlte sich seltsam an. Satt, schwer, ein wenig wund.

Peer! Ein Prickeln lief über ihre Haut, als sie sich erinnerte, wie er sie berührt, sie geliebt hatte.

Woher wusste er so viel über Frauen?

Wahrscheinlich wollte sie das lieber nicht so genau wissen.

Sie stand auf, wusch sich und fuhr mit dem Kamm durch ihre Locken. Ihr Haar fiel inzwischen wieder bis zum Kinn. Zum ersten Mal seit Wochen nahm sie den Spiegel aus der Kiste und sah hinein. Ihre Augen funkelten ihr dunkelbau entgegen, ihre Lippen schienen geschwollen von seinen Küssen, und ihre Wangen waren gerötet. Es war ein glückliches Gesicht.

Später an Deck lächelte sie Gus im Vorbeigehen so strahlend an, dass dieser verwirrt innehielt. Schwungvoll stieg sie die Stufen zur Kombüse hinunter und schmetterte dem Koch ein »Guten Morgen!« entgegen.

»*Guten Morgen?*«, antwortete Mullins. »Heute gutgelaunt?«

Sarah nickte. Sie nahm den Kessel und setzte Wasser für Kaffee auf. Dabei sang sie das Brindisi-Lied aus *La Traviata*.

»Geht's ein bisschen leiser?«, murrte Mullins. »Da wird man ja taub.«

Sarah lachte und wechselte zur Habanera. »*L'amour est un oiseau rebelle* …« Es war nicht ihre Stimmlage und klang grauenhaft, aber das war ihr egal.

Der Koch klemmte sich die Brote unter den Arm und verließ kopfschüttelnd die Kombüse. Sarah folgte ihm kurze Zeit später mit der Kaffeekanne und den Bechern.

Nach dem Frühstück gab Brandon den Befehl zum Segelsetzen und übernahm wiederum das Steuer.

»Hast du noch nicht genug?« Sarah reichte ihm eine Tasse Kaffee.

Er lachte. »Hast du Angst?«

Sie musterte ihn. Seine Augen blitzten, seine ganze Haltung drückte gespannte Erwartung aus. Er freute sich auf das Kommende. »Dir geht es doch nicht nur um das Geld. Dir geht es um die Gefahr, es macht dir Spaß, die Patrouillen herauszufordern«, stellte sie fest.

»Es geht mir sehr wohl ums Geld«, widersprach er. »Aber ja, auch das andere, die Gefahr, die Herausforderung sind das, was die ganze Geschichte spannend macht.«

»Du bist ein Spieler«, entgegnete sie verärgert. »Aber bei diesem Spiel setzt du nicht nur dein Leben, du bringst uns alle in Gefahr.«

»Und?« Er zuckte die Schultern. »Sehen sie so aus, als wären sie unzufrieden? Frag sie doch, ob sie heute schon nach Yokohama segeln wollen.«

Sarah folgte seinem Blick zur Reling, wo Jäger und Matrosen sich versammelt hatten und gebannt auf die Insel starrten, der sie sich näherten. Sie glichen Spielsüchtigen, die nicht einfach aufhören und mit ihrem Gewinn nach Hause gehen konnten, sondern weitermachten, in der Hoffnung, beim nächsten Wurf noch mehr zu gewinnen. Resigniert schüttelte sie den Kopf.

Peer stand nicht mit den anderen an der Reling, aber sie ahnte, wo er war.

Sie griff nach der Kaffeekanne, die sie neben dem Kompasshaus abgestellt hatte, und stieg die Stufen zur Kombüse hinunter.

Einen kurzen Augenblick befürchtete sie, sie hätte sich geirrt, aber er stand am Spülstein und strahlte sie an. »Hej!«

Sie trat zu ihm und umarmte ihn. »Wie geht es dir?«

»Gut, Käresta. Aber du siehst besorgt aus. Was ist los?«

»Brandon hat wieder Kurs auf die Rookery genommen, und alle scheinen damit einverstanden zu sein.«

»Sie kriegen den Hals nicht voll. Hoffentlich geht es auch ein zweites Mal gut.«

Die Tür flog auf, und sie fuhren erschrocken auseinander.

Mullins kam ächzend die Stufen hinunter.

Sein Blick wanderte von Peer zu ihr und wieder zurück.

»Ihr solltet ein bisschen vorsichtiger sein«, knurrte er, zog eine Schublade auf und holte etwas heraus. Peers Unterhemd. »Das hast du im Vorratsraum vergessen.«

Sarah schluckte, ihre Wangen brannten.

Doch Peer lachte bloß. Ohne jede Verlegenheit klopfte er dem Koch auf die Schulter. »Danke.«

»Du solltest gehen, bevor der Alte dich sucht«, sagte Mullins. »Das wird kein Spaß heute. Ein Sturm zieht auf.«

Peer nickte und zog sie kurz an sich. »Bis später.«

Verwirrt starrte sie ihm nach, als er ging. Wieso machte es ihm gar nichts aus, dass Mullins Bescheid wusste? Der Gedanke durchzuckte sie, dass es für ihn normal war, irgendwelche Frauen in Lagerräumen zu verführen, aber das war albern.

Und Mullins, der ewig schlechtgelaunte, grummelnde Mullins, wusste von ihnen und ging nicht schnurstracks zu Brandon, sondern deckte Svensson.

Langsam drehte sie sich zu ihm um. Er hatte die Hände in die Hüften gestemmt, die Augenbrauen zusammengezogen. »Hätt' nicht gedacht, dass Sie noch mitkriegen, wer hier wirklich etwas taugt«, erklärte er.

»Woher wissen Sie …?«

»Man muss schon blind sein oder ein Weib, um nicht zu merken, dass Svensson von Anfang an einen Narren an Ihnen gefressen hat.«

Also wusste er es nicht von Peer. Einen Moment hatte sie befürchtet, dass er vielleicht mit seiner Eroberung geprahlt habe.

»Aber Sie waren ja erst mal nur am Alten interessiert«, fuhr Mullins fort. »Frage mich sowieso, was die Weiber alle an dem finden.«

Sarah dagegen fragte sich, was der Koch noch alles mitbekommen hatte. Sie hatte immer geglaubt, der Mann sei nur mit sich selbst beschäftigt und völlig gleichgültig gegenüber seiner Umwelt.

Sie folgte ihm mit dem Blick, während er zum Herd ging und Wasser aufsetzte. Ein kranker Mann, von keinem besonders gelitten, eigenbrötlerisch. Aber er hatte den Mund gehalten, als Svensson Willy aus der Takelage geholfen hatte, erinnerte sie sich. Und vielleicht hatte er doch nicht geschlafen, als Alex und sie vor vier Tagen Peers Wunde verbunden hatten.

Er bemerkte, wie sie ihn ansah. »Wieso gucken Sie so?«

Sie riss sich zusammen. »Was machen wir heute zum Essen?«

»Sie machen heute das Essen. Ich gehe mit raus.«

»Aber …«

»Nix aber. Zehn Cent pro Fell. Das lass' ich mir nicht noch mal entgehen. Und wenn uns die Russen doch erwischen, will ich sehen, ob dieser Mistkerl davonkommt. Vielleicht segelt er ja schnurstracks in die Hölle.«

Damit holte er seine Jacke vom Haken und ging.

Sarah setzte sich, sie war wie betäubt. Selten hatte sie sich so in einem Menschen getäuscht. Seit Monaten arbeitete sie mit ihm zusammen und wusste doch gar nichts über ihn.

Er hatte sie auch nie interessiert, stellte sie beschämt fest. Sie hatte ihr Urteil am ersten Tag gefällt, beim Anblick der schmutzigen, verwahrlosten Kombüse und des mürrischen, grobschlächtigen Kochs. Warum war sie niemals auf die Idee gekommen, dass es vielleicht sein Rheuma war, das ihn daran hinderte, richtig sauber zu machen? Unter Schmerzen arbeitete es sich nicht gut. Mullins sei kein schlechter Kerl, hatte Gus damals gesagt. Sie hatte es für Geschwätz gehalten. Und nun erwies es sich als wahr.

Vielleicht boten ihr die nächsten Tage Gelegenheit, etwas mehr über ihn zu erfahren. Und selbst wenn nicht, würde sie auf jeden Fall netter zu ihm sein. Sie hatte etwas gutzumachen.

Die Voraussage des Kochs, es werde Sturm geben, bewahrheitete sich. Schon bald pfiff der Wind durch die Takelage. Die Victory zerrte an der Ankerkette und rollte heftig in der Dünung. Sarah kontrollierte, ob die Töpfe gesichert waren. Schon einmal hatte sie sich bei starkem Seegang verbrannt, als ein Topf mit Soße vom Herd gerutscht war.

Anschließend ging sie unruhig in der Kombüse auf und ab. Wenn Brandon bloß die Leute zurückholen würde. Sie rührte zum wiederholten Male in der Suppe, als ein Ruf sie aus ihren Gedanken aufschreckte.

»Rauch, Rauch backbord voraus!«

»Gib Signal, dass die Männer zurückkommen!« Das war Brandons Stimme.

Sarah ließ den Kochlöffel fallen und stürmte an Deck. Sie hielt sich an den Wanten fest und starrte auf die Insel. Die Männer liefen zu den Booten. Manche versuchten noch, Robbenkadaver zu verladen, aber die meisten ließen alles liegen und machten, dass sie fortkamen. Erleichtert stellte sie fest, dass Peers Jäger, Jim, zu ihnen gehörte.

Jims und Burtons Boote waren die ersten an der Victory. Brandon machte die Taljen klar und warf Alex und Peer die Leinen zu, als das Boot beidrehte. Die Männer hakten sie ein und kletterten an Bord.

»An die Schoten«, rief Brandon. »Setzt alles, was wir haben! Gus übernimmt das Ruder!«

Zusammen mit Jim und Peer half er den Männern aus Jennings' und Owens' Boot an Bord.

Es fehlte noch Abrams' Boot mit Hughes, Nielsen und Mullins.

Brandon ließ bereits den Anker lichten, und die Victory drehte sich in den Wind, als eine Welle Abrams' Boot ergriff und gegen die Bordwand schmetterte.

Mullins und Nielsen wurden über Bord geschleudert und

trieben sofort ab. Abrams und Hughes konnten die Leinen erwischen und klammerten sich fest.

Brandon zog fluchend erst einen, dann den anderen an Bord. Dann eilte er zum Ruder und gab Befehl, auf halben Wind zu gehen. Die Victory neigte sich zur Seite und nahm Fahrt auf.

Entsetzt sah Sarah, wie Mullins und Nielsen versuchten, sich in der tobenden See über Wasser zu halten. Sie wartete auf den Befehl zur Wende.

Aber er kam nicht.

Brandon hatte nicht vor, die Männer zu retten. Er ließ sie zurück!

Sie kämpfte sich über das geneigte Deck zum Ruder vor. »Das kannst du nicht tun!«

Er beachtete sie nicht.

Inzwischen waren alle Segel gesetzt, und die Victory rauschte in den Sturm. Gischt sprühte über die Reling, wo die Wellen das Schiff trafen.

»Svensson«, rief Brandon.

»Aye, Sir.«

»Ich brauche dich gleich am Ruder. Wir haben nur eine Chance, wenn wir jeden Fetzen Leinwand nutzen. Der Wind steht günstig für uns. Halt sie stabil. Ich kümmere mich um den Rest.«

»Jawohl, Sir.«

»Fuller, wir brauchen Strecktaue. Willy, hilf ihm.«

Brandons Befehle kamen Schlag auf Schlag, er ließ den Männern keine Zeit zum Nachdenken.

»Sarah, du gehst nach unten und bleibst dort.«

»Nein«, schrie sie ihn an und klammerte sich an seinen Arm. »Du kannst sie doch nicht einfach zurücklassen!!«

Er packte sie bei den Schultern und schüttelte sie. »Sie sind schon tot. Wenn sie nicht ertrunken sind, dann sind sie erfroren, bis wir gewendet haben. Das Wasser ist eiskalt. Und jetzt geh nach unten.«

Er brachte sie bis zum Niedergang und schloss die Tür hinter ihr.

Tränenblind tastete sie sich die Treppe hinab. Sie kroch in ihre Koje und zog sich die Decke über den Kopf. In diesem Augenblick war es ihr egal, ob die Russen sie erwischten oder nicht.

Immer wieder sah sie Mullins' schreckgeweitete Augen vor sich, als er über Bord gegangen war. Sie würde keine Gelegenheit mehr haben, netter zu ihm zu sein. Und Nielsen, der fröhliche Nielsen mit der wunderbaren Stimme. Sie konnte es nicht fassen, dass er tot sein sollte. Er hatte ein Mädchen in Rotterdam. Keiner kannte ihren Namen. Sie würde niemals erfahren, warum er nicht zu ihr zurückkehrte.

*

Sarah wusste nicht, wie lange sie so gelegen hatte, sie hatte jegliches Zeitgefühl verloren.

Irgendwann hörte sie Brandon das Kommando zum Halsen geben, darauf rollte die Victory heftiger in den Wogen.

Stunden schienen zu vergehen. Immer wieder kam das Kommando zum Richtungswechsel. Schließlich verlangsamte sich die Fahrt. Anscheinend hatte Brandon einen Teil der Segel bergen lassen.

An Deck herrschte Chaos. Der Außen- und der Innenklüver hingen in Fetzen, die Toppsegel waren heruntergekommen, überall lagen Leinen herum. Brandon stand selbst am Ruder.

Panik ergriff sie. Wo war Peer? Dann entdeckte sie ihn. Er half Brady, das Focksegel zu bergen. Sein helles Haar leuchtete in den Strahlen der untergehenden Sonne, die zögerlich die Wolken durchdrangen. Er sah erschöpft aus – und glücklich. Erleichtert atmete sie auf.

Brandon rief nach einer Ablösung für sich und beorderte den Rest der Mannschaft an Deck, um die Schäden zu beseitigen. »Svensson, es ist genug. Lass Reilly und Fuller das tun.«

Der Matrose nickte. »Aye, Sir.« Er richtete sich auf und strich sich das Haar aus der Stirn. »Wir haben es geschafft, Sir.«

»Allerdings, das haben wir.« Brandons Gesicht glühte vor Begeisterung und Triumph. »War das nicht großartig? Was für eine Fahrt!«

»Was für ein Schiff!«, antwortete Peer. »Ich wusste, dass sie schnell ist, aber so …«

»Sie ist nur so schnell, wie ihr Steuermann gut ist. Das war erstklassige Arbeit, Svensson.«

»Danke, Sir.«

Peers Gesicht leuchtete genauso wie Brandons, stellte Sarah verblüfft fest. Er hatte den gleichen triumphierenden Ausdruck in den Augen. Sie waren einander ähnlich, wie sie da standen und sich gegenseitig zu ihrer Leistung beglückwünschten.

Überall wurde gejubelt, die Matrosen gratulierten Brandon und Svensson.

»Das ist Seemannschaft, so wahr mir Gott helfe«, schrie Gus und klopfte Peer kräftig auf die Schulter.

Sarah wandte sich ab, sie fühlte sich gänzlich fehl am Platz. Dass es zwei Tote gab, schien niemanden zu interessieren.

»Mrs. Tanner!« Brandon hielt sie auf. Er war mit zwei, drei großen Schritten bei ihr, packte sie um die Taille und wirbelte sie herum. »Wir sind entkommen!«

Direkt neben Peer setzte er sie ab. Der zog die Brauen zusammen, offensichtlich verblüfft über die ungewohnte Vertraulichkeit, mit der Brandon sie behandelte.

Ungehalten schüttelte sie den Kopf. »Ich habe es gehört«, entgegnete sie frostig. »Sonst noch was?«

Verblüfft starrte Brandon sie an. »Man könnte meinen, es wäre dir lieber, die Russen hätten uns erwischt.«

»Es wäre mir lieber, wenn es zwei Tote weniger gegeben hätte«, fauchte sie. »Wolltest du mich sprechen? Oder soll ich nur zuhören, wie ihr euch gegenseitig beweihräuchert?«

Ihr Zorn schien Brandon nicht weiter zu berühren. Er zuckte mit den Schultern. »Nun denn. Es gibt ein paar Verletzungen zu versorgen.« Er streckte die Hände aus, die Innenflächen waren aufgescheuert und blutig. »Ich dürfte nicht der Einzige sein, dessen Hände so aussehen.«

Sie nickte und schaute endlich Peer an.

Wortlos hielt er ihr ebenfalls die Hände hin. Es bot sich ihr der gleiche Anblick wie bei Brandon.

»Da kann ich nicht viel machen. Desinfizieren vielleicht.«

»Dann hol mal deine ›Doktortasche‹ und komm in die Kajüte«, sagte Brandon und winkte Svensson, ihm zu folgen.

Als Sarah ein paar Minuten später Brandons Kabine betrat, saßen die beiden Männer am Tisch und sprachen über Segelmanöver. Vor ihnen standen eine Flasche Whisky und zwei gefüllte Gläser. Brandon hob sein Glas. »Auf die Victory, eines der besten Schiffe, die Matthew Turner je gebaut hat.«

Gespannt richtete sie ihre Aufmerksamkeit auf Svensson. Würde er mit Brandon trinken?

Er tat es. Immer noch leuchtete Begeisterung in seinen Augen. »Auf die Victory.«

Sarah setzte sich zu ihnen und desinfizierte die Hände der Männer mit Jod. Sie ging dabei recht ruppig vor, was ihr einen erstaunten Blick Svenssons einbrachte.

Nicht zum ersten Mal war das Verhalten der Seeleute ihr ein Rätsel. Vorige Nacht noch war sie überzeugt gewesen, dass Peer Brandon hasse, und jetzt saßen sie hier, tranken gemeinsam, freuten sich über ihr Entkommen und fachsimpelten über Schiffe und riskante Segelmanöver. Als wären sie Freunde, als hätte es niemals eine Rivalität zwischen ihnen gegeben, keine Prügel, keine Differenzen.

»Verstehst du was von Navigation?«, fragte Brandon ihn.

»Ja, Sir.«

Brandon strich sich über den Bart und sah den anderen nachdenklich an. »Könntest du die Position der Victory bestimmen?«

»Wenn der Himmel klar ist, ja.«

»Gut«, erklärte Brandon, »ich werde drauf zurückkommen.« Er leerte sein Glas. Peer tat es ihm gleich und erhob sich. »Sir.« Er nickte Sarah zu. »Ma'am.«

»Was hast du vor?«, fragte sie, kaum dass die Tür sich hinter Svensson geschlossen hatte.

»Ich weiß es noch nicht. Er hat heute hervorragende Arbeit geleistet. Ich wusste, dass er gut ist, aber so gut … Was für ein Seemann. Er wäre der ideale Steuermann für die Victory.«

»Dann ernenne ihn dazu. Das kannst du doch?«

Er zuckte die Schultern. »Schon. Aber kann ich ihm trauen?«

»Hättest du es heute ohne ihn schaffen können?«

Brandon schüttelte den Kopf. »Nein. Er hat ein Gespür für dieses Schiff wie kein Zweiter. Ich musste ihm nie sagen, was er tun soll. Er wusste es einfach. Ich denke darüber nach.«

Sarah erhob sich ebenfalls. »Ich muss sehen, was ich zum Abendessen auftreiben kann.«

»Mach es einfach. Dosenwurst, Brot, Käse, wenn wir noch haben. Ruf Willy und Sying Kang, sie sollen dir zur Hand gehen.«

Sie nickte und ging.

Mullins' schmutzige Schürze lag noch in der Ecke, in die er sie am Morgen geworfen hatte. Sarah hob sie auf und hielt sie unschlüssig in den Händen. Vier Monate hatte sie mit ihm zusammengearbeitet.

Wieder dachte sie daran, dass sie im Grunde mit ihm mehr Zeit als mit jedem anderen an Bord verbracht hatte und dennoch so gut wie nichts über ihn wusste. Woher kam er, hatte er Familie, wie alt war er gewesen? Sie hatte ihn nie gefragt, es hatte sie schlicht nicht gekümmert. Sie war zu sehr mit sich selbst beschäftigt gewesen.

Langsam öffnete sie die Tür, die zu seiner winzigen Schlafkabine führte. Irgendjemand würde seine Sachen durchsehen müssen. Darum würde sich Brandon kümmern oder Gus. Sie legte die Schürze in die Koje und verließ die Kabine wieder. Es kam ihr falsch vor, in seine Privatsphäre einzudringen.

Anschließend schaute sie sich in der Kombüse um. Wie sollte sie es allein schaffen, für das Essen der Männer zu sorgen?

Es würde sich zeigen. Jetzt musste sie sich erst einmal um das Abendessen kümmern. Sie rief nach Willy und machte sich auf den Weg zum Vorratsraum.

Dort angekommen, stapelte sie Dosen in ihren Korb und suchte nach Käselaiben, die noch nicht verschimmelt waren.

Unwillkürlich glitt ihr Blick zu den Ersatzsegeln in der Ecke. Bildete sie es sich ein, oder konnte man den Abdruck ihrer Körper auf den Leinwandballen erkennen?

Abrupt wandte sie sich ab und drückte Willy den Käse in die Hand.

Nach dem Abendessen halfen Willy und Sying Kang Sarah beim Aufräumen. Als sie fertig waren, setzte Sarah sich an den Tisch und starrte ins Leere. Sie konnte sich nicht dazu durchringen, in ihre Kabine zu gehen.

Brandon hatte reichlich Whisky spendiert. Die Matrosen feierten ihre erfolgreiche Flucht im Logis, der Kapitän mit den Jägern im Zwischendeck. Er hatte Sarah eingeladen, sich anzuschließen, doch ihr stand der Sinn nicht nach Feiern.

Stattdessen verfiel sie ins Grübeln. Sie konnte den Triumph, die Freude der Männer darüber, dass sie es geschafft hatten, der Patrouille zu entkommen, nur schwer ertragen. Verstehen konnte sie es. Sie hatten Außergewöhnliches vollbracht, allen voran Brandon und Svensson. Für kurze Zeit waren sie keine Feinde gewesen, waren über sich hinausgewachsen, hatten zusammengearbeitet und damit ihrer aller Leben gerettet.

Mit wem feierte Peer? Mit Brandon und den Jägern oder mit den Matrosen? Ein Außenseiter war er, seit dem Exempel, das Brandon an ihm statuiert hatte. Vielleicht war er es vorher schon gewesen. Zu gut für einen einfachen Matrosen, aber kein Offizier.

Seufzend zog sie ihre Jacke über und verließ die Kombüse.

Ernst Klausen stand am Ruder, und am Bug entdeckte sie Hughes. Sie nickte Klausen zu, ging zur Reling und sah hinaus in die Dunkelheit. Aus dem Zwischendeck drang Gelächter, wahrscheinlich erzählte Burton wieder Witze.

Fröstelnd zog Sarah die Jacke enger um sich. Der Wind hatte nachgelassen, aber es war kalt. Sie atmete tief durch und blickte in den Himmel. Die Wolken hatten sich verzogen, und die ersten Sterne erschienen.

Wieder hörte sie Gelächter. Dachte noch jemand an Mullins und Nielsen, oder waren diese Männer derartig abgestumpft, dass der Tod ihrer Kameraden sie nicht berührte?

»Du solltest nicht allein hier draußen sein.«

Erschrocken fuhr sie zusammen, sie hatte Peer nicht kommen hören. »Ich bin wohl kaum allein«, gab sie gereizt zurück und wies auf Klausen und Hughes.

»Sarah, versteh doch. Die Männer sind wie berauscht. Sie feiern, und normalerweise tun sie das mit Schnaps *und* Frauen. Du weißt nicht, was ihnen einfällt, wenn sie betrunken genug sind.«

»Sie feiern also. Denkt eigentlich irgendjemand noch an Nielsen und Mullins?« Ihre Augen füllten sich mit Tränen. Sie wandte sich ab, damit er es nicht bemerkte, aber sie konnte nichts gegen das Schluchzen tun, das ihr in die Kehle stieg. Peer fasste sie sanft an den Schultern und drehte sie zu sich um.

»Unterschätze sie nicht«, sagte er leise. »Im Logis wird über Nielsen und Mullins gesprochen und an sie gedacht und«, er lächelte ein wenig, »auf sie getrunken. Sie sind nicht herzlos. Es ist nur so, dass wir oft dem Tod begegnen. Er holt einen schnell auf See, weißt du.«

»Es war kein *Unfall*. Er hat sie einfach zurückgelassen.«

»Er musste eine Entscheidung treffen. Zwei Leben gegen zwanzig. Wäre es dir lieber, wir wären jetzt alle in Gefangenschaft?«

Erbittert sah sie ihn an. »Du hörst dich genauso an wie er. Er hätte es zumindest versuchen können.«

Peer schüttelte den Kopf. »Ich habe wahrhaftig nichts für ihn übrig, aber dieses Mal hat er das Richtige getan. Es dauert viel zu lange, ein Segelschiff zu wenden. Sie wären längst ertrunken gewesen, bis wir sie erreicht hätten.«

»Schön, dass du ihn so gut verstehst!« Ihre Stimme bebte.

»Ach, Sarah.«

Sie schluchzte erneut auf.

»Komm her.« Er nahm sie in die Arme, barg ihren Kopf an seiner Schulter. »Sie freuen sich bestimmt, da, wo sie jetzt sind, dass du an sie denkst.«

Sarah presste ihr Gesicht in seine Jacke und weinte. Der Stoff war bald nass von ihren Tränen.

»Hast du vielleicht ein Taschentuch?«, fragte sie irgendwann.

Er nickte, holte es aus der Hosentasche und reichte es ihr. Während sie sich das Gesicht abwischte, suchte er noch irgendetwas anderes in seinen Taschen. Schließlich zog er etwas Flaches hervor, das sorgfältig in Stanniol verpackt war. Sarah sah überrascht zu, wie er den Inhalt auswickelte und ein Stück abbrach. »Was ist das?«

»Schokolade.«

Er schob ihr das Stück zwischen die Lippen. Sie schloss die Augen. Cremig und süß schmolz die Schokolade in ihrem Mund. Köstlich.

»Woher hast du sie?«

»Von Mullins. Er hat sie mir gegeben, als ich ...« Er zögerte, suchte nach Worten. »... als ich krank war.«

»Mullins!« Ungläubig schüttelte sie den Kopf. Schon wieder ein Detail, das nicht in das Bild passte, das sie sich von ihm gemacht hatte.

Peer nickte. »Er hat auch Essen für mich abgezweigt. Wenn ich keine Zeit hatte, im Logis zu essen. Und nicht nur für mich. Er hat sich auch nicht immer an die Rationierung des Alten gehalten.«

»Ich weiß gar nichts über ihn. Ich habe ihn immer nur für einen ungepflegten, mürrischen alten Mann gehalten.«

»Er war ein ungepflegter, mürrischer alter Mann. Aber deshalb war er kein schlechter Mensch. Er mochte dich.«

»Davon habe ich nie etwas gemerkt.«

Er lachte leise. »Das glaube ich gerne. Er hätte sich wohl eher die Zunge abgebissen, als es zuzugeben.«

Sie erzählte ihm, was ihr durch den Kopf gegangen war, als sie seine Schürze gefunden hatte.

»Ursprünglich kam er aus Nova Scotia«, sagte Peer. »Ich glaube, er hat eine Schwester in Vancouver, bei der er lebte, wenn er nicht auf See war. Hmm, und er war Toppsgast, als er noch gesund war.«

»Toppsgast!«

Wie Peer. Das also war der Berührungspunkt zwischen ihnen. Sie erinnerte sich an den Tag, an dem Andersen den Albatros getötet hatte. Mullins schien genauso entsetzt gewesen zu sein wie Peer. Er hatte sich geweigert, den Vogel zu kochen.

Peer zog sie wieder an sich und rieb seine Wange an ihrer. »Wenn ich mir vorstelle, so krank zu sein, dass ich nicht mehr in die Takelage klettern könnte … ich würde wahrscheinlich auch ein mürrischer alter Mann werden.«

»Ich habe nie danach gefragt, warum er so ist.«

»Warum solltest du auch? Er war, wie er war.«

Das war ihr zu einfach. Sie war es gewöhnt, Fragen zu stellen. »Fragst du nie danach, warum Menschen so sind, wie sie sind?«

»Warum soll es mich interessieren, warum jemand ein schlechter Mensch ist oder ein guter? Ich sehe, was er tut, und das zählt.«

Zwischen ihnen lagen Welten. Und doch, vielleicht lag auch Wahrheit in seinen Worten. Hätte sie anders über Mullins gedacht, wenn sie seine Vergangenheit gekannt hätte? Sie hatte schließlich gewusst, dass er krank war. Gus hatte es ihr am ersten Tag erzählt, und sie hatte seine geschwollenen, deformierten Hände gesehen. Trotzdem hatte sie sich über ihn geärgert, ihn verurteilt.

Sie fröstelte. Peer nahm ihre Hände in seine und rieb sie. »Du bist eiskalt. Du solltest in deine Kabine gehen.«

»Ich kann noch nicht schlafen. Und …«

Ein Ruf vom Logis unterbrach sie. »Svensson! Wo steckst du, Mann? Wir warten auf dich.«

Er schob sie in den Schatten des Großmastes und legte den Finger an seine Lippen.

Dann trat er einen Schritt vor. »Ich komme gleich!«

Er wandte sich ihr wieder zu und hob entschuldigend die Schultern. »Ich werde noch einen Schluck mit ihnen trinken müssen.«

Müdigkeit lag in seiner Stimme, und plötzlich bemerkte sie, wie erschöpft er aussah. Wieder einmal hatte sie nur an sich gedacht. Er hatte heute Großartiges geleistet. Er konnte mit Recht stolz auf sich sein und sollte von seinen Kameraden gefeiert werden. Stattdessen stand er hier und hörte sich ihr Gejammer an. Sie legte ihm die Hände an die Wangen. »Das ist doch gut. Du hast recht, ich bin müde. Geh und lass dich feiern!«

»Bist du sicher?«

Sie nickte und gähnte demonstrativ.

»Ich bringe dich.«

Er begleitete sie zur Kajüte. Am Niedergang blieb er stehen. »Sarah, pass auf, wenn du im Dunkeln an Deck gehst, dass du nie allein bist.«

»Als ob man hier allein wäre.«

»Das meine ich nicht. Wenn ich nicht da bin, halte dich an Alex, Gus oder auch Hughes. Achte auf Hale und seine Freunde.«

»Das verstehe ich nicht.« Dass Hale sie nicht leiden konnte, hatte sie vermutet, aber warum war Peer deswegen so besorgt?

»Hale gibt dir die Schuld an allem Unglück, das passiert ist.«

»Was? Warum?«

»Aberglaube.«

Davon hatte sie schon gehört. »Ach, Frauen an Bord bringen Unglück?«

»Richtig. Er hält dich für den Jonas.«

»Wie bitte?«

»Du kennst die Geschichte aus der Bibel? Jonas war ungehorsam gegen Gott, und deshalb bestraft Gott das Schiff?«

Sie nickte. »Aber warum soll ich mir wegen eines Aberglaubens Gedanken machen?«

»Weißt du, was Jonas passiert ist?«

»Ja, er wurde von einem Wal gefressen ... Wie war das noch ... Weil sie ihn über Bord geworfen haben.« Sie starrte ihn an. »Du glaubst doch nicht ...« An so etwas konnte doch niemand im Ernst denken.

»Ich weiß es nicht. Es hat schon solche Fälle gegeben. Geh im Dunkeln nicht allein an Deck, bitte.«

Sie nickte. »Und du bist nicht abergläubisch?«

Er lächelte. »Doch, alle Seeleute sind abergläubisch. Ich auch.«

»Aber du hältst mich nicht für einen Jonas.«

»Nein, ich glaube, dass du eine Sirene bist, die Männer mit ihrem Gesang verzaubert. Ich habe dich gehört. Es war wunderschön.«

»Ich habe gehofft, du würdest es hören. Ich habe für dich gesungen.«

»Würdest du das noch mal tun? Für mich singen?«

»Immer.«

33. KAPITEL

Nach dem Frühstück bat Brandon Sarah in seine Kabine. »Für uns ist die Jagd beendet«, eröffnete er ihr. »Die Russen sind alarmiert, es ist zu gefährlich, und abgesehen davon haben wir genug Felle. Ich werde Kurs auf Yokohama nehmen und schätze, dass wir in etwa einer Woche ankommen werden. Dort gibt es ein amerikanisches Konsulat, die können dir weiterhelfen.«

Sarah blieb stumm. Yokohama. Das hieß, dass sie in ungefähr einem Monat wieder zu Hause sein würde. Das hieß auch: Abschied von Peer.

Sie schluckte. Ein Gewicht legte sich auf ihre Brust, ihr Herz schien langsamer zu schlagen.

»Ich nehme doch an, dass du nicht mit uns bis Victoria kommen willst«, fuhr Brandon fort.

»Ja, ich meine, nein.« Sie schüttelte den Kopf. »Ich fahre von Yokohama aus nach Hause.«

»Besonders erfreut wirkst du nicht.«

»Es kommt etwas überraschend.« Wie dünn ihre Stimme klang. Wie wenig überzeugend.

Er beugte sich vor. »Gibt's ein Problem?«

»Wer wird für euch kochen?« Sie sprach das Erste aus, was ihr in den Sinn kam.

In Brandons Gesicht malte sich erst Unglaube, dann Heiterkeit. »Du machst dir Gedanken darüber, wer für uns kocht?«

Verlegen zuckte sie mit den Schultern.

»Sying Kang wird das übernehmen«, erklärte er. »Als Matrose taugt er ohnehin nicht viel, da kann er auch in der Kombüse arbeiten.«

Sarah nickte und zeichnete mit dem Finger Muster auf die Tischplatte. Sie würde nach San Francisco fahren, und Peer nach Victoria. War das schon das Ende ihrer Liebe?

Brandon zog die Brauen zusammen. »Ist noch was?«

Ein Klopfen an der Tür ersparte ihr die Antwort.

»Herein«, rief Brandon.

Hale trat ein. Sein Blick fiel auf sie, und er blieb wie angewurzelt stehen.

»Was gibt es?«, fragte Brandon, als Hale keine Anstalten machte, etwas zu sagen.

Der Matrose räusperte sich. »Entschuldigung, Sir. Kann ich Sie kurz allein sprechen?«

Sarah sah in sein schmales, asketisches Gesicht und dachte daran, was Peer ihr gesagt hatte. Dass sie für Hale die Ursache allen Unglücks war. Sie erhob sich, nickte den beiden Männern zu und verließ den Raum.

Was wollte Hale von Brandon? Die Matrosen betraten nur selten die Kajüte, es musste wichtig sein. Hatte es am Ende etwas mit ihr zu tun? Durch die geschlossene Tür hörte sie die Männer reden. Sie hielt inne. Lauschen gehörte sich nicht, aber wenn es um sie ging? Vorsichtig schlich sie näher zur Tür.

»Das kann ich mir nicht vorstellen«, sagte Brandon gerade.

»Aber es ist so. Ich habe ihn gesehen.«

»Warum sollte er das tun? Die Rationierung ist aufgehoben.«

»Ich weiß es nicht, Sir. Vielleicht hat diese Frau ihn verhext.«

Brandon lachte kurz auf. »Ich werde der Sache nachgehen.«

Sarah hörte das Scharren von Stuhlbeinen und Schritte. Sie wandte sich um und hastete die Treppe hinauf. Über wen hatten die Männer gesprochen? Hale hatte sie erwähnt: »diese Frau«. Ob es etwas mit Peer zu tun hatte?

Ihr Verdacht bestätigte sich, denn als sie später den Tisch fürs Mittagessen deckte, kam Hale ein zweites Mal in die Kajüte, gefolgt von Peer. Hale wirkte nervös, Peer dagegen schien verwundert.

Kälte kroch ihren Nacken hinauf und brachte ihre Kopfhaut zum Prickeln. Was ging hier vor?

Dieses Mal zögerte sie nicht, sondern wartete, bis Brandons Tür sich hinter ihnen geschlossen hatte, dann hielt sie das Ohr dagegen.

»Svensson, Hale war heute Morgen bei mir und hat eine schwere Anschuldigung gegen dich vorgebracht.«

»So?« Peer klang nur mäßig interessiert. »Welcher Art, Sir?«

»Hale?«

»Ähm, Sir …«, stammelte Hale und räusperte sich. Anscheinend hatte er nicht damit gerechnet, dass er seine Beschuldigung selbst vorbringen musste. »Du hast Lebensmittel geklaut.«

»Wie kommst du darauf?«, erwiderte Peer kühl.

»Ich habe gesehen, wie du nachts ins Lager gestiegen bist.«

Schweigen.

Sarah hielt die Luft an. Hale musste sie vor zwei Abenden beobachtet haben. Sie war zuerst hinabgestiegen, sicher hatte er nur Peer gesehen und daraus geschlossen, dass er sich an den Vorräten bediente. Sie schluckte. Nun würde Brandon von ihrer Affäre erfahren, und nicht nur er, Hale ebenfalls. Und dann war es lediglich eine Frage der Zeit, bis jeder an Bord es wusste. Sie seufzte leise bei dem Gedanken daran. Es ließ sich nicht ändern. Hauptsache war, dass Peer Hales Vorwürfe entkräften konnte. Mit dem Getratsche und den anzüglichen Bemerkungen würde sie schon irgendwie zurechtkommen.

Doch Peer schwieg immer noch. Warum sagte er nichts?

»Nun«, fragte jetzt Brandon. »Was sagst du dazu?«

»Ich habe nicht gestohlen.«

»Du lügst!« Hale wurde laut. »Du warst im Lager. Was wolltest du sonst da?«

Stille.

Sarah sah auf ihre Hände. An den Ballen waren halbmondförmige Abdrücke, so fest hatte sie die Fingernägel hineingegraben.

Was hatte Peer vor, warum wehrte er sich nicht? Lebensmitteldiebstahl galt als schweres Vergehen, das hatte Nielsen ihr einmal erzählt. Ein Matrose, der sich an den meist knappen Vorräten vergriff, bestahl seine Kameraden.

»Kannst du mir erklären, was du im Lager zu suchen hattest?« Das war wieder Brandon.

»Nein.« Nur dieses eine Wort.

Sie begriff: Er würde nichts sagen. Lieber riskierte er eine Strafe, riskierte, die Achtung seiner Kameraden wieder zu verlieren, als sie zu kompromittieren.

Brandon räusperte sich. »Wenn das so ist, dann …«

Das konnte sie nicht zulassen.

Heftig stieß sie die Tür auf. »Ich kann es erklären!« Ihre Stimme schien in der plötzlichen Stille zu hallen.

Peer und Brandon standen einander gegenüber, Hale etwas abseits. Alle drei Männer starrten sie an. Sarah ging hinüber zu Peer, stellte sich neben ihn und atmete tief durch. »Er war mit mir dort.«

Hale glotzte sie an, den Mund weit offen. Brandons Miene war undurchdringlich. Sein Blick glitt von ihr zu Peer. »Stimmt das?«

Einen Augenblick zögerte Peer, dann straffte er die Schultern. »Jawohl, Sir.«

Brandon schüttelte kaum wahrnehmbar den Kopf. »Nun, dann hat sich dieser Vorwurf wohl erledigt. Danke, Hale, du kannst gehen.«

Hale erbleichte. »Hure«, zischte er, als er an Sarah vorbeiging.

Blitzartig fuhr Peer herum und stürzte sich auf Hale.

Der ging unter der Wucht des Aufpralls zu Boden und riss Peer mit sich. Sarah wich zurück an die Wand. Fluchend und keuchend rangen die Männer miteinander, rollten über den Boden, versuchten, einander an die Kehle zu gehen.

Der Kapitän sprang vor, packte Hale, der gerade oben lag, am Kragen und zog ihn auf die Beine. »Schluss damit!«, donnerte er.

Peer stand ebenfalls auf und rieb sich die Hände an den Hosenbeinen ab, während er Hale mörderische Blicke zuwarf. »Das nimmst du zurück!«

»Sie ist eine Hexe«, schrie Hale, Speicheltropfen sprühten aus seinem Mund. »Sie hat das Schiff verflucht! Ihretwegen sind Nielsen und Mullins tot, und Andersen hat sie auch auf dem Gewissen.«

»Noch ein Wort, und du verbringst die nächsten Tage hinter Gittern.« Brandon sprach leise, doch in seiner Stimme klirrte Eis.

Hale schüttelte sich wie ein nasser Hund, dann nickte er. »Entschuldigung, Sir.«

Brandon sah Svensson an.

Der schaute von Hale zu Sarah und rang sichtlich mit sich. Schließlich ging ein Ruck durch seinen Körper. »Es tut mir leid, Sir.«

Erleichtert atmete Sarah auf, doch da sprach Peer weiter: »Er soll sich bei Mrs. Tanner entschuldigen.«

Sie presste die Hände an die Wand. Was dachte er sich bloß, jetzt auch noch Forderungen zu stellen? Brandon würde alle beide bestrafen.

Doch zu ihrer Überraschung nickte Brandon und warf Hale einen auffordernden Blick zu.

Hale ballte die Fäuste, sein Mund öffnete und schloss sich, ohne dass er einen Ton hervorbrachte. Peer machte ein paar Schritte rückwärts, bis er schräg vor ihr stand, seine Haltung war gespannt. Ganz offensichtlich rechnete er mit einem Angriff.

Schließlich fielen Hales Schultern nach vorne. »Entschuldigung, Ma'am«, würgte er heraus.

»Angenommen«, erwiderte Sarah und hoffte, dass Brandon und Peer es dabei beließen. Sie hielt nichts von erzwungenen Entschuldigungen. Hale würde sie nur noch mehr hassen.

Nach einem Gruß an den Kapitän verließ Hale hastig die Kabine.

Brandon wandte sich zu Peer um, der immer noch vor Sarah stand. »Habe ich nicht klare Anweisung gegeben, dass keine Liebeleien angefangen werden?«

Peer setzte zu einer Antwort an, doch Sarah kam ihm zuvor. »Moment! Das geht dich überhaupt nichts an.« Sie stieß sich von der Wand ab und baute sich vor Brandon auf.

»Was auf meinem Schiff passiert, geht mich sehr wohl etwas an. Damit eines klar ist: Ich will an Bord keine Streitereien, Eifersüchteleien oder sonstige Unruhe. Was ihr später macht, ist mir egal. Und jetzt lass uns allein, ich habe noch etwas mit Svensson zu besprechen.«

Unsicher sah sie Peer an. Sollte sie wirklich gehen und ihn mit Brandon allein lassen?

Er nickte ihr fast unmerklich zu, und so ging sie, nicht ohne Brandon noch einen warnenden Blick zuzuwerfen.

Die Unterredung dauerte keine halbe Stunde, dann erschien Peer an Deck. Seine Wangen waren gerötet, er wirkte ungewöhnlich lebhaft.

Brandon folgte ihm unmittelbar und rief die Mannschaft zusammen.

»Mr. Svensson ist unser neuer Steuermann!«, verkündete er.

Ein Raunen ging durch die Menge.

Peer stand neben dem Kapitän auf der Poop und versuchte wohl, gelassen auszusehen, aber es gelang ihm nicht. Zu deutlich waren das Strahlen in seinen Augen, das Lächeln in seinen Mundwinkeln.

»Wir brechen die Jagd ab«, fuhr der Kapitän fort. »Unsere Laderäume sind voll, wir haben etwa achtzehnhundert Felle erbeutet.«

Jubel brandete auf. Brandon machte eine Pause, bis sich die Männer beruhigt hatten.

»Wir laufen Yokohama an. Dort wird Mrs. Tanner«, er nickte Sarah zu, »von Bord gehen, und wir werden unsere Vorräte auffüllen. Danach geht's nach Hause!«

Er wartete wiederum, bis es leise wurde.

»Mr. Svensson, nehmen Sie bitte Kurs auf Yokohama!« Damit verließ er die Poop und überließ Svensson seinen Platz.

Peer trat vor. »Rudergänger: Kurs Westsüdwest!«

»Aye, Sir«, antwortete Hughes vom Ruder.

»Klar zur Wende!«

»Ist klar«, kam der zweifache Ruf von den Männern an den Schoten.

Sarah stand an die Wand der Kombüse gelehnt und beobachtete Peer. Sein Gesicht glühte. Dies war sein großer Augenblick. Er gab die Befehle, als hätte er nie etwas anderes getan – und die Männer folgten ihm begeistert.

In plötzlicher Klarheit erkannte sie: Dies war seine Bestimmung. Er würde niemals irgendwo anders glücklich sein, seine Liebe würde niemals ihr allein gelten. Ihr nicht und auch keiner anderen Frau. Die See war ihre Rivalin. Die See und dieses verdammte Schiff.

Und doch gönnte sie ihm den Triumph, die Erfüllung seines Traumes. Wie konnte sie das nicht, empfand sie doch das Gleiche, wenn sie auf der Bühne stand. Was ihr die Musik bedeutete, war für ihn die Seefahrt.

Sie bemerkte, wie Brandon interessiert zu ihr herübersah. Brüsk wandte sie sich ab. Ihr stand ganz und gar nicht der Sinn nach einem Gespräch mit ihm.

34. KAPITEL

Es fehlt ein Gedeck«, bemerkte Brandon, als Willy und Sarah den Tisch für das Abendessen deckten. »Wir haben einen neuen Steuermann«, erklärte er auf Willys fragenden Blick hin und wies auf den leeren Platz neben sich.

Sarah schluckte. Daran hatte sie gar nicht gedacht. Der Steuermann aß nicht im Logis, sondern mit dem Kapitän und den Jägern in der Messe. Und sein Quartier war in der Kajüte, in der Kabine neben ihrer.

Es war ungewohnt, Peer gegenüberzusitzen. Sie musste sich dazu zwingen, ihn nicht ständig anzusehen. Ihm schien es ähnlich zu gehen, wenn sie die wenigen, verlegenen Blicke, die er ihr zuwarf, richtig deutete.

Die Jäger hatten ihn bei seinem Erscheinen herzlich begrüßt. Jim, der neben ihm saß, hatte ihm auf die Schulter geklopft und ihm gratuliert.

Die Gespräche beim Essen drehten sich hauptsächlich darum, wann sie Yokohama erreichen und was sie dort tun würden. Peer sprach nicht viel. Dabei wirkte er keineswegs unsicher oder schüchtern, eher abwägend, als wolle er die neue Situation erst einmal einschätzen.

Sarah sprach ebenfalls wenig, ihre Gedanken kreisten um die Vorfälle vom Vormittag. Welche Folgen würde das Bekanntwerden ihrer Affäre haben? Sie musste unbedingt eine Gelegenheit finden, mit Peer allein zu sprechen.

Schließlich endete auch diese Mahlzeit. Die Männer verließen den Tisch. Sarah machte ebenfalls Anstalten aufzustehen, da legte Brandon seine Hand auf ihre. »Einen Augenblick noch …«

Aus dem Augenwinkel sah sie, wie Peers Gesicht sich verhärtete, bevor er grüßte und die Kajüte verließ.

»Was gibt es?«, wandte sie sich ungeduldig an Brandon und zog die Hand fort. Seine ungewohnte Vertraulichkeit ärgerte sie.

»Ich habe Hale deutlich gemacht, dass er die Klappe zu halten hat, über alles, was heute Morgen hier besprochen wurde. Also auch über Svensson und dich.«

»Das ist nett von dir, aber es wäre nicht nötig gewesen. Ich stehe dazu.«

In seinen Augen blitzte es unwillig auf. »Du kannst dazu stehen, wenn ihr an Land seid. Hier wird es keine weiteren Schäferstündchen im Lagerraum oder sonst wo geben, ist das klar?«

»Hast du ihm das auch gesagt?«

»Svensson? Dem brauche ich das nicht zu sagen, der weiß, was Sache ist.«

»Ach ja, und was? Ich bin wahrscheinlich zu dumm, um zu verstehen, was dich mein Privatleben angeht.«

»Verdammt noch mal, Sarah! Auf einem Schiff wie diesem gibt es kein Privatleben, das müsste dir seit heute Morgen klar sein. Was glaubst du, was die Männer denken, wenn du mit Svensson in die Koje steigst? ›Oh wie schön, ein Liebespaar‹? Nein, die denken: ›Wenn sie das mit dem macht, warum nicht auch mit mir?‹«

Sie öffnete den Mund zum Protest, aber er ließ sie nicht zu Wort kommen. »Nicht alle, aber ein paar bestimmt. Und das reicht in diesem Fall. Es geht um deine Sicherheit, falls du das immer noch nicht begriffen hast.«

Von diesem Standpunkt aus hatte sie es noch nicht betrachtet. Inzwischen hatte sie sich so sehr an ihre Rolle als einzige Frau unter Männern gewöhnt, dass sie vielleicht blind für die Gefahren geworden war.

»Wenn das so ist …«, murmelte sie.

»Was dachtest du? Dass ich das sage, um Svensson den

Spaß zu verderben? Lange wird er den ohnehin nicht haben. Oder gedenkst du, ihn deiner Familie vorzustellen?« Er hob eine Augenbraue. »Es wäre bestimmt interessant, zu sehen, was San Franciscos High Society von einem Matrosen hält.«

»Warum bist du nur so zynisch?«

»Lebenserfahrung. Vergiss nicht, ich kenne dich schon länger. Ich weiß, wie treu du deinen Vorsätzen bist.«

»Wie treu ich …?« Sie sprang auf und schnappte nach Luft. »*Du* hast mich zurückgeschickt und dich aus dem Staub gemacht, ohne ein Wort. Ich wusste noch nicht einmal, ob du noch lebst. Und *du* wirfst *mir* Untreue vor?«

Sie erinnerte sich daran, wie sie heimlich zum Hafenviertel gegangen war, um nach ihm zu fragen. Wieder sah sie das versteinerte Gesicht seiner Schwester vor sich, die ihr die Tür vor der Nase zugeschlagen hatte. Das lüsterne Grinsen des Dockarbeiters: »Wo Joe ist, weiß ich nicht, aber ich kann's dir bestimmt genauso gut besorgen.«

Alles, weil er es nicht für nötig befunden hatte, ihr eine Nachricht zu hinterlassen.

»Nicht wegen mir«, sagte Brandon. »Dass ich dich letztendlich nicht bekomme, war mir immer klar. Aber du hattest doch Pläne. Du wolltest studieren, helfen, unabhängig sein, weißt du das noch? Stattdessen heiratest du einen reichen alten Mann. Sehr bequem.«

»Bequem?!« Jetzt schrie sie, und es war ihr gleichgültig, ob man sie auf dem ganzen Schiff hörte. »Du glaubst, ich habe aus Bequemlichkeit geheiratet?«

»Warum sonst?«, entgegnete er gelassen. »Wegen seines Geldes war es ja angeblich nicht.«

»Nein, deshalb nicht«, fauchte sie. »Sondern weil ich …«

Erschrocken biss sie sich auf die Unterlippe. Um ein Haar hätte sie sich verraten. Irgendwann in den letzten Wochen hatte sie den Entschluss gefasst, ihm nicht von Anne zu erzählen. Warum auch, es änderte nichts an der Vergangenheit, und eine Zukunft mit ihm gab es nicht.

Doch nun stand Brandon ebenfalls auf. Er verengte die Augen zu schmalen Schlitzen und starrte auf ihre Mitte.

Sarah schloss die Augen und zog langsam die Hand fort, die sie unwillkürlich schützend auf ihren Bauch gelegt hatte.

Aber es war zu spät.

»Du warst schwanger?«

Wieder packte sie die Wut. »Ja, verdammt noch mal, ich war schwanger.«

Er blinzelte. »Warum hast du es mir nicht gesagt?«

»Wie denn, du hattest Frisco verlassen!«

»Nicht damals. Hier, als du mich wiedererkannt hast.«

»Hier?« Sie lachte ohne jede Fröhlichkeit. »Ich hatte daran gedacht, aber du warst dir ja so sicher, dass du mich kennst, meine Gründe kennst. Warum hätte ich mich rechtfertigen sollen.«

Die Bitterkeit in ihrer Stimme erschreckte sie selbst. Verbittert hatte sie nie sein wollen. Zornig, wütend, ja, aber niemals bitter. Sie atmete durch und sprach ruhiger weiter. »Als es darum ging, dass ich vielleicht auf den Bonin-Inseln bleibe, da wollte ich es dir erzählen. Weißt du noch, wie ich dich fragte, ob du Familie hast?«

Er nickte stumm.

»Doch dann kamst du mit diesem Satz, ich würde genauso wenig an die Liebe glauben wie du, und ich wusste, egal was ich sagte, du hattest dein Urteil über mich gefällt. Dabei …«

Sie hob den Kopf und sah ihn geradeheraus an. »Ich habe dich geliebt. Und ich hätte dich wieder lieben können, ganz gleichgültig, was damals war. Ich hatte gehofft … Aber dann hast du Svensson verprügeln lassen, und ich merkte, dass Menschen für dich nur Mittel zum Zweck sind.«

Es war die Wahrheit. Sie hatte diese Gedanken für sich nur noch niemals so klar in Worte gefasst wie gerade eben. Ja, sie hatte ihn nie vergessen, und sie hatte geglaubt, es könne eine Zukunft mit ihm geben. Und als sie an jenem Abend um Peer geweint hatte, da hatte sie auch den Verlust ihrer Illusion betrauert.

»Wie ist sie?«

»Wer?« Nur mühsam kehrte sie in die Gegenwart zurück.

»Meine Tochter.«

»Sie ist nicht deine Tochter! Du hast nichts mit ihr zu schaffen! Halt dich fern von ihr.«

Das fehlte noch. Brandon, der in San Francisco auftauchte und sein Recht als Vater einforderte. Am Ende noch Geld wollte.

Er erriet ihre Gedanken. »Hast du Angst, ich provoziere einen Skandal? Dass ich deinen Ruf ruiniere?«

»Mein Ruf ist mir egal. Aber du wirst Anne in Frieden lassen. Sie weiß von nichts.«

»Meinst du nicht, sie hat ein Recht darauf, es zu erfahren?«

»Tu bloß nicht so, als ginge es dir um sie, dir geht es doch nur darum, Vorteile aus der Situation zu schlagen. Aber ich warne dich …«

»Wie war das? Mit dem Urteil, das man gefällt hat?« Er sah ihr in die Augen. »Ich wollte doch nur wissen, wie sie ist, wie sie aussieht. Aber du hast recht, es war eine blöde Idee. Was geht's mich an.«

Plötzlich hatte sie das Gefühl, einen Blick hinter die Fassade zu tun, die er der Welt zeigte. Es war fast wie damals, als er sie zum Tanz eingeladen hatte. Auch in diesem Moment hatte er verletzlich gewirkt. Hatte sie ihn jemals wirklich gekannt?

»Sie ist sehr klug, außergewöhnlich klug«, begann sie. »Und sie ist neugierig, sie will immer alles ganz genau wissen, sie lässt nicht locker, bis man ihre Fragen beantwortet. In der Schule ist sie manchmal dafür geschlagen worden.«

Er hatte sich wieder hingesetzt, die Augen auf sie gerichtet. »Das ging mir genauso. Und wie sieht sie aus?«

»Sie sieht weder dir noch mir besonders ähnlich. Groß ist sie, das hat sie von dir. Ihre Haare sind honigfarben, voll und glatt.« Sie strich sich ein paar Locken aus der Stirn. »Ihre Augen sind hellblau, ganz klar, wie Aquamarine, und ein bisschen schräg, wie meine. Angeblich lächelt sie so wie ich. Sie ist sehr schön. Viel schöner, als ich es war.«

Eine Zeitlang schwiegen sie.

»Wenn du es gewusst hättest, wärst du dann auch gegangen?«

»Ich weiß es nicht … Ich glaube schon. Dein Vater hätte dich mit Sicherheit verstoßen, und dann? Wie hätte ich denn Frau und Kind ernähren können, ich konnte kaum für mich selbst sorgen.«

»Wenigstens bist du ehrlich.«

35. KAPITEL

Langsam stieg Sarah die Stufen nach oben. Am Himmel stand groß und golden ein halber Mond. Unter anderen Umständen hätte sie sich an die Reling gestellt und den Anblick genossen, aber so hatte sie keinen Sinn dafür, sondern starrte auf die Planken.

Nun wusste Joe doch von seiner Tochter. Das hatte sie vermeiden wollen, denn jetzt musste sie es auch Anne erzählen, für den Fall, dass Brandon irgendwann in San Francisco auftauchte.

Und sie hatte keine Ahnung, wie ihre Tochter es aufnehmen würde. Arthur war kein besonders liebevoller Vater gewesen; es war nicht seine Art, Gefühle zu zeigen, weder als Vater noch als Ehemann. Dementsprechend war Annes Verhältnis zu ihm nicht besonders innig gewesen, aber sie hatte ihn immer als ihren Vater gesehen. Und auch wenn die Beziehung zwischen ihr und Anne offen und von Liebe erfüllt war, bedeutete das nicht, dass ihre Tochter sie verstehen würde.

Sie seufzte. Noch hatte sie Zeit. Und außerdem gab es inzwischen ohnehin noch viel mehr Ungewissheiten in ihrem Leben. Da war die Frage, ob sie es zurück auf die Bühne schaffen würde. Ihre Stimme war wieder da, aber konnte sie auch vor Publikum bestehen? Wollte sie, konnte sie überhaupt so weiterleben wie bisher? Vieles, was ihr einmal wichtig gewesen war, hatte im Laufe dieser Fahrt seine Bedeutung verloren. Hatte sie früher wirklich nächtelang nicht geschlafen, nur weil die Presse ihre Darstellung der Mimi nicht überzeugend fand? Und warum war sie in dem Glauben gewesen, dass ihr Lebensglück davon abhing, an der MET in New York zu singen oder vielleicht mit Caruso aufzutreten?

Bevor sie bekannt geworden war, war es die Musik selbst gewesen, die ihrem Leben Sinn verliehen hatte. Nicht das Drumherum, der Presserummel, das Berühmtsein.

Irgendwann hatte sie ihre Unschuld verloren. Das Singen war nicht mehr einfach eine Möglichkeit, ihren Gefühlen Raum zu geben, auf einmal galt es, Erwartungen zu erfüllen. Die der Grand Opera, des Publikums, der Presse. Kein Wunder, dass ihre Stimme irgendwann den Dienst versagt hatte, kein Wunder, dass sie dennoch für Peer hatte singen können. An diesem Tag hatte sie gesungen, um ihrer Trauer Ausdruck zu geben und um Trost zu spenden. Ein Lied für Peer.

Peer. Sie seufzte. Was sollte aus ihnen werden? Liebte er sie? Gesagt hatte er es nicht. Zumindest nicht mit Worten.

Wo steckte er überhaupt? In seiner Kabine war er nicht, er musste an Deck sein. Am Steuer stand Alex, und in seiner Nähe wanderte Reilly auf und ab. Langsam ging sie nach vorne. Wer hatte noch Wache? Hoffentlich nicht Hale. Peers Warnung fiel ihr ein. Sie zögerte. Vielleicht sollte sie besser in ihre Kabine gehen. Doch dann entdeckte sie Gus' bullige Gestalt vorne am Bug. Aber Peer war nirgends zu sehen. Nach ihm fragen wollte sie nicht. Vielleicht war er ins Logis gegangen, um noch Sachen zu holen oder zu reden. Sie warf einen Blick nach oben zu den Toppsegeln. Manchmal kletterte er dort hinauf, um allein zu sein.

Sie war so unsicher und hätte so gerne mit ihm gesprochen. Würde er sich Brandons Verbot beugen und sich tatsächlich von ihr fernhalten? Vielleicht war ihre Affäre jetzt schon vorbei. Resigniert machte sie sich auf den Weg zurück.

»Sarah.« Seine Stimme kam aus dem Schatten der Kombüse.

Sie schnappte nach Luft. »Himmel! Hast du mich erschreckt.«

Er stand an die Kombüsenwand gelehnt, die Arme vor der Brust verschränkt. In der Dunkelheit verschmolz seine Gestalt mit der Holzwand.

Sie trat zu ihm. »Ich habe dir noch gar nicht gratuliert. Ich freu' mich für dich!«

»Danke.« Er streckte die Hand aus. Die Selbstverständlichkeit, mit der er sie in die Arme nahm, ließ sie ihre Sorgen vergessen. Sie lehnte sich an ihn.

»Was wollte Brandon von dir?«, fragte er.

»Mir sagen, dass er keine weiteren ›Schäferstündchen‹ wünscht. Er fürchtet, es könnte Begehrlichkeiten bei den anderen Männern wecken.«

Peer schloss die Arme fester um sie. »Dann warten wir eben, bis wir in Yokohama sind«, flüsterte er in ihr Haar. Plötzlich erschien ihr alles sehr einfach. Er hielt sie, sie war sicher und geborgen bei ihm, alles andere konnte warten.

Nach einer Weile hob er den Kopf und lauschte.

»Was hast du?«, fragte Sarah.

»Der Wind dreht. Ich muss nach dem Kurs sehen.« Er drückte sie noch einmal kurz an sich und ging dann nach hinten zu Alex.

Sarah sah ihm lächelnd nach.

In den nächsten Tagen hatte sie wenig Gelegenheit, mit ihm allein zu sprechen.

Es gab viel zu tun, die Victory kreuzte gegen den Wind, und wenn keine Segelmanöver anstanden, sorgte Peer dafür, dass das Schiff auf Vordermann gebracht wurde.

Dann war es so weit. Sie hatten den Hafen von Yokohama erreicht.

Der Abschied von der Victory fiel ihr schwer, und das nicht nur wegen Peer. Die Männer waren ihr tatsächlich ans Herz gewachsen, sie würde sie vermissen. Selbst Reilly und Jennings. Ganz zu schweigen von Mullins und Nielsen, die sie in der letzten Woche schmerzlich vermisst hatte.

Zum ersten Mal seit gut vier Monaten schlüpfte sie wieder in Rock und Bluse. Es fühlte sich sehr ungewohnt an. Sie hatte ihre Sachen gewaschen, als sie vor den Bonin-Inseln genug Wasser gehabt hatten. Sie waren zwar etwas zerknittert, aber sauber.

Als sie an Deck erschien, ging ein Raunen durch die versammelte Mannschaft.

Ihr Haar fiel schon fast bis zur Schulter, und in Frauenkleidern bewegte sie sich anders. Sie war plötzlich wieder eine Lady, und das spiegelte sich deutlich in den Blicken, die ihr folgten.

Ihre Männerkleidung steckte in einer alten Reisetasche, die Brandon ihr gegeben hatte. Sie mochte sich nicht davon trennen. Zu viele Erinnerungen hingen daran.

Gus trat vor. »Ma'am, wir haben etwas für Sie.« Er überreichte ihr einen kleinen Teppich.

Fancywork, so schön, wie sie selten etwas gesehen hatte. Die Männer mussten Stunden daran gearbeitet haben. Sie schluckte heftig, um ihre Stimme zu beherrschen.

»Danke!« Ganz konnte sie das Beben nicht unterdrücken. »Das ist wunderschön.«

»Und falls Sie noch mal etwas brauchen, um Ihr Haar zusammenzubinden ...« Gus zwinkerte ihr zu und gab ihr ein kunstvoll geflochtenes Band. Sarah sah sich an Deck stehen, an ihrem ersten Tag, als sie versucht hatte, ihr Haar zu bändigen.

Die Jäger hatten sich in einer Ecke vor der Poop herumgedrückt, jetzt kam Jim herüber. In seinen Händen hielt er einen geschnitzten Seehund. Sarah strich über die glatte Oberfläche. »Walrosszahn«, erklärte Jim, »zur Erinnerung an Ihre Zeit hier.«

Ihr brannten die Augen. Wenn das so weiterging, würde sie jetzt und hier vor all diesen Männern anfangen zu weinen.

Sie wischte sich mit den Handrücken über die Lider und räusperte sich. »Ich danke euch allen«, sagte sie. »Ich habe viel gelernt auf dieser Fahrt, und ich werde sie nicht vergessen.«

Dieses Mal lag die Victory direkt an der Kaimauer. Brandon reichte ihr die Hand und half ihr hinunter.

Sie drehte sich noch einmal um und winkte den Männern zu.

Peer stand an der Heckreling. Sie suchte seinen Blick.

Er hob grüßend die Hand, und sie führte die ihre an die Lippen, um ihm dann zuzuwinken.

Dieses Mal wusste Sarah, was sie erwartete, und so setzte sie sich auf einen Poller und wartete darauf, dass der Schwindel vorbeiging, während Brandon nach einer Rikscha rief.

Er begleitete sie zum amerikanischen Konsulat. »Falls du einen Zeugen brauchst«, hatte er gesagt.

Zum Glück erwies sich der Konsul, Mr. Bellows, als sehr hilfsbereit. Er kabelte umgehend nach San Francisco, um ihre Angehörigen zu informieren, dass sie noch am Leben sei, und half ihr bei der Suche nach einem Schiff nach Hause. Die Mongolia sollte in fünf Tagen auslaufen und würde etwa drei Wochen später San Francisco erreichen. Die Botschaft würde für alle Unkosten in Vorleistung treten, so dass sie genug Geld hatte, um ein Zimmer im Hotel zu nehmen und sich Kleider sowie die Fahrkarte zu kaufen.

Der Konsul rief sogar selbst im Grand Hotel an, um ihr ein Zimmer zu buchen.

Schließlich fragte sie nach Überlebenden des Kalani-Unglücks.

»Soweit ich weiß, gab es nicht viele Tote«, antwortete er. »Die Pacific Mail hatte eine Liste veröffentlicht. Ich werde versuchen, sie zu bekommen.«

Sarah dankte ihm herzlich.

Das Grand Hotel war eine Überraschung. Sie wusste nicht, was sie erwartet hatte, aber bestimmt nicht ein Gebäude, welches sich mit den besten Hotels in New York vergleichen ließ. Es war ein langgestreckter zweistöckiger Bau direkt am Hafen. Ein Teil bestand aus rotem Backstein, der andere war aus Holz. Das Backsteingebäude hatte pagodenähnliche Dächer, die mit Schnitzereien verziert waren. Vor dem Haupteingang lag ein hübscher japanischer Garten. Der Rikschaboy brachte sie über die prunkvolle Zufahrt bis vor das Portal.

Doch als sie das Hotel betreten wollte, vertrat ihr einer der Pagen unauffällig den Weg und fragte nach ihren Wünschen.

Sarah lächelte. »Ich habe ein Zimmer reserviert.«

Der Junge musterte sie ungläubig. »Sind Sie sicher, Ma'am?«

Sie schaute an sich herab. Tatsächlich wirkte sie kaum wie eine Lady, die sich das Grand Hotel leisten konnte. Ihr Rock und ihre Bluse waren zerknittert, und sie hatte kein Gepäck, nur eine schäbige Reisetasche. Kein Wunder, dass er Vorbehalte hatte.

»Ich bin sicher. Mein Name ist Sarah Tanner. Mr. Bellows vom amerikanischen Konsulat hat angerufen.«

»Sehr wohl, einen Moment bitte.« Der Page ging zur Rezeption und flüsterte mit dem Concierge.

Der warf einen kurzen Blick auf Sarah, zog die Augenbrauen hoch und schlug ein Buch auf. Mit dem Zeigefinger fuhr er die Seite entlang. Offensichtlich hatte er kurz darauf ihre Reservierung gefunden, denn er sah auf. Wieder ließ er den Blick über ihre Gestalt gleiten, dann griff er zum Telefon. Sarah übte sich in Geduld. Sie vermutete, dass er das Konsulat anrief, um sich zu vergewissern. Als der Mann schließlich den Hörer auflegte, hatte sich sein Gesichtsausdruck verändert.

Eilfertig kam er auf sie zu und verneigte sich kurz vor ihr. »Mrs. Tanner, ich bin Mr. Martin, es ist mir eine Ehre, Sie in unserem Hotel begrüßen zu dürfen. Wollen Sie mir bitte folgen.«

Er führte sie in den ersten Stock und öffnete die Tür zu einem der Zimmer. »Bitte sehr.«

Sarah betrat den Raum und sog langsam die Luft ein. Es

war wundervoll. Dicke Teppiche bedeckten den Holzfußboden, in einer Nische stand ein großes Doppelbett, davor eine Sitzgruppe. Vor den Fenstern befand sich eine Veranda, von der man einen großartigen Blick über den Hafen hatte. Sie glaubte sogar, die Victory zu erkennen.

»Ich hoffe, es ist alles nach Ihrem Geschmack«, unterbrach Mr. Martins Stimme ihre Betrachtungen.

Sie lächelte ihn an. »Ja, es gefällt mir sehr.«

»Benötigen Sie noch etwas?«

Herrje, wann hatte sie das zuletzt jemand gefragt.

Sie nickte. »Ja. Ich brauche Kleider, und Schuhe, ach, und einen Hut. Wo bekomme ich so etwas?«

Er lächelte verhalten. »Ich kümmere mich darum. Schiffbruch ist keine schöne Sache.«

»Er hat es Ihnen gesagt?«

»Jawohl, Madam, und er hat mir auch gesagt, dass Sie in Amerika eine berühmte Sängerin sind.«

»Hat er das.« Sie war sich nicht sicher, ob ihr das gefiel. Lieber würde sie unerkannt bleiben, die Presse würde sich noch früh genug auf sie stürzen.

Mr. Martin schien ihr Unbehagen zu spüren. »Wir haben viele bekannte Gäste. Diskretion ist in unserem Haus eine Selbstverständlichkeit.«

»Danke sehr. Wäre es wohl möglich, mir etwas zum Essen auf das Zimmer zu bringen?«

»Aber natürlich. Eine Speisekarte finden Sie auf dem Schreibtisch.« Er wies auf einen Sekretär an der Wand. »Geben Sie uns Ihre Wünsche über das Zimmertelefon durch.« Er verabschiedete sich ohne das kurze Zögern, das so typisch für Hotelangestellte war, die auf Trinkgeld warteten.

Sarah streifte ihre Schuhe ab und lief barfuß durch das Zimmer. Sie krümmte die Zehen und bohrte sie in den weichen Teppich. Dann öffnete sie die Fensterflügel zur Terrasse und trat hinaus. Sie konnte tatsächlich die Victory sehen. Unverwechselbar war ihre schlanke, schnittige Form. Allerdings lag sie zu weit weg, um zu erkennen, ob jemand an Deck war.

Schließlich öffnete sie die Tür zum Badezimmer, trat ein und atmete tief durch. Sie war zurück in der Zivilisation. Waschbecken, Badewanne, Toilette, sogar ein Bidet war vorhanden. Vorfreude überkam sie bei dem Gedanken an ein Bad. Heißes Wasser, eine ganze Wanne voll.

Sie drehte die Hähne auf und ließ Wasser in die Wanne laufen. Auf der Ablage fand sie ein Stück Seife und ein Glas mit Badesalz. Es duftete nach Pfirsich. Unwillkürlich seufzte sie. Welch eine Wonne.

Rasch zog sie sich aus und stieg wenig später in die volle Badewanne. Wohlig aufstöhnend ließ sie sich in das heiße Wasser gleiten und schloss die Augen.

Wie sehr sie das vermisst hatte. Die Hitze prickelte auf ihrer Haut, ihre Muskeln wurden weich und locker, sie hatte das Gefühl zu schmelzen.

Sie blieb im Wasser liegen, bis die Haut an ihren Fingern ganz runzlig wurde. Dann griff sie nach der Seife, um sich zu waschen. Sie duftete ebenfalls leicht nach Pfirsich und bildete einen dicken, cremigen Schaum. Welch ein Unterschied zu der harten Kernseife an Bord der Victory, die niemals richtig schäumen wollte.

Nach dem Abtrocknen hüllte sie sich in einen leichten Kimono, der im Bad hing, und studierte die Speisekarte. Es wurden sowohl japanische als auch internationale Gerichte angeboten. Sie bestellte sich Huhn à la Maryland mit Reis. Es gab auch Kartoffeln, aber sie konnte sich nicht vorstellen, jemals wieder Kartoffeln zu essen.

Anschließend telefonierte sie mit der Schneiderin. Ja, antwortete diese, als Sarah ihr Ansinnen erklärte, sie hätte durchaus Kleider in ihrer Größe vorrätig, die man vielleicht nur ein wenig ändern müsse. Sarah könne im Laufe des Nachmittags vorbeikommen.

Das Modeatelier befand sich nur ein paar Häuserblocks vom Grand Hotel entfernt in der Main Street. Sarah entschied sich gegen eine Rikscha und ging zu Fuß.

Die Schneiderin, Mrs. Bingham, entpuppte sich als eine üppige Amerikanerin. Sie trippelte vor Sarah her, blonde Löckchen wippten im Takt ihrer Schritte um ihr Gesicht. »Sie müssen Mrs. Tanner sein. Mr. Martin hat mir schon erzählt, dass Sie schiffbrüchig waren und eine neue Garderobe benötigen. Meine Güte, wenn ich mir das vorstelle, monatelang auf einem Schiff zu sein, allein mit diesen rauen Männern, ohne jede Annehmlichkeit … War das nicht sehr gefährlich?« Ihre Augen glitzerten.

Sarah presste die Lippen zusammen. Die Mischung aus Sensationsgier und Abscheu in Mrs. Binghams Tonfall, als sie von den »rauen Männern« gesprochen hatte, erfüllte sie mit Zorn. Doch wahrscheinlich hatte die Schneiderin es nicht einmal böse gemeint, die Damen in den Salons von San Francisco würden nicht anders reagieren.

Plötzlich wünschte sie sich, mit Peer auf einer Insel zu sein, wo es keine Rolle spielte, dass er ›nur Matrose‹ war, wo sich keiner das Maul über sie zerriss.

Mrs. Bingham hielt kurz inne, doch als Sarah schwieg, wechselte sie das Thema. »Wenn Sie mir bitte folgen wollen. Ich habe eine kleine Auswahl für Sie bereitgestellt. Natürlich nichts Besonderes, wir sind ja nicht in Paris …«

Mrs. Binghams Kleider waren hervorragend verarbeitet und hatten durchaus einen gewissen Pariser Schick. Sarah verliebte sich in einen Traum aus blauer Seide. Das Kleid wurde ohne Korsett getragen und erinnerte an Paul Poirets Kreationen. Im orientalischen Stil gehalten, bestand es aus einem cremeweißen Unterkleid und einem Überkleid aus blassblauer Seide. Eine saphirblaue Schärpe, die etwas oberhalb der Taille verlief, vollendete das Ganze.

»Das ist wie für Sie gemacht, Madam!«, zwitscherte Mrs. Bingham und flatterte um Sarah herum wie ein aufgeregter Sperling. »Sehen Sie nur, die Schärpe hat genau die Farbe Ihrer Augen. Warten Sie ...« Atemlos verschwand sie in einem Nebenzimmer und erschien kurze Zeit später mit einem blauen Band. »Schade, dass Ihr Haar so kurz ist. Sie haben wundervolle Locken. Man könnte sie zurücknehmen – so.« Mit ein paar Handgriffen flocht sie das Band in Sarahs Haar. »Voilà! Jetzt sieht es fast aus, als hätten Sie es hochgesteckt. Kommen Sie, kommen Sie.«

Sie führte Sarah zu einem großen Spiegel. Sarah staunte. Die Frau, die ihr entgegenblickte, hatte nichts gemein mit dem burschikosen Geschöpf in Männerkleidung, welches sie auf der Victory gewesen war. Ihr Haar wirkte tatsächlich wie hochgesteckt. Einzelne Locken umrahmten weich ihr Gesicht, das Band betonte das Blau ihrer Augen. Der viereckige Ausschnitt des Kleides zeigte gerade so viel Dekolleté, dass es noch nicht unanständig wirkte. Sie hatte Gewicht verloren, ihre Figur war fester geworden, und der fließende Stoff des Kleides unterstrich vorteilhaft ihre natürlichen Formen.

»Herrje!« Mehr wusste sie nicht zu sagen.

Die Schneiderin lächelte triumphierend.

Sarah kaufte das Kleid. Außerdem zwei Röcke, mehrere Blusen, ein Kostüm und zwei weitere Kleider. Das sollte reichen für die dreiwöchige Überfahrt nach San Francisco. Wie sich herausstellte, führte Mrs. Bingham auch Dessous, und so war sie bestens ausgestattet, als sie das Atelier verließ. Es waren nur kleine Änderungen nötig, die, wie Mrs. Bingham versicherte, ihre Näherinnen bis zum nächsten Tag erledigt haben würden. Das blaue Kleid nahm sie gleich mit.

Beschwingt ging sie die Straße entlang. Die Sonne schien, und ein leichter Wind streichelte ihr Gesicht. Sie kaufte sich einen riesigen Hut, der gut zu dem neuen Kleid passte. Wie sie sich darauf freute, sich wieder hübsch zu machen.

Sie beschloss, ihr Abendessen im Restaurant des Hotels einzunehmen, und trug das blaue Kleid. Das Essen war großartig, aber noch mehr genoss sie es, sich bedienen zu lassen. Der Kellner las ihr jeden Wunsch von den Augen ab, und einige der Herren warfen ihr bewundernde Blicke zu.

Ein wenig beschwipst von dem Champagner, den sie sich zur Feier ihrer Rückkehr in die Zivilisation gegönnt hatte, ließ sie sich später am Abend in ihr Bett fallen. Endlich wieder ein Bett, das weich war und vor allem nicht schwankte.

Wider Erwarten schlief sie nicht sofort ein. Tatsächlich fehlten ihr das Schaukeln und Knarren des Schiffes, die Schritte der Wachen an Deck, das Schlagen eines Segels, der Klang der Schiffsglocke. Sie dachte an ihre erste Nacht auf der Victory, als genau diese Geräusche sie wach gehalten hatten. Welche Ängste sie damals gehabt hatte, allein auf einem Schiff voller Männer. Die Äußerungen der Schneiderin kamen ihr in den Sinn. Wahrscheinlich waren diese nur ein Vorgeschmack dessen, was sie in San Francisco erwartete. Sie wollte sich lieber nicht vorstellen, was Hearsts Yellow Press aus ihrem Abenteuer machen würde.

Dabei war ihr keiner der Seeleute jemals zu nahe getreten. Selbst Reillys grober Annäherungsversuch am zweiten Tag war im Grunde harmlos gewesen.

Und jetzt war sie verliebt. In einen Matrosen. Was Peer wohl machte? Dachte er an sie?

Am nächsten Morgen brachte ihr der Page einen Umschlag mit der Liste der Opfer des Kalani-Untergangs. Sarah setzte sich an den Schreibtisch. Ihre Hände zitterten, als sie den Umschlag aufriss.

Unter den Passagieren gab es nur wenige Opfer, und es war kein Name dabei, den sie kannte. Also hatten die Spencers, Tom und Maggie und Andrew überlebt. Erleichtert atmete sie auf. Maggie würde ihr Kind bekommen und vielleicht mit ihrem Tom glücklich bis an ihr Ende leben. Sie hoffte es.

Höher waren die Verluste unter der Besatzung. Maschinisten, Öler, Heizer, einige der Offiziere. Wahrscheinlich waren sie bei der Explosion der Kessel ums Leben gekommen. Unter deren Namen stand ein kleiner Nachsatz: Chinesische Crew – Namen unbekannt. Plötzlich schämte sie sich sehr dafür, Amerikanerin zu sein. Welche unglaubliche Missachtung von Menschenleben.

Sie legte die Liste beiseite.

Kurze Zeit später klingelte ihr Telefon, und der diensthabende Empfangschef teilte ihr etwas konsterniert mit, dass ein Herr in der Lobby auf sie warte.

Peer! Er musste es sein. Sie hatte ihm gesagt, dass sie im Grand Hotel logieren werde.

Sie warf einen schnellen Blick in den Spiegel. Ein Bote der Schneiderin hatte kurz vorher ihre Sachen gebracht. Ihr Kleid war aus malvenfarbenem Baumwollbatist mit schwarzen Spitzen, und sie trug ein passendes Band im Haar. Mit ihrer Erscheinung zufrieden, hastete sie hinunter zur Lobby.

Er stand neben einer der Säulen in der Halle. Die Mütze hatte er abgenommen und drehte sie verlegen in den Händen, aber gleichzeitig sah er sich neugierig um.

Sarah hielt inne. Welch einen Gegensatz er zu den Leuten bildete, die die Lobby bevölkerten. Er war größer und breitschultriger als die meisten anwesenden Männer. Sein Gesicht war sonnengebräunt, und die Narbe auf seinem Wangenknochen, die er von Andersens Prügeln zurückbehalten hatte, verlieh seinen Zügen etwas Verwegenes.

Auch seine Kleidung unterschied sich beträchtlich von den dunklen Anzügen der männlichen Hotelgäste. Helle Hosen aus Segeltuch und ein blaues, kragenloses Hemd. Die Ärmel hatte er bis zum Ellbogen hochgerollt, sie gaben den Blick auf seine muskulösen Unterarme frei. Er strahlte so viel Kraft und Männlichkeit aus, dass die anderen Männer gegen ihn wie Knaben wirkten.

Ein Herr warf einen missbilligenden Blick auf Peer. Manche Damen allerdings sahen zweimal hin, und ihre Mienen waren alles andere als missbilligend.

Mr. Martin trat zu ihr. »Das ist der Herr, der nach Ihnen fragte. Kennen Sie ihn?«

Sarah nickte. »Ja, ich kenne ihn. Er ist ...«, sie zögerte kurz, »... ein Verwandter.«

Etwas Besseres fiel ihr auf die Schnelle nicht ein. Mr. Martins rechte Augenbraue zuckte für einen winzigen Moment nach oben.

»Ich verstehe«, sagte er dann mit unbewegter Miene.

Überrascht sah sie ihn an. Es lag nichts Süffisantes in seinem Gesichtsausdruck, kein wissendes Grinsen, kein verständnisvolles Augenzwinkern. Nichts als pure Höflichkeit. Er gab dem Pagen, der sich bisher unauffällig in Peers Nähe aufgehalten hatte, einen Wink. Der Junge nickte und verschwand.

Sarah entschied, dass sie Mr. Martin mochte.

Mittlerweile hatte Peer sie entdeckt. Verblüffung malte sich auf seinem Gesicht. Einen Augenblick lang wunderte sie sich, bis ihr klarwurde, wie anders sie aussehen musste. Sorgfältig geschminkt und frisiert, in einem Kleid.

Er zögerte, dann kam er auf sie zu. Sarah lächelte. Niemals zuvor war ihr sein Seemannsgang so aufgefallen. Breitbeinig, wiegend, bei jedem Schritt schwang er die Schultern mit. Wie bei ihrer ersten Begegnung in der Kombüse wirkte er, als wisse er nicht recht, wohin mit seiner Größe und Kraft.

Sie strahlte ihn an und streckte ihm die Hände entgegen.

Für einen Moment knetete er unschlüssig seine Mütze, dann stopfte er sie in die Hosentasche und ergriff ihre Hände. »Ich hab' dich fast nicht erkannt. Hübsch siehst du aus.«

Sie senkte den Kopf, um ihr Amüsement zu verbergen. Was für ein Kompliment! Er hatte sie beinahe nicht erkannt, weil sie hübsch aussah.

Die Leute in der Lobby verdrehten sich die Köpfe nach ihnen.

»Können wir irgendwo anders hingehen?«, bat er. »Ich komme mir vor wie ein Tier im Zoo.«

»Es gibt einen Garten. Dort.« Sie wies auf einen seitlichen Ausgang.

Über eine Steinbrücke gelangten sie zu einem Pavillon, der halb verborgen hinter Ahornbäumen lag. Hier waren sie ungestört.

Peer strich sich das Haar aus der Stirn. »Teufel auch, ich war noch nie in so einem feinen Schuppen. Die wollten mich gar nicht reinlassen.«

Sarah lachte. »Mich gestern auch nicht.«

Er biss sich auf die Unterlippe. »Du siehst anders aus. Wie 'ne Lady.«

»Ich bin dieselbe wie gestern.«

Beinahe schüchtern nahm er ihr Gesicht in seine Hände und küsste sie. Vorsichtig, fragend. Sarah schlang die Arme um ihn und beantwortete seine Frage.

Ein Paar kam über die Brücke flaniert. Der Herr im dunklen Anzug, mit weißem Hemd und Fliege; die Frau, engeschnürt, im dunkelblauen Kostüm.

»Verdammt«, murrte Peer und ließ sie los. »Da war es ja auf der Victory noch einfacher. Können wir nicht irgendwo allein sein?«

Sarah dachte nach. Wenn sie ihn einfach mit auf ihr Zimmer nahm, konnte es Probleme mit der Hotelleitung geben. Allerdings, wenn sie ein zweites Zimmer dazubuchte, konnte niemand etwas gegen seine Anwesenheit sagen.

Das Paar hatte die Brücke inzwischen überquert und schlenderte an ihnen vorbei. Der Mann warf einen kurzen Blick auf Peer, musterte dann Sarah und verzog verächtlich den Mund.

In Peers Augen begann es zu glimmen, er ballte die Fäuste.

Sarah legte ihm schnell die Hand auf den Arm. »Lass uns gehen.«

»Wie kommt der dazu, dich so anzuschauen. Was denkt der sich!«

Was der Mann dachte, war ihr herzlich gleichgültig, ihre Sorge galt eher der Möglichkeit, dass Peer eine Prügelei vom Zaun brach. Nur zu gut erinnerte sie sich an seine Reaktion auf Hales Beleidigung.

Die klare Stimme der Frau drang an ihre Ohren: »Ich muss schon sagen, es gibt neuerdings die seltsamsten Gäste hier.«

Sie konnte nicht anders, sie musste lachen. Seltsame Gäste waren sie, in der Tat. Ein Seemann und die Diva des Grand Opera House. Gab es etwas Unwahrscheinlicheres?

Peers Gesicht glättete sich. Sarah wischte sich die Lachtränen aus den Augenwinkeln.

»Es gibt zwei Möglichkeiten«, konstatierte sie. »Entweder wir ziehen in irgendeine Hafenspelunke, oder wir bleiben hier.« Sie verschwieg ihm, dass sie ein zweites Zimmer bezahlen musste.

»Du hast keine Ahnung, wie es in Hafenspelunken zugeht.«

Sie griff nach seiner Hand. »Ich möchte bei dir sein, egal wo.« Es war ihr ernst. Sie hatten sich unter Deck auf altem Segeltuch geliebt. Jedes drittklassige Hotel konnte nur besser sein.

Er sah dem Paar nach, das inzwischen weitergewandert war. Der Mann hatte den Ellbogen abgespreizt, die Frau hatte ihre Hand daraufgelegt.

»Dann lieber hier.« Er bot ihr seinen Arm, ahmte die Geste des Mannes nach. In seinen Augen tanzten Funken. »Ma'am.«

Sarah legte die Hand auf seinen Unterarm. »Sir.«

Lachend kehrten sie in die Lobby zurück.

»Warte einen Moment«, bat sie ihn dort.

An der Rezeption fragte sie nach Mr. Martin. Er erschien umgehend.

»Wäre es möglich, das Zimmer neben meinem zu reservieren?«

Er sah in seinem Buch nach. »Ja, das ist noch frei. Möchten Sie es?«

Sarah nickte.

Sein Gesicht zeigte keine Regung, als er ihr die Schlüssel aushändigte. Wahrscheinlich war er schon lange genug im Hotelgeschäft, um sich über nichts mehr zu wundern.

Peer folgte ihr die Treppe hinauf. »Du hast noch ein Zimmer gemietet?«

Sie nickte nur, öffnete die Tür zu ihrem Zimmer und bat ihn herein.

Er sah sich in dem Raum um, seine Augen wurden groß. »Das ist ja riesig.«

Sein Blick glitt über den Sessel vor der Terrassentür zu der Nische, in der das Bett stand. Gegen das Logis der Matrosen war dieses Zimmer wirklich groß. Langsam, fast ehrfürchtig trat er ans Fenster, schaute hinaus auf die Veranda.

Sarah schluckte. Sie hatte sich keine Gedanken darüber gemacht, wie luxuriös ihr Zimmer tatsächlich war und wie es auf ihn wirken musste. Die polierten Holzdielen, der weiche Teppich, die mit Seide bespannten Wände. Sie wusste nicht, aus welchen Verhältnissen er kam. Matrosen verdienten nicht viel. Eine ›reiche, verwöhnte Göre‹ hatte er sie zu Beginn der Reise genannt. Machte sie jetzt einen solchen Eindruck auf ihn?

Er wandte sich um und schien das Zimmer vergessen zu haben, stattdessen verschlang er sie mit seinen Blicken.

Einen Moment lang standen sie befangen voreinander, dann streckte er die Hand nach ihr aus und zog sie an sich. Er fuhr mit den Fingern durch ihre Locken, löste das Band aus ihrem Haar. Keiner sprach.

Schließlich senkte er den Kopf und küsste sie. Sie schloss die Augen, ihr Herz schlug schneller. Er hakte ihr Kleid auf und streifte es ihr von den Schultern. Raschelnd glitt der Stoff über ihre Hüften. Jetzt trug sie nur noch ihr Hemd und ein leichtes Mieder. Sanft strich er ihre Arme entlang. Ihre Haut prickelte.

Sie legte ihm die Hände auf die Brust, spürte den Schlag seines Herzens. Er bewegte sich nicht, nur die Ader an seinem Hals pulsierte heftig. Mit den Fingerspitzen fuhr sie nach oben zu seinem Schlüsselbein. Sie streichelte seine Schultern, strich über die muskulösen Oberarme, zog ihm das Hemd aus.

Das Lächeln war aus seinem Gesicht verschwunden.

Er öffnete ihr Mieder, zog es aus, ebenso ihr Unterhemd. Voller Bewunderung betrachtete er ihren Körper. »Wie schön du bist.«

Sarah spürte, wie sie errötete. So unverhohlen hatte sie noch nie jemand angesehen. Verlegen wandte sie den Blick ab.

Er streifte die Hosenträger ab und zog sich ebenfalls aus. Staunend stellte sie fest, dass sie ihn ebenfalls gerne ansah. Er gefiel ihr, sein Körper gefiel ihr. Sie hatte vergessen, wie es war, einen Mann schön zu finden, ihn zu begehren.

Sie wurde weich und empfindsam unter seinen Händen. Es war, als streichelte er die schützende Hülle fort, die sie über manche Teile ihrer Seele gelegt hatte. Zum Vorschein kam die junge Sarah, wie sie vor ihrer Ehe mit Arthur gewesen war. Sie zitterte in seinen Armen. Er nahm sich Zeit, liebte sie behutsam, als wisse er um ihre neugewonnene Verletzlichkeit.

Sie lag mit dem Kopf an seiner Brust, lauschte seinem Herzschlag, der allmählich ruhiger wurde, und kuschelte sich näher an ihn.

»Ist dir kalt?«

»Nein, gar nicht. Du strahlst eine Wärme aus wie ein Ofen.«

Er lachte. »Das haben schon viele gesagt … Oh!«

Sarah stemmte sich auf den Ellbogen und starrte ihn an. Röte breitete sich von seinem Nacken her über sein Gesicht aus, er hatte die Hand vor den Mund geschlagen.

»Entschuldige.« Er räusperte sich. »Das war … einfach nur so ein Gerede.«

Wohl kaum. Ihre Wangen wurden heiß. Sie erinnerte sich an die Blicke der Frauen in der Lobby. Natürlich waren es viele. Wie sollte es anders sein.

»Das ist wohl so bei Seeleuten«, sagte sie leise.

Zu ihrer Überraschung lachte er. »Ihr habt Ideen vom Seemannsleben …«

»›Ihr‹?«

»Ihr Landratten.« Er legte den Arm wieder um sie. »In jedem Hafen eine Braut, ja?«

»Ja, so stellt man sich das vor.«

Immer noch lächelnd, schüttelte er den Kopf. »Weißt du, meistens ist man gar nicht lang genug am selben Ort, um ein Mädchen kennenzulernen. Eine Woche, zwei Wochen. Also bleiben nur die Dockschwalben – Huren. Nicht gerade sehr romantisch. Aber nach Monaten oder Jahren auf See ist man weder romantisch noch wählerisch.« Sein Lächeln war verblasst, er wirkte nachdenklich, fast ein wenig traurig. »Es gibt auch Huren, die ›verloben‹ sich mit Seeleuten«, fuhr er fort. »Mit einsamen Kerlen, die sich nach Liebe sehnen. Sie bekommen dann die Hälfte der Heuer. Ich habe von manchen gehört, die haben vier bis sechs ›Verlobte‹. Da lohnt sich das. Wenn die Männer dann nach zwei Jahren oder so zurückkommen, wird die Verlobung unter einem Vorwand aufgelöst. So viel zum Thema ›in jedem Hafen eine Braut‹.«

Sarah streckte die Hand aus, strich sanft die Linie seines Wangenknochens entlang bis hinunter zu seinem Kinn. Sie hatte nicht geahnt, dass es so war. In ihrer Vorstellung waren Seeleute Frauenhelden, die einem Mädchen das Herz brachen und fröhlich zum nächsten Hafen weiterzogen. Es war ihr nie in den Sinn gekommen, dass sie einsam sein könnten.

Lächelnd sah er sie an. »Beruhigt?«

Sarah setzte sich auf. »Und woher weißt du dann so viel über Frauen?«

»Weiß ich denn viel?«, fragte er neckend.

»Doch, schon …« Sie zögerte. Vielleicht war sie auch nur zu unerfahren, um das zu beurteilen.

»Ich hatte eine gute Lehrerin.«

Sie zog die Augenbrauen hoch. »Ja?« Eigentlich müsste sie jetzt sagen, dass sie davon nichts wissen wollte. Aber sie war zu neugierig. »Wer war sie?«

»Es ist lange her. Ich war neunzehn. Sie war Italienerin. Es war meine erste große Fahrt. Wir waren fast zwei Jahre unterwegs gewesen, und, na ja …« Er errötete. »Ich dachte, ich hätte jetzt jede Menge Erfahrung, und hielt mich für einen ziemlich tollen Hecht.« Ein breites Grinsen zog über sein Gesicht. »Sag mal, Lady, gehört das nicht zu den Dingen, über die man nicht spricht?«

Sarah schubste ihn. »Erzähl weiter.«

»Wir liefen Genua an. Sie war die Frau eines Reeders. Francesca. Er war viele Jahre älter als sie, und sie war sehr gelangweilt. Man hat mir später erzählt, dass sie öfter zum Hafen ging und nach einlaufenden Schiffen guckte. Wenn ihr einer der Seeleute gefiel, lud sie ihn zu sich ein. Ich muss ihr wohl gefallen haben, denn sie sprach mich an.«

»Ich hätte dich gerne gesehen, damals«, warf Sarah ein. Sein Lächeln ließ ihr Herz schneller schlagen.

»Ich war ein eingebildeter Esel. Am selben Abend ging ich zu der Adresse, die sie mir gegeben hatte. Sie empfing mich in einem halbdurchsichtigen Fummel. Da habe ich wahrscheinlich den Kopf verloren. Jedenfalls packte ich sie, griff nach ihren Brüsten und versuchte sie zu küssen. Als Nächstes fand ich mich mit schmerzenden Eiern und dem Abdruck ihrer Hand auf meinem Gesicht auf dem Boden wieder, und sie beschimpfte mich mit Ausdrücken, von denen ›*Stronzo*‹ noch der harmloseste war.«

Es war unschicklich, aber Sarah konnte ihr Kichern nicht unterdrücken.

»Du lachst. Aber ich fühlte mich sehr in meiner Mannesehre getroffen.« Er lachte ebenfalls. »Als sie sich wieder beruhigt hatte, fragte sie, wie alt ich sei. Ich weiß nicht, warum, aber sie beschloss, dass bei mir noch nicht alles verloren sei. Sie sagte, ich könne bleiben, wenn ich das täte, was sie mir sagt. Ich war dermaßen beleidigt, ich wollte eigentlich gehen. Doch sie war so wunderschön, und ich dachte, dass ich vielleicht von ihr lernen konnte. Also blieb ich.«

Wenn sie bedachte, wie wenig Arthur vom Körper einer Frau gewusst hatte, war das sicher eine gute Entscheidung gewesen.

»Ich blieb die ganze Nacht«, fuhr er leiser fort. »Sie war eine wundervolle Frau. Ihr Haar hatte die Farbe von Schokolade – wie deins.«

»Ich bin ihr sehr dankbar«, sagte Sarah und meinte es so. Er schlang die Arme um sie, und sie legte den Kopf zurück an seine Schulter. Eine Italienerin also. Ob sie ihn an diese Frau erinnerte?

»Wie lange werdet ihr hierbleiben?«, fragte sie ihn später.

»Ungefähr zehn Tage. Brandon will die Häute hier verkaufen.«

Natürlich, es würde auffallen, wenn er mit so vielen Fellen in Victoria ankäme.

»Und wann geht dein Schiff?«

»In vier Tagen.« Sie schluckte, doch die Enge in ihrer Kehle wollte nicht weichen.

»Vier Tage …«, sagte er leise.

»Was wirst du tun, wenn ihr in Victoria seid?« Sie gab ihrer Stimme einen munteren Klang, aber ihr Herz klopfte wild.

Er richtete sich auf, suchte ihren Blick. »Auf dem nächsten Schiff nach San Francisco anheuern. Wenn du mich dort haben willst.«

Sie konnte gar nicht mehr aufhören zu lächeln.

»Ach, Peer! Natürlich will ich das.«

»Warst du schon öfter in Yokohama?«, fragte sie ihn. Sie schlenderten am Hafen entlang, auf der Suche nach einer Garküche, wo sie etwas zu Mittag essen konnten.

»Erst einmal. Allerdings war ich schon öfter in Nagasaki.«

Sarah rechnete nach. »Du hast erzählt, du warst neunzehn, als du von deiner ersten großen Fahrt zurückkamst. Dann bist du mit siebzehn von zu Hause fortgegangen?«

»Mit fünfzehn«, korrigierte er. »Da bin ich das erste Mal auf Lengfischfang ins Eismeer gefahren.«

Sarah sah ihn von der Seite an. »So jung …«

»Willy ist doch auch nicht älter«, antwortete er. »Und ich war nicht allein. Mein Vater fuhr auf demselben Schiff.«

»Trotzdem, deine Mutter fand das bestimmt sehr jung. Meine Tochter ist achtzehn, und ich hätte sie sehr ungern mit fünfzehn ziehen lassen.«

Er zuckte die Schultern. »So ist das bei uns. Schule endet mit vierzehn, danach wird gearbeitet.«

»Es gibt Schulpflicht in Schweden?«

»Seit ungefähr fünfzig Jahren«, bestätigte er. »Was macht deine Tochter? Ist sie verheiratet?«

Lachend schüttelte sie den Kopf. »Damit soll sie sich noch ein bisschen Zeit lassen. Sie geht bald aufs College und will Medizin studieren. Sie wird einmal ihren Lebensunterhalt selbst verdienen können. Bei mir war das anders, und deshalb finde ich es wichtig, dass sie einen Beruf erlernt.«

»Und du? Warum hast du nicht wieder geheiratet?«

»Ich …« Sie zögerte. »Ich wollte nicht. Meine Ehe war keine Liebesheirat, ich war erst achtzehn, und Arthur war sechsundzwanzig Jahre älter als ich. Bis ich heiratete, haben meine Eltern über mich bestimmt, danach mein Mann. Als er starb, fühlte ich mich zum ersten Mal frei. Ich will mir nicht mehr sagen lassen, was ich zu tun oder zu lassen habe. Ich will mein Leben selbst bestimmen.« Etwas atemlos hielt sie inne. War er schockiert?

Nein, er lächelte. »Das verstehe ich.«

Jetzt. Jetzt wäre die Gelegenheit, ihn zu fragen. Was ist mit dir? Bist du verheiratet?

Und dann? Wie sollte sie es ertragen, wenn er mit Ja antwortete?

»Wann warst du das letzte Mal zu Hause?«

Er zählte an den Fingern ab. »Vor vier, nein, etwa vor fünf Jahren.«

»Das ist lange her.« Würde er derart lange fortbleiben, wenn er Familie dort hatte? Eher nicht. Allerdings war er viel herumgekommen, er konnte ebenso gut woanders eine Frau haben.

»Hast du kein Heimweh?« Warum war sie nur so feige. Sie schlich um die eigentliche Frage herum wie die Katze um den heißen Brei.

»Nicht oft. Und wenn ich dann dort bin, will ich meistens schnell wieder fort.« Er sah ihr in die Augen. »Ich halte es eigentlich nirgendwo lange aus. Mein Bruder nannte mich einmal einen Zugvogel.«

Sie erwiderte seinen Blick offen. »Ich verstehe.«

Sie wusste, was er eigentlich hatte sagen wollen. Er würde auch nicht lange in San Francisco bleiben. Aber das war nichts Neues für sie, es war schon auf der Victory zu spüren gewesen. Er war wie ein Albatros, er gehörte aufs Meer. Sie unterdrückte ein Seufzen. Wenn er eine Frau hatte, bekam diese ihn sicher nicht oft zu sehen.

Inzwischen waren sie an einer der Garküchen, einer kleinen Bude, in der ein Japaner mit mehreren Töpfen hantierte, angekommen. Es duftete nach gebratenem Fisch, nach Knoblauch, nach fremdartigen Gewürzen.

Peer wandte sich an den Koch und bekam kurze Zeit später zwei Schalen mit Nudeln in Brühe ausgehändigt.

Sarah blickte etwas irritiert auf die Essstäbchen. »Keine Löffel?«

Er schüttelte den Kopf. »Man schlürft sie.« Er wies auf zwei Japaner, die in der Nähe standen. Sie hielten die Schalen an den Mund und schaufelten sich mit den Essstäbchen unter lautem Schlürfen die Nudeln hinein.

Sarah unterdrückte ein Kichern. »Hört sich an wie Burton, wenn er isst.«

Seine Augen funkelten vor Heiterkeit. »Hier ist das so Sitte. Vorsicht, es ist heiß.«

Die Suppe schmeckte sehr ungewöhnlich, nach Fisch, nach Soja und ein wenig erdig.

Als sie fertig waren, gaben sie die Schalen zurück und gingen weiter. Sarah hakte sich bei ihm ein. Ihr Weg führte sie an der Stelle vorbei, wo die Victory lag. Sie konnte zwei Männer an Bord erkennen. Gus und Reilly. Sonst wirkte das Schiff verlassen. »Sind alle unterwegs?«, fragte sie neugierig.

Peer nickte. »Wahrscheinlich. Bis auf die Wache. Im Hafen sind das nur zwei Leute.«

»Und wo ist der Rest?«

Der Blick, den er ihr zuwarf, war ungläubig und amüsiert zugleich. »Das willst du nicht wissen.«

»Gut, ich kann es mir denken. Die meisten gehen ins nächste Bordell, und der Rest geht in die Kneipe.«

»In etwa.«

»Läuft es immer so? In jedem Hafen?« Sie brannte vor Neugier. Trotz der Monate, die sie auf der Victory verbracht hatte, wusste sie wenig vom Leben der Seeleute an Land.

»Mehr oder weniger.« Aus seiner Hosentasche holte er Tabak und Papier und drehte sich eine Zigarette.

Sarah schaute ihm zu, wie er sie anzündete und die ersten Züge inhalierte. »Wenn dich meine Fragerei stört, dann sag es.«

Er hob den Kopf. »Wie kommst du darauf?«

Sie wies auf die Zigarette. »Ich sehe dich sehr selten rauchen, und deine Antworten sind etwas ausweichend.«

»Das könnte daran liegen, dass ich es nicht gewöhnt bin,

mit einer Lady über Bordelle zu reden«, neckte er. Dann wurde er unvermittelt ernst. »Eigentlich bin ich es gar nicht gewöhnt, viel zu reden. Aber frag mich, ich werde dir antworten.«

Sarah hätte ihn am liebsten geküsst. Er würde ihr die Wahrheit sagen, wenn sie fragte, dessen war sie sicher. Aber plötzlich erschien es ihr nicht mehr wichtig. Hier und jetzt gab es nur sie beide. Losgelöst von ihrem eigentlichen Leben, fast wie auf einer Insel. Sie wollte sich keine Gedanken über die Zukunft machen.

Sie bogen um eine Ecke, da hielt er sie plötzlich am Ellbogen fest und zog sie zurück. »Ihm möchte ich lieber nicht begegnen.«

Sarah folgte seinem Blick und entdeckte Brandon, der mit einer jungen Frau am Arm die Straße entlangschritt. Er sah weder nach rechts noch nach links, sondern plauderte angeregt mit seiner Begleiterin. Sarah kniff die Augen zusammen, um besser zu sehen. Die Frau war eine Schönheit, eine Eurasierin, und offensichtlich war sie keine Prostituierte, sondern, so vertraut, wie die beiden miteinander umgingen, sein Mädel hier in Yokohama. Sarah spürte einen leichten Stich in der Herzgegend bei dem Gedanken, dass sie vor einigen Wochen noch gehofft hatte, sie bedeute ihm etwas. Zum Glück war er ihr nicht mehr wichtig. Lächelnd wandte sie sich Peer zu. »Lass uns woanders langgehen.«

Er musterte sie prüfend und bog dann wortlos in eine der Seitengassen ab.

Eine Zeitlang gingen sie schweigend, bis Sarah schließlich stehen blieb. »Ist alles in Ordnung?«

Er brummte nur und starrte auf die Straße, doch dann hob er den Kopf. »Du hast geguckt, als würde es dir etwas ausmachen, ihn mit dieser Frau zu sehen.«

Sie legte ihm die Hand auf den Arm. »Es macht mir nichts aus. Ich fand die Frau sehr hübsch.« Seine Züge entspannten sich ein wenig. Sarah fuhr fort: »Sie war keine Prostituierte, nicht wahr?«

Peer zuckte verächtlich die Achseln. »Brandon hat es doch nicht nötig, zu einer Hure zu gehen.«

»Du doch auch nicht«, erwiderte sie leise.

Er stutzte, dann drückte er ihre Hand. »Ach, Sarah …«

»Ich meinte gar nicht mich.« Sie musste sich das Lachen verbeißen. »Du hättest es auch sonst nicht nötig. Sag mal, merkst du gar nicht, wie die Frauen dich ansehen?«

»Welche Frauen?«, gab er zurück und sah sich irritiert um.

Jetzt lachte sie doch.

»Im Moment gerade nicht, aber vorhin, im Hotel und auch am Hafen, haben sich einige nach dir umgedreht, und das waren keine Prostituierten.«

Er stimmte in ihr Lachen ein. »Ist mir nicht aufgefallen.«

Ihr Weg zurück führte über eine große Einkaufsstraße, die Bentendori. Fast überall standen die Türen weit offen, Lampions und Schilder hingen draußen.

In einem Laden saß ein Matrose auf einem niedrigen Schemel, während sich ein Japaner mit einem seltsamen Gerät an seinem Arm zu schaffen machte. Neben ihm standen viele kleine Dosen mit Farben. Neugierig starrte Sarah die beiden Männer an. »Was macht er?«

»Tätowierungen. Die Japaner gehören zu den besten Tätowierern, die es gibt.«

Sie sah genauer hin. Auf dem Arm des Mannes erkannte sie die Zeichnung eines Schiffes. Der Japaner fuhr mit seinem Gerät die Linien nach. Ab und zu verzog der Matrose das Gesicht, als hätte er Schmerzen.

»Es scheint weh zu tun«, stellte sie fest.

»Es tut weh!«, bestätigte Peer.

Sarah warf einen letzten Blick auf den Matrosen. Warum ließ er sich Bilder in die Haut stechen, wenn es doch weh tat?

Sie wollte Peer fragen, doch plötzlich fing es übergangslos an, heftig zu regnen. Es war schon den ganzen Tag schwül gewesen, und auch der Regen war warm. Schnell waren sie bis auf die Haut durchnässt. Um sie herum hasteten die Menschen unter die Dächer oder spannten Schirme auf.

Peer sah sie an. »Zum Hotel zurück?«

»Warte einen Moment. Riechst du das?«

Die Luft war erfüllt von dem Duft nach feuchter, sonnenbeschienener Erde. Sie atmete tief ein und legte den Kopf zurück, spürte den warmen, weichen Regen auf ihrem Gesicht. Ein ganz anderes Gefühl als die scharfen Nadelstiche eines Sturmregens in der Beringsee oder die tropischen Güsse, die sie auf der Victory erlebt hatte.

Sie streckte die Zunge heraus und fing die Tropfen auf, wie sie es als Kind getan hatte.

Peer lachte.

»Oh!« Ihre Ohren wurden heiß. Einen Augenblick lang hatte sie alles um sich herum vergessen.

Er nahm ihre Hand, und sie liefen zurück zum Hotel.

In Sarahs Zimmer angekommen, zog Peer sein Hemd aus und frottierte sich die Haare.

Sarah zog sich ins Bad zurück, um sich umzuziehen.

Als sie herauskam, saß er auf dem Bett und sah lächelnd zu ihr auf. Sie setzte sich neben ihn und sah sich zum ersten Mal seine Tätowierungen genau an. Ein Dreimaster, der sich über seinen gesamten rechten Oberarm fast bis zum Ellbogen erstreckte, darunter eine Schildkröte. »Warum lässt man so etwas machen, wenn es doch weh tut?«

Er zuckte die Schultern. »Weil es dazugehört.«

»Ein Seemann muss tätowiert sein?«

Er zuckte die Schultern. »Ja, eigentlich schon. Ich habe nie darüber nachgedacht.« Zwischen seinen Brauen bildete sich eine steile Falte. »Und warum tragen Frauen diese schrecklichen Korsetts? Angenehm kann es nicht sein.«

Nachdenklich blickte sie ihn an. Dieser Vergleich schien ihr gar nicht so weit hergeholt. Und wenn man bedachte, was Frauen sich mit dem Tragen eines Korsetts antaten, waren die Bemalungen der Seeleute eher harmlos. Allerdings hatten die Frauen einen Grund.

»Weil es als schön gilt. Gelten Tätowierungen als schön?«

»Ich weiß nicht. Sie zeigen, was man getan hat, wo man gewesen ist.«

»Sie bedeuten etwas?« Sie fuhr die Linien des Ankers auf seinem linken Unterarm nach. »Was?«

»Der steht für die Überquerung des Atlantiks. Und das«, er zeigte auf das Schiff am rechten Oberarm, »heißt, dass ich Kap Hoorn umsegelt habe.«

»Und der?« Sie berührte den schwarzweißen Stern auf der Innenseite seines linken Handgelenks.

Eine leichte Röte stieg ihm ins Gesicht. »Nautical Star … das ist Aberglaube. Es ist der Nordstern und soll dafür sorgen, dass man immer den Weg in einen sicheren Hafen findet.«

»Ein Glücksbringer.« Sie strich leicht darüber. »Ich habe gesehen, Gus trägt einen Hahn auf der Wade?«

Er lachte leise. »Ebenfalls Aberglaube. Wie gesagt, Seeleute sind sehr abergläubisch. Ein Hahn auf der Wade soll vorm Ertrinken schützen, ein Schwein, wie Reilly es trägt, auch.«

»Brady hat einen Vogel, mit so einem Band im Schnabel, auf seinem Arm.«

»Eine Schwalbe, für die Sehnsucht nach seinem Mädchen zu Hause.«

»Ich dachte, das wären die Herzen.«

»Die auch.«

Unwillkürlich glitt ihr Blick über seine Arme. Er trug kein Herz und keine Schwalbe. Hieß das, er hatte keine Liebste?

Er schien ihre Gedanken zu erraten, der Schalk blitzte aus seinen Augen.

Um ihre Verlegenheit zu verbergen, deutete sie auf die kleine Schildkröte unterhalb des Segelschiffes. »Bedeutet die auch etwas?«

»Dass ich den Äquator überquert habe.«

»Das ist faszinierend. Es ist wie ein Lebenslauf.«

Bisher hatte sie die Tätowierungen immer als seltsame Geschmacksverirrung der Seeleute abgetan. Aber es war ein Code, der es den Männern ermöglichte, sofort zu erkennen, mit wem sie es zu tun hatten.

Sachte strich sie über die fast verheilte Wunde an seinem linken Arm. Bisher hatte sie die Frage, was an jenem Abend geschehen war, mehr oder weniger erfolgreich aus ihren Gedanken verbannt. Aber nun …

»Hast du etwas mit Andersens Verschwinden zu tun?«

Peer holte rasch Luft und entzog sich ihrer Hand. »Musst du das wissen?«

»Ich denke schon. Ich habe Brandon angelogen. Ich habe ihm gesagt, ich hätte nichts bemerkt.«

Er senkte den Blick. »Ja.«

Sie starrte ihn an. Einfach »ja«. Mehr hatte er nicht zu sagen? »Was ist passiert?«

Er rührte sich nicht und schwieg. Lange.

Schließlich stand Sarah auf und setzte sich auf die Couch ihm gegenüber. »Peer – hast du ihn umgebracht?«, fragte sie vorsichtig.

Er hob den Kopf und sah ihr in die Augen. »War das nicht klar?«

Sie schluckte heftig. »Ich wollte es nicht wahrhaben.«

Sie konnte es immer noch nicht glauben, es musste eine

Erklärung geben. Vielleicht war es Notwehr gewesen. Andersen hatte keine Gelegenheit ausgelassen, Peer zu quälen. Aber ihn deswegen zu töten? Was wusste sie wirklich von Peer, wozu war er fähig? Brandons Stimme klang plötzlich in ihren Ohren: »Vielleicht deckst du einen Mörder.«

Peer hielt ihrem Blick stand. »Er hat es verdient«, sagte er kalt.

Gänsehaut breitete sich über ihren Körper aus. Das hörte sich nicht nach Notwehr an. »Wie kannst du so etwas sagen?«

Ein kaltblütiger Mörder? Hatte Brandon am Ende doch recht mit seiner Behauptung, sie suche sich die falschen Freunde?

Er deutete ihren Ausdruck richtig. »Bin ich denn jetzt ein anderer als bisher?«

»Ich weiß nicht, wer du bist«, sagte sie fast tonlos.

Er wurde blass und presste die Lippen zusammen.

Sarah senkte den Kopf, mied seinen Blick. Ihr war zum Weinen zumute. Sie kam sich vor wie die Prinzessin in dem Märchen, welches ihre Großmutter ihr einst erzählt hatte. Sie hatte einen verzauberten Prinzen geheiratet, der nur bei Nacht ein Mensch war. Sie wollte unbedingt seine Gestalt am Tage sehen und lauerte ihm auf. Und entdeckte, dass er ein Ungeheuer war.

Aber Peer war kein Ungeheuer. Wenn er Andersen umgebracht hatte, musste es einen Grund geben.

»Warum?«, fragte sie. »Warum hat er verdient, zu sterben?«

Sie hob den Kopf und sah sich einem völlig Fremden gegenüber. Sein Gesicht war eine ausdruckslose Maske, seine Augen waren verengt, seine Lippen ein schmaler Strich.

»Ich möchte nicht darüber reden.«

»Peer, bitte«, flehte sie. »Ich kann nicht glauben, dass du kaltblütig jemanden umbringst. Bitte sag mir, warum.«

Er holte tief Luft. »Er hat Willy missbraucht.« Seine Stimme zitterte. »Und er war ein Mörder.«

»Was?!« Schockiert starrte sie ihn an. Sie wusste, dass es Männer gab, die an Frauen kein Interesse hatten. In der Theaterwelt war das gar nicht mal selten. Aber Missbrauch hieß …

»Du meinst, er hat ihn gezwungen?«

»Verdammt noch mal, ja!«, brüllte er sie an. »Willst du hören, was er getan hat?«

»Nein.« Sie konnte nur flüstern.

Er blickte ihr ins Gesicht und schien zu sich zu kommen. »Entschuldige.« Er atmete tief ein. »Auch wenn du mehrere Monate auf der Victory warst, hast du doch nicht die Hälfte von dem mitbekommen, was passiert ist.« Er schüttelte den Kopf und fuhr sich mit der Hand über die Augen. »Sodomie ist nicht selten auf Schiffen«, erklärte er. »Man ist Monate, oft Jahre auf See, ohne Frauen …« Er zögerte kurz, dann fuhr er schonungslos fort. »Es gibt im Grunde nur zwei Möglichkeiten. Entweder man besorgt es sich selbst, oder man treibt es mit anderen Männern. Gerade bei Großseglern, die lange unterwegs sind, ist das nicht selten. Oft ist es freiwillig. Aber manchmal werden die Jüngsten auch gezwungen.«

»Und Andersen hat Willy gezwungen?« Ihre Stimme bebte.

»Er hat ihn vergewaltigt. Wohl schon, seit ich den Jungen aus der Takelage geholt habe. Ich habe ihn nachts erwischt, als wir im Nebel waren.«

Und er hatte ihn verprügelt. Gus musste davon gewusst haben. Peer habe Andersen wegen der Sache mit Willy verdroschen, hatte er gesagt. Sie hatte gedacht, es ginge darum, dass Andersen Willy zusammengeschlagen hatte, aber das war es nicht. Die Jäger wussten es ebenfalls. Sie erinnerte sich an Burtons Worte, Andersen sei ein Schwein und er hätte sich nicht wundern, wenn die Matrosen sich zusammentäten und ihn über Bord schmissen. Wie die Teile eines Puzzles fügte sich ein Bild ans andere. Willy, wie er sich übergab. Seine plötzliche Schreckhaftigkeit, sein schlechter Gesundheitszustand.

Peer holte erneut tief Luft. »Ich habe ihn gewarnt, Willy jemals wieder anzurühren.« Er stockte, und als er weitersprach, war seine Stimme belegt. »Er hat es nicht mehr getan, jedenfalls so lange nicht, bis Brandon und er mich zusammengeschlagen haben. Doch danach … Ich konnte ihm nicht helfen.«

Tränen brannten in ihren Augen. »Und die anderen? Hat denn keiner was unternommen?«

»Gegen den Steuermann? Nach dem, was mir passiert ist? Glaubst du wirklich, einer hatte Lust, sich ebenfalls so verprügeln zu lassen?«

Sarah blinzelte und nickte. »Nein, natürlich nicht.«

Sie zog die Knie an den Körper und schlang die Arme darum. Was Andersen getan hatte, war ungeheuerlich. Und alle hatten weggesehen. Alle, außer Peer, und ihn hatte es fast das Leben gekostet.

Peer stand auf, ging ans Fenster, schaute hinaus auf den Hafen und rauchte eine Zigarette. Sarah sah ihm stumm zu. Er war kein Mörder. Mord war etwas, was aus niedrigen Beweggründen geschah. Habgier, Eifersucht, Neid, Rache. Nichts davon traf auf ihn zu.

Schließlich drückte er die Zigarette aus und drehte sich zu ihr um. »Soll ich gehen?«

Sie fuhr hoch. »Was?«

»Möchtest du, dass ich gehe«, wiederholte er.

Verwirrt blickte sie ihn an. »Nein, warum?«

»Vielleicht, weil du nichts mit einem Mörder zu schaffen haben willst?«

»Peer, bitte … ich will nicht, dass du gehst.«

Er durchquerte den Raum und setzte sich neben sie, ohne sie zu berühren. »Weißt du denn jetzt, wer ich bin?«, fragte er leise.

Sie wusste es. Er war der Einzige, der es gewagt hatte, Brandon die Stirn zu bieten, als es um das Wildern ging. Er hatte Gus nicht verraten. Er hatte Willy vor Andersen beschützt, mehr als einmal. Im Gegensatz zu ihr hatte er durchaus geahnt, welchen Preis er bezahlen würde, wenn er Willy aus der Takelage holte. Und er war immer für sie da gewesen, wenn sie Hilfe brauchte. Sie dachte an seine Aufrichtigkeit, seine Ehrlichkeit, seinen Mut.

»Ja, ich weiß, wer du bist.«

Scheu griff er nach ihrer Hand. »Kannst du es verstehen?«

»Ich will ehrlich sein, ich weiß es nicht«, antwortete sie. »Für mich war das Leben immer etwas Heiliges. Und ich glaube, dass keiner das Recht hat, einem anderen das Leben zu nehmen.«

»Andersen hat es getan.«

»Was?«

»Er hat vor der Fahrt den Steuermann der Victory umgebracht, weil er seinen Job haben wollte.«

»Aber … ich dachte, es sei ein Unfall gewesen. Brandon hat mir davon erzählt.«

»Es war kein Unfall.« Peers Stimme klang bitter.

»Woher weißt du das?«

»Andersen hat vor mir damit geprahlt.«

»Aber du hättest ihn doch anzeigen können?«

»Das habe ich auch gesagt. Er hat mich ausgelacht. Es gebe keine Beweise, und mir würde ohnehin keiner glauben.«

Er drückte ihre Hand so fest, dass es weh tat. »Und dann – dann drohte er damit, dir etwas anzutun. Er wusste, ich würde alles tun, um das zu verhindern.«

Sarah schluckte, als sie die Bedeutung seiner Worte erfasste: »alles«. Was hatte Andersen ihm angetan? »Dich auch …?«

Ein Zittern überlief ihn. »Nein! Mir war klar, solange du an Bord bist, wäre ich ihm ausgeliefert, egal was ich tue. Du wärst trotzdem immer in Gefahr.« Er schüttelte den Kopf, und als er weitersprach, klang Verzweiflung aus seiner Stimme. »Wahrscheinlich hat er nur geblufft, Brandon hätte nicht zugelassen, dass er dir weh tut. Aber in diesem Moment habe ich ihm geglaubt.«

Und er hatte keinen anderen Ausweg gesehen.

Sie umarmte ihn. »Ich verstehe.«

Eine Weile schwiegen sie, dann fragte Sarah: »Aber was war mit Brandons Dinghi?«

»Das war Alex' Idee. Ich habe ihm gleich gesagt, es würde nicht funktionieren, dass Brandon niemals an Andersens Flucht glauben würde, aber Alex hat nicht lockergelassen. Außer Willy und ihm hätte keiner etwas gemerkt, hat er gesagt, und Willy würde schweigen.« Er seufzte. »Und dann kamst du an Deck.«

»Und habe euren Plan gefährdet.«

Er nickte. »Ich konnte es dir doch nicht erklären. Ich konnte nur hoffen, dass du nichts sagst.«

Sarah sah zu Boden. Sie fröstelte bei dem Gedanken, was passiert wäre, hätte sie sich an jenem Tag anders entschieden. Auf Mord stand der Galgen, und Mord an einem Vorgesetzten wog besonders schwer. Gegen Brandon als Ankläger hätte Peer keine Chance gehabt. Sie rief sich das Gespräch in der Kombüse ins Gedächtnis. Die entscheidende Aussage, die, welche Brandon jeglichen Wind aus den Segeln genommen hatte, war nicht von ihr gekommen.

»Im Grunde hat Mullins dich gerettet. Er hat behauptet, dass Lebensmittel aus dem Lager fehlten.«

»Gott segne ihn«, sagte Peer leise.

Sarah hob den Kopf und sah ihn wieder an. Unter seinen Augen lagen tiefe Schatten. Sie strich über die Falte zwischen seinen Augenbrauen. »Du siehst müde aus.«

»Ich habe nicht viel geschlafen in den letzten Nächten.«

»Dann sollten wir versuchen, das nachzuholen.«

»Hmm.« Er gähnte ungeniert. »Ja, du hast wohl recht.« Er stand auf und griff nach seinen Sachen.

Verwundert zog sie die Brauen zusammen. »Was machst du?«

»In mein Zimmer gehen«, gab er nicht weniger verwundert zurück.

Sie räusperte sich. »Ist dir das Bett hier etwa nicht groß genug?«

Er lachte laut auf. »Dieses Bett ist ungefähr dreimal so breit wie meine Koje.« Seine Stimme wurde leise. »Ich soll hier schlafen?«

Sarah erhob sich, trat vor ihn und sah zu ihm auf. »Ja. Es sei denn, du möchtest nicht.«

»Natürlich will ich. Aber …« Er zögerte. »Warum hast du dann noch ein Zimmer genommen?«

Sie zuckte die Schultern. »Das ist so ein Feine-Leute-Ding. Ich kann nicht einfach einen Mann mit aufs Zimmer nehmen und bei mir schlafen lassen. Das wäre nicht schicklich. Deshalb das zweite Zimmer, um den Schein zu wahren. Auch wenn wahrscheinlich das gesamte Personal weiß, dass du bei mir bist.«

Ungläubig schüttelte er den Kopf. »So ein Quatsch. Und dafür bezahlst du auch noch. Lass sie doch denken, was sie wollen.«

Sarah lächelte nur.

»Oder schämst du dich meinetwegen?«, hakte er nach.

»Nein! Nein, das ganz bestimmt nicht. Es gehört sich nur

einfach nicht in meiner Welt. Man würde mich wahrscheinlich aus dem Hotel werfen, wenn ich einen Mann, der nicht mein Ehemann ist, mit aufs Zimmer nehme.«

Er warf seine Kleider zurück auf einen Stuhl und ließ sich aufs Bett fallen. »Das verstehe ich nicht. Du sagst, die Leute hier wissen es. Aber trotzdem tut ihr alle so, als wüsste keiner etwas. Warum?«

Sarah dachte nach. Wie sollte sie ihm die Regeln einer Gesellschaft erklären, die ihm völlig fremd war? Sein Handeln war kompromisslos. Wenn er etwas für richtig hielt, tat er es und trug die Konsequenzen. Umwege zu gehen, lag ihm nicht.

Sie setzte sich zu ihm auf das Bett. »Ehrlich gesagt, es ist einfacher so. Ich habe die letzten Wochen genug argumentiert. Ich bin es einfach leid und möchte hier nicht schon wieder anfangen. Schließlich hängt weder dein noch mein Leben davon ab.«

Er nickte. Sarah lächelte ihm zu und ging ins Bad.

Als sie wieder herauskam, war er eingeschlafen. Sie setzte sich in den Sessel, zog die Knie an den Körper und betrachtete ihn.

Er lag auf dem Rücken, den rechten Arm angewinkelt, den Kopf leicht zur Seite geneigt. Selbst jetzt, im Schlaf, zeigte sein Gesicht Spuren der Strapazen der letzten Wochen. Schmal war es geworden, aber das war es nicht. Auch die Narbe an seinem Wangenknochen war es nicht. Die Veränderung war subtiler. Ein herber Zug um seinen Mund, der vorher nicht da gewesen war, die Falte zwischen seinen Augenbrauen, die nicht weichen wollte, Schwermut, die ihn umgab wie Nebel.

Sie stieß einen lautlosen Fluch aus. Brandon hatte seinen Mut brechen wollen, und Andersen hatte versucht, ihn zu zerstören. Es war ihnen nicht gelungen, aber Peer trug Wunden an Körper und Seele, von denen manche wohl niemals heilen würden.

Sie stand auf, löschte das Licht und legte sich neben ihn. Er drehte sich auf die Seite, legte den Arm um sie und murmelte etwas Unverständliches. Sarah schmiegte sich eng an ihn.

36. KAPITEL

Am nächsten Morgen wurde sie von seinem Kuss auf ihre Schulter geweckt. Sie rekelte und streckte sich, dann drehte sie sich zu ihm um. »Gut geschlafen?«

»Hmm. Es geht.« Er zog sie an sich. Sein Körper war warm vom Schlaf. Sarah unterdrückte ein Lachen. »Schon wieder?«

»Hmm«, machte er nur und streichelte sie durch den dünnen Stoff ihres Nachthemds.

Sie schlang die Arme um seinen Nacken und schmiegte sich an ihn.

»Du bist der zärtlichste Mann, den ich kenne«, sagte sie später.

Es war eine Seite, die sie an ihm nicht vermutet hatte. Er strömte über vor Zärtlichkeit, berührte sie ständig, konnte seine Hände nicht von ihr lassen.

Mit Arthur waren die ›ehelichen Pflichten‹ eine ernste, freudlose Angelegenheit gewesen. Ein immer gleiches Ritual, das damit begann, dass er sich höflich nach ihrem Befinden und ihren Plänen für den Abend erkundigte, und mit einem hastig vollzogenen Akt unter der Bettdecke endete.

Seine Gelüste hatte er wahrscheinlich im Bordell befriedigt. Es wäre ihm nie eingefallen, dass eine anständige Frau etwas wie Begierde empfinden könnte.

Aber mit Peer war es anders. Seine Sinnlichkeit und seine Freude an ihr rissen sie mit, ließen sie ihren Körper neu entdecken. Sie tat Dinge, die sie sich nie hätte träumen lassen, und andere, von denen sie nicht einmal gewusst hatte, dass es sie gab.

Mit ihm war die Liebe nicht stumm. Er flüsterte ihr Koseworte ins Ohr, seine Berührungen entlockten ihr Seufzer, ließen sie stöhnen. Einmal, schien es ihr, hatte sie sogar geschrien.

Er lehrte sie, dass Liebe nicht ernst sein musste. Auf der Victory waren sie einander mit verzweifelter Leidenschaft begegnet, jetzt liebten sie sich voller Freude und Lachen.

Nie hatte sie gedacht, dass ein Mann ihr so gefallen könnte. Sie mochte alles an ihm. Seine kraftvolle Statur, seine langen Beine, seinen festen Bauch, denn obwohl er kräftig gebaut war, hatte er kein überflüssiges Fett am Körper. Sie liebte jeden Zentimeter seiner Haut, sogar die dunkelblonden, gekräuselten Haare auf seiner Brust.

Sie verließen das Bett nur, um etwas zu essen. Sarah hatte das Frühstück aufs Zimmer bestellt. Amüsiert beobachtete sie, wie er Rühreier, Speck, Würstchen und Toast regelrecht verschlang. Er aß, wie er auf der Victory gegessen hatte: Den linken Unterarm auf den Tisch gelegt, den Kopf über den Teller gebeugt, während er sich mit der rechten Hand das Essen in den Mund schaufelte.

Unwillkürlich stellte sie sich vor, wie ihre Familie, wie ihre Freunde auf ihn reagieren würden. Sie schob diesen Gedanken beiseite. Das Jetzt zählte.

Irgendwann gingen sie doch nach draußen. Sie ließen sich von einer Rikscha zum Benten-Schrein fahren, spazierten Arm in Arm durch den Garten.

Vorsichtig fragten sie einander aus, erzählten sich aus ihrem Leben. Sarah sprach von der Zeit nach Arthurs Tod, von ihrer Tochter und ihrer Familie. Das Thema Brandon vermied sie.

Peer erzählte von seiner Heimat Bohuslän, von seiner Sehnsucht nach dem Meer, von dem Wunsch, Steuermann eines Seglers zu sein. Eine Frau erwähnte er nicht.

Er sagte ihr, was ›Ich liebe dich‹ auf Schwedisch hieß, und eine Welle unbändiger Freude durchfuhr sie. Er hatte es ihr schon viele, viele Male gesagt.

Am Abend hatte das Bett sie wieder.

»Ich kann nicht mehr«, sagte Sarah irgendwann, und er lachte.

»Ich auch nicht.«

37. KAPITEL

Die Klingel des Zimmertelefons riss sie aus dem Schlaf. Verwirrt setzte sie sich auf. Wer rief um diese Zeit an? Dann bemerkte sie, dass die Sonne bereits durch die Vorhänge schien. Die Uhr zeigte Viertel nach zehn.

Hastig stand sie auf und griff nach dem Hörer. »Ja, bitte?«

»Sarah, wo zum Teufel steckt Svensson?«, bellte ihr Brandon ins Ohr. »Ist er bei dir?«

»Guten Morgen«, sagte sie so höflich, wie es ihr in diesem Moment möglich war. »Darf ich fragen, warum dich das interessiert? Ich dachte, die Mannschaft hat frei?«

Hinter ihr raschelte die Bettdecke. Sie wandte sich um.

Ein zerzauster Schopf kam unter der Decke hervor. Peer blinzelte und rieb sich die Augen.

»Hat sie auch«, sagte Brandon. »Ich will nur sichergehen, dass er sich nicht aus dem Staub gemacht hat. Er war die letzten beiden Nächte nicht an Bord.«

»Da war er sicher nicht der Einzige«, gab sie spitz zurück. »Aber wenn es dich beruhigt, ich weiß, wo er ist. Und er wird sich nicht aus dem Staub machen, das solltest du wissen.«

Zwischenzeitlich hatte Peer sich aufgesetzt und hob fragend die Brauen. Sie legte den Finger an die Lippen und konzentrierte sich wieder auf das Gespräch.

»Kennst du ihn so gut?«, schnappte Brandon.

»Kennst du ihn so schlecht?«

Sein typisches, leises Lachen drang an ihr Ohr. »Nein, du hast recht. Er würde das Schiff nicht verlassen. Wenn du ihn siehst, sag ihm, dass er in vier Tagen die Nachtwache übernimmt.«

»Ich richte es aus.« Sie zögerte. Es gab noch etwas mit Brandon zu klären, und wenn er schon mal im Grand Hotel war, konnte sie es auch gleich tun. »Hast du eine halbe Stunde Zeit für mich?«

»Jetzt?«

»In etwa einer Stunde, wenn es dir passt, sonst können wir uns auch später treffen.«

»In einer Stunde. Ich warte auf der Terrasse auf dich.«

Sie hängte ein. Peer starrte sie an, die Brauen gerunzelt. Sarah wartete, ob er etwas sagen würde, aber er schwieg.

»Das war Brandon«, sagte sie schließlich, nur um etwas zu sagen.

»Ich weiß.« Seine Miene blieb unbewegt.

Was war los? Was hatte sie gesagt oder getan, dass er sie so seltsam ansah?

»Stimmt etwas nicht?«, fragte sie.

»Nein.« Er stand auf und griff nach seinen Kleidern. »Du triffst dich mit ihm?«

»Ja, nachher, auf der Terrasse. Nur für eine halbe Stunde.«

»Warum?«

Jetzt wäre die Gelegenheit, ihm von Anne zu erzählen. Früher oder später musste sie es tun, warum also nicht jetzt.

Doch dann entdeckte sie die Zornesfalte zwischen seinen Augenbrauen und zögerte.

»Was hast du noch mit ihm zu schaffen?« Auch seine Stimme klang zornig.

Sie holte tief Luft. »Es gibt da noch eine Sache …«

Er schüttelte den Kopf. »Schon gut. Ich kann es mir denken. Glaubst du, ich merke nicht, was zwischen euch ist?«

»Zwischen uns ist nichts. Nicht mehr.«

»Aber du hast ihn geliebt.«

»Ja«, gab sie zu, »aber das ist fast zwanzig Jahre her.«

Er schüttelte den Kopf. »Diesen Kerl!«

Sie trat einen Schritt zurück und strich sich nervös das Haar aus der Stirn. Natürlich verstand er es nicht, er kannte nur Brandon, wie er heute war. Wie konnte sie es ihm begreiflich machen? Und wie würde er reagieren, wenn er erfuhr, dass sie ein Kind von »diesem Kerl« hatte?

»Er war damals nicht so«, versuchte sie zu erklären. »Er war eigentlich ein netter Bursche. Zielstrebig, intelligent, mit einer unglaublichen Ausstrahlung, und hübsch dazu.«

Vor ihrem inneren Auge sah sie den Jungen, der sich verzweifelt über sein Mathematikbuch beugte. »Er war außergewöhnlich.« Sie seufzte. »Was für eine Verschwendung an Talent!«

Peer sah sie unverwandt an. »Du bedauerst ihn auch noch!«, grollte er.

»Nein«, widersprach sie. »Ich bedauere nicht ihn, ich bedauere, was aus ihm geworden ist. Ich hatte immer gehofft, ihn eines Tages wiederzusehen. Aber so …« Sie zuckte die Schultern. So sehr war sie in ihren Erinnerungen gefangen, dass sie zunächst gar nicht bemerkte, wie er sich abwandte. Er atmete hörbar ein.

Dann drehte er sich wieder zu ihr um. »Verdammt noch mal, ich verstehe dich nicht! Du solltest dich mal reden hören. ›Außergewöhnlich‹, ›intelligent‹ … Er bedeutet dir noch etwas.« Es war keine Frage.

Hilflos schüttelte sie den Kopf. »Nein, das ist es nicht.«

»Doch!«, beharrte er. »Irgendetwas ist zwischen euch.«

Er presste die Lippen zusammen und wartete.

Sarah schluckte. Es lief völlig falsch. Sie konnte es ihm nicht sagen, nicht solange er so zornig war.

Er schien ihre Unruhe zu spüren, seine Augen verengten sich, er packte sie grob an den Schultern. »Was ist es?!« Er brüllte fast.

Als sie nicht sofort antwortete, schüttelte er sie leicht. »Sag es mir!«

Sarah straffte die Schultern. »Du tust mir weh.«

Er ließ sie so plötzlich los, als hätte er sich verbrannt. »Es tut mir leid. Es … es ist wohl besser, wenn ich gehe.«

Abrupt wandte er sich um, riss die Tür auf und verließ das Zimmer.

»Nein! Warte!«

Doch er war fort.

Sie lehnte sich an die Wand, atmete tief durch. Ihre Hände zitterten.

Seine Zimmertür schlug zu, sie hörte ihn nebenan rumoren. Was hatte er vor? Vielleicht wollte er nur kurz allein sein, um sich zu sammeln. So wie sie. Sie brauchte nur ein paar Minuten, um ruhiger zu werden, dann würde sie zu ihm gehen und ihm die Wahrheit über ihre Tochter sagen.

Die Tür nebenan fiel erneut krachend ins Schloss. Erleichtert hörte sie ihn auf dem Gang. Er kam zurück!

Doch sein Schritt verlangsamte sich nicht.

Mit einem Ruck riss sie die Tür auf. Er war schon halb den Gang hinunter.

»Peer!«

Er hielt inne. Drehte sich nicht um.

»Wohin gehst du?«

»Die Jungs von der Victory und der Cisco treffen sich nachher im Green Sheep. Ich dachte, ich schau mal vorbei.«

Sie schluckte, starrte auf seinen Rücken. Seine ganze Haltung wirkte abweisend. Sie wusste nicht, was sie sagen sollte, und so sah sie ihm nur stumm nach, als er weiterging.

Zurück in ihrem Zimmer stieß sie einen ellenlangen Fluch aus. Sie wusste nicht, ob sie auf Peer oder auf sich selber wütend war. Es war schlichtweg dumm von ihr gewesen, zu glauben, sie könnte ihm erklären, warum sie diesen Mann einmal geliebt hatte.

Sie ging ins Badezimmer und stand anschließend länger vor ihrem Kleiderschrank.

Was sollte sie tragen? Auf keinen Fall das blaue Kleid. Es musste irgendetwas sein, in dem sie streng wirkte.

Schließlich wählte sie eine hochgeschlossene cremefarbene Bluse und einen weinroten Rock, zog sich an und machte sich auf den Weg nach unten.

Brandon saß lässig in seinen Stuhl gelehnt auf der Terrasse des Hotels. Als er sie erblickte, erhob er sich.

Sarah musste zweimal hinsehen, um sicherzugehen, dass er es war. Seine Wangen waren glatt rasiert, sein Haar straff aus der Stirn gekämmt, und der Anzug, den er trug, musste maßgeschneidert sein, so perfekt kleidete er ihn. Alles in allem ein vollendeter Gentleman, der auf jeder Abendgesellschaft bestehen konnte.

Mit boshafter Freude stellte sie sich vor, wie es wäre, ihn so ihren Verwandten und vor allem ihrer Mutter zu präsentieren. Sie wären wohl alle äußerst beeindruckt von seiner Erscheinung. Und Kapitän eines schmucken Schoners wie der Victory, das war schon etwas anderes als ein Gelegenheitsarbeiter am Hafen, nicht wahr. Aber den Gefallen würde sie ihnen nicht tun. Der Mann, dem ihr Herz gehörte, würde auf einer Gesellschaft keine so gute Figur machen, er war nicht gefällig genug, eher sperrig, aber dafür in jeder Hinsicht sich selbst treu.

An seinem Tisch angelangt, lächelte sie Brandon an, er ergriff ihre Hand und hob sie an die Lippen.

»Übertreib es nicht«, sagte Sarah trocken.

»Ich passe mich nur an.« Er blickte demonstrativ auf die Damen und Herren an den anderen Tischen.

»Und wen willst du damit beeindrucken?«

Er zog eine Augenbraue hoch und rückte ihr den Stuhl zurecht. »Warum wolltest du mich sprechen?«

Ein Kellner erschien mit einem Kaffee für Brandon. Sarah bestellte sich heiße Schokolade. Vielleicht würde das ihre Nerven beruhigen. Für dieses Gespräch brauchte sie einen klaren Kopf.

»Ich möchte, dass in Svenssons Papieren nichts von ›Anstiftung zur Meuterei‹ steht«, kam sie sofort zum Punkt.

Brandon lehnte sich zurück. »Warum?«

»Das weißt du ganz gut. Es verbaut ihm seine Zukunft. Er will auf die Navigationsschule, er will Steuermann werden.«

»Tja, aber leider steht der Vorfall im Logbuch der Victory, und damit ist er offiziell.«

»Dann ändere das Logbuch.«

»Das Logbuch fälschen? Das kann ich nicht.«

»Nicht?« Sarah beugte sich vor und fixierte ihn. »Ich würde sagen, es ist bereits gefälscht. Du segelst unter falscher Flagge. Und bestimmt wäre es interessant, zu lesen, was du als Todesursache für Nielsen und Mullins angegeben hast. Steht da: ›Auf der Flucht vor einer russischen Patrouille über Bord gegangen‹?«

Das Funkeln in seinen Augen verriet ihr, dass sie auf dem richtigen Weg war.

Peer war noch nicht wieder da, als sie nach dem Gespräch mit Brandon in ihr Zimmer zurückkehrte. Natürlich nicht, wer wusste, durch wie viele Kneipen die Männer zogen.

Sie ging ins Bad und schöpfte sich Wasser ins Gesicht. Wie zu erwarten, hatte sich Brandon als äußerst zäher Verhandlungspartner erwiesen. Sie hatten weit über die vereinbarte halbe Stunde zusammengesessen, und manche von Sarahs Schachzügen waren nicht eben ladylike gewesen. Aber sie hatte ihr Ziel erreicht, und das zählte.

Unruhig wanderte sie in ihrem Zimmer auf und ab. Ob sie Peer suchen sollte?

Und wenn sie ihn fand, was dann? Sollte sie ihn etwa wie eine keifende Ehefrau »nach Hause« holen? Nein, so tief würde sie nicht sinken. Wenn er die Gesellschaft seiner Kumpanen der ihren vorzog, dann lief sie ihm nicht nach.

Am besten, sie ging ein Stück spazieren. Vielleicht fand sie ein paar Mitbringsel für Anne und ihre Freunde.

38. KAPITEL

Es war bereits später Nachmittag, als Sarah ihren Schlüssel an der Rezeption holte. Der Empfangschef teilte ihr mit, dass Mr. Svensson vor etwa zwei Stunden eingetroffen sei.

»Er wirkte etwas desorientiert«, sagte er diplomatisch.

Sarah übersetzte das ›desorientiert‹ für sich mit ›betrunken‹ und dankte dem Mann.

Sie ging in ihr Zimmer, stellte die Einkäufe ab und klopfte dann an Peers Tür. Es dauerte einen Augenblick, bis er öffnete. »Sarah …« Er lächelte verlegen.

Offensichtlich hatte er geschlafen, seine Augen waren gerötet. Im Zimmer roch es nach Fusel und nach etwas anderem, das sie nicht sofort einordnen konnte.

Sie sah ihn scharf an. Sein Haar stand wirr vom Kopf ab, seine Unterlippe war geschwollen, und er hatte eine kleine Platzwunde oberhalb einer Augenbraue.

»Du siehst ein wenig mitgenommen aus«, sagte sie spitz.

Dann entdeckte sie die Lippenstift- und Make-up-Spuren auf seinem Hemd.

Und plötzlich wusste sie auch, welcher andere Geruch ihr aufgefallen war. Es roch, oder besser, er roch deutlich nach billigem Parfüm. Sie hatte etwas Ähnliches früher ab und zu an Arthur wahrgenommen, wenn er einen Ausflug ins Bordell gemacht hatte. Anscheinend benutzten alle Huren das gleiche Zeug.

Das konnte nicht wahr sein!

Aber schließlich hatte er ihr erzählt, wie die Seeleute ihren Landurlaub verbrachten. Vielleicht sah er gar keinen Grund, daran etwas zu ändern. Er war ein freier Mann.

Und sie war eine Dame, sie würde sich nicht die Blöße geben und ihn zur Rede stellen.

Doch dann dachte sie daran, wie er sie berührt hatte, wie sie sich geliebt hatten, und eine heiße Welle der Wut breitete sich von ihrem Magen her in ihr aus. Sie hob das Kinn und sog deutlich die Luft ein. »Interessantes Parfüm, das du da an dir hast. Gehörten ›Damen‹ mit zur Gesellschaft?«

Sie zeigte auf die Spuren an seinem Hemd.

Peer presste die Lippen zusammen und nickte. »Wir haben getrunken, und irgendwann waren die Frauen da. Wie das so ist ...«

Dame hin oder her, sie konnte ihre Empörung nicht länger verbergen. »Wie das so ist?!« Ihre Stimme klang schrill. Wut und Enttäuschung tobten in ihren Eingeweiden, schnitten ihr ins Herz.

»Es geht eben so zu in Hafenkneipen: Man trifft sich, man trinkt, und ...« Er zuckte die Schultern. »Seeleute halt.«

Sie erstickte fast an ihrem Zorn. »Du bist von mir zu einer Hure gegangen?« Es war ihr egal, dass sie keifte wie ein Fischweib in Frisco. Ihre Hände zitterten vor Verlangen, ihm das Gesicht zu zerkratzen, ihn zu zeichnen, so dass jede Frau wusste, er gehörte ihr.

Er beugte sich vor. »Ich war so wütend heute Morgen. Wie du mit ihm redest, und über ihn. Ihr seid so ... so verdammt vertraut miteinander.«

Sie wollte protestieren, doch er sprach schnell weiter. »Ich begehre dich so sehr, und ich liebe dich so. Diese letzten Tage ... ich habe so etwas noch nicht erlebt. Und heute Morgen hatte ich einfach das Gefühl, ich muss mit dem Kameraden losziehen, um zu beweisen, dass ich noch ein Mann bin.«

»Ich hatte bisher nicht den Eindruck, dass du Probleme mit deiner Männlichkeit hast.«

»Nein, das meinte ich nicht.«

Sie wusste nicht, ob sie lachen oder weinen sollte. »Ich glaube nicht, dass ich das verstehe.«

»Ich glaube auch nicht, dass ich es dir erklären kann.«

»Und du hast …?« Ihre Stimme versagte, sie schnappte nach Luft.

Er schüttelte den Kopf. Sein Gesicht glühte vor Verlegenheit, aber er sah ihr in die Augen. »Ich habe nicht!«, sagte er betont. »Ja, es waren Frauen da, aber …« Er atmete tief. »Du bist die einzige Frau, die ich will.«

Sarah hatte bereits zu einer Antwort angesetzt, da dämmerte ihr, was er eben gesagt hatte, und sie schloss den Mund wieder.

Er stand vor ihr, die Hände zu Fäusten geballt, das Gesicht hochrot; sie konnte sehen, welche Überwindung es ihn kostete, ihrem Blick nicht auszuweichen. Seine Stimme war bloß noch ein Flüstern. »Es gibt keine wie dich.«

Sie schloss die Augen, Tränen quollen unter ihren Lidern hervor, sie lehnte sich an ihn. Der süßliche Duft des Parfüms biss ihr in die Nase. »Lieber Himmel, wie das riecht.«

Er ließ sie los, zog das Hemd aus, warf es in eine Ecke, ging ins Bad und hielt den Kopf unter den Wasserhahn. Sarah betrachtete ihn, während er sich abtrocknete. Sein Körper war ihr inzwischen so vertraut. Sein breiter Rücken, die kräftigen Arme, seine langen Beine.

Sie kannte die Ausreden der Männer.

»Es hat nichts mit dir zu tun«, »Ich wollte es nicht«, »Es war stärker als ich«, »Ich war betrunken«, »Sie hat mich verführt«.

»Ich wollte, aber ich konnte nicht« war die originellste Version.

Wahrscheinlicher war allerdings, dass es die Wahrheit war. Kein Mann würde sein Versagen als Entschuldigung wählen.

Sie musste sich entscheiden. Entweder sie glaubte ihm, dann musste sie diese Angelegenheit auf sich beruhen lassen.

Oder sie glaubte ihm nicht. Dann musste sie überlegen, welche Konsequenzen sie ziehen würde.

Und irgendwie konnte sie seine Behauptung, er habe sich beweisen wollen, dass er ohne sie auskommen könne, nachvollziehen. Was sie die letzten Tage erlebt hatten, war in seiner Intensität beängstigend, auch für sie. Auch sie hatte des Öfteren das Gefühl gehabt, sich zu verlieren.

Peer drehte sich zu ihr um und beobachtete einen Augenblick lang schweigend, wie sie ihn musterte. »Was ich gesagt habe, ist die Wahrheit.«

Er strich sich das Haar aus dem Gesicht. Eine Verlegenheitsgeste, die ihr schon schmerzhaft vertraut war.

»Ich weiß nicht, was ich noch sagen soll. Ich könnte sagen, dass es mir leidtut.« Er lächelte ein wenig schief. »Aber ich weiß nicht, ob das etwas ändert.«

Sie entschloss sich, ihm zu glauben. »Es gehört zu den Dingen, die ich nicht verstehe. Lassen wir es dabei.«

Er atmete auf und streckte zögernd die Hand nach ihr aus. »Ich würde dich gerne umarmen.«

Sarah ergriff seine Hand, und er zog sie in die Arme. Als sie den Kopf hob, küsste er sie. Erst vorsichtig, als rechne er damit, abgewiesen zu werden, aber als sie seinen Kuss erwiderte, zog er sie noch enger an sich. Er fuhr mit den Händen ihren Rücken hinauf, in ihr Haar. Sein Atem beschleunigte sich.

Sarah spürte etwas Hartes an ihrer Hüfte. Sie ließ die Hand zwischen ihre Körper gleiten und vergewisserte sich, dass es das war, was sie glaubte.

»Welcher Art war noch mal dein Problem?«, fragte sie und unterdrückte ein Lachen.

Er antwortete nicht, sondern presste sie fest an sich und küsste sie erneut. Drängend, fordernd. Schließlich hob er den Kopf. »Bitte! Willst du?«, fragte er atemlos.

Sie wollte. Es war schon ein wenig beunruhigend, wie sehr sie ihn begehrte, zumal sie eigentlich allen Grund hatte, beleidigt zu schmollen. Stattdessen hatte sie das dringende Bedürfnis, über ihn herzufallen. Eine seltsame Mischung aus Zorn und Begehren erfüllte sie.

Ihm schien es ähnlich zu gehen, denn er half ihr ungeduldig aus den Kleidern und schob sie zum Bett. Fieberhaft glitten seine Hände über ihren Körper, und als er sie bereit fand, drang er ohne weitere Zärtlichkeiten in sie.

Er war eine Sturmgewalt, leidenschaftlicher, wilder als in ihrer ersten Nacht. Sein Atem ging keuchend, und er hielt sie so fest, dass sie sich kaum rühren konnte. Sarah stöhnte. Er knurrte etwas auf Schwedisch, es klang fast wie ein Fluch. Sie verstand nur Brandons Namen. Er ließ die Lippen ihren Hals hinunterwandern, und plötzlich spürte sie seine Zähne. Sie stieß einen empörten Protestlaut aus und wehrte sich gegen seinen Griff. Ohne Erfolg, er wog gut dreißig Kilo mehr als sie. Sie grub die Nägel in seinen Rücken. Wenn er Spuren bei ihr hinterließ, würde sie es bei ihm ebenfalls tun.

»Kratz du nur. Ich lasse dich nicht los.« Seine Stimme war rau. Er hob den Kopf, sein Gesicht war von Zorn und Leidenschaft verzerrt. »Vergiss ihn! Ich will, dass du mir gehörst! Nur mir, hörst du?«

Sie griff ihm ins Haar, zog seinen Kopf zu sich herunter und küsste ihn nicht minder heftig.

»Es gibt nur dich«, flüsterte sie an seinem Mund. Er stöhnte auf. Ihre Körper fanden sich in einem wilden Rhythmus, und es war ihr Name, den er rief.

Langsam beruhigte sich ihr Herzschlag wieder. Er lag noch bei ihr, auf die Ellbogen gestützt, den Kopf an ihrer Schulter, sein Atem ging heftig.

Sarah streichelte ihm übers Haar. »Du hast keinen Grund, auf …«, begann sie.

Er hob den Kopf und legte zwei Finger auf ihre Lippen. »Still! Du redest zu viel!«

Sie schloss den Mund wieder, und er nahm seine Finger fort und küsste sie. Dann löste er sich von ihr. Seine Augen funkelten böse. »Ich will nicht über Brandon reden. Schon gar nicht im Bett!«

Es war wohl klüger, wenn sie jetzt den Mund hielt. Statt mit ihm zu diskutieren, kuschelte sie sich an seine Brust. Er zögerte einen Moment, dann legte er den Arm um sie und hielt sie sehr fest. Nach einiger Zeit lockerte er seinen Griff, stemmte sich auf den Ellbogen und sah sie lange an.

Schließlich streckte er die Hand aus und strich ihr das Haar aus der Stirn. »Entschuldige bitte.« Er wirkte verlegen.

»Was soll ich entschuldigen?«

»Ich war nicht gerade sanft.«

»Peer, ich bin keine Jungfrau mehr, und ich bin auch nicht aus Zucker. Es muss nicht immer sanft sein.«

Er strich leicht über ihren Hals. »Das hier tut mir leid. Ich wollte dir nicht weh tun – oder vielleicht doch, ich weiß nicht … Ich wollte, dass man es sieht, dass er es sieht …«

Er suchte nach Worten.

»Ich verstehe«, sagte Sarah, und das tat sie wirklich. Ihr erging es ähnlich.

Sie berührte die Kratzer, die sie ihm zugefügt hatte. »Ich war auch nicht gerade zart. Bist du mir deswegen böse?«

Er schüttelte den Kopf. »Ich war verrückt vor Eifersucht«, sagte er leise. »Deshalb bin ich auch mit Alex gegangen. Ich wusste doch, wie das läuft. Und dann hatte ich diese Frau im Arm, und ich wusste, ich will sie nicht. Ich will nur dich.« Er drehte sich auf den Bauch und ließ den Kopf auf die Arme sinken. »Du brichst mir das Herz.«

Ihres schien gerade zu groß für ihre Brust zu werden. Sie legte die Arme um ihn, den Kopf neben seinen. »Peer, ich liebe dich. Ich will dich, nicht ihn.«

»Ich weiß. Ich war vorher noch nie eifersüchtig. Es liegt nicht an dir. Es ist dieser Mistkerl. Er hat mir meine Würde genommen, hat einen winselnden Feigling aus mir gemacht, der sich nass macht vor Angst und um sein Leben bettelt. Und das vor den Männern.« Seine Stimme klang bitter. »Und vor dir«, fügte er leiser hinzu.

Sie strich ihm über den Rücken. Die Blutergüsse waren verschwunden, die Narben würden bleiben. »Ich habe eine Menge Feiglinge gesehen an jenem Tag: Brandon und Andersen, die Männer aus dem Logis. Du gehörtest nicht dazu.«

»Gott segne dich.« Er umarmte sie, barg ihren Kopf an seiner Schulter.

»Und was Eifersucht angeht: Glaubst du wirklich, es macht mir nichts aus, dass du nach mir zu einer anderen gehst? Verdammt, ich war so wütend vorhin, ich hätte dich am liebsten erwürgt.«

»Stattdessen hast du mich gekratzt ...«, stellte er fest.

»Und du hast mich gebissen«, gab sie zurück.

Plötzlich begann sie haltlos zu kichern. Peer sah sie verblüfft an, aber Sarah konnte nicht aufhören. Sie hielt sich die Seiten vor Lachen. »Du lieber Himmel«, japste sie. »Wenn uns einer reden hört.«

Sie setzte sich auf und wischte sich die Tränen aus den Augen. Er betrachtete sie, versonnen lächelnd.

»Ich weiß nicht, wie es dir geht, aber mein Bedarf an Dramatik ist für heute gedeckt«, erklärte sie. »Ich würde gerne irgendetwas ›Normales‹ tun.«

Er erhob sich. »Was würdest du in deinem ›normalen‹ Leben um diese Uhrzeit tun?«

Sarah dachte nach. »Wahrscheinlich singen oder proben. Wenn ich freihätte, vielleicht ausreiten. Passt alles nicht.«

Sie machte eine Pause. »Du bist dran: Was würdest du tun? Bordellbesuche mal ausgenommen.« Sie zwinkerte ihm zu.

»Bordellbesuche mal ausgenommen«, antwortete er gedehnt, »würde ich jetzt in irgendeine Kneipe gehen, vielleicht etwas essen und etwas trinken.«

Sie nickte. »Einverstanden. Ich bin auch ziemlich hungrig.«

Jetzt grinste er. »Na, dann komm.«

Gegen zehn Uhr abends kehrten sie ins Hotel zurück. Sarah kuschelte sich im Bett an Peers Seite und war kurz danach eingeschlafen.

Er lag wach und dachte über den Tag nach. Irgendwie war sein Leben sehr kompliziert geworden.

Am Morgen, nach Brandons Anruf, war er in sein Zimmer gestürmt, kochend vor Wut. Die Selbstverständlichkeit, die Vertraulichkeit und die Freundlichkeit, mit der sie Brandon begegnete, brachten ihn zur Weißglut.

Er hatte sich eine Zigarette angezündet und gegen den Impuls gekämpft, zurückzugehen, ihr die Kleider vom Leib zu reißen und Brandon aus ihren Gedanken zu vögeln.

John Brandon! ›Intelligent‹, ›zielstrebig‹, ›außergewöhnlich‹, mit einer – wie hatte sie gesagt? –›unglaublichen Ausstrahlung‹. »Gebildet« hatte sie wohl vergessen zu erwähnen.

Er stieß einen Fluch aus. Was hatte er dem schon entgegenzusetzen? Weder war er gebildet noch außergewöhnlich. Er war einfacher Matrose. Was war das schon?

Was er zu geben hatte, waren sein Herz, sein Körper und, wenn sie das wollte, auch seine Seele. Es würde nicht reichen.

Nicht für eine Frau wie sie, klug, kultiviert und reich, sehr reich. Auf der Victory war sie einfach nur eine schöne Frau gewesen. Er hatte sich keine Gedanken darüber gemacht, wer sie war, wo sie herkam, wie sie lebte.

Natürlich war ihm klar gewesen, dass sie aus einer anderen gesellschaftlichen Schicht kam als er, aber es hatte keine Rolle gespielt. Sie war eine Frau, er war ein Mann. So einfach war das. Er hatte sie begehrt, seit er sie das erste Mal gesehen hatte. Sie hatte sein Herz berührt, als sie sich darangemacht hatte, sich in einer für sie völlig fremden Welt zurechtzufinden, und als sie vor Heimweh geweint hatte, war ihm klargeworden, dass er sie liebte. Niemals hatte er damit gerechnet, dass sie seine Gefühle erwidern könnte.

Und dann diese Nacht im Vorratsraum nach der Jagd.

Seit Tagen drehte sich seine ganze verdammte Welt nur noch um sie. Noch nie hatte er Derartiges empfunden, noch niemals eine solche Sehnsucht nach einer Frau gehabt. Wie oft hatte er sie geliebt in den letzten drei Tagen? Siebenmal, achtmal? Und sein Verlangen nach ihr ließ nicht nach.

Und sie? Sie traf sich mit Brandon.

Machte er sich für eine Frau zum Narren?

Er brauchte dringend Abstand, um wieder zu seinem normalen Leben zurückzufinden. Er gehörte nicht hierher. Nicht in diese Nobelherberge, nicht zu diesen Menschen, die die Lobby bevölkerten und ihn anstarrten.

Mit den Kameraden trinken zu gehen war ein guter Anfang, um in die Welt, in die er gehörte, zurückzukehren.

Als er das Hotel verließ, war ihm klar, dass er davonlief, wenn er auch nicht so genau wusste, wovor.

Er traf Alex an der Anlegestelle der Victory. »Nanu?«, sagte der. »Was machst du hier?«

»Ich brauche ein bisschen Abwechslung.«

Alex runzelte die Stirn. »Das ging aber schnell.«

Peer warf ihm einen warnenden Blick zu, aber sein Freund zeigte sich nicht beeindruckt.

»Was ist passiert? Erzähl mir nicht, dass die Lady dich langweilt.«

»Natürlich nicht. Herrje, ich will einfach nur die Kumpel treffen und was trinken.«

Alex' Miene drückte Skepsis aus. »Warum habe ich das Gefühl, dass du da gerade eine ziemliche Dummheit machst?«

Peer schüttelte stumm den Kopf. Er mochte Alex sehr, aber dies ging ihn nichts an.

Zusammen gingen sie den Kai entlang. Unterwegs stießen Gus und Reilly dazu. Sie kehrten in die erste Kneipe ein. Dort trafen sie auf Brady, Hughes und Klausen und tranken mit ihnen.

Schließlich war es Zeit, sich auf den Weg zum Green Sheep zu machen, um sich mit den Männern von der Cisco zu treffen.

Ihr Weg führte sie an der Aussichtsterrasse des Grand Hotel vorbei. Brady verlangsamte seinen Schritt. »Seht mal, wer da ist«, sagte er und deutete auf einen der Tische.

Peer biss die Zähne zusammen. Sarah und Brandon. Es war fast drei Stunden her, dass er das Hotel verlassen hatte. Wieso saß sie immer noch mit ihm zusammen? Und wie sie ihn ansah, völlig gebannt.

Reilly feixte. »Wie die Turteltäubchen. Wusst' ich's doch, dass er sie vögelt.«

Peer ballte die Fäuste. Zu gerne hätte er Reilly das vorlaute Maul gestopft.

Alex drängte sich zwischen ihn und den Iren. »Ich glaube nicht, dass sie was mit ihm hat. Wahrscheinlich haben sie noch was Geschäftliches zu klären.«

»Ha«, rief Brady, »die Geschäfte kann ich mir vorstellen.«

Peer starrte düster vor sich hin. Was zum Teufel hatte sie so lange mit ihm zu reden? Hatte Reilly am Ende recht? Wenn er es genau überlegte, was wusste er denn von ihr? Sie hatte ein Verhältnis mit Brandon gehabt und dann doch den reichen Mann geheiratet, den ihre Eltern ihr ausgesucht hatten. Warum eigentlich? Weil er reich war? Weil er ihrer Gesellschaftsschicht angehörte?

Und was war auf der Victory zwischen Brandon und ihr passiert?

Diese Vertrautheit kam ja nicht einfach so.

Schließlich hatte sie selbst erzählt, dass sie ein eher unkonventionelles Leben führte. Dass sie nicht wieder geheiratet hatte, hieß nicht, dass es keine Männer in ihrem Leben gab. Vielleicht war er bloß der Zeitvertreib für eine gelangweilte reiche Lady?

In einem klaren Winkel seines Verstandes wusste er, dass sie ihn liebte. Die Eifersucht hatte ihn jedoch fest im Griff. Er war sich dessen bewusst, aber er konnte es nicht ändern.

Dann saßen sie im Green Sheep. Peer redete mit Victor und Axel, beides Schweden, mit denen er Kap Hoorn umsegelt hatte. Sie redeten, sie tranken. Sie erzählten sich von alten Zeiten, von ihren Reisen, und sie tranken.

Später gesellten sich noch ein paar Matrosen von anderen Schiffen dazu. Sie tranken. Jeder gab eine Runde aus. Er war bereits ziemlich betrunken, aber er fühlte sich wohl. Es waren einfache Gespräche, die sie führten, Männergespräche. Genau das, was er gewollt hatte, was er brauchte. Nachdem sie bereits einige Zeit gesessen und getrunken hatten, näherte sich ihm eine der Prostituierten. Die Frau war blond und üppig, in jeder Beziehung das Gegenteil von Sarah.

»Du bist aber mal ein hübscher Kerl!« Sie setzte sich auf seinen Schoß. »Wie wäre es denn mit uns?«

Im Grunde hatte er das nicht gewollt, als er mit den Männern losgezogen war. Er wollte sie nicht betrügen. Andererseits, was war Betrug? Er war schließlich nicht mit ihr verheiratet. Und er war viel zu sehr auf sie fixiert. Viel mehr als sie auf ihn, offensichtlich. Vielleicht würde ihm ein Abenteuer guttun.

Die Frau auf seinem Schoß strich ihm über die Brust. »Ich heiße Fleur«, sagte sie mit einer künstlich tiefen Stimme, die erotisch wirken sollte. Sie duftete allerdings nicht gerade wie eine Blume. Es war der säuerliche Geruch eines ungewaschenen Körpers, der von ihr ausging. Aber was machte das schon. Er war es gewöhnt, im Logis roch es schließlich auch nicht anders.

Er lächelte sie an und nickte.

Sie stand auf und ging voraus in einen kleinen Nebenraum. Dort drehte sie sich um und öffnete ihr Mieder.

Er trat an sie heran und strich über ihre Arme, streichelte ihre Brüste.

»Oh ja, das ist gut!«, stöhnte sie, klang aber eher gelangweilt. Sie öffnete seine Hose. »Du bist aber gut gebaut.«

Sie schob ungeduldig seine streichelnden Hände fort, griff nach ihm und bearbeitete ihn routiniert. Ihm war klar, sie tat das, damit der eigentliche Akt schneller vorbei wäre. Je schneller sie mit ihm fertig war, desto eher konnte sie den nächsten Kunden bedienen, und es gab noch viele Seeleute im Green Sheep.

Plötzlich stieß ihre Berührung ihn ab. Unwillkürlich musste er an Sarah denken, daran, wie sie auf seine Zärtlichkeiten reagierte, an ihren Duft. Ihre Unschuld in manchen Dingen, die so gar nicht zu ihrer Lebenserfahrung passte und die für ihn unwiderstehlich war. Was, um Himmels willen, tat er hier? Schlagartig wich jegliche Erregung aus seinem Körper.

Die Frau hob den Kopf. »Was ist denn jetzt los?«

Peer ließ sie los. Er konnte nicht, er wollte auch nicht mehr. Es half nichts, es gab nur eine Frau, die ihn reizte. »Tut mir leid. Aber es geht nicht.«

»Ach, Schätzchen«, gurrte sie, »so was kann auch großen, starken Männern schon mal passieren. Lass mich einfach weitermachen.«

Sie griff wieder nach ihm, aber Peer schob sie entschlossen weg, trat einen Schritt zurück und schloss seine Hose.

Die Frau fing an zu zetern. »Was bist du denn für ein Schlappschwanz? Und was ist mit meiner Bezahlung? Du kannst dich jetzt nicht einfach aus dem Staub machen!«

Er zuckte ungeduldig mit den Schultern, aber dann steckte er ihr ein paar Münzen zu, sonst würde er mit ihrem Zuhälter Ärger bekommen, und das war es ihm nicht wert.

Er wollte nur noch weg.

Auf dem Weg zur Tür verstellte ihm ein Mann den Weg. Er war zwar kleiner als Peer, aber gebaut wie ein Preisboxer. »Moment, du Penner, so geht das nicht. Erst wird bezahlt.«

»Ich habe sie bezahlt.«

»Nicht genug«, erklärte der Mann und ballte die Fäuste.

Peer versuchte, ihn zur Seite zu schieben, doch der andere holte zum Schlag aus. Peers Fäuste fuhren hoch, er blockte den Hieb ab und schlug zu. Ein zweiter Mann kam dem ersten zu Hilfe, und Peer steckte ein paar Schläge ein. Er fühlte keinen Schmerz, in ihm war nur Zorn.

Alex und Brady sprangen auf und eilten hinzu. Innerhalb von Sekunden kam es zu einer Schlägerei, bei der keiner mehr wusste, gegen wen er eigentlich kämpfte.

Peer fand sich irgendwann auf der Straße wieder. Seine Lippe war geschwollen und blutete ein wenig, seine Fäuste waren aufgeschürft, aber er fühlte sich besser.

An der frischen Luft merkte er, wie betrunken er war. Er

ging durch die Straßen und atmete tief durch, um den Kopf klarzubekommen.

Ob Sarah wohl schon im Hotel war? Er schämte sich ein wenig bei dem Gedanken an sie.

Andererseits war er ihr zu nichts verpflichtet. Was war schon passiert? Seeleute trafen sich, tranken und hatten Weiber. Das war eben so. Außerdem trug sie einen guten Teil Mitschuld. Warum musste sie auch so freundlich zu Brandon sein?

Er war immer noch wütend. Aber gleichzeitig sehnte er sich nach ihr. Er wollte sie in seinen Armen halten, wollte ihre Seufzer hören, ihre Stimme, wenn sie seinen Namen flüsterte.

Er strich sich über das Gesicht. Es war wohl das Beste, er ging auf dem schnellsten Weg ins Hotel zurück und versuchte, ein paar Stunden zu schlafen. Vielleicht würde er dann nüchterner sein.

Er hatte seinen Schlüssel an der Rezeption geholt, die konsternierten Blicke des Personals und der anderen Gäste ignoriert, und war auf sein Zimmer gegangen, um zu schlafen.

Irgendwann hatte sie vor seiner Tür gestanden und sofort gemerkt, was passiert war.

Herrgott noch mal, sie war anstrengend.

Und nun lag sie in seinen Armen, ihre dunklen Locken kitzelten ihn auf der Brust. Er schloss die Augen und atmete ihren Duft ein.

Was für eine Frau.

Mit diesem Gedanken schlief er ein.

Er wusste nicht, was ihn geweckt hatte. Sarah lag an seiner Seite, ihr Gesicht war tränennass. Wortlos legte er den Arm um sie. Sie schmiegte sich an seine Brust. Er drückte ihr die

Lippen aufs Haar und streichelte ihren Rücken. Er kannte diese Tränen, kannte sie nur zu gut.

Sie waren der Grund, warum er die Liebe gemieden hatte, selbst wenn er länger an einem Ort gewesen war. Es endete. Immer. Und selbst wenn er zurückkehrte, jahrelange Trennung veränderte die Menschen. Man konnte nicht einfach dort weitermachen, wo man aufgehört hatte. Also war er irgendwann dazu übergegangen, sich nicht mehr auf Beziehungen einzulassen. Lieber eine ehrliche Hure, das war unkomplizierter und weniger schmerzhaft.

Und nun war alles anders.

Sarah schluckte ein paarmal, dann hob sie den Kopf. »Ich wollte dir eigentlich nichts vorheulen.«

Peer strich ihr über die Wange. Ihm war selbst zum Heulen zumute. »Du musst dich nicht schämen.«

»Das hast du mir schon einmal gesagt.« Sie legte den Kopf wieder an seine Schulter. »Ich liebe dich so sehr!« Sie strich über seine Arme, seine Brust. »Und ich bekomme nicht genug von dir«, fügte sie leise hinzu. »Es war nie so! Und das macht mir Angst.«

Er küsste ihre Tränen fort. Sie schmeckten salzig, wie die See. »Hab keine Angst, meine Sarah. Ich liebe dich.«

Sie nickte stumm.

Sein Blick fiel auf das blutunterlaufene Mal an ihrem Hals. Er schuldete ihr noch eine Wiedergutmachung. Keinesfalls wollte er, dass ihre Erinnerung an ihr letztes Beisammensein darin bestand, dass er außer sich vor Eifersucht über sie hergefallen war.

Sanft legte er sie zurück. Er glitt mit den Lippen über ihre Haut. Sie war glatt wie Seide. Er streichelte ihre Brüste, hörte sie leise stöhnen, als er mit dem Daumen über die Spitzen strich. Sie drängte sich gegen ihn, griff nach ihm, aber er schob ihre Hände weg.

»Noch nicht«, flüsterte er. Er wollte jeden Zentimeter ihrer Haut spüren, schmecken.

Langsam wanderte er tiefer, küsste die samtige Haut an der Innenseite ihrer Schenkel. Ihr Stöhnen wurde zum Keuchen. Vorsichtig tastete er, suchte mit den Fingern die Perle, wie Francesca sie genannt hatte. Sarah zitterte, ihr Atem ging stoßweise. Sie war mehr als bereit, und es dauerte nicht lange, bis sie erschauerte und sich, einen leisen Schrei ausstoßend, aufbäumte.

Er schob sich hoch und glitt in sie. Ihre Muskeln umschlossen ihn, er konnte den Nachhall ihres Höhepunktes spüren. Jetzt, in diesem Moment, gehörte sie ihm ganz und gar. »Sieh mich an.«

Sie öffnete die Augen. Ihre Pupillen waren so groß, dass die Iris fast nicht mehr zu sehen war.

Dieses Mal war er äußerst behutsam. Er sah ihr in die Augen, während er sich langsam bewegte.

Irgendwann waren sie sich der Grenzen ihrer Körper nicht mehr bewusst, und immer noch sahen sie sich an, bis auch ihre Seelen miteinander zu verschmelzen schienen.

Sie erwachte um kurz vor sieben Uhr. Leise, um ihn nicht zu wecken, stand sie auf und ging ins Bad.

Als sie wiederkam, war er ebenfalls wach. »Wann genau legt dein Schiff ab?«

»Um drei.« Sie setzte sich zu ihm aufs Bett. »Wenn du möchtest, kannst du hier im Hotel bleiben, bis die Victory ausläuft.«

Peer schüttelte den Kopf. »Nein, Liebste. Nicht ohne dich. Ich bin hier falsch.«

Sie biss sich auf die Lippe und verbot sich die Frage, wo er dann schlafen würde. Allerdings verstand er sich inzwischen ganz gut darauf, in ihrem Gesicht zu lesen.

»Ich werde auf der Victory übernachten«, erklärte er, verhalten lächelnd.

Dankbar sah sie ihn an. »Ach, Peer, ich wollte nicht fragen.«

»Ich weiß.« Er setzte sich auf. »Aber ich möchte dich etwas fragen.«

Sie ahnte, was kommen würde, und nickte langsam.

»Warum hast du ihn gestern getroffen? Findest du nicht, ich habe ein Recht darauf, es zu wissen?«

»Natürlich. Ich wollte es dir gestern schon erzählen.« Sie atmete tief durch. »Ich war wegen dir dort. Du hast mir erzählt, dass dich niemand als Steuermann anheuern würde, wenn die Anstiftung zur Meuterei in deinen Papieren steht.« Ein wenig unsicher hielt sie inne. Wie würde er ihre Einmischung in seine persönlichen Angelegenheiten aufnehmen?

Er schwieg, blickte sie fragend an.

»Es wird nicht drinstehen.«

Seine Augen wurden groß. »Wie – wie hast du das erreicht?«

»Es gibt sehr wenig, was Brandon nicht für Geld täte.«

»Du hast ihn bestochen?«

»Bestochen und erpresst, ja.«

»Erpresst?« Ein ungläubiges Lächeln breitete sich auf seinem Gesicht aus. »Du?«

»Ich bin manchmal weniger Dame, als du denkst«, sagte sie. »Ich habe ihm gedroht, wenn diese Geschichte in deinen Papieren steht, werde ich ihn anzeigen. Wegen Freiheitsberaubung, wegen schwerer Körperverletzung, wegen Misshandlung von Abhängigen. Vom Wildern und Segeln unter falscher Flagge ganz zu schweigen. Ich kann mir die besseren Anwälte leisten, er hätte keine Chance, da rauszukommen. Das hat ihn überzeugt.«

»Ich fasse es nicht.«

Zögernd setzte sie sich wieder neben ihn. »Bist du mir böse?«

»Böse? Nein, warum?«

»Weil ich mich in deine Angelegenheiten eingemischt habe.«

Er grinste. »Das wäre nicht das erste Mal. Du hast dich sogar eingemischt, als ich dir ausdrücklich gesagt habe, dass du dich von mir fernhalten sollst. Und du hast mir damit das Leben gerettet. Ich zahle dir das Geld zurück.«

Sie schüttelte den Kopf. »Nein. Du schuldest mir nichts.«

»Aber das kann ich nicht annehmen.«

»Doch! Betrachte es als Wiedergutmachung.« Sie hatte es ihm schon lange sagen wollen und es ständig verschoben.

»Wiedergutmachung?«

Sie schloss kurz die Augen und atmete tief durch. Schließlich richtete sie sich auf und sah ihn an. »Es gab keinen Verräter im Logis. Ich war es …«

Es war schwerer, als sie erwartet hatte.

Sie gab sich einen Ruck. »Ich habe Brandon von den Gerüchten erzählt. Es war keine Absicht. Er hat mich ausgehorcht, und ich war so dumm und habe es nicht bemerkt. Was dir passiert ist, war meine Schuld.«

Er blickte auf seine Hände und schwieg.

Sarah schluckte. Warum sagte er nichts? Was, wenn er ihr diese Dummheit wirklich übelnahm?

Schließlich beugte er sich vor und nahm ihr Gesicht in beide Hände. »Nein, es war nicht deine Schuld. Brandon hätte auch ohne dich die richtigen Schlüsse gezogen. So ging es vielleicht nur ein wenig schneller. Und ich muss sagen, ich bin sehr froh, dass es keiner von den Männern war. Es gab keinen an Bord, dem ich so etwas zugetraut hätte, mal abgesehen von Andersen.«

Sie saßen eine Weile schweigend nebeneinander. Sarah dachte daran, wie er sie in der vergangenen Nacht geliebt hatte. Noch niemals war sie jemanden so nahe gewesen. Sie war sich inzwischen fast sicher, dass es keine andere Frau in seinem Leben gab.

Fast.

»Peer, ich wollte dich das nie fragen, aber ich glaube, ich muss es wissen.«

»Frag mich.«

Sie nahm all ihren Mut zusammen. »Hast du in Schweden Familie? Ich meine, außer Eltern und Geschwister?«

Sie hatte ihn nicht angesehen, als sie die Frage stellte, doch nun sah sie ihm in die Augen.

»Du meinst Frau und Kinder?«

Direkt wie immer. Das Blut schoss ihr ins Gesicht. Sie brachte keinen Ton heraus, also nickte sie nur.

»Nein, ich bin nicht verheiratet. Ich will dir nichts vormachen, ich habe nicht wie ein Mönch gelebt. Es gab Frauen, und in manche war ich sehr verliebt. Aber mit dir ist es anders. Du bist anders. Du hältst mein Herz.«

Er nahm ihre Hand und legte sie auf seine Brust, dort, wo sein Herz schlug.

Sarah rang mit sich. Sie wollte es ihm nicht sagen, ein wenig fürchtete sie seine Reaktion, aber besser, er erfuhr es von ihr als von Brandon.

»Es gibt da noch etwas, das du wissen musst.« Sie schluckte. »Brandon ist der Vater meiner Tochter.«

Er erbleichte. »Das ist es also. Warum hast du es mir nicht früher gesagt?«

Ihre Hand lag immer noch auf seiner Brust, und auch wenn sein Herz heftig schlug, nahm er seine Hand nicht fort.

»Ich wollte es dir sagen, aber ich wusste nicht, wie.«

»Ich habe mich schon gewundert, wieso eine Frau wie

du einen Mann heiratet, den sie nicht liebt«, sagte er langsam. »Du warst schwanger, und Brandon hat dich sitzenlassen?«

Sie schüttelte den Kopf. »Er wusste es nicht.«

Peer hob erstaunt die Brauen. »Du hast es ihm nicht gesagt?«

»Ich hatte keine Gelegenheit dazu.«

»Er hat sich *vorher* aus dem Staub gemacht?«

Sie sah in sein Gesicht. Wenn sie aus den Vorfällen gestern etwas gelernt hatte, dann, dass sie jetzt besser den Mund hielt, selbst wenn sie Joe damit unrecht tat. Vielleicht konnte sie Peer die Geschichte irgendwann einmal erzählen. Wenn sie beide genug Abstand zu den Vorfällen auf der Victory hatten. So zuckte sie nur die Schultern. »Es ist nicht mehr wichtig. Inzwischen weiß er es, und er möchte sie sehen. Auch deshalb habe ich ihn gestern getroffen. Ich will verhindern, dass er unangemeldet auftaucht. Anne weiß nichts von ihm.«

Sie fuhr sich mit der Hand über die Stirn.

»Ich werde mit ihr reden müssen«, sagte sie dann.

Schließlich war es so weit. Sie musste gehen. Ihr Gepäck war bereits zum Schiff gebracht worden.

Peer begleitete sie, er hatte ihr den Arm um die Schultern gelegt.

An der Anlegestelle der Mongolia blieben sie stehen. Ihre Kehle wurde eng. In ein paar Stunden würde sie auf dem offenen Meer sein, und es würde Wochen dauern, bis sie ihn wiedersah.

Peer ließ sie los und räusperte sich. »Ich möchte dir etwas geben.« Er zog etwas aus der Hosentasche, nahm ihre Hand, legte etwas hinein und schloss ihre Finger darüber.

Sarah öffnete sie wieder, und es verschlug ihr den Atem.

Auf ihrer Handfläche lag ein Ring. Ein Goldreif mit einem eingelegten, verschlungenen Knotenmuster in Silber oder Weißgold und einem blauen Stein. Ein wundervolles Schmuckstück.

»Du musst ihn nicht tragen«, sagte er. »Ich wollte einfach, dass du etwas von mir hast …« Seine Stimme wurde leiser und verklang.

»Peer, er ist wunderschön, und natürlich trage ich ihn.« Sie sah ihn an. »Aber bist du sicher, dass du ihn weggeben willst? Er sieht aus wie ein Familienerbstück, und er ist bestimmt sehr wertvoll.«

Er nickte. »Ich habe ihn von meiner Großmutter. Und ich bin sicher, dass sie damit einverstanden ist, wenn du ihn trägst.«

Er nahm den Ring und streifte ihn ihr über. Für den Ringfinger war er zu groß, aber am Mittelfinger passte er. Der blaue Stein fing das Licht der Sonne ein.

»Er hat die Farbe deiner Augen.«

Sarah schluckte schwer. Sie wollte nicht weinen, aber sie konnte nicht verhindern, dass sie zu zittern begann. Es konnte so viel passieren auf der Fahrt nach Victoria. Sie fragte sich, wie die Frauen der Seeleute diese Angst aushielten. »Pass auf dich auf!« Ihre Stimme bebte.

Er strich ihr über die Wange. »Es wird alles gut, Sarah.«

Sie zog seinen Kopf zu sich und küsste ihn. »Ich liebe dich!« Mit den Fingern strich sie über den schwarzweißen Stern an seinem Handgelenk. Nautical Star. »Möge er dich sicher nach Victoria bringen.«

Peer legte seine Hand über ihre. »Wenn du abends gegen zehn Uhr an Deck gehst, geh nach Steuerbord, dann siehst du ihn. Er steht im Sternbild Kleiner Bär, nicht allzu hoch über dem Horizont. Ich werde ihn auch sehen und an dich denken.«

»Ich werde jeden Abend an Deck sein und nach ihm suchen«, versprach sie.

Er drückte sie nochmals an sich. »In acht Wochen bin ich bei dir.«

Dann brachte er sie zur Gangway. »Bis bald …«

Sarah drehte sich an Bord noch einmal um und winkte ihm.

Er winkte zurück, schulterte seinen Seesack und machte sich auf den Weg zur Victory.

EPILOG

Was meinst du damit, du kommst diesen Sommer nicht mit zum Lake Tahoe?« Elizabeth stellte ihre Kaffeetasse ab und richtete sich kerzengerade auf.

»Ich habe es doch gerade eben gesagt«, erklärte Sarah geduldig. »Ich erwarte Besuch.«

»Von diesem Matrosen, mit dem du dich angefreundet hast.« Elizabeth schaffte es, »angefreundet« derartig anzüglich auszusprechen, dass es schon skandalös war, und sie betonte »Matrose« so verächtlich, dass Sarah die Zähne zusammenbeißen musste, um nicht loszuschreien.

»Genau. Mr. Svensson. Und eigentlich ist er Steuermann.« Wenn auch nur für diese Fahrt. Aber er würde das Patent mit Leichtigkeit bekommen. »Hast du mir nicht die ganze Zeit erzählt, ich bräuchte wieder einen Mann?«

»Du willst ihn heiraten?« Die Stimme ihrer Mutter stieg in ungeahnte Höhen, bevor sie mit einem schrillen Diskant brach.

»Heiraten? Nein – ich glaube nicht …« Darüber hatte sie bisher nicht nachgedacht. Wie sollte, wie konnte ihre Liebe bestehen? Sie konnte sich nicht vorstellen, dass er in San Francisco blieb und von ihrem Geld lebte. Aber dass sie in einem schwedischen Fischerdorf Netze flickte, war ebenso undenkbar.

»Du meinst … du willst … in freier Liebe …«, stotterte Elizabeth und wurde glühend rot.

Sarah ließ die Kaffeetasse sinken und starrte ihre Mutter an.

In freier Liebe. Das war es.

Warum war sie nicht früher darauf gekommen? Was hatte er ihr über die Albatrosse erzählt? Sie banden sich fürs Leben, aber sie lebten nicht zusammen. Die meiste Zeit flogen sie allein. Aber alle zwei Jahre trafen sie sich, immer am gleichen Ort, zur gleichen Zeit.

Er würde die Seefahrt nicht aufgeben, genauso wenig wie sie die Musik, doch sie würden sich treffen, immer wieder.

GLOSSAR

abmustern	das Arbeitsverhältnis an Bord beenden
Achtergäste	Bezeichnung für Kapitän, Offiziere und Steuerleute, weil sie ihre Kabinen »achtern« haben.
achterlich	von hinten kommend
achtern	hinterer Teil des Schiffes
der Alte	der Kapitän
aufentern	klettern ins Takelwerk
auftuchen	ein Segel zusammenlegen
Ausguck	Beobachtungsposten, Wachmatrose
Außenklüver	eines der Vorsegel am Bugspriet
Back	1. Vorschiffsaufbauten, 2. Klapptisch, Esstisch
Bugspriet	ein über den Bug hinausragendes Rundholz
Dinghi/Dingi	kleines Beiboot
Dockschwalbe	Prostituierte
Fall	Tau oder Draht zum Hissen der Rahen oder Segel
Fancywork	Zierknoten und Zierarbeiten aus Tauwerk, Freizeitbeschäftigung der Seeleute
fieren/abfieren	senken
Freiwache	Freizeit zwischen den Wachen
Großbaum	Spiere, an der die Unterliek des Großsegels befestigt ist
Großmast	bei Schonern der hintere Mast

Halse	Wendemanöver, bei dem das Schiff mit dem Heck durch den Wind geht
Heuer	Lohn des Seemanns
Heuerbaas	Arbeitsvermittler in der Seefahrt
Knoten	Fahrgeschwindigkeit des Schiffes
Koje	Bett
Kombüse	Schiffsküche
Krängen	seitliche Neigung des Schiffes
längsseits	parallel zur Kielrichtung des Schiffes
Landratten	Nichtseeleute
Laschen	das Festzurren beweglicher Gegenstände
Lee	vom Wind abgekehrte Seite
Logis	Mannschaftswohnraum, meistens vor dem Mast, im Bug des Schiffes
Luv	dem Wind zugekehrte Seite
Messe	Speiseraum der Seeleute an Bord
Niedergang	steile, schmale Treppe in die unter Deck gelegenen Räume in Schiffen
Ölzeug	wasserdichte Oberbekleidung für Seeleute
Patenthalse	unbeabsichtigte Halse, auf die weder Schiff noch Mannschaft vorbereitet sind
Passat	gleichmäßiger tropischer Wind, wechselnd zwischen Nordost und Südost
Pier	Anleger, Hafendamm, Landungsbrücke
Plattingschuhe	selbstgemachte Schuhe aus Tau und Segeltuch
Poop	ein auf dem hinteren Teil des Oberdecks errichteter Aufbau
Rollen	Schlingern, Schaukeln, Drehbewegung (Rollen) eines Schiffes um die Längsachse

Ruder	1. Steuerrad; 2. das Steuerruder am hinteren Ende des Rumpfes
Rudergast/Rudergänger	der Seemann, der die Wache am Ruder geht; er steuert das Schiff
Saling	eine Verstrebung am Mast, die die Wanten nach außen hält
Schoner	zwei- oder mehrmastiges Segelschiff, bei dem der größte Mast hinten steht
Schot	Tau, mit dem man das Segel so stellt, wie es die Richtung des Windes erfordert
Seefahrtbuch	Fahrtennachweis und Pass des Seemannes
Smut oder Smutje	Schiffskoch
Steuerbord	rechte Schiffsseite, von achtern gesehen
Steuermann	ein leitendes Mitglied, das für die Navigation des Schiffes Verantwortung trägt; bei kleiner Besatzung auch der Stellvertreter des Kapitäns
Steward	Bedienungskraft
Strecktau	auf einem Schiff ein gespanntes Tau, an dem sich die Seeleute an Deck festhalten können
Taifun	tropischer Wirbelsturm in Südostasien; orkanartiger Wind
Takelage	Takelwerk, für die Gesamtheit aus Masten, Rahen, Bäume, Stengen, Segel und Tauwerk eines Schiffes
Talje	aus Rollen (Blöcken) und Tauen bestehendes Hebezeug
Tampen	Stück oder Ende eines Taus
Toppsgast	erfahrener Matrose, dessen Arbeitsplatz in der Takelage ist

Überholen	1. ausbessern, nachsehen; 2. starkes Neigen des Schiffes
Vorsegel	die Stagsegel, die vor dem Mast bzw. vor dem Fockmast gefahren werden
Wache	Arbeitsschicht des Seemannes
Wanten	Taue zur seitlichen Abstützung der Masten
Wuhling	völliges Durcheinander

HISTORISCHER HINTERGRUND

Das Fell der nördlichen Seebären galt schon immer als besonders wertvoll, doch die Jagd im großen Stil etablierte sich erst, als im späten 18. Jahrhundert die großen Seebärenkolonien im Nordpazifik entdeckt wurden. Während sich die Robben im Winter zerstreuten, konnten die Jäger im Sommer einfach an den Inseln anlegen und problemlos Tausende von Robben abschlachten. Die Pelzrobbenbestände auf den Pribiloffinseln und anderen Rookeries sanken rapide. 1873 wurden die Inseln unter Schutz gestellt und das Jagen dort verboten.

Doch 1878 wurden die Wanderrouten der Robben entdeckt und die Pelzjäger der USA und Kanada begannen die Tiere auf See zu jagen, indem sie die großen Robbenherden auf ihrer jährlichen Wanderung nach Norden abfingen.

Im Gegensatz zum Erschlagen der Tiere an Land war die Jagd auf hoher See gefährlich und schwierig. Zahllose Fangboote gingen in den Nebelbänken der Beringsee oder plötzlich aufkommenden Stürmen verloren. Auf der anderen Seite lockten immense Gewinne.

1904 wurde für ein Robbenfell an der Londoner Börse USD 20 bezahlt. Die Jäger bekamen ungefähr USD 2 pro Fell. An guten Jagdtagen konnte ein Jäger bis zu 50 Robben schießen.

Zum Vergleich: Ein Matrose verdiente USD 30 im Monat.

In manchen Jahren wurde über 100 000 Robben geschlachtet, die Tiere waren vom Aussterben bedroht. Schließlich verboten die Amerikaner 1897 den Robbenfang auf See für alle ihre Staatsbürger. Allerdings liefen bis 1911 noch jedes Jahr Fangschiffe aus Victoria (Vancouver Island, Kanada) aus.

1904 segelte einer der berühmt-berüchtigtsten amerikanischen Robbenjäger, Alexander MacLean, unter falscher Flagge ins Beringmeer und wilderte auf Copper Island.

Zu dieser Zeit tobte der Russisch-Japanische Krieg und er glaubte, die Rookeries seien deshalb nicht so gut bewacht. Ein Irrtum. Ein Patrouillendampfer stöberte ihn auf, und bei der Flucht verlor er einen Mann.

DANKSAGUNG

Als die Nachricht kam, dass die »Sehnsucht der Albatrosse« veröffentlicht wird, jubelte nicht nur ich, sondern auch meine Familie. Ohne ihre Unterstützung hätte ich dieses Buch nicht schreiben können, und dafür möchte ich mich bedanken:

Bei meinem Mann für die Großzügigkeit, jede Reise in den letzten zwei Jahren unter dem Gesichtspunkt »Recherche« zu planen, und mich in jedes maritime Museum auf unserer Route zu begleiten.

Bei meinen Kindern, die sich am Anfang noch wunderten, dass ihre Mutter immer öfter für Stunden in ihr Arbeitszimmerchen verschwand und panisch »Wie spät ist es denn?« rief, wenn die Frage nach dem Abendessen aufkam. Oft genug wurde dann nur der Backofen angemacht, und es gab Tiefkühlpizza und das Versprechen, »demnächst« auch wieder gesund zu kochen.

Ebenfalls danken möchte ich den Mitgliedern meiner AG im Deutschen Schriftstellerforum (DSFo):

Liebe Elke, Ilona, Jenny, Monika, Nicole, Sabine, Susanne und Ute: Ihr wart immer zur Stelle, wenn ich Hilfe brauchte, habt kritisiert, gelobt und getröstet. Ohne euch wäre ich niemals so weit gekommen.

Liebe Kristin, liebe Michaela, ihr wart die ersten Testleser außerhalb des Forums. Danke für euer Feedback.